Kerstin Westerbeck
Tagebuch der verlorenen Erinnerung
Ein Provence-Krimi und Familiendrama

Auf der Flucht vor der Erinnerung
Benoîte ist dreizehn, als sie ihr Elternhaus verlässt, in Begleitung des alten Koffers ihres Vaters – den sie spontan an der Route National zurücklässt, um zu jemandem ins Fahrzeug zu steigen. Zwanzig Jahre vergehen. Der Koffer kehrt zurück, steht eines Tages wieder vor ihrer Tür. Mit einem Tagebuch darin, angeblich von ihr verfasst. Benoîte aber hat noch nie ein Tagebuch geführt. Unglaublich ist auch der Inhalt: Ereignisse aus ihrem Leben werden darin verfälscht. Wer klagt sie an eine Mörderin zu sein und weshalb? Hat sie etwas vergessen, verdrängt?
Begegnungen deuten ihr einen Weg zu ihrer Vergangenheit, dem sie jedoch nur zögerlich folgt. Bis sie eines Tages über eine Leiche stolpert …

Zeitgleich begibt sich Commissaire Lemarque mit seiner Assistentin Christine auf die Suche nach einem Mörder.

Kerstin Westerbeck, geb. 1968, studierte nach Hotelausbildung und Jobs im internationalen Tourismus Romanistik (Frankophoniestudien), Ethnologie, Soziologie und Kulturmanagement in Mainz, Frankfurt am Main und Mexico D.F. Dazu kamen Auslandsaufenthalte in Spanien, Süd- und Mittelamerika, eine Übersetzertätigkeit für Lateinamerikanachrichten. Seit 2018 ist sie geprüfte ADM-Lektorin. Die Autorin arbeitet bei einem Zeitschriftenverlag und lebt mit ihrer Familie im Main-Kinzig-Kreis.

Weitere Titel der Autorin
»Nesselgift« (2019)
»Guerilleras« (2019)
»Wegkreuz in den Anden« (Neuauflage 2018)
»Joanna im freien Fall« (2017)
»Absturz überlebt!« (2015)
»Oxossis Farben« (2008)

Mehr unter **www.kerstin-westerbeck.de**

Auch als Ebook

Kerstin Westerbeck

Tagebuch der verlorenen Erinnerung

Ein Provence-Krimi
und Familiendrama

Neuauflage (Stand: Januar 2020)

Bibliografische Information der Deutschen Nationalbibliothek: Die Deutsche Nationalbibliothek verzeichnet diese Publikation in der Deutschen Nationalbibliografie; detaillierte bibliografische Daten sind im Internet über www.dnb.de abrufbar.

Lektorat (Erstauflage)
Christiane Saathoff
www.lektorat-saathoff.de

Umschlaggestaltung
Kerstin Westerbeck

© 2016 Kerstin Westerbeck
Herstellung und Verlag:
BoD – Books on Demand, Norderstedt

ISBN 9783734763663

»Ein Kind ist ein Engel, dessen Flügel im gleichen Maße schrumpfen, wie die Füße wachsen.«

AUS FRANKREICH

In der Nähe von Annot (Provence)
Route National 202

Zwei Hand breit hinter der Bordsteinkante, nicht weit von der Straße entfernt, steht er – der Koffer. Edles marokkanisches Kunsthandwerk, Rindsleder. Ein besonderes Stück. Papan hat ihn in Marrakesch erstanden. In den späten Siebziger Jahren. Als die Liebe noch beflügelnd freizügig war, als man Koffer noch aus Leder produzierte und nicht nur aus Hartschalen-Material. Der Farbton erinnert an Afrika, bildet einen natürlichen Kontrast zum blauen Himmel der Provence. Beunruhigend ist seine Gegenwart hier am Straßenrand. Die Umstände, unter denen er hergekommen ist. Noch mehr beunruhigt die Tatsache, dass er nicht allein ist. Benoîte sitzt neben ihm, Papans dreizehnjährige Tochter. Sie kauert auf dem hohen Bordstein, den Blick Richtung Straße gewandt. Sie sieht den Koffer nicht an. Etwas haftet daran, Blut. Durch die roten Nähte fließt Blut. Frisches Blut, so könnte man meinen. Natürlich ist es eine optische Täuschung, die der gefühlten Wahrheit dennoch verdächtig nahekommt.

An der Route National herrscht gerade wenig Verkehr. Rollende Schatten ziehen vorbei, überdecken immer wieder den Koffer und das junge Mädchen daneben.

In zwei Monaten wird sie vierzehn. Zuhause wird sie ihren Geburtstag nicht feiern, auch nicht mit Papan ...

Benoîtes Körperhaltung wirkt angespannt. Sie hat die Arme fest um die Knie geschlungen, presst die Lippen aufeinander und starrt in die Ferne. Konzentriert folgt ihr Blick dem Verlauf der Straße, als wäre sie in Gedanken dabei, einen Verfolger abzuschütteln. Vielleicht ist es so. In der Ferne steigt die Straße an, wird zu einer verworrenen Schlangenlinie im Gebirge. Dunkel, giftig. Am Ende der Schlange müsste man irgendwo auf das Meer treffen. Wie viele Kurven und Kreuzungen dazwischenliegen; wie oft die Straße dabei ansteigt und wieder abfällt – schwer zu sagen. Am Ende landet man in Nizza, dem dröhnenden Schlund der Côte d'Azur, bevölkert von den Massen Sonnenhungriger. Nicht wirklich zieht es sie dorthin. Sie möchte weg, möglichst weit weg.

Sie liebt die Provence mit ihren Farben, sie liebt den Koffer an ihrer Seite; das Bild, das er in ihren Gedanken erzeugt. Die Vorstellung von Afrika. Sie sieht das Schiff ihres Vaters irgendwo auf Wellen schaukelnd im Meer, in einer nordafrikanischen Hafenstadt anlegen.

Papan schlendert durch einen orientalischen *Souk*. Es riecht nach Zimt, Datteln, Kreuzkümmel und Safran. Tausendundeine Nacht. Aromatischer Schwarztee aus orientalisch gefärbten Gläschen. Papan kauft Geschenke, kleine Überraschungen für sie. Er wird sie ihr schicken – *irgendwann*. Unterwegs hat er auch ihn entdeckt, den Koffer. Sein Besitzer ist ein weißhaariger Araber in einer *Djellaba*. Ein dunkelhäutiger Typ mit magischem Blick, umgeben von wehenden Seidentüchern, Kamelhaarteppichen und Ledertaschen. Ein Lebenskünstler. Der Koffer ist sein bestes Stück. Länder hat er bereist, eine gehaltvolle Lebensgeschichte klebt unter seiner rauen Schale.

Benoîte weiß, dass es Fantasien sind, die sie um den Ursprung des Koffers spinnt. Fantasie aber ist gerade das *einzige*. Weiter südlich wartet vielleicht ein neues Leben auf sie, eine Chance.

Ihr Blick streift die Nähte des Koffers, entdeckt Blut daran. Blut fließt aus seinen Nähten, tropft auf ihr helles Kleid; tropft …

Die Hitze hat das Leder aufgeraut. Der Staub der Straße überlagert seinen Geruch. Moschus. Er riecht nach Moschus. Herb, minimal blumig. Es ist *sein* Parfüm, Papans persönliche Note. Weshalb sie es liebt wie er riecht – eigentlich liebt sie es. Aufdringlich, stechend klebt er sich im Moment in ihre Nase, verstopft sie, nimmt ihr den Atem.

Aber das ist es nicht allein. Seine Exotik ist nicht von Dauer, sie löst sich allmählich auf, verwandelt sich ins Gegenteil; wie ein Grenzpfosten steht er da. Teil einer Mauer, Klotz am Bein. Würde er sich ihr in den Weg stellen und versuchen sie aufzuhalten?

Doch es ist nur ein Koffer.

Ihr Blick sucht den Himmel; unter dem Blau der Provence fühlt sie sich geborgen. Sie ist ein Kind, gerade war sie es noch. Die Kindheit hat sie abgestoßen, in diesem Augenblick, der jetzt hinter ihr liegt – der einen Bruch von ihr fordert; den Bruch mit allem, was war.

Barfuß steht sie am Straßenrand. Ihre Finger umklammern die Riemchen ihrer hellen Sommersandalen, der Wind schaukelt diese sanft hin und her.

Wenige Meter weiter hat ein Fahrzeug gebremst. Benoîte trippelt darauf zu. Kieselsteine bohren sich in ihre Haut, was sie jedoch nicht aufhält. Der Schmerz steckt nicht in den Füßen.

Sie hält ihre Sandalen fest, einzig ihre Sandalen. Sie eilt, rennt, und dreht sich nicht noch einmal um.

Der Koffer bleibt zurück.

Das Tagebuch

1   20 Jahre später, Verdonschlucht
Café La Cigale

»Mademoiselle.«

Sie ist damit beschäftigt eine aufmüpfige Haarsträhne am Hinterkopf zu befestigen, beachtet ihn nicht gleich.

»Mademoiselle«, wiederholt er ungeduldig.

Benoîte dreht sich um, setzt sich in Bewegung. In gemäßigtem Tempo geht sie auf den Tisch zu, an dem er sitzt. Er, klein, untersetzt, bebrillt. Sie stellt das ovale Holztablett auf den Tisch, stemmt eine Hand in die Hüfte. »Oui, Monsieur?« Ihre Augen funkeln. Freundlich aber doch deutlich genervt durch den Ton, den er anschlägt. Sie hält Blickkontakt.

Scheinbar zufrieden lehnt er sich daraufhin zurück. Seine Hände liegen entspannt auf dem Tisch. Schmale Hände mit kurzen Fingern. Kein Ehering. Dezentes Eau de Cologne, nicht eben modern, aber auch nicht aufdringlich, penetrant. Ein simpler, ausgefranster Strohhut. Seine Augen sind klein, kugelig – fischig. Zwei Knöpfe in einem runden, leicht speckigen Gesicht. Die Brauen, zwei kaum sichtbare Linien, erzeugen in ihrer Mitte eine kleine Krause.

»Finden Sie das komisch?!«, fragt er.

»Was denn, Monsieur?«

»Das hier ist kein du Pape. Das ist stinknormaler Cidre mit Tafelwein gemischt.«

Sie lächelt. Er hält sich offenbar für schlau. »So, da sind Sie sicher?«

»Aber hundertprozentig, ma chère. Man schmeckt es sofort. Ich sage ja nicht, dass es Ihre Schuld ist. Aber hier, probieren Sie selbst.«

Er reicht ihr sein Glas.

»Aus Ihrem Glas?«

»Nur zu! Nehmen sie das …« Er deutet auf ein sauberes Glas am Nebentisch.

Zögerlich kommt sie seiner Aufforderung nach, schüttet etwas Wein in das andere Glas.

Tatsächlich schmeckt er seltsam. Aus unerklärlichen Gründen jedoch widerstrebt es ihr, seinem Drängen nachzugeben. »Tout à fait, Monsieur, eindeutig. Cidre und ein spitzenmäßiger Tafelwein. Der Beste, den wir zurzeit haben. Absolut erfrischend bei der Hitze. Geben Sie sich einen Ruck und lassen Sie den guten Chateauneuf-du-Pape doch sein hervorragendes Aroma entfalten, bevor er bei diesen Temperaturen nur dem Durst zum Opfer fällt. Das wäre doch schade, oder? Sehen Sie sich als einen Förderer des Hochgenusses, und sparen ein paar Euros.« Sie zwinkert ihm verschwörerisch zu, stellt das Glas auf ihr Tablett und dreht sich weg.

Über so viel Unverschämtheit könnte man sich natürlich ärgern. Dazu aber lässt er sich nicht hinreißen. Es ist ein drückender Tag, die schweißtreibende Schwüle des provenzalischen Sommers. Jetzt eine nichtige Diskussion mit irgendeiner halbkompetenten Kellnerin führen, *irgendeiner*?

»Kenne ich Sie, Mademoiselle, sind Sie neu hier?«, hört sie ihn hinter sich fragen, als sie am Nachbartisch steht, Geschirr abräumt und sich erneut zur Seite dreht.

Ihre zierliche Nase, die braunen Knopfaugen und die hohe Stirn; das dunkle Haar wirkt noch dunkler als er es in Erinnerung hat, fast schwarz. Vielleicht hat sie es gefärbt? Auch trägt sie es anders, zusammengebunden. »Ich meine nur, weil ich Sie vorher hier noch nie gesehen habe.«

»Nein.«

»Na gut.« Seine Hände rutschen über die Tischkante in die Tiefe, landen bei seiner Tasche. Er wühlt darin. Ein Notizblock kommt zum Vorschein.

Flüchtig, mit einem kurzen Schulterblick verfolgt sie seine Bewegung.

Dann liegen seine Hände wieder auf dem Tisch, seine schmalen Hände mit den kurzen Fingern. Als wären sie unschuldig. Sie umspielen das Weinglas, kommen kaum darum herum. Er lächelt gegen die Sonne und kritzelt nebenher etwas auf seinen Notizblock.

Kurz spekuliert sie darüber, was es sein könnte. Doch was geht es sie an, nichts. Da ist nur so ein Gefühl.

Benoîte eilt zurück ins Café. Ihre Absätze klackern über den Sandsteinboden.

»Einmal Doppelter Espresso.«

Pascals Lockenkopf taucht hinter der Kaffeemaschine auf. Pascal ist Student und Aushilfe wie sie. »D´accord.«

Während die Kaffeemaschine Geräusche von sich gibt, räumt Benoîte ihr Tablett ab, lehnt sich anschließend an die Wand und starrt auf die dunkelbraune herauslaufende Flüssigkeit. Pascal tut es ihr nach, sieht nicht einmal auf, als er bemerkt: »Heiß heute, was?«

Sie reagiert mit Schulterzucken.

Er positioniert das fertige Kaffeetässchen auf einer Untertasse, auf das vorbereitete Holztablett – zusammen mit einem Schälchen Rohrzucker, einer Wasserkaraffe und einem Wasserglas. Sie wartet bis er fertig ist. Dann nimmt sie das Tablett, jongliert damit durch den engen Raum wieder nach draußen.

Pascal sieht ihr nach. Sein Blick gleitet weiter, über sämtliche der belegten Tische hinweg. Es sind nicht viele.

Direkt an der Tür sitzt Grenardine Fourraulieux, ein Stammgast. An ihrem mit gelbem Stoff bezogenen Hut stecken zwei rosa Nelken. Ihre hochnäsige Pudeldame Mondieu kommt frisch parfümiert vom Hundefriseur. Ein Gestank wie im Puff. Dabei ist Mondieu nichts weiter als ein Köter. Ein pomadiger, stubsnäsiger – und obendrein verwöhnter – Vierbeiner. Und wie schön wäre es, nur einmal sein zu dürfen, was man ist; frei, ohne pinkfarbene Leine, nie mehr dusselig unter lackierten Bistrostühlen hocken und Frauchens klumpige Beine in lila Nylons anstarren. Ein auf ewig unerreichbarer Hundetraum.

Grenardine wirft einen wohlwollenden Blick in Pascals Richtung. Gut, dass sie seine Blicke anders interpretiert, was ihr penetrant kokettierendes Lächeln verrät. Aber wen interessiert Grenardine, wo steckt Benoîte? Pascals Blick erkundet die Terrasse.

Tatsächlich arbeitet die schmale Dunkelhaarige erst seit wenigen Wochen als Kellnerin im La Cigale. Das Café gilt als Geheimtipp in der Region. Nicht nur wegen des Publikums, dieser seltenen Mischung aus Einheimischen, verschrobenen

Intellektuellen und Künstlern. Von der Terrasse aus hat man einen paradiesischen Blick, über pastellfarbene Häuserdächer hinweg, aufs Gebirgsmassiv der Hochprovence. Gebrochener, gigantischer Kalksteinfels – und tief darin eingegraben: das kristallklare Wasser des Verdon. Diese Tatsachen allein liefern ausreichend Gründe, sich möglichst lange hier aufzuhalten.

Benoîte entdeckt gerade Mondieus am Boden schlabbernde Zunge, ein langer, ausgedörrter Lappen. Im Vorbeigehen zieht sie ihr das leere Wasserschälchen weg. »Trinken ist wichtig, auch für Hundedamen. Ausreichend trinken!«, mahnt sie. »Die Sonne trocknet alles aus.«

»Da sagst du was, Benoîte.« Grenardine tupft sich fahrig über die Stirn.

»Mademoiselle?«

Schon wieder die Fistelstimme. Und offensichtlich findet er auch noch Gefallen daran, ihr mit seiner altertümlichen Version von *Madame* den Nerv zu rauben. Sie dreht sich um, schenkt ihm ein Lächeln. »Monsieur?«

»Un petit noir, s'il vous plaît.«

»Avec plaisir.«

Kurz darauf steht sie wieder vor Pascal. »Nochmal dasselbe«, ordert sie, klingt dabei lustlos und irgendwie gereizt. Sie geht zum Waschbecken, füllt das Schälchen für Mondieu mit Wasser.

»Alles okay?«, fragt er hinter ihr her.

»Klar. Was soll sein?«

»Er sieht dir die ganze Zeit hinterher.« Mit einer Kopfbewegung deutet er Richtung Terrasse. »Das Glubschauge. Kennst du ihn?«

»Nein, woher«, antwortet sie monoton, merkwürdig peinlich berührt von seiner Frage.

Der Mann ist in seine Notizen vertieft, als sie an seinen Tisch tritt. Womöglich tut er auch nur so, als würde er schreiben. Sie stellt das Getränk ab, will sich entfernen, als er sie plötzlich am Arm festhält.

»Warten Sie, Mademoiselle. Warten Sie, bitte. Setzen Sie sich. Hier zu mir. Es gibt da was.«

Was will er?

Grundsätzlich ist es nichts Neues, diese Art, mit der manche Gäste versuchen sich wichtigzumachen, weil ihnen gerade kein anderer Gesprächspartner zur Verfügung steht als die Kellnerin.

Sie setzt sich auf den Stuhl, den er ihr ruckartig heranzieht. Lustlos, abwartend. Einen Moment lang kommt sie sich vor wie das Schulmädchen, das der Lehrer zum Gespräch gebeten hat. Sie rückt das Holztablett nur halb auf den Tisch. Das Holztablett mit Mondieus Wasserschälchen darauf. Sie hält es krampfhaft fest.

»Also, was gibt´s?«

»Sie haben keine Ahnung, worum es geht? Keine. Ich werde es Ihnen verraten, Mademoiselle.«

Die Neugier ist weg, hat sich in Ungeduld verwandelt. Ihr Blick schweift ab – und das ganz bewusst, sie ist einfach nur genervt. Wieder so ein sinnloses Spiel wie eben mit dem Wein.

»Ich kenne Sie«, vollendet er ohne Umschweife seine Andeutung.

Kurz durchzuckt es sie. Sie überspielt es mit Schulterzucken. Es widerstrebt ihr ihn anzusehen, sich noch einmal zu vergewissern. Die Falle schnappt zu, als sie ihn dennoch aus dem Augenwinkel betrachtet – heimlich. Die Stimme, seine Körperhaltung, das Eau de Cologne, der fehlende Ehering.

»Ich denke nicht«, entgegnet sie schroff, »Ich müsste mich erinnern.«

Nervös fummelt sie an ihrem Ärmel. Er ist wird ihr zunehmend lästig, unangenehm lästig.

»Mademoiselle, oder soll ich *Madame* sagen? Sie erinnern sich nicht?«

Verärgert richtet sie sich auf, etwas abrupt. »Pardon, Monsieur. Wenn's das war, ich muss dann. Die Arbeit.«

Entspannt lehnt er sich zurück. Das Ziel ist erreicht, das Ziel Verwirrung zu stiften. Es ist ihm gelungen. In ihrem Kopf brodelt es. Mag sein, dass von seiner Körperhaltung jetzt eine distanzierte Ruhe ausgeht. Sein Blick aber ist noch da, ein blutsaugendes Insekt.

Unschlüssig steht sie da, weiß nicht, worauf sie wartet. Darauf, dass er sein Geheimnis endlich preisgäbe – *oder besser nicht.*

Scheinbar arglos, trinkt er seinen Kaffee, verscheucht eine Mücke. Sein Blick streift sie nur noch flüchtig, als wäre sie Luft oder irgendein Möbelstück, das ihm die Sicht versperrt. Die Fähigkeit, Nähe zu einem Menschen aufzubauen, liegt nicht in seiner Natur.

Benoîte nimmt ihr Tablett, bewegt sich hastig von ihm weg, nur weg. Fast hätte sie dabei Mondieus Wasser verschüttet. Fahrig setzt sie das Gefäß auf den Boden.

Wie eine Hyäne stürzt sich die durstige Hündin darauf.

Als sie wieder neben Pascal an der Kaffee-Ausgabe steht, sieht dieser sie blass und angeschlagen. »Ça va?«

Statt einer Antwort streift sie sich ihr Schürzchen ab, legt es auf einen Hocker.

Pascal ist mit dem Kaffeesatz beschäftigt, dreht ihr einen Moment lang den Rücken zu.

Als er fertig ist und sich umdreht, ist Benoîte verschwunden.

»Benoîte?«

Irgendwo geht die Tür.

»Heeee, Benoîte!«

Er wirft einen genervten Blick zu Grenardine und dem stubsnäsigen Köter auf ihrem Schoß. Zwei Paar Augen sehen ihn auf eine ähnlich vorwurfsvolle Art an, mit jeweils einer vertikalen Falte dazwischen. *Musst du so brüllen*, klagen ihre Blicke.

Instinktiv zieht er die Schublade auf, fingert eine Packung Kopfschmerztabletten heraus und füllt nebenher ein Glas mit Wasser. Das hat ihm gerade noch gefehlt. Das Café ist voll. Was fällt Benoîte ein, ihn ausgerechnet jetzt sitzenzulassen!

Benoîte liegt auf ihrem Bett. Die Szene ist noch da. Die Szene im Café. Seine kugeligen Fischaugen rollen durch ihre Gedanken, saugen an ihrer Erinnerung. Die Finger am Weinglas hinterlassen Abdrücke. Sein Blick, gerade noch der irgendeines freundlichen, relativ gebildeten Menschen, verwandelt sich in … in eine Krake. Krake. Glitschig, glibberig. Mit unzähligen, herumfuchtelnden Armen. Jeder einzelne mit einer Vielzahl an Saugknöpfen ausgestattet, die nichts weiter im Sinn haben, als an ihr zu saugen. Gleichzeitig aber weiß sie ganz genau, dass er nie wirklich *weit* damit kommt, er schafft es nicht. Er ist das Äffchen. Krake, Äffchen. In ihrer Fantasie hatte sie zahlreiche Namen für ihn.

Benoîte will sich nicht wirklich erinnern. Weder an ihn, noch an ihre Namensfantasien. Menschen wie er hinterlassen keine Spuren. Sie kommen und verschwinden wieder, wenn sie allzu überflüssig geworden sind.

Gedankenverloren betrachtet sie ihr Zimmer. Klein ist es, geschmackvoll eingerichtet. Im typisch provenzalischen Stil. Germaine hat es eingerichtet. Germaine ist ihre Vermieterin. zweiundachtzig ist sie, klein, drahtig und immer von zahlreichen Katzen umgeben. Die Katzen-Gang nennt Benoîte Germaines vierbeinige Hofschar. Die alte Dame verbringt ihre Tage hauptsächlich unter freiem Himmel. Manchmal trifft man sie dösend unter einem Olivenbaum. Oder man hört ihren Fernseher, der die ganze Nacht hindurch läuft, weil sie davor einschläft, das Fenster sperrangelweit geöffnet. Gerade ist Germaine in der Küche, bereitet Kuchen mit Lavendel zu.

Benoîte schließt für einen Moment die Augen, atmet den Geruch von Kuchenteig ein. Wieder ist die Szene da, ihre Begegnung im Café. *Diese* Begegnung – und eine andere. Das Äffchen schummelte sich nicht zum ersten Mal in ihr Leben.

Zwei Jahre ist es her. Eine Weinprobe auf dem Land. Sie und ihr Freund François hatten sich in einem Landgut einquartiert. Plüschige Zimmer und der verführerische Ausblick auf ein Sonnenblumenfeld. Der Duft von Zitronenmelisse und Thymian kam aus Kübeln von der Terrasse. Benoîte zog sich gerade um, als es an der Tür klopfte.

»Mademoiselle.« (Nein, es war nicht das Äffchen). Vor ihr stand ein junger Kerl, etwa achtzehn, rötliches Haar. Bei ihrer Ankunft waren sie sich kurz begegnet. Louis, erinnerte sie sich an seinen Namen, und dass er bei den Pferden arbeitete. Als er anfing zu sprechen, bemerkte sie sein Stottern: »Madame, der Kof-f-fer hier ist für Sie abge-g-g-geben worden.« Er deutete zu seinen Füßen. »F-f-für Sie.«

Benoîtes Blick klebte bereits an jenem Gegenstand, der augenblicklich ihr Blickfeld eroberte, sich ihr aufdrängte. Im ersten Moment war es nur ein Koffer. *Irgendein Koffer.* Dann aber vollzog sich eine Art magische Verwandlung mit ihm. Diese kam unmittelbar aus ihrer Erinnerung.

Der Geruch nach ledrigem Moschus umschwirrte ihre Nase, vermischt mit den Abgasen auf der Route National. Aus der Vergangenheit transferiert in die Gegenwart. Es hatte kaum Verkehr geherrscht an jenem Tag. Benoîte saß wieder an besagter Stelle, an der Straße. Der Traum von Afrika war zum Greifen nahe. Sie hatte den Koffer einfach stehenlassen, die Kindheit radikal abgetrennt. Jetzt aber kam sie zurück. Ein ungebetener Gast. Und sie war hin- und hergerissen, was sie angesichts seiner Gegenwart empfinden sollte.

Gewaltsam riss sie sich von seinem Anblick los, wechselte zu Louis. Der stand noch immer da, ahnungslos. Hier in der Gegenwart. Wie sollte er auch wissen, was er da anschleppte. Ein staubiges Souvenir aus einem früheren Leben. Ein Teil von Papan und ihrer Erinnerung an ihn.

»Woher hast du *das*?«

»Wie gesagt ... ist abge-g-g-geben worden.«

»Wer? WER hat das abgegeben?« Sie starrte auf den Gang, forschte, ob dort noch jemand wartete. Niemand, – abgesehen von der üppigen Eckcouch mit Blümchenbezug, war kein Mensch zu sehen.

»Wer hat *den* abgegeben?«, wiederholte sie ihre Frage.

»Stand da, als der Postbote kam. Mit 'nem Zet-t-tel. Benoît-t-te Loupgoncier. Das ist doch Ihr Name?«

Benoîte war noch immer wie vom Blitz getroffen. »Ja.« Ihre Hände griffen nach dem Koffer, fühlten, erkundeten. Louis verstand natürlich nicht.

»Wenn Sie auf der Post nachfrag-g-gen?«

Er hatte sich alle Mühe gegeben, möglichst wenig zu stottern und wirkte jetzt sichtlich außer Atem. Offenbar kostete es ihn Kraft, so viel zu sprechen.

Benoîte empfand seine Gegenwart mit einem Mal als lästig und es drängte sie, ihn irgendwie loszuwerden. »Gut dann. Wir werden sehen, was … alors, merci Louis.«

Als er weg war, zog sie den Koffer herein, verschloss zügig die Tür hinter sich.

Sie schob ihn vors Bett, setzte sich unmittelbar davor. Stillstand. Momente wie dieser lassen sich nicht in Worten wiedergeben. Worte, die aufgrund der unerwarteten Situation einfach nicht zur Verfügung stehen. Die Vergangenheit bricht ohne Vorwarnung herein. Ohne die Möglichkeit, sich ihr zu entziehen. In kurzen Sequenzen flutschten Bilder vorbei, kaum greifbare Szenen.

Da war er also. Zurückgekehrt. Seine Nähte schienen ausgebleicht, blutleer, vernarbt.

Ihre Fingerspitzen streiften über das Leder, befühlten die Kanten des Koffers, der ansonsten unverändert wirkte. Der Lederriemen in Metallfassung, alles wie damals. *Damals …*

Der Koffer war eine Vision. Er war es – und er war es nicht; denn sie griff hier, aus der Gegenwart danach, bekam ihn tatsächlich zu fassen. Hastig zog sie den Lederriemen aus der Halterung, öffnete den Koffer. Eine Weile betrachtete sie das dunkle Innere, reglos, ohne wirklich etwas zu sehen. Das Futter aus grüner Seide. Der Geruch lag ihr schwer in der Nase.

Er war leer.

Leer. Der Koffer war leer!

Sie hatte doch etwas mehr erwartet als das. Eine alte Stoffpuppe, ein Paar Socken, ein Francs-Stück, eine Postkarte, irgendwas. Aber nichts? Ihre Hände ertasteten das Innere, die vertrauten Seitenfächer. Ganz sicher gab es doch noch was. Ihre Finger durchstöberten jeden Winkel.

Enttäuscht klappte sie ihn schließlich zu. Dabei fiel irgendwo etwas heraus. Ein Gegenstand war auf den Boden geplumpst.

Vorsichtig zog sie den Koffer zur Seite. Tatsächlich hatte sie ein Fach übersehen. Auf dem Boden vor ihr lag ein Buch. Ein Büchlein besser gesagt, denn es war kleinformatig. Benoîte nahm es in die Hand und betrachtete den grünen Einband, welcher der Farbe nach dem Kofferinnenfutter glich. Sie forschte in ihrer Erinnerung, ob sie das Buch von irgendwoher kannte, verneinte die Frage aber gleich. *Das* gehörte ihr nicht.

Als sie das Buch herumdrehte und den Titel entzifferte, blieb ihr fast das Herz stehen. Vorne drauf war mit Hand geschrieben:

Benoîte Loupgoncier. Tagebuchaufzeichnungen.

Ihr Name? Ihr Tagebuch?
Unmöglich. Das da war nicht ihre Handschrift, auch wenn es vielleicht so aussehen sollte. Misstrauisch folgte sie der Linienführung. Wer versuchte hier ihre kindliche Handschrift nachzuahmen?
Eine dreiste Fälschung. Anders konnte sie sich das nicht erklären. Niemals zuvor hatte sie ein Tagebuch geführt. Wer fälschte in ihrem Namen? Und warum?
Die Verwunderung wich schließlich der Neugier. Natürlich musste sie augenblicklich wissen, was Benoîte über Benoîte zu sagen hatte; wer oder was auch immer dahintersteckte.
Sie schlug das Büchlein auf, blätterte darin. Die ersten Seiten waren unbeschrieben.
Ungeduldig blätterte sie weiter. Irgendwo stieß sie auf ein Lesezeichen. Sie schlug die markierte Seite auf.
Tatsächlich befand sich eine Aufzeichnung an besagter Stelle, versehen mit einem Datum. Das Notierte lag knapp ein Jahr zurück. Die Erinnerungen an den vergangenen Sommer und das Erlebte lösten gemischte Gefühle in ihr aus. Die Verlobungsfeier ihrer Freundin Marielle. *Marielle* ... Nie wieder waren sie sich seitdem begegnet. Dennoch hatten die damaligen Ereignisse nachgewirkt.
Was sollte sie über die Erinnerung an diese Feier berichten? Sie hatte sie in einem Augenblick versucht zu löschen. Es war eine Art Strategie, die sie sich angeeignet hatte, schlimme Ereignisse im Leben zu streichen. Weshalb sie eine Weile zögerte, sich weiter mit dem Tagebuch zu beschäftigen.
Dann aber tauchte sie dennoch in die Zeilen, fing an zu lesen:

Ich bin um sieben Uhr aufgestanden. Marielle probiert gerade ihr Verlobungskleid an, als ich zum Frühstück komme. Das Kleid ist aus glänzendem, grünem Satin. Darunter trägt sie eine Bluse mit typischem Provence-Muster. Es steht ihr ... na ja, einigermaßen. Während sie sich vor dem Spiegel dreht, habe ich einen Moment lang das Gefühl, in ihre Haut schlüpfen zu wollen. Sie wird Philippe heiraten. Philippe ist zweifellos einer der sympathischsten und attraktivsten Männer, die ich in den letzten Jahren kennengelernt habe, ein Traumtyp. Warum er sich jedoch ausgerechnet Marielle ausgesucht hat, diese plumpe, reizlose Marielle mit dem viel zu breiten Rücken und ihrem langweilig blond gesträhnten Haar, ist mir ein Rätsel. Sicher, sie ist meine Freundin und ich sollte nicht so über sie denken, aber ...

Wir haben für die Feier Lavendelsträuße gebunden und irgendein Vanille-Dessert vorbereitet. Ich weiß nicht, warum ich es nicht genießen und mich mit ihr freuen kann. Eigentlich herrscht gute Stimmung. Um halb drei beginnt die Verlobungsfeier. Ihr Vater Gustave hält eine ergreifende Rede; dass er jetzt seine einzige Tochter verlieren würde und Philippe ganz sicher den besten Schwiegersohn abgäbe. Sicher tut er das. Es gibt Cidre und anschließend literweise Champagner. Ihre Mutter Joelle im hellen Kleid ist übermäßig aufgedonnert, wogegen Marielle in ihrem Provencekleidchen fast bäuerlich daherkommt. Die Haare hat sie zu einem einfachen Zopf geflochten, schlicht, einfallslos.

Philippe spricht die ganze Zeit über nicht viel. Das Wort, unmittelbar neben mir, haben Marielles Tanten. Ich höre nur ihre Stimmen an meinem Ohr und verliere – darüber hinaus – den Faden zu den Worten Gustaves. Die geladenen Gäste bestehen aus dem überschaubaren Familienkreis und ein paar Freunden.

Das alles aber ist eher nebensächlich. Entscheidend ist der Eklat, der sich anschließend zwischen Mutter und Tochter ereignet. Ich frage mich, warum ich schadenfroh bin, warum ich Marielle diese Verlobung nicht gönne. Philippe ist einfach zu gut für sie. Und erst recht für diese aufgedonnerte Joelle!

Als der Vater die Rede beendet, klatschen alle. Und dann, eine halbe Stunde später, geht es in den Ring. So kann man sagen. Mutter und Tochter. Marielles Kleid hat einen üblen Riss (was vermutlich an ihrer unvorteilhaften Figur liegt). Auf jeden Fall fährt sie Joelle an, sie hätte sich keine Mühe mit dem Kleid gegeben. Joelle keift zurück. Die beiden liegen sich fast in den Haaren. Ich finde es affig und peinlich, sie so zu sehen. Mutter und Tochter, Konkurrentinnen? Wie muss Philippe sich in dieser Situation fühlen? Da hast du dir was angelacht, denke ich.

Später, in der Nacht, bekomme ich kein Auge zu. Die Feier und die familiären Auseinandersetzungen wirken nach. Ich habe plötzlich großen Durst, was mich wieder auf die Beine bringt. Die Wasserflasche neben meinem Bett ist leer. Also gehe ich in die Küche hinunter.

Die Treppe knarrt, als ich sie barfuß betrete. Auch wenn man dieses Geräusch in einem zweihundert Jahre alten Haus, in dem es vermutlich an jeder Ecke knarrt, kaum noch wahrnimmt, empfinde ich es als störend und sehr laut. Es hätte also eine Warnung sein können, für die Beteiligten der folgenden Szene.

Als ich vor der Küche ankomme, bemerke ich nicht gleich, dass die Tür nur angelehnt ist und drinnen ein schwaches Licht brennt. Blauäugig trete ich ein und … was ich dort zu sehen bekomme, wird mir zum Verhängnis. Ich werde zur Beteiligten, zu derjenigen, die ….

In der Küche ist bereits jemand. Besser gesagt sind dort zwei Personen. Ich bemerke ihre Schatten, kurz bevor ich meinen Fuß über die Türschwelle setze. Instinktiv verharre ich an einer Stelle, wage nicht, mich zu bewegen. Es brennt nur das Licht oberhalb der Spüle, weshalb sich die beiden weitestgehend im Schatten befinden. Ich erkenne deutlich, dass sich dort etwas bewegt. Auch erkenne ich am Rhythmus der Bewegung, dass ich in etwas hineinplatze, was nicht für meine Augen bestimmt ist. Es ist sozusagen eine Tabuzone, die ich unbefugterweise betrete. Möglicherweise wäre ich ungeschoren aus der Sache herausgekommen, hätte ich nicht für einen Moment völlig von Sinnen auf das Unfassbare gestarrt. Ich sehe in das entspannte Gesicht einer halbentblößten Joelle. Neben ihr, ich traue meinem Auge nicht, Philippe! Was er dort treibt, mag ich nicht mit Worten wiedergeben. Als ich ihn erkenne, wende ich meinen Blick beschämt ab. NON, merde! Nicht Philippe! Meine Fantasie spielt mir diese Szene vor. Sie kann nicht real sein – und sie ist es doch. Joelles Brüste … oh, mon dieu! Was um Himmels Willen macht er?! Schnell wende ich mich ab. Ob er mich gesehen hat? Natürlich hat er mich gesehen. Ich taste mich zurück in den Flur. Nichts wie weg. Ich möchte meine Anwesenheit hier ungeschehen machen. Aber es ist bereits passiert. Ich eile zur Treppe, hoch in mein Zimmer.

Es dauert nicht lange, bis Joelle in der Tür erscheint. Sie sieht erstaunlich gefasst aus. Oder sie hat sich nur erstaunlich gut unter Kontrolle, als sie mich scheinheilig fragt: »Was wolltest du denn in der Küche?«
»Wasser ... ich wollte Wasser trinken«, *antworte ich.*
»Du hast aber doch nichts getrunken. Was hat dich denn davon abgehalten?«, *fragt sie hinterhältig.*
»Gar nichts. Mir ist plötzlich eingefallen, dass ich noch eine Flasche auf dem Zimmer habe.«
Natürlich ist das gelogen. Auch eine Joelle Bertrand weiß das. »Jetzt stell dich nicht blöd, Benoîte. Du hast uns doch gesehen, Philippe und mich.«
Wäre sie der Annahme gewesen, ich hätte nur sie erkannt, hätte sie sich jetzt verraten. Ich muss jedoch bemerken, dass sie mit einer gewissen Genugtuung von sich und Philippe spricht, als würde ihr dies jene Befriedigung verschaffen, die sie eben, in der erlebten Szene, nicht bis zum Ende hatte auskosten können. Was würde Marielle von ihrer Mutter denken? Ich muss an den Streit um das Kleid denken.
»Ja«, *bekenne ich,* »ich habe euch gesehen. Ein ziemlich mieser Start für eine Ehe, findest du nicht?«
»Steht dir gar nicht, wenn du so verbittert bist, liebe Benoîte. Du weißt nicht, worum es hier geht.«
»Es geht um Marielles Leben. Und auch wenn es mich natürlich nichts angeht, was du mit dem Verlobten deiner Tochter treibst, dass es ausgerechnet in der Nacht sein muss, in der sie sich mit ihm verlobt hat, ist ziemlich respektlos. Brauchst du es so dringend, willst du Marielle eins auswischen?«
Joelle bleibt erneut gelassen. Sie sieht sich wohl als die Gewinnerin in dieser Szene. Ich bin nichts weiter als die biestige, nichtssagende Freundin ihrer Tochter. Eine lachhafte Gestalt. Zu meinem Ärger setzt sie noch eins oben drauf: ihr Gewinnerlächeln – was die Szene noch absurder macht, als sie es ohnehin schon ist. Eine echte Tragik-Komödie.
»So, meinst du? Gib nur zu, dass du es eigentlich bist, die nach dem Verlobten meiner Tochter schmachtet, die ihr das Glück neidet. Glaubst du, ich hätte keine Augen im Kopf? Du gönnst mir, als Frau in den besten Jahren das Vergnügen nicht, das DU gerne hättest! Genauso wenig gönnst du es Marielle«, *lallt sie.*
Bei ihren Worten bewegt sich etwas in mir, ich sehe von ihr zu mir. Unter ihrem hauchdünnen Nachthemdchen fallen die Brüste Richtung

Bauchnabel. Ihre Haut ist schlaff, die Beine zu dünn. All diese nackten Tatsachen aber lassen sie nicht davor zurückschrecken, sich zu nehmen, was sie will. Einen gutaussehenden, jungen Kerl. Ich könnte natürlich weitaus mehr Reize bieten als sie, doch es käme mir nie in den Sinn, mich Philippe, Marielles Verlobten, an den Hals zu werfen.

In Gedanken möchte ich Joelle an die Gurgel gehen. Ihr ihre Arroganz und Selbstgefälligkeit aus dem Gesicht schlagen, sie demütigen ... – Und tatsächlich. Was ist mit meinen Gedanken? Ich sehe Marielles Mutter benommen von mir weichen. Sie taumelt und sackt langsam zu Boden. Dort ist Blut. Und ich ... Verflucht, wie kommt das Messer in meine Hand?

An dieser Stelle endeten die Aufzeichnungen.

Gleichermaßen verwirrt, aufgewühlt und vollkommen entsetzt, ließ Benoîte das Buch sinken.

Was war das?!

Aber von vorn. Die geschilderte Szene, teilweise konnte sie sie rekonstruieren. Joelle und Philippe in der Küche beim Stelldichein. Joelle halbnackt, Philippe verwirrt. So in etwa, erinnerte sie sich, war es gewesen. Sie erinnerte sich auch daran, dass sie auf den Schreck hin schnell wieder in ihr Zimmer geeilt war.

Nicht erinnerte sie sich hingegen daran, dass Joelle anschließend dort erschienen wäre. Ganz im Gegenteil. Es war mehr als unwahrscheinlich, dass sie überhaupt von ihr bemerkt worden war. Man hatte gefeiert, gegessen und getrunken. Philippe und Joelle nicht weniger als die anderen. Sie hatte die Szene als ein Versehen verbucht, *un faux pas*. Joelle benahm sich gelegentlich mal daneben. Insbesondere wenn sie alkoholisiert war. Warum log das Tagebuch? Warum übertrieb es auf diese absurde Art und zog die Dinge ins Lächerliche?

Das aber war noch nicht alles. Die Schilderungen enthielten tatsächlich noch eine tragische Wahrheit.

Diese betraf Joelle.

Am Tag darauf fand man sie leblos in ihrem Zimmer, halb entblößt auf ihrem Bett. So wie sie in der Nacht zuvor vermutlich ins Bett gegangen war. Da sie das Zimmer nicht mit Gustave teilte, war es unglücklicherweise Marielle, die ihre

Mutter entdeckte. Die allzu *intimen Details* sprachen sich schnell herum. Marielle hatte sich nicht im Griff, oder es war der noch nicht vergessene Groll.

Das grobe Szenario der Tagebuchaufzeichnung stimmte also. Joelle war tatsächlich gestorben. An einem Herzinfarkt, so die Diagnose des Arztes. Alles andere, das blutige Messer in Benoîtes Hand, war schlichtweg eine Lüge. Das Tagebuch machte sie zur Mörderin. Absichtlich? Wer stellte hier völlig falsche Zusammenhänge her und weshalb?

Als Kind hatte Benoîte oft und gerne Geschichten erfunden. Lustige Geschichten. Über die Bertrands wusste sie im Prinzip nicht viel. Gustave hatte seine Frau geliebt. Gerüchten zufolge war Joelle nicht immer treu gewesen. Das aber hatte ihn an jenem Morgen nicht davon abgehalten, in den höchsten Tönen von ihr zu schwärmen. Fast hätte Benoîte ihn bedauert. Trauer und Bewunderung wichen irgendwann der Verzweiflung, dem Wahn. Gustave schien plötzlich davon überzeugt, jemand hätte es auf seine Frau abgesehen gehabt, ein Racheakt.

Es war der Moment, als er auf der Bildfläche erschien, das Äffchen. Angeblich war er ein Freund von Gustave, ein Freund des Hauses. Dabei passten die zwei so wenig zusammen wie Fisch und Vogel.

Der ist Kriminalpsychologe, tuschelte Marielles Tanten.

Benoîte wusste nur zu gut, wer oder was er war; wer er vorgab zu sein. Für sie war er eine völlig bedeutungslose Gestalt. Jemand, den sie lieber übersah, was – seine äußere Erscheinung betreffend –, durchaus gelang. Daher versuchte er sich in der Betonung des Details, um im Gedächtnis haften zu bleiben: ein Schnäuzer, Dreitagebart, Tuch, Hut, Brille ... Vielleicht stellte es auch eine Art Verkleidung dar und er schummelte sich auf diese Art in ihr Leben, glaubte sie so heimlich beobachten zu können.

Benoîte legte das Tagebuch wieder in den Koffer. Nachdenklich lehnte sie sich zurück. Es war nur ein Buch, nichts weiter als ein Buch.

Eine Weile starrte sie vor sich hin und versuchte sich an Einzelheiten zu erinnern. Die Frage bohrte weiter in ihrem Kopf: Wer glaubte hier, eine Rechnung mit ihr offen zu haben? Das unerwartete Klopfen an der Tür riss sie aus ihren Gedanken. Es war François, ihr Freund. Zügig verstaute sie den Koffer unter dem Bett.

François Massu stammte aus Orange im Département Vaucluse, eine Stadt mit römischem Theater, benannt auch als das Tor zur Provence; wofür der Triumphbogen steht, der zu Zeiten von Kaiser Augustus entstand.

François und sie hatten sich auf einem Konzert in Arles kennengelernt. War es Liebe? Die Frage ging ihr gelegentlich durch den Kopf, war dabei aber noch nicht abschließend beantwortet worden.

Im Gewölbekeller, wo die Weinprobe stattfinden sollte, war es angenehm frisch. In Glasschalen brannten Kerzen. Sie lieferten gedämpftes Licht, was dem Keller eine mystische Atmosphäre verlieh.

Eine kleine Gruppe hatte sich bereits um den Gutsbesitzer Fréderic Huéspard gebildet, der die Weinprobe leitete. Er und seine zierlichen Frau Mireille. Die Gruppe bestand aus vier jungen Leuten – an die Benoîte sich später kaum erinnern würde –, einem deutschen Paar: Steffen und Claudia Bogener. Elaine, eine Franco-Kanadierin, hatten sie bereits am Vortag kennengelernt, zusammen mit ihrem Begleiter Armand aus dem Elsass. Weiter hinten im Gewölbekeller, erinnert sich Benoîte, hatte noch jemand gestanden, der lediglich einen Schatten geworfen hatte, ansonsten aber im Verborgenen blieb. – Schattig sollten in der Tat auch ihre Erinnerungen an den Abend werden. Sie ahnte es noch nicht.

Fréderic entkorkte derweil die erste Weinflasche, sog mit geschlossenen Augen das Bouquet ein. Die Flasche in der Hand, holte er aus, als wollte er sie durch die Luft wirbeln. Knapp oberhalb der Gläserreihe kam sie zum Stillstand und der Wein floss in die vorbereiteten Gläser. »Hier vereint sich die Provence mit ihren Aromen«, verkündete er, hielt dabei

sein Weinglas feierlich in die Höhe.»Ein wunderbar würziges Bouquet, milde Süße. Ein Hauch von Feige und Vanille in Balsamico mit Thymian.«
»Redet er wirklich vom Wein?«, flüsterte Benoîte zu François. »Ich glaube, er denkt schon ans Essen.«
Steffen und Claudia hingen an Fréderics Lippen. Elaine starrte auf ihre dunkel lackierten Fingernägel und Armand war vollkommen in die Farbe des bordeauxfarbenen Gesöffs abgetaucht. Alle anderen Personen erfasste Benoîtes Auge nur vage, ebenso vage wie François' Hand, die von der Dunkelheit profitierte und unbemerkt von ihrer Taille weiter abwärts wanderte.

Gedanklich war sie noch immer bei der mysteriösen Tagebuchszene und Papans Koffer.

Fréderics laute Stimme hallte derweil wie ein Gong durch das Gewölbe, was sie schnell in die Gegenwart zurückholte. Dem folgte ein Knall, die zweite Flasche wurde entkorkt. Dann die dritte und schließlich die vierte, fünfte und sechste. Zwei Rote, drei Weiße, ein Rosé. Nach Heidelbeer-, Kirsch- und Johannisbeeraromen hatte er auch *la bonne cuisine d'herbes de Provence* ausgepackt und schwelgte in kulinarischen Beschreibungen, während François' Hand weiter auf Entdeckungsreise ging. Die Ausgangslage war gut. Fréderics Worte hatten aphrodisierende Wirkung.

Mireille war zwischenzeitlich im hinteren Teil des Kellergewölbes verschwunden, kam nun mit zwei großen Kanapee-Tellern zurück. Die jungen Leute stürzten sich gleich darauf, als wären sie völlig ausgehungert.

Armand gurgelte alle Weinsorten hintereinander durch. Wenn man die Augen schloss und sich nur auf die Nebengeräusche konzentrierte, glaubte man sich in einer Art Aquarium; kombiniert mit dem Geruch nach Kellerfeuchte, Kork, Traubenmost und Kerzenwachs.

Ein plötzliches Geräusch dicht hinter Benoîte lenkte ihre Aufmerksamkeit kurzfristig ab. Der unbekannte Jemand im Schatten war versehentlich gegen einen Kübel getreten. Erschrocken fuhr sie herum. François zog seine Hand reflexartig weg.

Benoîte war nervös, fühlte sich beobachtet. »Lass das«, fauchte sie leise, als ihr Freund einen neuen Annäherungsversuch startete.

Ein Hauch von altmodischem Eau de Cologne wehte zu ihr, streifte ihre Nase. Säuerlich, modrig. Das flackernde Kerzenlicht kam ihr zu Hilfe und für den Bruchteil einer Sekunde sah sie seine kleinen kugeligen Fischaugen. Das Äffchen. Zufall, oder warum tauchte er gerade jetzt auf, überlegte sie und dachte an die kurz zuvor gelesene Tagebuchaufzeichnung. Der Dreitagebart war neu. In der Hand hielt er einen Sonnenhut; in der kleinen Hand mit den kurzen Fingern. Äffchen mit Bart und Hut. Gleich zwei Accessoires. Dazu lächelte er schräg auf seine unbeholfene Art. Verfolgte er sie? Mittlerweile hatte er sich den Hut aufgesetzt, der ihn einmal mehr der Lächerlichkeit preisgab. Die zwei Accessoires verhalfen ihm kaum zu jugendlicher Lässigkeit. Er war in den Fünfzigern, was man ihm jedoch auch nicht ansah, eher wirkte er nahezu alterslos. Während sich Kerben und Furchen in die Gesichter anderer gruben, wurde seins immer nur ein wenig speckiger.

Als die Weinprobe sich dem Ende neigte und man sich auf den Ausgang zubewegte, sah Benoîte sich genötigt, ihren Verfolger abzuschütteln. Von einer plötzlichen Eile getrieben, hetzte sie regelrecht zum Ausgang.

»Benoîte, warte!«, hörte sie François hinter sich und ließ ihn aufholen.

»Warum die Eile? Trainierst du heimlich für den Marathon?« Arm in Arm schlenderten sie weiter. Die anderen zogen an ihnen vorbei.

Als das Äffchen sie passierte, entglitt ihr ein kaum hörbarer Seufzer. François blieb stehen, nahm ihr Gesicht in seine Hände und küsste sie.

Im Garten war ein langer Holztisch gedeckt. Unter blühendem Holunder, Hortensienbüschen und Rhododendron bot sich ein malerischer Ort zum Sitzen.

Mireille hatte den Tisch mit Efeu und Lavendelbüscheln dekoriert. Es gab französischen Käse, *Pâtes à la Maison* mit ofenfrischem Baguette, Salbei, Rosmarin und Thymian in Schälchen, *Jambon cru*, reifen Aprikosen und *Cavaillon*-Melone. Dazu ein Landwein des Hauses. Der Geruch der multiplen Aromen, von denen Fréderic eben gesprochen hatte – hier setzte er dem Schmachten ein Ende.

Als alle am Tisch saßen und sich für einen Moment dem Rausch der Natur hingaben, konnte Benoîte die anderen Teilnehmer erstmalig genauer beobachten.

Armand und Elaine waren auf den ersten Blick ein recht ungleiches Paar. Er redete, sie dagegen wirkte vollkommen abwesend, fast apathisch. Die beiden Deutschen hielten sich insgesamt zurück, was offensichtlich am Französischen lag. Claudia lobte irgendwann holprig: »C'est très belle, la décoration!« Ein Versuch mit den anderen ins Gespräch zu kommen. Steffen brach sich mit seinem lückenhaften Schulfranzösisch fast die Zunge, weshalb er schließlich ins Englische wechselte – bis die Konversation irgendwann in wildes Kauderwelsch überging und am Ende ein Mischmasch aus deutschen, Provence- und Elsässer-Witzen die Runde machte – wobei alle lachten.

Fréderic saß auf seinem Stuhl wie in einem gemütlichen Lehnsessel.

Benoîtes Blick schweifte in die Weite. Sie liebte es, in freier Natur zu essen. Und das hier war ein idealer Ort. Felder und Wiesen als Nachbarn, Olivenbäume als Schattenspender. Zikaden zirpten und irgendwo plätscherte der Verdon. Der größte Künstler war das Auge und man wünschte sich, die Zeit endlos auszudehnen. Der Sommer und all das hier waren ein Geschenk.

Doch wie lange? Die Idylle sollte sich schon bald als tückisch erweisen ...

Zu Tisch floss derweil die Unterhaltung, auch wenn hier die unterschiedlichsten Typen zusammengewürfelt waren. Man fand sich als eins, was unter anderen Rahmenbedingungen vielleicht nicht ganz der Fall gewesen wäre.

Wie der Zufall es wollte, saß Benoîte an einem Ende des Tisches, das Äffchen am anderen. Weit genug entfernt, um sich vorerst aus dem Weg zu gehen. Sie genoss den Abend und hatte seine Gegenwart irgendwann ganz vergessen. Die Stunden verflogen und als es allmählich begann zu dämmern, stellte Mireille Laternen auf, verteilte sie im Hof und unter den Bäumen. Aus der Ferne betrachtet, umgab sie jetzt ein kleines Lichtermeer.

Nach dem Hauptgang fiel Benoîtes Blick wie zufällig ans andere Ende des Tisches, sie stellte fest, dass das Äffchen seinen Platz verlassen hatte.

Suchend sah sie sich um und entdeckte ihn schließlich etwas abseits mit Armand, im Schatten der Olivenbäume. Auch Elaine stand ein paar Schritte entfernt bei ihnen. Abwesend starrte sie auf einen Punkt in der Ferne. Einmal mehr fiel Benoîte auf, wie sonderbar stumm die Frau agierte. Sie unterhielt sich so gut wie mit niemandem, wirkte wie ein Fremdkörper.

Armand redete, das Äffchen tupfte sich unentwegt den Schweiß von der Stirn.

Benoîte sah erneut zu der Frau. In diesem Augenblick trafen sich unerwartet ihre Blicke, nur für wenige Sekunden. Elaine sah jedoch schnell wieder weg. Peinlich berührt, als hätte man sie bei etwas ertappt.

Fréderic nahm François in Beschlag, weshalb Benoîte sich weiterhin von der Umgebung ablenken ließ. Auf der anderen Seite neben ihr saß eine der beiden jungen Frauen, die jedoch mit ihrem Handy beschäftigt war.

Der Wind transportierte ein Geräusch von der vermutlich nicht weit entfernt liegenden Wasserstelle.

Als Benoîte wieder zu den drei Stehenden blickte, rückte Elaine gerade an die beiden Männer heran – sehr zu ihrer Überraschung. Sie fing sogar ein Gespräch mit dem Äffchen an. Was sie sprachen, konnte man aus der Entfernung nicht verstehen. Benoîte versuchte es trotzdem, denn die beiden schienen plötzlich angespannt. Irrte sie sich oder stritt Elaine mit dem Äffchen?

Dann wandte die Frau sich abrupt ab, pfriemelte eine Schachtel Zigaretten aus ihrer Handtasche.

Armand wollte ihr Feuer reichen, was sie brüsk ablehnte und sich anschließend ein paar Schritte entfernte.

Aufmerksam verfolgte Benoîte, was weiter geschah. Mit hinter dem Rücken verschränkten Armen tappte das Äffchen zu seinem Platz zurück. Armand dazwischen wirkte ratlos.

»Was meinst du zu der Tapenade?«

François Stimme hatte sie aufgeschreckt. Sie drehte sich zu ihm. »Tapenade? Oh, äh ... die ist superbe.«

»Sollen wir davon was mitnehmen?«

Gedankenverloren griff sie zum Baguette. »Warum nicht.« François redete bereits wieder mit Fréderic. Sie hielt das Brotmesser in der Hand, *das Messer* ... Ihre Gedanken schweiften ab, formten dieses plötzliche Bild. Was war das, was passierte hier?

Sie drehte sich in Richtung ihres Gegenübers vom anderen Ende des Tisches, vergewisserte sich jedoch nicht, wohin er sah. Er sollte nicht wissen, was in ihrem Kopf vor sich ging. Das Äffchen war ein Blutsauger. Wie hypnotisiert starrte sie derweil weiter auf ihre Hand mit dem Messer, nahm ihn nur aus dem Hintergrund wahr. Sie sah das *Blut* aus der beschriebenen Szene, *Joelles Blut* ...

Abrupt ließ sie das Messer fallen. Es war wie im Reflex. Sie fühlte die Leichenblässe in ihrem Gesicht. Was für eine absurde Szene.

Nachdem sie sich wieder halbwegs gefangen hatte, registrierte sie, dass auch Armand wieder am Tisch saß, derweil der Platz neben ihm leer blieb. Wo war Elaine?

Das Äffchen gab sich unbeteiligt. Armand dagegen schien auf ihre Abwesenheit zu reagieren, sah sich suchend um.

Benoîte überkam ein äußerst ungutes Gefühl. Es hing mit Elaines merkwürdigem Verhalten zusammen. Der Streit, ihre plötzliche Abwesenheit; es gab möglicherweise einen Zusammenhang.

»Ich werde ein paar Flaschen Wein mitnehmen«, unterbrach François erneut.

»Wie?«

»Ich dachte, der Rote wäre was für uns. Dazu etwas Käse und von der Olivenpaste.«

»Okay, mach nur.« Desinteressiert schob sie ihren Teller beiseite. »Such einfach aus, was dir schmeckt, mon amour.« Wein interessierte sie gerade nicht. Beunruhigt studierte sie die Dunkelheit, suchte darin nach Elaines Schatten. Sie fragte sich, ob Armand und sie ein Paar waren. Es hatte nicht gleich danach ausgesehen.

»Voilà!« François hielt ihr seinen Bestellzettel hin. Sie warf einen flüchtigen Blick darauf. »Von mir aus.«

Zufrieden legte er den Arm um sie.

Armand war vom Tisch aufgestanden.

Etwas ging hier vor sich, dachte sie. Elaine musste sie *infiziert* haben; ihre – wenn auch nicht gleich sichtbare, dennoch aber vorhandene – innere Unruhe war auf Benoîte übergesprungen.

Sanft befreite sie sich aus François' Umarmung, legte seinen Arm zur Seite. Worauf dieser sich wieder seinem Gesprächspartner zuwandte.

Benoîtes studierte die Schatten der Olivenbäume. Die Nacht war schwarz. Armand und Elaine in dieser Schwärze verschwunden. Sollte sie ihnen nachgehen, sie suchen?

Sie fühlte sich zunehmend unbehaglich. Etwas würde noch geschehen. Auch vermochten manche Paare das Unglück regelrecht anzuziehen. Der Abend hatte bereits unter merkwürdigen Vorzeichen begonnen.

Die Unruhe ergriff zunehmend Besitz von ihr, und ohne weiter zu überlegen, erhob sie sich schließlich vom Tisch.

Es war noch nicht vollständig dunkel. Hinter dem Grundstück zeichnete der Himmel eine dunkelviolette Linie. Der Mond wanderte, umgeben von grauen Wolken, verbarg sein rundes Gesicht im Nachtnebel.

Benoîte folgte dem Wasserplätschern, ließ Stimmen und Geschirrgeklapper hinter sich. Sie nahm den schmalen Pfad, der offensichtlich zum Fluss führte. Unter ihren Füßen knisterte das ausgedörrte Gras des langen, trockenen Sommers. Es drängte sie ihre Sandalen auszuziehen. Sie liebte es, barfuß zu laufen, fürchtete aber in der Dunkelheit in irgendetwas zu treten.

Tatsächlich führte der Pfad zur Schlucht. Die hinter ihr liegenden Hügel hatten die Gesellschaft schnell verschluckt. Das Zirpen der Zikaden wurde jetzt lauter, der Weg felsiger. Sie drängte die Büsche beiseite, arbeitete sich voran. Hinter den Bäumen schimmerte bereits aus der Ferne der Fluss.

Friedlich schlängelte der Verdon sich durch die Nachtlandschaft; offensichtlich handzahm und zugleich auf geheimnisvolle Weise bedrohlich.

Sie tastete sich bis zum Flussufer, überwand ein paar Felsen und hielt immer wieder Ausschau nach Elaine und Armand. Sie bezweifelte jedoch irgendwann, sie hier anzutreffen.

An einer Stelle streifte sie ihre Sandalen ab, kletterte auf einen Felsen. Völlig eingenommen von der Stille der Natur, gab sie sich dem Moment hin, genoss das sanfte Plätschern des Wassers.

Die Harmonie wurde jedoch bald von ihren erneut hochkochenden Gefühlen verdrängt. Ungefragt mogelte sich die Tagebuchaufzeichnung in ihre Gedanken.

Mit ihrer lebensfrohen Art war Joelle das komplette Gegenteil zu ihrer Tochter Marielle gewesen. Die biedere, überkorrekte Marielle. Sie hatte in der Tat nicht wirklich verstanden, warum ein charmanter, intelligenter Mann wie Philippe sich für eine Frau wie Marielle begeistern konnte.

Das Wasser floss mit ihren Gedanken, die kamen und gingen. Benoîte vergaß irgendwann ganz den Grund, weshalb sie hergekommen war.

Nach einiger Zeit aber bemerkte sie, dass sie fror. Sie trug lediglich ein leichtes Sommerkleid und hier draußen auf den Felsen war sie dem Wind schutzlos ausgesetzt. Möglich auch, dass man sie bei Tisch bereits vermisste.

Sie hatte gerade den Entschluss gefasst zurückzugehen und sah noch einmal in eine Richtung über den Fluss, nicht in der Erwartung dort irgendwas zu entdecken; der Nachthimmel gab in diesem Moment das Mondlicht frei und für den Bruchteil weniger Sekunden nahm sie eine Bewegung auf der gegenüberliegenden Uferseite wahr.

Augenblicklich wachsam, spähte sie in die Ferne. Was war das? War dort wer? Ein Tier, oder …

Elaine und Armand. Sie hätte längst nach ihnen Ausschau halten wollen. Stattdessen hatte sie Löcher in den Nachthimmel gestarrt. Angestrengt versuchte sie etwas zu erkennen. Dort war ein Schatten.

In der Mitte des Flusses schwamm ein Baumstamm. Er schien an einer Stelle festzustecken, etwas unter Wasser hielt ihn. Ob sie sich daran festhalten konnte, um zum anderen Ufer zu gelangen? Sie sah sich auf einmal in der Pflicht nachzusehen, was sich dort auf der anderen Uferseite bewegt hatte. Vielleicht war jemand in Not.

Vorsichtig kletterte sie vom Felsen herunter, trat ans Ufer.

Benoîte war eine gute Schwimmerin, schwamm für ihr Leben gern. Doch der Fluss barg Gefahren. Strömungen, die man vor allem in der Nacht schlecht einschätzen konnte. Auch der Mond verschwand immer wieder hinter Wolken. Vorsichtshalber suchte sie sich einen Fixpunkt am anderen Ufer, woran sie sich grob orientieren wollte. Dann zog sie sich ohne lange zu überlegen aus, stieg nackt ins Wasser.

Die Strömung war weniger reißend als erwartet. Der Baum hing an einem Felsvorsprung fest, wie sie bald entdeckte. Vorsichtig tastete sie sich ins Tiefe, bis ihr das Wasser bis zu den Achseln reichte und sie sich notbedürftig an den Ästen festgekeilt hatte. Von dort ging es Schritt für Schritt weiter.

Irgendwann lösten sich ihre Füße vom Boden, sie ließ die Äste los und schwamm. Während sie schwamm, hielt sie sich weiterhin in der Nähe des Baumes auf, der sie im Notfall abfangen konnte.

Das gegenüberliegende Flussufer näherte sich schnell. Noch ein paar Züge und sie wäre bereits drüben. Dank des stämmigen Helfers im Wasser konnte sie immer wieder eine Pause einlegen, Kräfte sparen. Eine Weile beobachtete sie das fließende Wasser. Dann schwamm sie weiter, kraulte schließlich in einer nahezu geraden Linie auf das andere Flussufer zu.

Bald schon spürte sie wieder Boden unter ihren Füßen. Sie ruderte mit weit ausholenden Armbewegungen das letzte Stück bis zum Ufer. Beim Betrachten ihres Fixpunktes stellte sie fest, dass sie dennoch ein gutes Stück davon abgetrieben worden war.

Die Nacht schien mit einem Mal wieder schwarz. Der Mond spielte ein Versteckspiel. Benoîte watete durch das niedrige Wasser. Sie musste in Bewegung bleiben, damit sie nicht zu sehr fror. Aufgrund der erneuten Wolkendichte irrte sie eine Weile orientierungslos herum.

Dann aber ...

»Benoîte«, hörte sie plötzlich eine schwache Stimme, unmittelbar neben sich und noch bevor sie ihre nähere Umgebung erkundet hatte.

»Benoîte ... hier.«

Es war der Schatten, den sie gesehen hatte. Jemand lag am Boden. »Armand, bist du das?«

»Hier ... hi-ier.« Seine Stimme klang gebrochen und er stöhnte leise. Offenbar hatte er sich verletzt. »Es ist das ... Bein, es i-ist ...«, stammelte er.

Sie konnte kaum etwas erkennen. Vielleicht hatte er in der Dunkelheit einen Felsen gerammt oder war in etwas getreten. Armands helles Haar schimmerte in der Dunkelheit. Die Wolken am Himmel trieben derweil weiter. Eine Herde grauer Schafe auf einem Streifen Mondlicht.

Armand schien in der Tat zwischen zwei kantigen Felsstücken zu liegen. Benoîte berührte sein Bein, das, so wirkte es, ziemlich unnatürlich dalag. Sie spürte es sofort, Blut.

»Mein Gott, ich hole sofort Hilfe. Wie bist du hierhergekommen? Wo ist Elaine?«

Er wollte etwas sagen. Sie verstand jedoch nur Gestammel, Stöhnen.

»Was ist mit Elaine?«, wiederholte sie.

»Ich ... kei-ine Ahnung«, röchelte er. »Si-ie ist in den Fluss. Sie war so ... sie ... hat den Verstand verloren.«

»In den Fluss. Du machst Witze.«

Der Mond zeigte sich erneut für wenige Sekunden. Benoîte suchte mit Blicken das Wasser ab. Es war jedoch aussichtslos einen Menschen oder nur eine menschliche Bewegung inmitten – oder auch nur am Rande – der Fließbewegung auszumachen. Außerdem konnte sie sich nicht vorstellen, dass Elaine freiwillig derart todesmutig ... Nein, nicht *diese* Elaine, die sie bei Tisch erlebt hatte. Die kurze Diskussion mit dem

Äffchen hatte möglicherweise eine Kurzschlussreaktion bewirkt. Trotz, Wut, etwas in der Art. Jedoch kaum so viel Dramatik, dass sie sich deshalb ins Wasser gestürzt hätte.

Dennoch kam Benoîte die hier vorgefundene Situation reichlich merkwürdig vor.

»Kannst du sie ir-irgendwo entdecken?«, fragte Armand mit vor Kälte zitternder Stimme.

»Bleib ganz ruhig«, ging sie nicht auf die gestellte Frage ein. »Ich hole Hilfe. Es wird nicht lange dauern. Hältst du so lange durch?«

»Sie müssen Elaine suchen. Bitte.«

»Ich kümmere mich darum. Sie werden dich rüber tragen und dann suchen wir Elaine. Fréderic hat ein Boot. Mach dir keine Sorgen. Wir werden sie schon finden.« Benoîte zitterte nicht weniger vor Kälte. »Ich schwimme jetzt zurück.« Es blieb ihr nichts anderes übrig, als ihn zurückzulassen.

Kurz darauf war sie wieder im Wasser, mobilisierte sämtliche Kräfte, schwamm, als ginge es um Leben und Tod, was durchaus der Fall war.

»Elaine!«, schrie sie in die Dunkelheit.

Niemand antwortete.

Sie schnappte nach Luft, schwamm weiter. Dabei meinte sie kurz keine Luft zu bekommen. Sie schluckte Wasser, japste, rettete sich aber schließlich in eine ruhigere Schwimmlage. Sie durfte nicht nervös werden, nichts übersehen, sonst hätte sie am Ende niemanden gerettet. Der Fluss war unberechenbar, weshalb sie sich aufbäumte – mit geballter Willenskraft gegen die zunehmende Strömung kämpfte. Einen Moment lang überkam sie das Gefühl wie ein Ast weggerissen zu werden.

Benoîte aber ließ sich nicht brechen und gewann schnell wieder die Oberhand. Der Widerstand des Wassers wurde geringer, ihre Füße stießen schließlich auf Kies. Vollkommen erschöpft erreichte sie das andere Flussufer.

Sie tastete sich entlang der Felsen, musste nicht lange nach der Stelle suchen, wo sie ihre Kleidung abgelegt hatte.

Nicht noch mehr Zeit verlieren, dachte sie und schlüpfte umgehend in ihre Unterwäsche und das Kleid, erinnerte sich

daran, dass sie sinnlos auf dem Felsen hockend Zeit vertan hatte.
Das Klettern ging jetzt zügig und sie erreichte schon bald den Pfad. Von dort fing sie an zu rennen. »Hilfe!«, schrie sie, als sie die ersten Köpfe der Menschen entdeckte.
Fréderic war der Erste, der auf ihren Schrei reagierte. Er rannte ihr, in Begleitung einer der beiden jungen Männer entgegen. »Was ist los? Was ist passiert?« Die beiden hatten sie gerade erreicht.
Benoîte war vollkommen außer Atem. »Armand liegt dort drüben«, sie deutete in die Dunkelheit, »auf der anderen Seite des Flusses.«
Fréderics Begleiter hantierte mit seinem Mobiltelefon. »Kein Netz«, stellte er bald fest.
»Mireille soll den Rettungsdienst anrufen«, rief Fréderic François zu, der jetzt auch auf sie zugeeilt kam.
Mireilles Stimme ertönte irgendwo aus dem Hintergrund.
Bestürzt sah François zu Benoîte. »Geht es dir gut? Wie ... was ist denn passiert?« Er legte ihr seine Jacke um die Schultern und zog sie an sich.
»Ihr braucht das Boot«, sprach sie über seine Schulter hinweg zu den anderen. »Es dauert zu lange, bis der Rettungsdienst kommt. Armand ist schwer verletzt. Ich konnte in der Dunkelheit nicht alles erkennen, aber ihr solltet keine Zeit verlieren.«
Fréderic gab seinen Helfern ein Handzeichen. Dann lief er zum Bootshaus.
Zu dritt trugen sie kurz darauf ein Kajak mit Rettungswesten den Pfad hinunter.

Knapp eine halbe Stunde später wurde Armands Körper von zwei Sanitätern auf eine Bahre gehievt. Er hatte das Bewusstsein verloren. Sein Puls war jedoch stabil, bestätigte der junge Mediziner. Alles war gut.
Niemand hatte hingegen noch einmal nach Elaine gefragt. Auch Benoîte schien sie in der Aufregung und für den Moment vollkommen vergessen zu haben.

Als sie jedoch an den verwaisten Tisch trat, kamen ihr Armands Worte unmittelbar wieder in den Sinn.

»Elaine«, murmelte sie.

Einer der Sanitäter hatte ihr eine Decke um die Schultern gelegt.

»Was für eine Nacht«, bemerkte François neben ihr. »Gott sei Dank ist es gut ausgegangen, dank deines mutigen Einsatzes.«

»Elaine«, wiederholte sie, François hatte sie offensichtlich nicht gehört, »sie war nicht bei Armand. Angeblich ist sie in den Fluss.«

»Elaine ... in den Fluss, weshalb denn in den Fluss? Doch nicht zum Baden?! Um diese Uhrzeit, nach einer Weinprobe – eine denkbar schlechte Idee!«

»Bitte, François, ich habe Armand versprochen, dass wir das Flussufer absuchen lassen. Wenn es tatsächlich so ist, ist sie vielleicht irgendwo mitgerissen oder abgetrieben worden. Fréderic sollte die Polizei rufen.«

François eilte bereits zum Haus. Benoîte zog sich die Decke um ihre Schultern, während sie ihm hinterher sah.

Da war es also, *das Drama*. Seltsamerweise hatte sie es kommen sehen.

Kurz darauf fuhren zwei Polizeiwagen vor. Drei Beamte sprangen heraus. Keuchende Spürhunde an Leinen gebändigt. Wildes Gezerre in der Dunkelheit, alles trieb Richtung Flussufer. Man stellte Scheinwerfer auf. Anschließend wurde es mitten in der Nacht taghell. Menschen rannten durcheinander. Die Spürhunde gierten danach irgendeine Spur aufzunehmen. Was war das hier? Albtraum? Realität?

Benoîte rieb sich die Augen und starrte ins Nichts. Das Nichts, auf das sich das grelle Scheinwerferlicht konzentrierte und zu einem Knotenpunkt schwoll.

Sie schloss die Augen und versuchte sich wegzudenken. Weit weg. Weg von der Szene, weg von den Stimmen.

Als sie die Augen wieder öffnete, war es dunkel und die Scheinwerfer gelöscht. Hatte man Elaine gefunden?

Jemand war hinter sie getreten.
Erschrocken fuhr sie herum. Die Dunkelheit war erneut ungewohnt, wenn man damit rechnete, in grelles Scheinwerferlicht zu blicken. Daher erkannte sie ihn nicht gleich. Auch die Kerzen in den Laternen waren weit abgebrannt.
Aus dem Nichts trat er auf sie zu. Sie hatte *ihn* vollkommen vergessen. Noch nicht ein Wort hatten sie miteinander gewechselt; sie und das Äffchen.
Nein, diese Begegnung wünschte sie sich gerade nicht. Und doch war sie auch erleichtert für den Augenblick nicht allein zu sein. Es war schwer erklärbar, aber er musste ja hier sein. Es war quasi seine Bestimmung, an einem Ort zu erscheinen, an dem man Fragen stellen konnte. Fragen, die ihr gerade auch durch den Kopf gingen.
»Mademoiselle, ça va? Alles in Ordnung? Das war ja ein ziemlicher Wirbel, was«, stellte er überraschend anteilnehmend fest.
Sie nickte stumm, hielt dabei nur wenige Sekunden seinem Blick stand. Die innere Unruhe wuchs augenblicklich zu einem unterschwellig wütenden Sturm, kam aus einem dunklen Winkel ihrer Erinnerung. Er als Person war nicht wirklich der Grund für dieses Empfinden. Es war vielmehr das Gefühl, das er in ihr weckte, diese Mischung aus maßloser Abneigung und Furcht. Furcht vor etwas, womit er in Verbindung stand.
Sie drehte sich weg, ließ ihn stehen.
François erschien neben ihr, legte den Arm um sie, was sie in diesem Augenblick als erlösend empfand.
»Haben sie sie gefunden?«
»Nein, die Suche wurde für heute eingestellt. Wenn sie tatsächlich in den Fluss gegangen ist, wurde sie vermutlich schon zu weit abgetrieben. Es ist mittlerweile zu dunkel und sie kann auch irgendwo an Land gegangen sein. Sie wollen morgen weitersuchen.«
Vor ihrem geistigen Auge sah sie eine Leiche im Wasser treiben, *Elaines Leiche.*
»Warum bist du überhaupt runter zum Fluss gegangen?«, fragte François.

»Einfach so. Ich hatte so ein Gefühl, als die beiden vom Tisch aufgestanden sind.«
»Haben sie gestritten?«, wollte er wissen.
»Ich weiß es nicht. Es sah kurz mal danach aus. Ich glaube aber nicht, dass sie ertrunken ist.«
»Das hoffen wir alle.«
Sie löste sich von François. Dieser hielt bereits nach den anderen Männern Ausschau, um herauszufinden, ob er irgendwo mit anpacken konnte. Auch das Äffchen hatte sich der helfenden Männergruppe angeschlossen.
Benommen tappte Benoîte mit ihrer Decke zum Tisch zurück, hockte sich irgendwo hin.
»Wenn du was brauchst, schreist du ganz laut«, rief François ihr zu.
»D'accord.«
Mireille räumte stumm Geschirr ab. Dann verschwand sie wieder, war wie ein Geist.
Aus der Entfernung sah sie das Äffchen auf sich zukommen. Ein Polizeibeamter fing ihn ab, verwickelte ihn in ein Gespräch.
Der Tisch wirkte verwahrlost. Gerade noch hatte man hier gesessen, getrunken, gelacht, die erstklassige Atmosphäre genossen. Ein traumhafter Abend in einer Traumlandschaft hatte sich in einen Albtraum verwandelt; die Natur als Schauspieler. Doch was war von dem Stück übriggeblieben? Ein Schlachtfeld. Wie schnell alles umschlagen und sich ins Gegenteil verkehren konnte. Benoîte saß auf der leeren Bühne, die Vorstellung war vorbei. Dabei hatte sie auf ein anderes Ende gehofft. Ein Ende, das ihr zu verstehen gegeben hätte: Das Tagebuch spielte keine Rolle, es hatte mit all dem hier nichts zu tun; die Aufzeichnung war lediglich ein dreister Versuch gewesen, sie in die Irre zu führen.
Gerade deshalb aber verursachte es Zweifel. Zweifel, die nicht zuletzt der Ausgang dieses Abends heraufbeschworen hatte.
Ermattet von den Anstrengungen ihrer Gedanken, sank ihr Kopf auf die Tischplatte. Sie schloss die Augen. In Zeitlupe durchlebte sie erneut das Nichts der Stimmen und Lichter ...

Nach einiger Zeit schlug sie die Augen wieder auf.

Alles war wie zuvor. Die Gegenstände, die dort standen, rückten in bedrohliche Nähe. Leere und halb leere Weingläser. Der Rotwein hatte hier und da rote Flecken auf der Tischdecke hinterlassen. Auf einem blutroten Flecken hockte ein Grashüpfer. Starr verharrte das Insekt, als wäre es aus Wachs. Dann aber, gänzlich unerwartet, sprang es mit einem Satz über Benoîtes Hand. Im Spiegelbild des Löffels sah sie ihr Gesicht auf dem Kopf stehen. Verzerrt, unproportional. Die Gegenstände auf dem Tisch verschwanden kurzzeitig im Nebel. Dann spuckte der Nebel sie wieder aus – noch dazu in doppelter Ausführung, weshalb sie entschied, die Augen geschlossen zu halten.

Wie lange der Dämmerzustand andauerte, konnte sie nicht sagen. Vielleicht nur kurz. Als sie die Augen wieder aufschlug, blickte sie in ein Paar kugelige Fischaugen.

Das Äffchen fächelte ihr Luft zu, sah sie dabei mitleidig an.

»Oh-là-là, ma chère, ma petite …«, sprach er ungewohnt vertraut mit ihr.

Schnell änderte sich sein Ton jedoch, als er bemerkte, wie sie langsam wieder zu sich kam.

»Mademoiselle, hmn«, räusperte er sich.

Es war noch immer da, das Schlachtfeld. Eine einzige Kerze brannte im Hintergrund. Die anderen waren erloschen.

Sie sah François mit den beiden Deutschen reden. Warum befand er sich nicht an ihrer Seite? Warum lieferte er sie dem Äffchen aus?

»Mademoiselle«, seine Stimme klang jetzt fest, »geht's Ihnen wieder gut?«

Benoîte richtete sich langsam auf. Noch immer sah sie ihn nicht an, während sie die Decke über ihrer Brust zusammenraffte.

»Das sind Ihre Sandalen, n'est-ce pas?« Er hielt ihr ein Paar Schuhe hin, die sie nur schwammig als die ihren erkannte. Instinktiv griff sie danach.

»Sie lagen da …« Er deutete irgendwo hin.

»Ja ja, ich weiß schon.«

»Da … da ist Blut dran«, bemerkte er.

Verständnislos sah sie von ihren Sandalen zu sich und an sich runter. Natürlich, sie hatte sich vermutlich beim Klettern auf den Felsen verletzt.

»Es war dunkel«, erklärte sie, ärgerte sich aber gleich über sich selbst. Sie musste sich nicht rechtfertigen.

Das Äffchen schwieg. Benoîte versuchte ihn nicht weiter zu beachten. Sollte er nur Belege für seine wie auch immer gearteten Theorien sammeln; wenn es ihm Freude bereitete.

Hilfesuchend sah sie sich nach dem Polizeibeamten um. Ein junger Mann, etwa in ihrem Alter. Ob er eine Zeugenaussage von ihr wollte?

Scheinbar aber gab es keine Fragen. Das Wichtigste war geklärt und jeder wollte nur eins: die Nacht beenden.

»Wir kennen uns doch, Mademoiselle«, hörte sie ihn erneut, seine fistelige Stimme. »Wissen Sie noch ...?«

Ruckartig drehte sie sich herum. »Wie?« – Was wollte er?

»Die Verlobungsfeier bei den Bertrands.«

»Ja, ja ...«

»Joelle Bertrand ist in *jener* Nacht tragisch verstorben. Sie erinnern sich?«

François, ein paar Meter von ihr entfernt, warf einen fragenden Blick in ihre Richtung. So dringlich sie sich gerade noch gewünscht hatte, er möge bei ihr sein, war dieser Wunsch mit einem Mal weg und sie hoffte nur, er bliebe ihr noch eine Weile fern.

»Ich erinnere mich«, erwiderte sie stockend.

»Marielle Bertrand und ihr Verlobter Philippe. Philippe ...«

»Moreautruc«, entfuhr es ihr und sie wunderte sich selbst über ihr lebhaftes Erinnerungsvermögen. Zu allem Ärger fiel ihr auf, dass auch ihr Gegenüber diesen Umstand mit Genugtuung zur Kenntnis nahm.

»Philippe Moreautruc«, wiederholte er, den Nachnamen betonend, »richtig. Sie hatten ein *besonderes* Verhältnis zu Monsieur Moreautruc, n'est-ce pas? Aber keine Sorge, ich habe mich nicht dazu geäußert.«

»Was ... Wie?« Fassungslos rutschte ihre Hand vom Tisch. Wollte er ihr jetzt ein Verhältnis mit Philippe andichten?

»Besonderes Verhältnis, Monsieur, da verwechseln Sie was.«

»Bien sûr. Das ist natürlich alles Spekulation. Wissen Sie, dass Sie erröten, wenn Sie seinen Namen aussprechen?«, behauptete er mit einer Unverfrorenheit, die sie augenblicklich zur Weißglut brachte. Und das ganz ohne ihr dabei in die Augen zu sehen.

War der Abend noch nicht schlimm genug, musste er noch eins oben draufsetzen?

»Marielle und ich waren befreundet.«

»Sie ...*waren,* habe ich das richtig verstanden?«

»Wir haben uns aus den Augen verloren. Sie hat sich verlobt. Ich habe auch jemanden kennengelernt, so ist das. Solche Dinge passieren.« Sie kochte innerlich, versuchte aber dennoch ruhig zu klingen.

»Dann war es wohl keine echte Freundschaft. Keine fürs Leben.«

»Schon möglich.«

»Wege kreuzen sich und gehen wieder auseinander. C'est la vie. Na ja, das war damals auch kein Thema«, beschwichtigte er. »Welche Gefühle auch immer da im Spiel waren, das alles hatte ja nichts mit dem plötzlichen Tod von Joelle zu tun.«

»Nein, sicher nicht.« – Worauf wollte er hinaus?

»Joelle Bertrand ist nur auf den ersten Blick eines natürlichen Todes gestorben. Die genaueren Umstände konnten nie geklärt werden«, behauptete er.

»Sie starb an einem Herzinfarkt, wenn ich mich richtig erinnere«, protestierte sie.

»Das hat der Arzt behauptet.«

»Und das war nicht so?« Benoîte war irritiert. »Gut, das sei mal dahingestellt. Aber offensichtlich ist Ihnen das Wesentliche entgangen: *Joelle* hatte ein Verhältnis mit Philippe Moreautruc.«

»Ach«, spielte er den Erstaunten. »Joelle Bertrand hatte schon einen recht flatterhaften Lebenswandel. Die Männer konnten ihr nicht jung genug sein. Aber ein Verhältnis mit ihrem Schwiegersohn, das halte ich für ein Gerücht.«

»Ich habe die beiden gesehen.«

»... sie gesehen? Sie und ihn?«

»Ja«, beharrte Benoîte.

»In einer eindeutigen Szene?«
»Ja, na so in etwa.«
Tatsächlich hatte sie die Szene noch einmal durchdacht.
»Dann ist Joelle Bertrand also *nicht* eines natürlichen Todes gestorben, sondern jemand hat nachgeholfen?«, brachte sie das Thema wieder in die andere Richtung, die er nur angedeutet hatte.
»Davon … hmn, gehe ich aus. Vielleicht wurde nicht bewusst nachgeholfen«, relativierte er seine Anschuldigungen, er verhaspelte sich.
»Ein Unfall? Wie kam dann der Arzt darauf, es wäre ein Herzinfarkt gewesen?«
»Eine wirklich gute Frage«, fand er seine Selbstsicherheit augenblicklich wieder.
»Und vor allem *wie* kam es zu diesem Unfall?«
»Mit Gift.«
»Gift?!« *Gift*, wiederholte sie in Gedanken, *doch so simpel*. Gott sei Dank vermutete er kein blutiges Messer. Es wäre ihr allerdings merkwürdig vorgekommen. Sollte er mit dem Tagebucheintrag in Zusammenhang stehen?
»Natürlich Gift«, lachte sie heiser, »die klassische Methode, um eine Nebenbuhlerin auszuschalten; das war schon im alten Rom so. Dabei kann man wohl von Berechnung ausgehen.«
»D'accord. Ich vermute ja auch kein Gift im herkömmlichen Sinne. Es waren kleine Dosen, von denen vermutlich eine geringere Wirkung erwartet wurde als der Tod. Und wenn wir schon vom alten Rom sprechen, manche Dinge ändern sich tatsächlich nicht. Interessant aber, dass Sie Madame Bertrand als Nebenbuhlerin bezeichnen.«
Was bezweckte er mit seiner Provokation? »Bei Gift liegt das doch wohl nahe. Frauen setzen Gift ein.«
Sie dachte an den Morgen zurück, als Gustave damit angefangen hatte, jemand hätte ihm seine Frau entrissen. Aber wie auch immer, Gift war kein blutverschmiertes Messer.
»Ohne Indizien irgendeine Theorie aufzustellen ist delikat.« Benoîte verschränkte die Arme.
»Wer sagt denn, dass es keine Indizien gibt.«

Sie versuchte seinen Blick zu entschlüsseln. Bluffte er? Sie hatte keine Lust darauf einzugehen. »Lassen wir die alten Geschichten. Es sollte nicht zu viel interpretiert werden. Sonst gäbe es zu dem heutigen Abend sicher auch irgendeine Theorie oder Prognose. Irgendwas werden Sie sicher gleich aus dem Hut zaubern«, spottete sie.

Seine kurzen Finger spielten mit dem Strohhut in seiner Hand. Eine angespannte Fingerübung, damit dieser ihm nicht entglitt. Nein, er hatte keine Theorie. Keine Notizen. Da war nichts, worauf er hätte zurückgreifen können. Er hatte den Höhepunkt des Abends schlichtweg verpasst.

»Eine Theorie gibt´s immer«, behauptete er dennoch. »Das ganze Leben ist voller Theorien. Man kann etwas so oder so interpretieren. Theoretisch. Und Belege finden sich immer für alles.«

Was wollte er denn damit sagen? –

»Außerdem haben wir hier keine Leiche. Noch nicht.«

»Und wenn es eine gäbe? Dann hätte jemand nachgeholfen ... *Ich* zum Beispiel? Angenommen, ich hätte ein Auge auf Armand geworfen, und aus Eifersucht habe ich es auf Elaine abgesehen, sie verfolgt. Am Fluss habe ich sie abgepasst, ins Wasser gestoßen – et voilà! Weg war sie, die Nebenbuhlerin. Aus dem Weg geräumt. Armand hat natürlich versucht ihr zu helfen und wurde von mir überwältigt. Blöd gelaufen.«

Verlegen fuhr er sich durchs Haar, zögerte – dann fing er an zu lachen. Es klang heiser und auch etwas künstlich. Er fischte nach Worten, die ihm seine Selbstsicherheit zurückgaben: »Gut. Das wäre eine Theorie. Eine schlechte zwar, aber eben eine Theorie. Man müsste sie nur irgendwie belegen.«

»Nichts leichter als das.«

»Comment?«, fragte er.

»Das Blut an meinen Sandalen. Es bezeugt, dass ein Kampf stattgefunden hat. Ein Kampf um Leben und Tod.«

Wieder lachte er verlegen. »Mademoiselle, Sie nehmen mich nicht ernst.«

»Mais oui! Das tue ich.«

»Wenn das eine Anspielung auf meine Nachforschungen von damals sein soll, ich habe da nicht *irgendeine* Theorie

gesponnen. Ich rekonstruierte einen Todesfall. Meine Befragungen hatten durchaus einen guten Grund«, rechtfertigte er sich. »Man fand bei Joelle ein paar Briefentwürfe, in denen sie äußerte, sich bedroht zu fühlen.«
»Bedroht wodurch? Eine Person? Einen Mann? Eine Frau?«, bohrte sie. »Weder noch. Neutral. Undefiniert.«
»Undefiniert? Alien?« Sollte Joelle vielleicht nicht ganz richtig im Kopf gewesen sein. Es gelang ihm tatsächlich, ihr ebenfalls den Floh vom unnatürlichen Tod Joelles ins Ohr zu setzen.
Ihre patzigen Antworten stimmten ihn nicht um. Er ließ sich nicht ablenken, fühlte sich vielmehr in der Gewinnerposition. Er hatte sie überzeugt – dachte er – und bestieg mit erhobener Brust das Siegertreppchen. Ein Äffchen-Siegertreppchen. Der lächerliche Strohhut klemmte zwischen seinen krüppeligen Fingern. Sie sah ihn zu Boden fallen, weil das nervöse Zittern ihn zum Tollpatsch machte, er ihn nicht halten konnten. Der Dreitagebart stand ihm nicht. Der Duft des Eau de Cologne hatte sich mit seinem Schweiß vermischt, er stank.
Abrupt erhob sie sich. Sie konnte seine Gegenwart nicht länger ertragen.
»Können wir unser Gespräch eventuell vertagen? Ich bin müde und denke, es spricht nichts dagegen, sich nach dieser langen Nacht ein paar Stunden Schlaf zu gönnen.«
Demonstrativ sah sie sich nach François um. Ihre Geste hatte etwas Überhebliches. »Gute Nacht, Monsieur«, verabschiedete sie sich und ließ ihn erneut einfach stehen.

Auf dem Gang vor ihrem Zimmer stieß sie auf François.
»Gibt es noch irgendwas Neues von Elaine?«, wollte sie wissen.
»Sie haben noch einen Lippenstift am Flussufer gefunden. Morgen früh geht die Suche weiter.«
Benoîte hörte nicht wirklich zu. Die soeben geführte Unterhaltung arbeitete noch in ihr.
»Mach dir keine Gedanken. Sicher ist sie morgen wieder da. Und das alles war nur ein Missverständnis. Manchmal klären

sich die Dinge wie von selbst und die Lösung ist völlig simpel.«

War es so wie er sagte? Oder stützte sich diese Vorstellung einzig auf seine Gutgläubigkeit; ahnte er auch nur wie unberechenbar, trügerisch die Welt sein konnte?

Auf dem Zimmer kam alles noch einmal hoch. Irgendwo hatte dieser Tag begonnen. Doch sie wollte sich lieber nicht an die Stelle erinnern, an die Zeilen, die sie gelesen hatte. »Glaubst du, dass Armand gelogen hat?«, fragte sie stattdessen.

François reagierte nicht.

»Er könnte sich das mit Elaines Verschwinden doch auch ausgedacht haben.«

»Und in Wirklichkeit hat er ihr was angetan? Benoîte, du phantasierst. Das war zu viel für dich heute. Entspann dich. Oder hat dir Monsieur Kriminalpsychologe auf den Zahn gefühlt?«

»Du kennst ihn?«

»Er stand doch die ganze Zeit bei dir.«

»Nein, das meine ich nicht. Ich meine, kanntest du ihn schon davor?«

François wandte sich ab, streifte sich das T-Shirt über den Kopf. Sie blickte auf seinen nackten Rücken. Ein unmissverständliches Zeichen.

»Nein, woher denn. Der scheint mir eine leichte Schraube locker zu haben«, erwiderte er mit einiger Verzögerung.

Nach kurzem Überlegen ging sie ins Bad, zog die Tür hinter sich zu.

Vor dem Spiegel zog sie sich aus und stieg in die Dusche. Sie stellte das Wasser an, wartete, bis es warm wurde und trat anschließend unter den Strahl.

Sie schloss die Augen, dachte an nichts. Das Nichts der grellen Scheinwerfer. *Nichts.*

Zwei Hände näherten sich ihr von hinten. Sie kamen von irgendwoher. Möglicherweise auch aus ihren Gedanken. Sie ertasteten ihren nackten Körper, strichen über ihren Bauch, ihre Arme, die Schultern ... Sie spürte seine Nähe, die Nähe seines Körpers – unmittelbar hinter sich. *Wessen Körper?* Sanft

verteilte er Shampoo auf ihrem Haar, zwei wohlgeformte Hände, massierte es ein, bis es schäumte. Dieser Tag war der Traum. Traum, Albtraum. Eine Mischung aus beidem.
Und das hier? Es war nicht das Nichts. Es war *mehr* – deutlich mehr. Sein Atem streichelte ihr Ohr. Er hielt sie, drückte sie sanft gegen die Kacheln. Das Wasser floss, lief ihr die Beine hinunter, über ihre Kniekehlen, ihre Zehen ... vermischt mit Shampoo. Dazu ihr Atem. Ihrer und der des anderen. Atem vermischt mit Shampoo.
Sie schloss die Augen und verschwand ganz in diesem Moment, in *seinen* Armen.

François lag bereits im Bett, als sie trocken und geföhnt aus dem Bad kam. Sie war zu müde, um noch einen weiteren Gedanken an das Erlebte und an den Koffer zu verschwenden (der unter ihrem Bett schlummerte, so dachte sie ...).
Hätte der Abend nicht diesen Ausgang genommen und wären die Ereignisse des Tages nicht Grund genug gewesen, eine schlaflose Nacht zu erwarten, hätte Benoîte sich vielleicht noch ein Glas von einem der edlen Tropfen gegönnt, die François beim Gutsbesitzer erstanden hatte. Doch es gab schlichtweg keine weitere Steigerung dieses abgelaufenen Tages.
Sie vertagte somit alle Fragen bis auf weiteres. Alle, außer dieser einen, völlig banalen: Wie konnte François nach einer Nacht wie dieser auch noch Wein kaufen?

2

Benoîte liegt noch im Bett, als Germaine in ihr Ohr flüstert: »Benoîte.«

Schlaftrunken dreht sie sich herum, sieht die Alte fragend an.

»Pascal hat eben angerufen. Er fragt, ob es dir besser geht und du heute zur Arbeit kommst.«

»Ob ich …« Sie überlegt und für Germaine sieht es so aus, als müsse sie erst darüber nachdenken, ob sie tatsächlich krank sei.

Die alte Frau trägt einen Kater unterm Arm, der Benoîte mit weit aufgerissenen Augen anstarrt und dabei leise schnurrt.

»Arrête, Adamo!«, faucht sie das Tier an und setzt es in der anderen Ecke des Zimmers ab, wo Adamo gleich auf die Fensterbank springt. Faul und reichlich unbeeindruckt blickt er zu den beiden Frauen. Interessanter scheint ihm jedoch das Fenster.

»Jetzt steh erst mal auf. Ich bring dir einen café extra grand«, verkündet Germaine und trottet in die andere Richtung davon.

Adamo bleibt auf der Fensterbank hocken, schaut hinaus in den Garten, wo er zwei Spatzen auf dem Baum entdeckt. Ein Schmetterling tanzt vor seiner Katzenschnauze. Adamos Pfote will ihm hinterher, wird jedoch durch die Fensterscheibe behindert. Das Pfötchen rutscht ab.

Verärgert schnurrt er, macht sich aber nicht die Mühe, es erneut zu versuchen. Neugierig dreht er sich jetzt zu Benoîte um.

Sie steht vor dem Kleiderschrank, zieht ein Sommerkleid heraus und legt es aufs Bett.

Germaine erscheint mit einem Tablett in der Tür, als Benoîte sich gerade die Zähne putzt.

»Et voilà, extra grand und mit viel heißer Milch. Damit bist du ruckzuck topfit.« Sie zwinkert ihr zu, schnappt mit einer ausholenden Armbewegung nach Adamo, der sich laut kreischend wehrt, und verschwindet wieder.

Benoîte nimmt einen Schluck von dem dampfenden Kaffee. *Ruckzuck topfit*, wiederholt sie, ein Lächeln umspielt ihre Mundwinkel.

Germaine ist nie aufdringlich, immer diskret. Keine lästigen Fragen oder altklugen Ratschläge. Ihr Kaffee ist unschlagbar gut. Und stark. Ansonsten liebt sie nichts so sehr, wie ihre Katzen. Und natürlich die schattigen Obstbäume. Chronische Melancholie nennt sie das.

Es ist einige Jahre her, dass die alte Dame verheiratet war. Ihr Mann Luc starb bei einem Arbeitsunfall. Nie mehr hat sie danach einen anderen gehabt. *Ist das wahre Liebe, ewige Treue?*, fragt sich Benoîte, wenn sie Germaine dabei beobachtet, wie sie mit äußerster Sorgfalt die Fotos auf der alten Eichenvitrine in ihrem Wohnzimmer entstaubt.

Manchmal fährt sie mit dem Fahrrad ins nächste Dorf, trifft sich mit einer Freundin zum Tee. Sie genießt ihr Leben. Auf ihre Art genießt sie es. Wenn sie dabei auch noch immer trauert – was sie regelrecht zelebriert.

Heute steht ein Kartennachmittag mit zwei Freundinnen auf dem Programm und Germaine beginnt schon am Morgen damit, sich die Brauen zu zupfen. Sie trägt eine Gesichtspflegemaske auf und schmiert sich etwas auf die Lippen. Ein Gloss, das diese rosig schimmern lässt. Die alte Dame ist eitel. Zu viel Make-up mag sie jedoch nicht.

Als Benoîte im Bademantel aus dem Zimmer kommt, ertappt sie ihre Vermieterin dabei, wie sie das neue Lipgloss vor dem Spiegel im Flur ausprobiert.

»Steht dir gut«, bemerkt sie lächelnd. »Aber für deinen Teint würde ich einen Erdton nehmen.«

»Ach Benoîte ... Ich habe dich gar nicht gehört.« Verlegen nestelt sie an ihrem Haar herum. »So, meinst du?«

»Ich meine nur, es unterstreicht deine natürliche Schönheit.«

Germaine fühlt sich sichtlich geschmeichelt. »Wenn du das sagst, ma chère. Und was meinst du, welches Kleid?«

»Zu dem Lipgloss? Das bronzefarbene. Das steht dir sehr gut.« Das Kompliment zaubert Germaine den Frühling ins Gesicht. Sie strahlt und wirkt um ein paar Jahre verjüngt.

Benoîte überlässt die alte Dame sich selbst und geht weiter zum Duschen. Hinter dem Haus gibt es eine Außendusche für die besonders heißen Sommermonate. Sie zieht den Bademantel aus, hängt ihn über die Holzwand. Dann stellt sie das Wasser an.

Als das kalte Nass auf sie niederrieselt, sind die Bilder vom Weinprobe-Wochenende wieder da ...

Am nächsten Tag gab es noch keine neuen Ergebnisse, Elaine blieb – so der letzte Stand der Dinge – verschwunden.

Ein Jahr später aber stand Papans Koffer, der nach ihrer letzten Begegnung spurlos verschwunden war, plötzlich wieder da. Draußen stürmte der Mistral. Sie war allein in einem Haus, das sie gerade erst vor wenigen Wochen bezogen hatte. Vor dem Haus klapperte die Gartentür. Benoîte ging nach draußen, um die Tür zu schließen. Als sie den spärlich beleuchteten Innenhof durchquerte, stolperte sie beinahe über ihn.

Da war er wieder, der alte Rindslederkoffer ihres Vaters. Ein weiteres Mal hatte er sie aufgespürt. Weshalb stand er da und wer hatte ihn gebracht? Ihr Blick suchte den Hof und das kleine Gartenstück ab, entdeckte jedoch nichts Auffälliges. Derjenige verstand sich darauf den Moment exakt abzupassen. Möglicherweise beobachtete er sie heimlich – *er* oder sie? Benoîte fühlte sich unbehaglich bei diesem Gedanken.

Eine Weile stand sie ratlos da. Dann trug sie den Koffer hinein. Unentschieden verweilte sie im Hausflur, mit diesem zwiespältigen Gefühl im Bauch. Sie betrachtete das aufgeraute Leder. Die Nähte wirkten wie Rost. Von unten fühlte es sich an, als hätte er länger im Feuchten gestanden. Dabei war es an jener Stelle draußen trocken gewesen. Unverändert hingegen, war der Geruch, den er ausdünstete, *unique, extraordinaire*. Ein Hauch von Moschus, ledrig, schwer und zugleich exotisch, männlich.

Sie nahm ihn mit ins Wohnzimmer, rieb ihn vorsichtig mit einem Küchentuch trocken und betrachtete ihn erneut. Der alte Glanz war wieder da. Sie sah den *Souk* in Marrakesch, wo er entstanden war; der Geruch des Orients: Safran, Kümmel ....

Eine Weile gab sie sich den Bildern in ihrem Kopf hin. Dann entschied sie zu handeln. Es schnell hinter sich zu bringen. Was immer er diesmal enthielt, sie war vorbereitet. Der Gurt in der Metallfassung löste sich wie von selbst. Sie klappte den Koffer auf. Das Innere zeigte sich ihr wie vermutet. Ausgelegt mit grüner Seide, scheinbar leer. Auf den ersten Blick. Doch der Koffer sollte sie nicht täuschen. Er besaß eine Art Geheimfach, vermutlich für Schmuggelware. Das Tagebuch war ein solches Gut: *Schmuggelgut*, illegal, betrügerisch. Sie drehte den Koffer solange, bis das Gesuchte herausfiel. Da war es wieder, das grüne Büchlein. *Benoîte Loupgoncier, Tagebuchaufzeichnungen.*

Die Erinnerung an die letzte Begegnung mit dem Tagebuch wurde schnell lebendig. Als hätte sie gerade erst darin gelesen. Das Lesezeichen wies ihr die Stelle zu der neuen Aufzeichnung. Den vorderen Teil fand sie noch immer leer. Offensichtlich diente es als Platzhalter. Das Beste kam zum Schluss?

Als sie das Datum des Eintrags las, sah sie eine dunkle Vorahnung bestätigt. Natürlich ging es um das Weinprobe-Wochenende.

Benoîte betrachtete die Linienführung der Schrift und wunderte sich: Wer konnte diese so gut imitieren? Wer wusste von ihren Erlebnissen, ihren Gedanken?

Bevor sie in unnötiges Grübeln verfiel, konzentrierte sie sich auf die Zeilen:

François und ich sind Gäste einer Weinprobe auf einem Landgut. Der Gastgeber Fréderic Huéspard und seine Frau Mireille haben ein paar Leute aus der Region eingeladen, darunter auch uns. Fréderic ist geschäftlich mit François bekannt. Ihn und seine Frau Mireille sehe ich zum ersten Mal. Sie sind mir gleich sympathisch. Mireille ist zurückhaltend, während Fréderic gerne und viel redet. Seine Rhetorik ist nebenbei auch auf den Verkauf seiner Produkte ausgerichtet.

Als ich mich gegen fünf allein in unserem Zimmer für die Weinprobe zurechtmache, klopft es an der Tür. Ein Koffer wird für mich abgegeben. Der Anblick des Koffers ist ein echter Schock, denn es ist der alte Koffer meines Vaters. Papans Koffer. Damals hatte ich ihn an der Straße zurückgelassen. Ich war dreizehn. Der Koffer hat eine tiefe Bedeutung für mich. So tief, dass ich es kaum wage, ihn anzufassen. Noch verwirrter bin ich allerdings, als ich ein Tagebuch darin finde. Mein Tagebuch. Ist der Koffer mit meinen Gedanken gereist? Sind das auch wirklich meine Erinnerungen, frage ich mich, denn die Notizen entpuppen sich als etwas wirr. Mehr noch: Ich kann das, was ich dem Tagebuch entnehme, schwer nachvollziehen. In der Regel habe ich für meine Gefühle keine Worte, schon gar keine geschriebenen Worte. Darum scheint es mir unglaublich, dass die Notizen von mir stammen könnten ...

Irritiert durch die Wortwahl, hielt Benoîte beim Lesen inne. Hier versuchte jemand, ihren inneren Zustand zu beschreiben. Jemand, der erstaunlich viel über sie wusste. Beunruhigend. Einen Moment lang überlegte sie tatsächlich, ob das Gelesene nicht doch von ihr stammen könnte. Der Stil schien leicht verändert gegenüber dem letzten Mal.

Mit gemischten Gefühlen las sie schließlich weiter:

Als ich später zur Weinprobe gehe, bin ich noch immer in Gedanken bei dem Koffer. François unternimmt mehrere Annäherungsversuche, während Fréderic die Weingläser herumgehen lässt. François Berührungen sind mir unangenehm, ich fühle mich von ihm bedrängt.

Eine Teilnehmerin der Weinprobe haben wir schon am Mittag kennengelernt, eine Franco-Kanadierin. Sie steht auf der Terrasse, trägt Sonnenbrille und dunkle Kleidung. Ich frage sie nach den Toiletten. Sie fragt mich nach meinem Namen – und nennt mir ihren: Elaine Peage. Dann nimmt sie ihre Sonnenbrille ab und lächelt. Ich sollte sie nicht oft lächeln sehen. François wechselt ein paar Worte mit ihr, während ich zur Toilette gehe. Als ich zurückkomme, stehen sie schweigend da. Sie wieder mit Sonnenbrille. Elaine ist ein schweigsamer Typ und vom ersten Augenblick unserer Begegnung an, habe ich das Gefühl, dass es irgendwas mit ihr auf sich hat. Was kann es sein? Ich kenne sie nicht, habe sie noch nie zuvor gesehen.

Als sie und ihr Begleiter Armand nacheinander vom Esstisch aufstehen, gehe ich ihnen nach. Ich will wissen, ob sie gestritten haben und wie ihr Streit ausgeht. Ich entferne mich unbemerkt von der Gesellschaft, suche die Natur. Unten am Fluss lasse ich mich ablenken. Ich setze mich

auf einen Felsen und genieße die Stille, genieße es, mit meinen Gedanken allein zu sein.
  Eine Weile denke ich an nichts. Dann fällt mir etwas auf der gegenüberliegenden Uferseite auf. Dort ist jemand. Ich ziehe mich aus, stürze mich ins Wasser. Es ist meine unbändige Neugier. Zugleich ist es auch die Unruhe, dass ich nicht weiß, wo die beiden sind. Ich schwimme bis zum anderen Ufer. Als ich dort ankomme, treffe ich tatsächlich auf Armand. Er ist verletzt. Im ersten Moment hält er mich für Elaine ... Ich will Hilfe holen, und bin gleich wieder im Wasser. Es ist dunkel und ich weiß nicht, wohin ich schwimme. Gelegentlich zeigt sich der Mond, wirft etwas Licht über das Wasser. Ich schwimme und schwimme, bis sie plötzlich einige Meter neben mir auftaucht, ihr Kopf. Es ist Elaine. Tatsächlich ist es Elaine. Sie schreit, was das Tosen des Wassers jedoch übertönt. Die Strömung hat sie erfasst und treibt sie auf mich zu. Ich halte mich an etwas fest, einem Baumstamm. Ich könnte Elaine abfangen, denke ich und rufe in ihre Richtung. Sie kommt näher und näher, ich reiche ihr meine Hand. Sie greift nach ihr. Ich habe sie, halte sie fest, ich bin ihre Lebensretterin ...
  Aber nein. Ich bin es nicht. Ich werde sie nicht retten, sagt mir irgendeine Stimme im Ohr. Auf keinen Fall. Warum sollte ich sie retten. Sie hat es nicht verdient gerettet zu werden, nicht sie! Ich lasse sie los. Verflucht, warum lasse ich sie los? Ich will sie nicht retten. Ich habe plötzlich ein Bild von Elaine Peage vor Augen, das mir nicht gefällt. Möglich, dass sie mir etwas ins Ohr geflüstert hat. Was hat sie gesagt? Ich sehe dabei zu, wie der Fluss sie wegspült. Die Strömung ist unberechenbar ...

Hier endete die Aufzeichnung abrupt. War der Eintrag noch nicht zu Ende, fehlte etwas? Die folgende Seite war herausgerissen.
  Aber wie dem auch sei, die Schilderung dieser Szene war ein erneuter Schlag ins Gesicht. Die Worte drangen auf eine Weise in Benoîtes Erinnerung, sie bohrten sich in ihr Gewissen, forschten nach Details aus jener Nacht. Details, die sie eventuell übersehen hatte. Hatte Elaine tatsächlich im Wasser um ihr Leben gekämpft, nach Hilfe gerufen – und sie hatte sie ganz einfach nicht gehört? Was, wenn sie etwas hätte verhindern können, wenn sie nur aufmerksamer gewesen wäre. Jemand konnte sie beobachten und die Szene interpretiert

haben. Dann allerdings stellte sich die Frage, warum dieser *Jemand* nicht eingriff, um Elaine zu retten?
In ihrem Kopf herrschte Chaos. Elaine sollte ihr etwas ins Ohr geflüstert haben. Was konnte das sein? – Und warum hätte sie sie deshalb einfach ertrinken lassen sollen?
Aus Verwirrung wurde bald Wut. Der Schreiber suchte offensichtlich nach Schwachstellen in ihrer Biografie. Nach etwas, das, wenn man nur einen Millimeter von der Wahrheit abrückte, die Dinge in einem völlig neuen Licht dastehen ließ.
Zornig warf sie das Tagebuch in den Koffer, schob ihn, wie schon beim letzten Mal, unters Bett.

Benoîte steht noch immer unter der Dusche, spült das Haarshampoo aus. Dann stellt sie das Wasser ab, wickelt ein Handtuch um ihr nasses Haar und schlüpft in den Bademantel.
Auf dem Weg zu ihrem Zimmer erinnert sie sich an den Morgen nach der Weinprobe …

Zum Frühstück kamen die Gäste der Weinprobe noch einmal zusammen. Man saß wieder an dem langen Holztisch vom Abend. Die Sonne brannte bereits, was aber zwischen den hohen Bäumen recht gut zu ertragen war. Mireille hatte eine himbeerfarbene Tischdecke aufgezogen. Hinter dem Haus leuchteten die Sonnenblumen. Es duftete nach Milchkaffee und frisch aufgebackenem Baguette, Rosmarin und Lavendel; Aprikosen- und Quittengelee, Melone mit Lavendelhonig und luftgetrocknetem Schinken.
Die Stimmung war trotz des großzügigen Frühstücks gedrückt. Elaine fehlte bei Tisch. Ebenso Armand. Die erste frühe Suchaktion hatte zu keinem neuen Ergebnis geführt.
Benoîte setzte sich mit einem dahingehauchten »bonjour« an den Tisch. François war in der Frühe zum Joggen gegangen und noch nicht zurück.
Während Mireille Kaffee ausschenkte, knabberte Claudia lustlos an ihrem Baguette. Steffen rauchte eine Zigarette, ohne sich darum zu scheren, dass der Rauch Benoîte direkt ins Gesicht zog.
Die beiden jungen Paare waren bereits abgereist.

Fréderic unterhielt sich mit dem Äffchen.
Natürlich war *er* noch da. Sie hatten ihr Gespräch vom Abend noch nicht beendet. Und das hier würde er sich kaum entgehen lassen. Elaines Verschwinden. Der Notizblock lag bereits auf dem Tisch.
Im Gegensatz zu den anderen Anwesenden verspürte Benoîte dennoch einen relativ gesunden Appetit. Mireilles Milchkaffee schmeckte großartig. Das Baguette kam gerade aus dem Ofen. In einer Vase stand ein frisch geschnittener Bund Mohnblumen. Ein Versuch, die Stimmung mit Farbe aufzuhellen und dem Morgen die Sorglosigkeit zurückzugeben, die am Abend abhandengekommen war.
Als François energiegeladen und mit einer Tageszeitung unter dem Arm um die Ecke bog, kam Bewegung in die Gruppe.
»Bonjour«, grüßte er und drückte Benoîte einen Kuss auf die Wange.
Claudia beobachtete die beiden von der Seite. Ein leiser Seufzer entglitt ihr dabei. Im Gegensatz zu Steffen, der in der Sonne döste und träge eine Zigarette qualmte, war François das blühende Leben.
Steffen, als könne er Gedanken lesen, drückte seine Zigarette augenblicklich in den Ascher. Ein prüfender Blick streifte seine Frau. Claudia aber war schon wieder woanders. Sie befand sich in Zweikampf mit dem luftgetrockneten Schinken auf ihrem Teller. Nachdem es ihr endlich gelungen war, ihn zu zerlegen, schob sie den Teller lustlos beiseite.
Mireille schenke François Kaffee ein.
»Merci. Gibt´s was Neues?«, fragte er in die Runde.
Stummes Schulterzucken.
»Weiter draußen macht die Suche nicht viel Sinn«, unterbrach Fréderic sein Gespräch mit dem Äffchen. »Man müsste den Fluss abfahren, was nicht möglich ist, da er von der Uferseite kaum zugänglich ist.«
»Hoffen wir, dass sie lebt«, murmelte das Äffchen. Benoîte registrierte, dass er tatsächlich betroffen schien.
»Davon gehen wir aus.« Fréderic gab sich optimistisch.

Erneut herrschte Schweigen. Ein Stück Melone kullerte von Claudias Teller. Ihr Ungeschick zauberte Benoîte ein kurzes Lächeln aufs Gesicht.

Das Äffchen hatte sich rasiert. Der Dreitagebart fehlte, auch der Strohhut.

»Leider können wir nicht mehr bei der Suche helfen«, hörte sie François neben sich. »Wir müssen heute zurück. Die Arbeit ruft.«

Benoîte schwieg. Unter Umständen wäre sie noch geblieben.

»Wir bleiben in Kontakt«, beteuerte Fréderic.

Es kam ihr wie eine Floskel vor. Dessen nicht genug, entschied sich der Gastgeber auch noch für eine spontane Ansprache, was irgendwie unpassend wirkte: »Leider überschattet dieses kleine Ereignis jetzt unser Beisammensein. Ich hoffe, ihr habt es trotzdem genossen. Es konnte niemand voraussehen, dass so etwas passieren würde. Danke auch nochmal für die Hilfe gestern. Dir ganz besonders, Benoîte. Mit deinem Mut hast du das Schlimmste verhindert.«

Claudia tuschelte mit ihrem Mann. Mireille sagte etwas zu François. Hier und da klapperte eine Kaffeetasse. Fréderics Worte versickerten, ohne wirklich gehört zu werden. Er hatte es an diesem Morgen nicht in der Hand.

Etwa eine Stunde später brachen auch die noch übriggebliebenen Gäste auf. Mireille verschwand im Haus. Steffen und Claudia verabschiedeten sich. Das Äffchen kritzelte in seinem Notizbuch, offensichtlich eine Verlegenheitsgeste. Solange er schrieb, musste er nicht reden.

Das gestrige Verhör sollte demnach keine Fortsetzung finden. Sollte es nicht?

»Benoîte«, sprach er sie mehr oder weniger unerwartet an. Dabei lächelte er. Es war diese (erneut) ungewohnte *persönliche* Ansprache. »Möchten Sie ...?«, verfiel er dann aber wieder ins Unpersönliche und hielt ihr einen Teller hin. Es schien, als hätte er eigentlich vorgehabt etwas anderes zu sagen. Stattdessen bot er ihr ein Stück Melone an.

Zögerlich griff sie zu. »Merci.«

Seine kleinen kugeligen Fischaugen rollten, die kurzen Finger verschwanden in den etwas zu langen Ärmeln. Ein Zuviel an Eau de Cologne lag in der Luft.

Sie saß mit ihm allein am Tisch, François war gerade aufgestanden. Es war ihr unangenehm. Die vertraute Ansprache war ein erster Schritt gewesen. An dieser Stelle aber hatte er sich selbst ausgebremst, kam nicht weiter. Und sie wollte in der Tat ungern vertraut mit ihm reden.

Wäre er der Typ Mann, der auf attraktive Frauen reagiert, hätte er leicht ein Kompliment formulieren können. Benoîte trug kurze Jeans und hatte ihre Haare hochgesteckt. Sie strahlte etwas Jugendliches aus. Das Äffchen aber war kein Frauentyp. Ob er überhaupt jemals eine Frau gehabt hatte …?

Als Benoîte zurück ins Haus geht, hört sie Germaine in der Küche werkeln.

Im Bad hängt sie das nasse Handtuch auf eine Leine.

Das Kleid liegt noch immer auf dem Bett. Stumm betrachtet sie es. Die Farbe erinnert an Mireilles Tischdecke. Ein rosa Blumenmuster. Damals schon waren diese Muster in Mode gewesen, als sie noch ein Kind war. Manches kommt wieder, anderes verschwindet ganz.

Sie schlüpft in das Kleid, betrachtet sich im Spiegel. Dabei wandern ihre Gedanken erneut. Sie erinnert sich an die Szene vom Vortag. Die Szene im Café. Sie hat ihn ganz einfach nicht erkennen wollen. Aber mit welchem Recht meinte er auch, sich in ihr Leben mischen zu dürfen, kommen und gehen zu können, wie es ihm passt.

Benoîte kämmt ihr nasses Haar. Im Spiegelbild sieht sie eine erwachsene Frau von dreiunddreißig Jahren. Dreiunddreißig. Die letzten zwanzig Jahre waren bewegt. Keine festen Jobs, keine langjährige Liebesbeziehung. Menschen kamen und gingen. Menschen wie François oder Philippe, Marielle.

Germaine ist wie eine Oma oder ältere Freundin für sie. Sie gehört einer anderen Generation an, lebt mit dem Vergangenen, für Benoîte ein kleines Mysterium.

»Wie hältst du es mit düsteren Erinnerungen, wie vertreibst du sie?«, hat sie sie einmal gefragt.

»Ach, Benoîte, warum sollte ich sie denn vertreiben«, war Germaines Antwort gwesen. »Die Vergangenheit kann mir doch nichts anhaben – und die Erinnerungen gehören zu mir, das bin ich.«
Das bin ich ... wie poetisch.
»Du wirst der Vergangenheit irgendwann begegnen, wirst ihr ins Gesicht sehen können und dann stellst du fest, dass sie weniger düster ist, als du denkst. Denn manches hat sich verändert, du hast dich verändert.«
Sie hatte dem nichts hinzugefügt. Germaines Worte sollten gelegentlich zurückkehren.

Benoîte erinnert sich, wie sie nach dem Lesen der zweiten Tagebuchaufzeichnung den Koffer wieder unter das Bett schob.
In der Küche öffnete sie eine Flasche Rotwein, trank sie fast komplett leer. Anschließend schleppte sie sich zum Sofa.
Ein Traum verfolgte sie in dieser Nacht. Sie erinnert sich bruchstückhaft daran ...
Ich schreibe in einem Tagebuch. Während ich darüber nachdenke, niemals ein Tagebuch führen zu wollen, schreibt der Stift ganz von selbst, ignoriert meinen Willen. Irgendwelche Hände berühren mich unter der Dusche, Blut läuft an mir herunter, an meinen Beinen ... Zu meinen Füßen liegt ein Messer. Ich strecke meine Hand danach aus, will es ergreifen ... Es ist ein Insekt, ein Grashüpfer, der davonhüpft. Ich will ihm nach, doch da ist auf einmal Wasser, nichts als Wasser. Ich sehe Elaines Hand im Wasser aufsteigen und nach meiner greifen. Sie lacht, sie weint; wer ist diese Frau? Wasser läuft aus ihrem Mund. Wasser, vermischt mit Blut. Doch sie lächelt. Sie lächelt aus kugeligen Fischaugen ... weshalb ich sie loslasse. Ihr Körper treibt davon. Ich bin erleichtert, als ich ihren leblosen Körper davonschwimmen sehe. Der Stift hört auf zu schreiben. Die Seiten sind leer. Das Tagebuch ist leer. Alle Seiten sind herausgerissen.

3 Das La Cigale ist noch leer. Pascal lehnt an der Terrassentür und döst in der Sonne.
»Bonjour«, haucht sie deutlich hörbar in sein Ohr. Erschrocken fährt er zusammen.
»Oh, Benoîte. Gut, dass du wieder da bist. Und der Morgen ... na ja, es ist halb zwölf!«, stellt er nach einem kurzen Blick auf die Uhr streng fest.
Er geht zum Waschbecken, fischt ein paar Tassen aus dem Wasser, fängt an sie abzutrocknen und anschließend zu polieren.
»War nicht viel los heute früh, dein Glück. Aber wie ich sehe, geht's dir wieder besser.«
Benoîte legt sich eine saubere Schürze um. »Die Tassen brauchst du nicht zu polieren«, bemerkt sie spitz. »Die sind schon trocken. Polier lieber die Gläser.«
»Écoute, Madame la directrice, du konntest immerhin ausschlafen.«
»Ich *musste* ausschlafen. Manchmal zwingt dein Körper dich dazu.«
»So, er zwingt dich. Hat Germaine dir gesagt, dass ich angerufen habe?«
»Hat sie.« Damit ist das Thema abgehakt.
Pascal will noch etwas sagen, kommt aber nicht dazu, weil sie bereits Richtung Terrasse geht. Ausschlafen würde er auch gerne mal.
Verärgert über ihre Ignoranz knallt er lustlos die Zuckerstreuer aufs Tablett, geht damit hinter ihr her auf die Terrasse.
Als er zurück in die Küche kommt, lehnt Benoîte an der Wand und starrt aus dem Fenster.
»Übrigens war das Glubschauge nochmal da, dieser Typ ... du weißt schon. Er hat nach dir gefragt.«
»Was wollte er?«
»Woher soll ich das wissen.«
Sie versucht sich an ihn und seine Aufmachung von gestern zu erinnern. Wie sah er aus? – Bart, Brille, Strohhut? »Trug er

wieder diese Brille? Er trug doch eine Brille, oder? Und hatte er einen Dreitagebart?«
»Brille. Bart. Ist das wichtig? So genau hab ich ihn mir nicht angesehen. Kann schon sein, dass er eine Brille trug. Vielleicht. Der hat so ein Allerweltsgesicht, das fällt nicht auf. Aber, hmn, lass mich überlegen. Dunkelrotes Gestell, glaub ich. Ja, dunkelrot. Einen Bart? Nee, ich denke nicht. Zufrieden?«
»Strohhut?«
»Nein.«
»Also gut, das ist ja schon was.«
Pascal lacht und betrachtet Benoîte amüsiert von der Seite. Sie sieht übernächtigt aus.
»Und du erinnerst dich wirklich nicht, ob er etwas darüber gesagt hat, was er wollte?« Sie murmelt die Frage vor sich hin, als wolle sie die Antwort gar nicht hören.
»Nein, hat er nicht. Aber …«
»Aber?«
»Er hat eine Telefonnummer dagelassen. Hab sie irgendwo.« Pascal kramt in seiner Geldbörse, zieht einen Zettel heraus und reicht ihn Benoîte. Kein Name. Nur eine Nummer. »Ruf einfach an!«
Ruf einfach an. Sie starrt vor sich hin, irgendwohin. Sie muss plötzlich an François denken. Seit ihrer Trennung hat sie nichts mehr von ihm gehört. Zwei Jahre ist es her. In diesen zwei Jahren wollte sie ein beständigeres Leben führen. Jetzt aber ist sie hier, im La Cigale. Galdín, der Inhaber, fragte nicht nach Referenzen. Er brauchte dringend eine Aushilfe. Er selbst ist so gut wie nie da. Mit seiner Frau betreibt er noch ein weiteres Café, unweit der spanisch-französischen Grenze. Pascal und Benoîte sind sich somit selbst überlassen. Nur ab und zu kommt noch eine weitere Aushilfe.
Benoîte mag es so, sie mag diese Art von Freiheit.
Verstohlen betrachtet sie den Zettel in ihrer Hand. Soll sie ihn anrufen? Was kann er wollen?
Pascal halbiert Baguettes und beschmiert die Hälften mit Butter, belegt sie mit Ziegenkäse und luftgetrocknetem

Schinken. Dazu Walnüsse und Honig – oder Tomate mit Salbei, Salatblatt und einem Tropfen Balsamico.

Sie dreht sich weg, starrt noch immer auf den Zettel. Ihr Mobiltelefon liegt in ihrem Zimmer. Es kommt nicht oft vor, dass sie es benutzt.

Die innere Unruhe drängt sie, es gleich zu erledigen. Es gibt noch das alte Münztelefon ...

Kurz darauf steht sie davor. Ein schwarzer Kasten mit Wählscheibe, Münzausgabe und Gebrauchsspuren – vergessen hinter der Kaffeeküche. Pure Nostalgie. Ein Denkmal, das nach wie vor bestens funktioniert. Sie wirft einen Euro ein, wählt die Nummer auf dem Zettel.

Nach zweimal klingeln meldet er sich. »Oui?«

»Monsieur, hier ist Benoîte Loupgoncier«, spricht sie in den Hörer, versucht dabei ruhig und gelassen zu klingen. »Ich sollte mich melden. Ich ... Sagen Sie mir doch bitte noch mal Ihren Namen. Ich habe ihn ... vergessen.«

»Sie haben ihn nicht vergessen, Mademoiselle. Denken Sie nach. Er wird Ihnen wieder einfallen. Ich wollte gestern mit Ihnen sprechen, daran erinnern Sie sich doch.«

»Worum geht es?«

»Besser wir reden unter vier Augen.«

»Unter vier Augen«, wiederholt sie, »Können Sie mir nicht sagen, worum es geht?«

»Nicht am Telefon. Es ist wichtig, Mademoiselle. Ich werde es Ihnen persönlich sagen.«

»Monsieur, bitte, wenn dieses Tagebuch von Ihnen stammen sollte; Sie wissen, dass ich nichts damit zu tun habe. Ich ...«

»Es geht um etwas, was Sie wissen müssen. Es ist wichtig ... es ist wichtig für *dich*, Benoîte«, wird er erneut vertraut.

»Wichtig für mich?« Es ist die Art, wie er ihren Namen ausspricht. Die Betonung jeder einzelnen Silbe.

»Wir treffen uns gegen vier. Rue Celan Nummer 24. Ich werde dort auf dich warten. Verspäte dich bitte nicht, Benoîte. Es ist wichtig, wie gesagt.«

»Monsieur, warten Sie ...« Er hat bereits aufgelegt. Ein gleichmäßiger Signalton ist zu hören. »Merde!«, entfährt es ihr.

Sie will erneut die Nummer wählen, unterbricht sich jedoch, als Pascal auf sie zukommt.
»Hier bist du. Du könntest dich ruhig ein wenig nützlich machen. Auf der Terrasse sind fast alle Tische belegt. Ich könnte etwas Hilfe brauchen.«
»Ich komme gleich.«
Pascal verschwindet wieder um die Ecke.
Benoîte braucht noch einen Moment, bis sie sich wieder gefangen hat. Dann geht sie zurück in die Küche.
Vor dem Waschbecken macht sie Halt, dreht das kalte Wasser auf und hält ihre Hände unter den Strahl. Sie befeuchtet ihr Gesicht. »Ich komme sofort.«
Pascal steht schon wieder in der Tür.
Wider Erwarten gibt es am Mittag und frühen Nachmittag gut zu tun. Die Arbeit bringt Benoîte auf andere Gedanken.
Um kurz vor vier streift sie ihr Schürzchen ab. »Ich muss schnell mal weg«, sagt sie.
»Schon wieder?!«
»Es ist wichtig. Dauert auch nicht lange. Du schaffst das hier auch einen Moment allein.«
»Also gut.«
»Du bist ein Schatz.« Sie haucht ihm einen Kuss an die Wange.
Die Rue Celan liegt nicht weit von der Rue Gabriela Mistral entfernt. Aufgrund einer Baustelle muss sie jedoch einen kleinen Umweg laufen, weshalb sie sich verspätet. Es ist bereits nach vier, als sie das Gebäude mit der Hausnummer 24 erreicht, ein unscheinbares, graues, leicht fleckiges Mehrfamilienhaus.
Die Straße ist wie ausgestorben. Auf einer Parkbank unweit des Gebäudes sitzt ein grauhaariger Mann. Eine Zeitung liegt auf seinen Knien, er hält sein Gesicht in die Sonne.
Eine Weile verharrt sie vor dem Haus, sieht sich immer wieder suchend um, wartet.
Als nichts passiert, niemand kommt, wird sie unruhig.
Es vergehen weitere Minuten, bis sie spontan entscheidet, ins Haus zu gehen. Vielleicht wartet er drinnen auf sie.

Sie findet die Haustür nur angelehnt. Unbemerkt schlüpft sie hinein.

Von innen wirkt das Gebäude ähnlich unscheinbar wie von außen. Feuchte kriecht die Wände hoch, vermischt sich mit dem Geruch von frischer Farbe. Aus den Briefkästen quillt die neueste Werbung. Broschüren, Zeitungen, überflüssiger Papierwust. Sie schlendert daran vorbei. Hier und da wellt sich die Tapete an der Wand. Vereinzelt gibt es Löcher, Risse. Irgendwo wurde bereits mit den Renovierungsarbeiten begonnen, eher halbherzig. Daher der Farbgeruch.

Das Treppenhaus ist ebenso ausgestorben wie der Hausflur im Erdgeschoss. Die Menschen sind auf der Arbeit, unscheinbare Beamte, Fabrikarbeiter, Handwerker. So stellt sie sich die Bewohner vor, Alleinstehende. Eine alte Dame mit Katzen oder eine Familie mit Kindern passt nicht hierher.

Ihr Blick folgt dem Geländer, das sich in die Höhe schlängelt. Ob er in einem der oberen Stockwerke wohnt?

»Monsieur«, ruft sie nach oben. Niemand antwortet.

Sie steigt die ersten Stufen hoch. Weiter oben dringt helles Tageslicht durch das Fenster zur Hofseite; hier ist es *hell*, im Vergleich zum Erdgeschoss.

Benoîte steigt bis in die zweite Etage hinauf. Etwa auf der Hälfte der Stufen bleibt sie stehen, sieht sich erneut suchend um. Sie hofft auf irgendein Geräusch, das ihr die Richtung weist. Aber es ist nach wie vor still. Kein Fingertippen auf irgendeiner Tastatur, kein Wasserlaufen oder Geschirrgeklapper, kein Fernseher.

»Monsieur?«

Ab und zu gibt es eine Steckdose an der Wand, manche davon defekt. Ein Handwerker im Haus könnte erste Abhilfe schaffen. Man kommuniziert offenbar nicht miteinander. Es gibt kaum Namensschilder. Auch keine Schuhe oder Schirmständer vor der Appartementtür; keine Nachbarschaftsfreundschaften, keine privaten Fragen. Muffige Anonymität.

Benoîte geht von Tür zu Tür. Unter ihren Füßen knarrt das Holz, was zumindest ein wenig Leben zwischen die nüchternen Mauern bringt.

Am Ende des Ganges ist eine Tür nur angelehnt.

»Monsieur?« Sie nähert sich, wirft einen zaghaften Blick durch den Türspalt. »Monsieur? Ich bins Benoîte.«
In dem Moment, als sie sie vollständig öffnet, spürt sie das Sonnenlicht den Raum überfluten. Geblendet, tritt sie einen Schritt zur Seite.

Man erwartet Staub und eventuell Arbeitsmaterial angesichts des Eindrucks vom Treppenhaus. Doch das erste Zimmer, das Wohnzimmer, ist penibel aufgeräumt und sauber. Wenige Bücher stehen wie abgemessen in einem farblosen Holzregal, der Boden ist hochglanzpoliert. Es riecht nach Putzmittel. Alles ist nahezu steril wie in einer Arztpraxis. Die Möbel schlicht, funktional. Ein schmuckloser Hocker, ein Tisch mit Metallbeinen. Wie gebügelt wirkt auch die Couch ohne Kissen.

Einen Moment lang ist sie unschlüssig, was mehr Charme besitzt, der ausbesserungsbedürftige, klamme Hausflur oder das hier, dieses farblose Nest.

Immerhin sind die Holzrahmen der Türen und Fenster in freundlichem Hellblau gestrichen, die Klappläden geöffnet, so dass die Sonne jeden Winkel der Wohnung erobern kann.

Benoîte geht von Raum zu Raum, passiert Küche und Schlafzimmer. Im Schlafzimmer gibt es ein einfaches Metallbettgestell. In der Ecke eine hellblaue Kommode – überraschend verspielt – mit Schmetterlingsgriffen. Ein paar Gegenstände liegen auf der Fensterbank, was mit der sterilen Schlichtheit auf sonderbare Weise bricht: ein Ordner, ein Wecker und ein Brillenetui. Ist er gerade erst eingezogen und wohnt nur vorübergehend hier?

Das Bett trägt einen grau-schwarzkarierten Überwurf. Am Boden stehen Schuhe, Männerschuhe.

Ist er hier, fragt sie sich plötzlich, sieht er ihr zu?

Erschrocken fährt sie herum. Das Gefühl beobachtet zu werden drängt sich erneut auf.

Der Spiegel an der Wand ist rahmenlos und bildet nicht mehr ab als einen reizlosen, mausgrauen Raum. Dennoch fühlt sie sich beobachtet. *Es ist noch jemand hier.*

Von irgendwoher spürt sie Wind. Ein geöffnetes Fenster? Dann aber entdeckt sie die offenstehende Wohnungstür hinter sich.
Erleichtert atmet sie auf.
Ihr Blick durchstreift das Schlafzimmer, entdeckt eine Schiebetür, etwas versetzt hinter dem Bett.
Er wohnt möglicherweise nur auf Zeit hier.
Sie zögert weiterzugehen. Es ist das Gefühl, in *seine* Privatsphäre einzudringen. Und nicht nur das; etwas stimmt nicht.
Ihr Blick fällt auf den Aktenordner auf der Fensterbank. *Seine Notizen*, denkt sie. Dabei blendet sie erneut das grelle Tageslicht. *Er ist hier.*
Sie bewegt sich auf die Schiebetür zu. Vermutlich führt sie ins Bad. Sie ist zugezogen, nur ein winziger Spalt lässt noch etwas Luft hindurch. Ihre Hand tastet sich dazwischen …
Das Bad ist weiß gekachelt, klein, eng. Neben der Toilette gibt es ein Waschbecken und eine Duschkabine. Der Duschvorhang ist zugezogen. Ist dort ein Schatten … am Boden?
Beunruhigt verharrt Benoîte, wartet. Ihr Herz schlägt bis zum Hals, als stünde sie vor einer unmittelbaren Entdeckung.
Ein Wassertropfen löst sich aus dem Duschkopf, schlägt irgendwo auf. Mit Verwunderung stellt sie fest, dass es kaum hörbar ist, als er aufschlägt. Es klingt dumpf und nicht wie das Aufschlagen von Wasser auf Emaille oder Kunststoff.
Benoîte zögert. Dann greift ihre Hand instinktiv nach dem Duschvorhang, reißt ihn ruckartig zur Seite.
»Was ist …«, stammelt sie, hält sich im gleichen Moment die Hände vors Gesicht; als erwarte sie einen Angriff. Dabei ist es der Schreck, der sie augenblicklich anspringt. Sie traut ihren Augen nicht. Ihre Hände zittern, als sie sie langsam wieder sinken lässt. Ihr ganzer Körper zittert.
Da liegt er.
Ein tonloser, stumpfer Schrei würgt sich aus ihrer Kehle.
»M-Monsieur«, stammelt sie.
Sein Gesicht ist leichenblass. Die kleinen kugeligen Augen starren bewegungslos wie eingefroren ins Nichts.

Im Zustand des Todes wirkt er weder halsstarrig noch verbohrt. Beinahe entspannt.

Der Tod muss ganz plötzlich eingetreten sein, unerwartet. Er trägt ein Handtuch um die Hüften. Vielleicht ist er beim Aussteigen gestolpert. Ein Unfall, ein plötzlicher Herzinfarkt? Irgendwo in der Duschwanne fließt Blut. Vermischt mit den wenigen Wassertropfen ist es hellrot. Es muss gerade erst passiert sein. Vielleicht kurz bevor ...

Was genau ist passiert? Nichts deutet darauf hin, dass jemand hier gewesen ist. Die zugezogene Tür? Weitere Spuren gibt es nicht.

Benoîte starrt in seine leblosen Augen, hofft verzweifelt auf eine Antwort. Vergebens. Niemals mehr würde er ihr Fragen stellen oder sie mit seinem Fischblick durchbohren. Es ist vorbei.

Sie empfindet jedoch keine Erleichterung, seltsamerweise nicht. Im Gegenteil. Die Verzweiflung über das Unerwartete trifft sie bis ins Mark. Was ist es, was er ihr sagen wollte? Ist es so wichtig gewesen, dass es ihn das Leben gekostet hat? Sie ist zu spät. Schon wieder ist sie zu spät.

Betroffen und verängstigt zugleich, weicht sie zurück. Wut kocht in ihr hoch. Eine unbändige Wut auf sich selbst, weil sie ihm mehr Aufmerksamkeit hätte schenken können. Der Tod besitzt diese Macht, er ändert alles. Man kann ihn nicht bekämpfen, kann ihn nur annehmen. Nichtsdestotrotz geht das Leben weiter. Immer weiter. Der Tod unterbricht es nur kurz. Eine Sekunde im unendlichen Rhythmus des Lebens. Vielleicht ist der Tod viel harmloser als immer gedacht. Ein winziger Zwerg gegen den Riesen. Ein viel zu nichtiges Ereignis, dem völlig zu Unrecht diese überzogene Bedeutung beigemessen wird.

Sie tritt ein paar Schritte an ihn heran.

Delamotte. Sein Name ist plötzlich wieder da, *Gisbert Delamotte.* Als hätte der Tod ihn ihr zugeflüstert.

Sie kniet sich vor die Leiche am Boden, schließt seine Lider. Bonne nuit et bon voyage. Wie friedlich seine Gesichtszüge auf einmal sind. Ob er sich diesen Zustand herbeigesehnt hat? Ist er im Leben jemals glücklich gewesen? Was waren seine unausgesprochenen Träume und Sehnsüchte; warum hat sie ihn nie danach gefragt? Es gab die Gelegenheit ... Langsam richtet sie sich auf, ohne den Blick von ihm abzuwenden. Die Wut ist verraucht. Sie möchte Frieden schließen. Es ist der tiefe Wunsch nach innerem Frieden. Für ihn ist er erfüllt.

Benoîte steht auf der Straße. Alles Leben steht für einen Moment still und sie braucht etwas Zeit, es wieder in Gang zu bringen. Langsam entfernt sie sich von dem Gebäude. Unmerklich rückt es in die Ferne. Sie spürt den Wind in ihrem Haar. Intensiv und ganz bewusst. An der Ecke passiert sie die Baustelle. Bilder steigen aus ihrer Erinnerung. Sie lässt sie zu, ohne sich zur Wehr zu setzen.

Als sie das la Cigale erreicht, erkennt sie Pascal bereits von weitem. Er unterhält sich mit einem Gast und bemerkt nicht, als sie an ihm vorbei durch die Tür huscht.

Es ist ein Tag wie jeder andere. Ein ganz normaler Tag, − denn jeden Tag sterben Menschen. Überall auf der Welt. In dieser Sekunde, in der nächsten. Etliche Menschen sterben. Ob eines natürlichen oder eines unnatürlichen Todes.

Im selben Augenblick entsteht auch neues Leben. Jemand bekommt ein Kind in den Arm gelegt und weint vor Glück. Während der andere trauert. Das ist das Leben. Es ist alles ganz natürlich.

Sie ertappt sich dabei, wie eine Träne aus ihren Augen rollt. Schnell geht sie weiter, in die Küche, wäscht sich das Gesicht mit kaltem Wasser.

Jetzt ein belangloses Gespräch führen, schwierig. Allein die Frage »Was darf ich Ihnen bringen?« heuchlerisch. Warum sollte sie so tun, als wäre nichts gewesen. *Sie müssen unbedingt die tarte au framboises probieren, sie ist vorzüglich;* nichts liegt ihr gerade ferner als dieser Satz.

Wie über Belangloses reden, wenn man dieses Bild im Kopf hat? Von einem Menschen, der sich soeben aus dem Leben verabschiedet hat. Man braucht nicht auf ihn zu warten, denn er kehrt nicht zurück.

Die Stimmen von der Terrasse holen sie in die Gegenwart zurück. Dazwischen funkt ein anderer Gedanke: Sie muss es melden. Natürlich muss sie es melden. Sie hat gerade eine Leiche gefunden. Was, wenn es kein Unfall war?

Geleitet von diesem letzten Gedanken, steuert sie erneut das alte Münztelefon am Ende des Ganges hinter der Küche an. Sie wählt die Nummer des Notrufs. Eine Frauenstimme meldet sich.

»Madame, ich möchte einen Toten melden. In der Rue Celan, Hausnummer 24, im zweiten Obergeschoss.«

Die Frau am anderen Ende der Leitung versucht Benoîtes Wortfluss schnellstmöglich zu folgen – und dabei zu dokumentieren.

»Und Ihr Name, Madame? Sie haben ihn gefunden?«

Bilder bewegen sich vor ihrem inneren Auge. Eine Szene tritt aus ihrer Erinnerung. Abrupt hängt sie den Hörer ein. Es ist ein Reflex.

Erneut vergräbt sie das Gesicht in ihren Händen.

Eine Stimme aus dem Hintergrund holt sie zurück in die Gegenwart: »Mondieu, ma chère! Das ist iiieh ... affreux. Komm sofort da weg!«

Es ist wie ein Weckruf, zurück ins Leben. Vor ihr taucht Grenardine auf, die entschlossen an Mondieus Hundeleine zerrt. Sie zieht, lässt nicht locker. Es sieht ganz danach aus, als würde sie sich halb den Arm herausreißen. Ihr Gesicht zeigt dabei jene Art von Gequältheit, bei der man sich unbeobachtet glaubt.

Mondieu schlägt stur die entgegengesetzte Richtung ein. Die Schnauze der parfümierten Hundedame klebt am Boden, wo sie offenbar etwas wittert.

Benoîte möchte lachen, erleichtert auflachen. Mondieu hat Freude am Leben. Sie will jagen, ihren Kopf durchsetzen. Zwei Sturköpfe. Mensch und Tier. Pascal hat noch immer keine Mausefalle aufgestellt, um den, seit gestern hier anwesenden, ungebetenen Gast auf frischer Tat zu ertappen.

»Da sitzt unser Mäuschen. Was meinst du, das ist ein echtes Leckerli für dich, une gourmandise«, lacht Benoîte. Mondieu wedelt hektisch mit dem Schwanz.

»Huuch!« Grenardine fasst sich an die Brust, »Benoîte, ich habe dich gar nicht bemerkt.«

Nachdem sie den ersten Schreck überwunden hat, folgt gleich der nächste: »Was sagst du da, ihr habt tatsächlich Mäuse?!«

»Ganz harmlos. Lilli ist unser Haustier.« Sie erinnert sich, dass Pascal ihr bereits einen Namen gegeben hat. »Sie ist wirklich niedlich.«

»Niedlich, eine Maus?!«

Benoîte bückt sich und tastet mit einer Hand unter den Schrank, unter dem Mondieus Schnauze klemmt, dabei aber durch die geringe Höhe gebremst wird.

»Wie dumm, dass sie sich ausgerechnet ein Versteck ausgesucht hat, wo deine Hundeschnauze nicht drunter passt. Was machen wir denn da?«

Mondieu bellt und wedelt weiter aufgeregt mit dem Schwanz.

»Sollen wir den Schrank beiseite rücken?«

»Bloß nicht!«, schreit Grenardine. »Um Himmels Willen, Benoîte, tu mir das nicht an. Wenn ich etwas hasse, sind es Mäuse!«

»Na, auf den Schreck brauchst du einen Espresso, was?«

»Aber ja. Extra stark bitte, und mit viel Zucker.«

»Wie immer. Ein doppelter.«

Grenardine holt entschlossen aus, klemmt sich das wie wild mit den Beinen strampelnde Tier unter den Arm. Der menschliche Wille hat gesiegt. Mondieu knurrt beleidigt.

Benoîte sieht den beiden nach, kann sich ein amüsiertes Grinsen nicht verkneifen.

Doch das Elend ist schnell wieder da. Es fällt ihr schwer, einen Fuß vor den anderen zu setzen.

Nichts ist vorbei. Nichts ist wirklich jemals vorbei, solange man nicht *einmal* genau hingesehen hat. Sie fühlt sich schlecht.

Pascal redet noch immer mit demselben Gast, entdeckt sie von der Küche aus.

Sie muss Kaffee für Grenardine kochen. Ein doppelter Espresso. Wie ferngesteuert löffelt sie das Kaffeepulver in die Maschine, betrachtet die schwarze Flüssigkeit, als sie aus der Maschine läuft. *Schwarzes Blut*, denkt sie.
Sie stellt die gefüllte Kaffeetasse auf ein Tablett. Dazu ein Glas mit Wasser und das Extraschälchen Wasser für Mondieu.
Alles ist in gut, beruhigt sie sich.
Auf der Terrasse kommt Pascal ihr entgegen.
»Na, deine Verabredung hat aber lange gedauert. Wer ist *er* denn, ein Neuer?« Er zwinkert.
Benoîte reagiert nicht, zieht lediglich eine Grimasse.
»Bist ein Schatz, Benoîte«, bedankt sich Grenardine für den Kaffee.
Als sie gerade wieder zurückgehen will, hört sie plötzlich ihren Namen hinter sich. »Benoîte?«
Eine männliche Stimme. Sie dreht sich um.
Es ist der Gast, der sich gerade noch mit Pascal unterhalten hat. Ein attraktiver Typ, etwa Mitte dreißig. Er trägt eine Sonnenbrille. Etwas an ihm kommt ihr bekannt vor. Neugierig mustert sie ihn, ohne ihn zu erkennen.
Dann zieht er die Sonnenbrille ab, lächelt. »Benoîte, was machst du hier? Wir haben uns ja lange nicht gesehen.«
»Philippe?«, fragt sie und errötet zu ihrer eigenen Überraschung.
»Du hast mich nicht erkannt, stimmt's? Du bist schon ein halbes Dutzend Mal an mir vorbeigelaufen.«
»Nein«, sie schnappt nach Luft, »nein, tatsächlich nicht.«
»Du warst in Gedanken, war nicht zu übersehen.«
»So ein Zufall.«
»Ja. Zufall. Ich habe den Nachmittag zum Faulenzen genutzt. Die Aussicht von hier ist wirklich unschlagbar. Was für ein Glück du hast, das jeden Tag sehen zu dürfen.«
»Es fällt mir schon fast nicht mehr auf«, bemerkt sie. »Wie lange ist das her?«
»Drei Jahre?«
»Wie geht es Marielle?«
»Wir sind getrennt.«

»Getrennt, oh, das tut mir leid. Und ... Merkwürdig, dieser Zufall«, überlegt sie laut. »Manchmal trifft man plötzlich überall Menschen, die man von früher kennt.«
»Manchmal ist das so«, bestätigt er.
»Hast du *ihn* auch getroffen?«
»Wen?«
»Unseren Kriminalpsychologen von eurer Verlobungsfeier, du erinnerst dich an ihn?«
»Delamotte? Klar. Aber ich habe ihn nicht getroffen.«
Sie studiert sein Gesicht, die ersten Fältchen um seine schönen braunen Augen, die Sommersprossen zu seinem gebräunten Teint. Das dunkle Haar ist von der Sonne etwas ausgebleicht. Auf den ersten Blick findet sie ihn noch immer sehr anziehend.
»Benoîte ...« Sie verflucht Pascal, der gerade in diesem unpassenden Moment dazukommt, ihr flüsternd einen Arbeitsauftrag erteilt.
»Tut mir leid«, setzt sie an.
»Ja, du hast zu tun, das sehe ich.«
Sie möchte sich nicht wirklich von Philippe losreißen. Die unerwartete Situation irritiert sie, was nicht einzig mit ihm zu tun hat; es ist das Bild in ihrem Kopf. »Bist du öfter hier in der Gegend?«, fragt sie.
»Ich habe hier in der Nähe ein altes Haus gemietet, restauriere es gerade. Und du? Wohnst du hier?«
»In der Nähe. Bei einer alten Dame mit Katzen. Ich jobbe – mal hier, mal da. Jetzt eben hier.«
»Nichts Festes, verstehe. Du liebst sie noch immer, deine Unabhängigkeit. Freiheit.«
»Wenn du so willst.«
Ihre Blicke begegnen sich. Hastig räumt sie etwas vom Tisch, um seinem Blick auszuweichen. »Ich ... ich finde das wirklich merkwürdig.«
»Was findest du merkwürdig?«
»Diese Übereinstimmung mit ... Er, ich meine Delamotte, er war gestern hier. Er wollte mir etwas sagen. Ich weiß nicht was er mir sagen wollte, aber jetzt, wo ich dich hier treffe, geht

mir einiges durch den Kopf. Ich meine wegen dieser Sache von damals.«

»Damals? Du meinst sicher Joelles Tod.«

»Na ja, es war schon alles etwas merkwürdig.« Benoîte beißt sich auf die Unterlippe. Vielleicht war es nicht klug, derart mit der Tür ins Haus zu fallen.

Philippes Gesichtsausdruck verändert sich. Er wirkt auf einmal befangen. »Ist kein gutes Thema. Damit habe ich abgeschlossen.«

Sie greift blind nach etwas auf dem Tisch, sieht nicht genau hin. Dabei passiert das Malheur und sie stößt Philippes noch halb volle Kaffeetasse um. Kaffee spritzt auf sein Hemd.

Entsetzt starrt sie auf das Angerichtete. »Oh, ich ... pardon«, stammelt sie und stellt das Tablett hastig ab, befeuchtet eine Serviette mit Wasser.

Zu ihrer Erleichterung reagiert Philippe gelassen. Beinahe amüsiert, verfolgt er ihr Bemühen. »Lass nur, halb so schlimm. Es ist nicht mein Lieblingshemd. Und weiß ist es auch nicht.«

Sie richtet die umgestürzte Tasse wieder auf. »Möchtest du einen Neuen?«

»Danke, das ist schon in Ordnung.« Er berührt ihren Arm. »Komm, setz dich zu mir. Ich weiß, du hast viel um die Ohren. Nur für einen Moment.«

»Also gut.« Sie meidet den Blick zu Pascal.

»Dein Kollege schafft das schon. Ansonsten führen wir ein Beratungsgespräch. Sag ihm, ich plane eine Feier bei euch.«

»Eine neue Verlobung? ... Oh, verzeih, das war blöd von mir.«

»Ach wo. Das damals ... na ja, man macht Fehler im Leben. Es hat nicht gepasst mit uns, mit Marielle und mir. Von Anfang an nicht.«

»Ich weiß ... Ich meine, ich habe euch damals gesehen«, rutscht es ihr erneut heraus.

»Gesehen? Was meinst du? Was hast du gesehen?«

»Ich habe dich mit Joelle in der Küche gesehen.« Sie beißt sich auf die Zunge. Verflucht, warum musste ihr das herausrutschen.

»In der Küche. Was war in der Küche?« Philippe wirkt irritiert.
»Na, du hast mit ihr ...«, stammelt sie. »Du hast sie angefasst.«
»Ach. Ja, das ...« Er lacht. »Das war Joelle. Du hast uns also gesehen? Du hast gesehen, wie sie sich mir angeboten hat? Oje.«
Sie schweigt.
»Sie war betrunken. Und ich war es auch. Es war ein dummer Scherz. Sie wollte mir zeigen, wie gut sie in Form ist. Hier, fass mal an oder so ähnlich, hat sie gesagt. Das wars.«
»Es geht mich ja auch nichts an«, räumt sie ein. Das Thema ist ihr auf einmal peinlich. »Darum geht es auch gar nicht. Ich glaube, *er* suchte einen Grund, mir etwas in die Schuhe zu schieben.«
»Er? Wer?«
»Delamotte.«
»Was sollte er dir denn in die Schuhe schieben?«
»Ach, unwichtig.« Hätte sie nur nicht damit angefangen.
»Du machst mich neugierig«, gibt er sich interessiert.
»Sie hatte doch einen Herzinfarkt«, flüstert sie. »Das hat der Arzt nachgewiesen. Warum diese Idee mit dem unnatürlichen Tod?«
»Ja ja ... Das war so.« Erneut scheint ihm das Thema Unbehagen zu bereiten. Aber er möchte sie kein zweites Mal abweisen. »Sie ist vergiftet worden«, flüstert er.
»Ver-vergiftet, tatsächlich? Wer hat sie vergiftet?«
»Es waren die Schmerztabletten. Paracetamol. Sie waren überdosiert. Die Leber hat versagt.«
»Dann war es ein Versehen. Sie hat zu viele genommen.«
»Hmn, na ja. Gustave wollte, dass es untersucht würde.«
»Er hat seine Frau also doch noch aufschneiden lassen?!«
»Ich denke, es war nicht seine Idee. Man hat ihm zugeredet.«
Das Äffchen, denkt sie. »Delamotte?«
»Lassen wir doch diese alten Geschichten«, winkt Philippe ab. »Das ist vergangen. Lass uns über Erfreulicheres reden.«
»Gut. Aber das eine noch«, gibt sie es nicht auf. Monsieur Delamotte erzählte mir damals etwas von Briefentwürfen, die

man bei Joelle gefunden hätte. Was hat er gemeint? Ich meine … ich weiß es klingt vielleicht komisch, dass ich jetzt danach frage, aber es gibt gerade einen Grund. Ich muss das wissen. Frag bitte nicht warum.«
Eine Weile sieht er sie irritiert an. »Du darfst fragen, jederzeit. Briefe, sagst du. Von Joelle? Gustave hatte so einen Spleen seiner Frau Dinge anzudichten, quasi als Erklärung, weshalb sie sich woanders ihre Aufmerksamkeit geholt hat. Joelle war keine Briefschreiberin. Briefe, Tagebücher oder was auch immer, das passt nicht zu ihr. Sie hat sich lieber die Geschichten anderer angehört.«
Tagebücher, geht es Benoîte durch den Kopf. Wie kommt er ausgerechnet auf Tagebücher.
»Aber …«, fällt ihm noch etwas ein, »ihre Mutter hat ihr einige Briefe hinterlassen. Sie litt unter einer postpartalen Depression, hat sich das Leben genommen. Allein schon deshalb hätte Joelle nie …«
»Oh, das ist tragisch. Sie hat dir diese Familiendinge tatsächlich anvertraut?«
»Sie nicht. Marielle hat es mir erzählt. Aber warum reden wir eigentlich darüber?«, versucht Philippe das Thema erneut zu beenden. »Der Fall wurde zu den Akten gelegt. Es ist nicht mehr wichtig und ändert auch nichts an der Tatsache, dass sie tot ist. Erzähl mir von dir.«
Benoîte hat Probleme sich auf sich selbst zu konzentrieren. Was soll sie über sich erzählen, ihr Kopf ist leer. Sie sieht ein grünes Tagebuch, das sie augenscheinlich verfolgt. Noch dazu scheint etwas von den darin geschilderten *phantastischen* Dingen, gerade eine Form von Realität anzunehmen; welcher Art auch immer … unheimlich.
»Über mich … da gibt es nicht viel.« Stumm umklammert sie das Tablett. »Ich muss dann auch mal wieder. Vielleicht ein anderes Mal. War nett, dich gesehen zu haben.«
»Ja, das war es.« Er will noch etwas sagen. Sie steht bereits. »Bis zum nächsten Mal?«, fragt er und zieht einen Stift aus seiner Tasche. Er notiert seine Nummer auf der Rechnung, die bereits auf dem Tisch liegt, drückt ihr den Zettel in die Hand. »Ruf mich an.«

Sie behält den Zettel in der Hand, verabschiedet sich mit Küsschen. »Ist gut.«

Als sie etwas später zu Germaines Haus kommt, sitzt Adamo auf der Bank neben der Haustür. Leise schnurrend begrüßt er sie, lässt es sich gerne gefallen, dass sie ihm im Vorbeigehen über das Fell streicht.

Die Eingangstür gibt ein leises Knarren von sich, als Benoîte den Türknauf herumdreht. Fast allen Türen in Germaines Haus wohnt dieses Geräusch inne.

Sie durchstreift den Hausflur, erkennt die alte Dame bereits aus der Ferne durch die geöffnete Gartentür hindurch, draußen unter einem der Olivenbäume hocken. Benoîte lächelt und geht weiter zu ihrem Zimmer.

Der Raum ist angenehm kühl. Das Fenster stand die ganze Zeit über offen. Die Hitze ist bereits gewichen. Sie verschließt es nicht ganz, wirft sich anschließend aufs Bett und betrachtet, auf dem Rücken liegend, die Decke.

Der Anblick macht sie bereits nach kurzer Zeit nervös. Die Schatten, welche die Bäume vor dem Fenster in den Raum zaubern. Unruhig steht sie auf, geht zum Fenster, um es erneut vollständig zu öffnen. Dann dreht sie sich vom Fenster weg, durchstreift mit Blicken den Raum.

Das Bett, denkt sie.

Das Plaid hängt auf einer Seite merkwürdig schräg auf dem Bett, so als hätte sich jemand daran zu schaffen gemacht. Benoîte zieht es gerade. Dann greift sie zu Lappen und Besen, fängt an Staub zu wischen. Sie wischt um das Bett herum, zieht eine Staubspur hinter sich her.

Das Bett, denkt sie erneut, zögert. Dann taucht sie mit Besen und Lappen in die dunkle Tiefe – unters Bett.

Warum?, denkt sie. Warum hat sie es geahnt?

Es passt zu diesem Tag ...

Auf halbem Weg stößt sie mit dem Besen auf Widerstand. Ein harter Gegenstand, kastenförmig, sperrig ... der Koffer?

Es ist tatsächlich der Koffer. Blind tastet sie nach dem Griff, zieht ihn aus seinem Versteck. Ein Hauch Moschus mit jener ledrigen Note weht ihr sogleich entgegen, als hätte der Überbringer ihn frisch parfümiert.

Sie muss augenblicklich an *ihn* denken. Nein, sie will ihn nicht länger das Äffchen nennen. Er hat einen Namen, Monsieur Delamotte. Und er hat ihr etwas sagen wollen, wofür es jetzt zu spät war. Vielleicht findet sie eine Erklärung im Koffer ...

Auf den ersten Blick wirkt er wie die letzten Male. Auf den zweiten allerdings scheint er fast ein Schatten seiner selbst, vom Leben gezeichnet, ausgebleicht, faltig, mit rosigen Nähten ...

Der Koffer steht in der Abstellkammer, in ihrem Elternhaus.
»Koffer«, sagt sie und deutet darauf. Sie reicht ihrer Mutter bis zu den Knien.
»Das ist sein Koffer«, erklärt Elodie. »Nimm ihn. Und geh mir damit aus den Augen ...«

Die Szene ist gleich wieder weg.

Stattdessen sieht sie etwas anderes, eine Leiche. *Seine* Leiche, das farblose Appartement. Ein Tropfen hellrotes Blut in der Duschwanne. Warum hat er dort gewohnt? Wegen ihr?

Sie starrt wieder auf den Koffer ...

Der Verkehr zieht an ihm vorbei. Es ist ein sonniger Tag. Ist es das? Wohin geht die Reise ohne den Koffer, ganz ohne irgendeine Erinnerung.

Die Bilder haben etwas Beklemmendes. Dabei waren sie die ganze Zeit über schon da, sind ihr nachgereist. Sie hat sie keines Blickes gewürdigt. Bis jetzt nicht.

Vorsichtig löst sie den Riemen.

Da liegt es, das Tagebuch – mittendrin. Grün leuchtet es ihr entgegen, ist diesmal nicht zu übersehen. Die Seiten haben den Geruch des Koffers angenommen. Möglicherweise aber ist es auch nur ihre Einbildung. Sie meint etwas zu riechen, einen Geruch aus der Vergangenheit.

Benoîte grübelt. Soll sie das Tagebuch einfach ignorieren und zurück in den Koffer legen? Sie könnte den Koffer zu irgendeinem Trödler geben. Was würde passieren? Würde der Koffer sie erneut aufspüren, sie verfolgen – egal wo sie sich aufhielt.

Oder soll sie das Tagebuch verbrennen?

Sie hält es in ihren Händen. *Verfluchter Albtraum*, denkt sie. Es widerstrebt ihr darin zu blättern. Sie tut es dennoch, Seite für Seite. Sie blättert bis zum Lesezeichen, das relativ weit hinten steckt. Überrascht registriert sie das Datum. Die Aufzeichnung enthüllt eine vollkommen andere Szene als die erwartete:

François hat das Appartement aufgeräumt. Ich sehe es gleich, als ich den Flur betrete. Alles ist an seinem Platz, was sonst nicht seine Art ist. François ist eher unordentlich. Er hat offenbar nicht damit gerechnet, dass ich früher zurückkommen würde. Er ist zuhause, was er um diese Tageszeit normalerweise nicht ist. Sein Schlüssel liegt direkt neben dem Telefon. Dort liegt er immer. Er habe die ganze Woche Termine, so sagte er mir bei meiner Abreise. Jetzt aber ist er unerwartet doch da – und das Appartement ist aufgeräumt. Was hat das zu bedeuten? Natürlich weiß ich sofort, was es zu bedeuten hat. Warum ich die letzten Wochen dieses unerklärliche Stechen im Magen empfinde. Immer in bestimmten Momenten, wenn ich bemerke, dass er mich nicht ansieht, mir nicht zuhört. Dann sticht es. Jetzt, in diesem Moment, als ich hier in der Tür stehe, sehe ich nicht nur die Ordnung, ich höre auch ein Geräusch. Zwei Türen trennen mich von diesem Geräusch. Die Türen sind nur angelehnt – denn niemand konnte damit rechnen, dass ich jetzt hier stehen würde. Hier, wo ich gerade jetzt nicht hingehöre. In diesem Moment, in dem ich zum Fremdkörper in meiner gewohnten Umgebung werde.
    Eine Frauenstimme. Seit Kurzem erst jobbt sie in François' Firma. Sie ist Studentin. Ellie heißt sie. Ich habe ihr nie viel Beachtung geschenkt, wenn ich sie einmal traf. Ich erinnere mich auch kaum an sie. Nur daran, dass sie immer dieses pastellrosafarbene Tuch trägt. Ihre Fingernägel sind ebenfalls pastellrosa lackiert. Ich hasse Pastellrosa. Ich habe ihn und seine Absichten unterschätzt. Eine fatale Fehleinschätzung meinerseits. Dabei bin ich kein Mensch, der kalkuliert. Jetzt aber denke ich an Kalkulation, Berechnung. Ist es meine oder seine? Ist es seine Rache an mir? Die verlorene Zeit ...
    Ich fühle mich abserviert. Wortlos, ohne Vorwarnung.
    Die erste Tür öffnet sich und ich gehe hindurch. Ich hätte mich nicht an Ellies Stimme erinnert. Jetzt aber hallt sie in meinem Ohr. Ein sich endlos multiplizierender Ton, wenn sie dort, eine Tür weiter, stöhnt. Ich höre nur ihre Stimme. Wo ist François? Sie interessiert mich nicht. Ich will zu François. Ich will seinen Kopf zwischen meinen Händen. Die

zweite Tür öffnet sich. Ich stehe mitten im Raum. Ellie springt aus dem Bett, greift zu ihrer Kleidung. Eine helle Bluse mit Rock, weiße Unterwäsche und das, von jetzt auf immer, verhasste pastellrosa Tuch. Schon ist sie weg. Wahrscheinlich steht sie nackt vor der Wohnungstür, zieht sich an. François rührt sich nicht von der Stelle, als ich auf ihn zugehe. Mein Plan ist eiskalt gefasst. Kalkuliert – und das, obwohl ich kein berechnender Mensch bin. Ich sehe, wie seine Lippen sich zu einem Lächeln verziehen. Dann drücke ich zu. Ich drücke ganz fest zu, ohne dass sein Lächeln dabei erlischt. Als ich ihn loslasse und sein Körper zu Boden sinkt, lächelt er noch immer. Ich lege ihn ins Bad. Dann schreibe ich eine Notiz. Ich gehe, ich verlasse ihn.

Das Buch fällt auf den Boden. Der Aufschlag klingt, als würde ein Stein zu Boden gehen. Schwer, zerstörerisch.

Benoîte zittert. In Gedanken sieht sie einen Film vor ihren Augen ablaufen – was ihr fast einen Schrei entlockt.

Nein! Sie will das nicht noch mal sehen.

Doch die Szene ist tatsächlich noch da, als wäre es gerade erst geschehen. Sie hätte es niemals für möglich gehalten, dass ihr *das* einmal passieren würde – dass man sie betrog.

Der ganze Rest, die Beschreibungen bis hin zu dieser völlig absurden Tat, alles war gelogen, schlichtweg gelogen. In der Aufzeichnung ist sie eine eiskalte Mörderin, eine Fremde. Es liest sich, als hätte dies jemand geschrieben, der – anders als in den vorangegangenen Aufzeichnungen – sie tatsächlich nicht kannte.

»Benoîte?« Das ist Germaines Stimme. »Bist du da?«

Schnell schiebt sie den Koffer wieder unters Bett, zieht das Plaid darüber.

Die Tür öffnet sich und die schmächtige alte Dame erscheint im Türrahmen.

»Pascal ist hier. Er will mit dir ausgehen.« Sie versucht ein Zwinkern, wobei es ihr nicht richtig gelingt nur ein Lid zu schließen, ihre Lider sind noch schläfrig.

»War heute Nachmittag jemand hier?«, fragt Benoîte, ohne auf die Worte der alten Dame einzugehen.

»Nicht, dass ich wüsste. Ich war draußen«, bemerkt sie und verschwindet gleich wieder.

Wenn Germaine unter einem Baum schläft, bekommt sie nichts mit. Vermutlich hat sie auch die Tür offenstehen lassen. Es wäre nicht das erste Mal.

Wenig später schlendert Benoîte mit Pascal über den Boulevard St. Michel im Zentrum des Ortes, eine belebte Ausgehmeile. Musik und jede Menge beleuchtete Bistros und Restaurants, allabendlich von einem bunten Mix aus Touristen und Einheimischen bevölkert. Die Luft ist noch angenehm warm. Es riecht nach Sommerhonig, Cidre, Thymian, Knoblauch und Meeresfrüchten. Am Ende des Boulevards, in der Bar Parra, benannt nach der chilenischen Folklore-Musikerin Violeta Parra, findet ein Jazzabend statt. Bereits am Eingang drängeln die Besucher.

Pascal und Benoîte schlängeln sich durch die Menge und ergattern einen kleinen Tisch im hinteren Teil der Bar. Die Musiker, zwei dunkelhäutige Afro-Amerikaner sitzen bereits an ihren Plätzen, sind damit beschäftigt ihre Instrumente und das Mikrophon vorzubereiten. Im Hintergrund ertönt leise von CD, die Stimme der chilenischen Musikerin: *Gracias a la vida que me ha dado tanto ...*

Benoîte versucht sich zu entspannen. Violetas sanfte Stimme hilft ihr dabei. *Danke an das Leben, das mir so viel gegeben hat ...* Die Sängerin bedankt sich für ihr bewegtes Leben.

Eine Szene mischt sich in die Musik, formt Bilder aus ihren Gedanken; *Ich lege ihn ins Bad ...* Warum legt sie ihn ins Bad? Delamottes Leiche lag im Bad.

»Möchtest du etwas essen?«, spricht Pascal in ihre Gedanken.

»Non, merci.« Sollte er auf einen Flirt mit ihr aus sein; er weiß wie sie ist. Er kennt ihre Launen. Ihre Art, wenn sie gelegentlich aus heiterem Himmel, alles stehen und liegen lässt oder wegen kleiner Dinge überreagiert, wie am Tag zuvor.

»Nehmen wir einen Bordeaux?«

Benoîte stimmt kopfnickend zu.

Die Livemusik hat begonnen. Noch immer strömen Menschen in die Bar. Frauen in bunten Sommerkleidern, Männer in Jeans und T-Shirt.

Pascal winkt die Bedienung heran, eine junge Studentin. Er bestellt eine Flasche Rotwein.

»Alles in Ordnung mit dir?«, will er wissen, nachdem die Bedienung wieder gegangen ist. »Du wirkst irgendwie abwesend.«

»Ich höre der Musik zu. Die beiden hatten erst kürzlich einen Auftritt in Orange, super Konzert.«

»In Orange?«, fragt er.

»Ich habe mit meinem letzten Freund dort gelebt.«

»Dein Letzter. Hast du Schluss gemacht?«

»Ach«, winkt sie ab.

»Du möchtest nicht darüber reden.«

»Nein, ist schon okay. Aber ... « Etwas drängt sie auf einmal zum Reden. »Weißt du, ich musste heute Nachmittag die Gendarmerie verständigen. Heute Nachmittag, nachdem ich kurz weg gewesen war, du erinnerst dich? Es ist etwas passiert.«

»Die Gendarmerie. Was ist denn passiert?«

»Das ... Wenn ich es dir erzähle, du darfst nicht darüber reden. Versprichst du das? Mit niemandem.«

Neugierig beugt Pascal sich zu ihr vor. Seine Locken berühren ihre Wangen. »Dein Date?«

»Kein Date.«

»Sondern?«

Die Kellnerin kommt mit dem Rotwein, stellt ihn auf den Tisch. Pascal deutet ihr, sich selbst um den Rest zu kümmern. Die Bar ist voll und sie hat gut zu tun.

»Also kein Date«, wiederholt er.

»Du erinnerst dich an das Glubschauge. Ich sollte ihn anrufen.«

»Glubschauge, klar.« Pascal nimmt die Flasche, füllt beide Gläser bis zum Rand.

»Merkwürdiges Auftreten, stechender Blick, gewöhnungsbedürftiges Eau de Toilette, antique. Vielleicht auch nur zu viel davon. *Den* meinst du, oder?«

»Genau den. Er wollte mich treffen, kam aber nicht. Ich kenne ihn von früher.«

»Von *früher*. Das heißt ...?«

»Ist nicht wichtig«, winkt sie ab. »Wir hatten uns vor seinem Haus verabredet. Als er nicht kam, ging ich einfach hinein. Im zweiten Stock stand eine Wohnungstür offen. Merkwürdig war's dort. Grelles Licht, total steril, grau und ungemütlich. Irgendwie nicht sein Stil. Wie gesagt, kenne ich ihn. Ich habe gesehen, dass das dort seine Sachen waren. Es muss also sein Appartement gewesen sein. Aber er war nicht da. Das dachte ich, – und dann ... dann lag er dort, im Bad, tot.« Sie flüstert.
»Wie *tot*? Du machst Scherze.«
»Nein.«
»Du hast einen Toten gefunden. Ich meine, er ... War es Mord? Denkst du er ist ermordet worden?«
Benoîte zuckt zusammen, schweigt.
»Werden Sie ermitteln? Mein Gott, Benoîte, sag was.«
»Ich ... ich habe es über den Notruf gemeldet.«
»Du musst eine Zeugenaussage machen.«
»MOI?! Non! Was soll ich denn bezeugen? Ich habe doch nichts gesehen. Als ich kam, war er schon tot.«
»Aber du hast ihn gefunden. Du bist eine Zeugin.«
»Ich habe es anonym gemeldet.«
Pascal fährt sich durchs Haar. »Und woher kennst du ihn?«
Worauf hat sie sich nur eingelassen. Es wäre doch besser gewesen, den Mund zu halten. Nervös bohrt sie mit ihren Fingernägeln in einen Pappdeckel. »Ist eine längere Geschichte.«
»Wir haben doch Zeit.«
»Für diesen Abend wäre sie zu lang, glaub mir. Das ist etwas Persönliches. Darüber kann ich nicht reden. Aber ich habe nichts damit zu tun. Das musst du mir glauben.«
Warum rechtfertigt sie sich?
Pascals Neugier ist unbefriedigt. Stumm trinkt er seinen Wein, schenkt sich anschließend nach.
»Sein Tod geht dir nahe, du hast ihn gut gekannt. Es hat nicht danach ausgesehen. Ihr seid euch wie Fremde begegnet. Gut, du hast deine Gründe, aber du solltest dich trotzdem bei der Polizei melden.«
Benoîte wirkt abwesend. »Du kennst Philippe?«, fragt sie plötzlich.
»Philippe?«

»Der Mann, mit dem du dich heute Nachmittag unterhalten hast.«
»Ach der. Nein, den kenne ich nicht. Er hat mich nach einem Wein gefragt. Wir haben uns über Weine unterhalten.«
»Hat er nach mir gefragt?«
»Nein. Sollte er? Du hast doch bei ihm gesessen. Ist er ein Ex?«
»Er ist der Ex-Verlobte einer Freundin. Aber zu dieser Freundin habe ich keinen Kontakt mehr.«
»Es sah vertraut aus zwischen euch.«
Die Geräusche in der Kneipe haben zugenommen, wenn auch die Musik selbst die Unterhaltung nicht stört. Ein paar Besucher tanzen, andere stehen am Rand, klatschen.
Das Gespräch bleibt irgendwo stecken.
Später reden sie über die Arbeit. Geschichten aus dem Café. Grenardine, Mondieu ...
Gegen halb eins verlassen sie die Bar. Pascal will Benoîte noch nach Hause begleiten, sie entscheidet sich jedoch, allein zu gehen.
Pascal verschwindet in eine Richtung, sie in eine andere. Die Straßen sind mittlerweile nur noch wenig belebt, die Menschen auf dem Heimweg, auf der Suche nach ihren Fahrzeugen oder auch auf dem direkten Weg ins Bett. Unter Reklameschildern und den nach und nach erlöschenden Lichtern, erkennt man hier und da ihre Schatten.
Benoîte ist noch nicht müde genug und es tut gut, ein paar Schritte zu gehen. Die frische Abendluft belebt. Tatsächlich hat der Abend mit Pascal sie abgelenkt.
Sie schlendert in irgendeine Richtung, nimmt bewusst einen Umweg. Vor dem Café Rockefeller diskutieren ein paar Jugendliche. Eine Straßenecke weiter rennt sie fast in ein knutschendes Pärchen.
Sie schlägt den Weg Richtung Flussufer ein. Dicke Schwaden hängen über dem Wasser. Fasziniert verfolgt sie das nächtliche Nebelspiel. Es ist gespenstisch, mystisch ...
»Benoîte?«, hört sie plötzlich ihren Namen.
Erschrocken fährt sie herum.
Ein Schatten kommt auf sie zu.

»Wer …?«
Die Züge seines Gesichtes gewinnen an Schärfe …
»Philippe?« Erleichtert atmet sie auf.
»Bist du nicht ängstlich, so ganz allein hier? Es ist fast eins.«
»Ich weiß.« »Am Fluss tummelt sich jetzt kein sympathisches Volk. Alkoholleichen, potenzielle Vergewaltiger. Du solltest besser einen anderen Weg nehmen. Oder noch besser, nicht allein gehen. Es sind schon Frauen nachts im Fluss ertrunken.«
»Aber du nimmst diesen Weg doch auch.«
»Oui.« Er lächelt. »Schönes Kleid«, lenkt er vom Thema ab, »und du führst es ganz alleine aus, ohne Begleiter?«
»Und wenn es so wäre, ginge es dich was an?«
»Pardon, das war indiskret.« Er zieht ein Päckchen Tabak aus seiner Tasche, fängt an sich eine Zigarette zu drehen. »Das alte Laster.«
Benoîtes Gestalt verschwindet im Dunkeln. Sie vergräbt ihre Hände in den Jackentaschen. Es ist frisch am Fluss.
»Dis-moi, ist das Zufall?«, fragt er.
»Was? Unsere Begegnung?«
»Heute bereits zum zweiten Mal.«
»Ja, merkwürdig. Man könnte meinen, du verfolgst mich«, stellt sie fest und versucht seinem Gesicht, das sie nur unscharf erkennt, etwas abzulesen. »Es ist also so, dass du mich verfolgst, und du versuchst es wie einen Zufall aussehen zu lassen?«
»Was wäre die Alternative, Schicksal?«
»An Schicksal glaube ich nicht.«
»Ich weiß. Du bist Realistin. Ich erinnere mich, eine fantasievolle Realistin.«
»Und du bist der heimliche Träumer, hinter dem vermeintlichen Pragmatiker.«
Er kramt ein Feuerzeug aus seiner Jackentasche, entfacht eine kleine Flamme. Dann aber lässt er beides wieder sinken.
»Ich glaube an Schicksal. Irgendwie. Aber nichtsdestotrotz, es stimmt. Ich wusste, dass du im La Cigale arbeitest. Sagen wir, zufällig habe ich davon gehört und somit das Schicksal herausgefordert.«

»Zufällig?« Sie betrachtet ihn von der Seite, wie er den ersten Zug von seiner Zigarette nimmt. »Wortspieler.«
»Denkst *du*. Du denkst, ich bin ein schlagfertige Typ. Aber du irrst. Ich bin es nicht grundsätzlich, nicht in jeder Situation.«
»Aber wenn es drauf ankommt, findest du die passenden Worte.«
»Das wäre schon praktisch, wenn es so wäre.« Er raucht und sieht dabei Richtung Himmel.
»Und, bist du in festen Händen?«, fragt er möglichst beiläufig.
Benoîte lacht.
»Du lachst, also nein. Warum nicht?«
»Willst du jetzt eine Art Stellungnahme? Wie sieht es denn bei dir aus, bist du in festen Händen?«
»Derzeit nicht.«
»Gut, dann haben wir das geklärt.«
Benoîte entfernt sich etwas, verschwindet kurz im Nachtnebel. Philippe folgt ihr.
»In so einer Nacht ist es passiert«, redet sie zusammenhangslos.
»In so einer Nacht passiert viel.«
»*So etwas* passiert nicht oft. Zumindest passiert es nicht oft, dass man dabei heimlich Zeuge wird.«
»Bei was genau?«
»Sie ist im Fluss abgetrieben worden, angeblich. Man hat sie nie gefunden. Zumindest nicht, soweit ich weiß.«
»Wer ist *sie*? War es ein Unfall?«
»Vielleicht war es beabsichtigt.«
»Sie hat sich das Leben nehmen wollen. Du willst ihren Namen nicht nennen. Sie steht dir nahe?«
»Wie kommst du darauf?«
Er zuckt mit den Schultern.
»Als Kind dachte ich immer, der Fluss stünde in Verbindung mit den Toten. Ich habe meinem Vater Nachrichten über den Fluss geschickt. Briefe in Flaschen. Pastisflaschen«, erinnert sie sich. »Er hat nie geantwortet. Und dabei war ich ganz sicher, er würde meine Briefe lesen. Kinderfantasien.«

»Dein Vater ist tot?«
Sie antwortet nicht.
»Sicher hat er deine Briefe gelesen. Er wird jeden Satz gefühlt haben, den du geschrieben hast.«
»Eine schöne Vorstellung.«
»Woran ist er gestorben?«
»Ich habe es vergessen.«
»Ach ... ich verstehe.«
Sie ist wieder teilweise in den Nebel gehüllt. Philippe bleibt stehen, raucht. Er betrachtet sie aus der Entfernung. Mit den Schuhspitzen schiebt sie kleine Steinchen vor sich her. Der Wind spielt mit ihrem Kleid.
»Soll ich dich nach Hause bringen, Benoîte?«
Sie dreht sich zu ihm. »Nein. Ich gehe gerne zu Fuß und es ist auch nicht weit. Siehst du dort hinten die kleine Siedlung, dort liegt Germaines Haus. Ich wohne dort.«
Philippe steht noch immer an derselben Stelle und raucht.
»Aber gut. Vielleicht hast du recht und ich lasse das mit dem Umweg«, gibt sie plötzlich nach. »Besser nicht zu dieser Zeit. Ich werde diesen Weg nehmen«, deutet sie in die andere Richtung, »d'accord?«
»D'accord – und auf direktem Weg.«
»Bon.«
Er wirft den Zigarettenstummel auf den Boden, drückt ihn mit dem Schuh aus.
»Warte Benoîte.« Er erreicht ihre Höhe. »Wir sollten unsere Unterhaltung vielleicht fortsetzen. Nicht mehr heute, aber ... später?«
»Du meinst morgen?«
»Morgen ist heute. Es ist eins. Donc, heute, morgen, übermorgen. Wann du Zeit hast. Ich habe noch etwas für dich.«
Er hat etwas für sie. Was hat er für sie?
Plötzlich ist er ganz dicht bei ihr. Seine Hände streifen ihre Arme, er legt sie zögerlich auf ihre Schultern. Sein Gesicht berührt ihres. Er zieht sie sanft zu sich, küsst sie.
Benoîte ist unfähig so schnell zu reagieren. Sie lässt es geschehen. Seine Berührungen hinterlassen ein merkwürdiges Gefühl auf ihrer Haut. Er fühlt sich gut an, dieser unerwartet

zärtliche Kuss. Dabei ist er nicht aufdringlich oder fordernd, vielmehr scheint es wie eine vorsichtige Einladung, eine unausgesprochene Frage.

Als er sie wieder freigibt, ist sie wie weggetreten.

»Was hast du ... Aber ich habe ja deine Nummer«, stammelt sie.

»Verlier sie nicht.«

Benoîte dreht sich zum Gehen, taumelt noch ein kleines Stück.

Philippe bleibt zurück, sieht ihr nach, wie ihre schlanke Silhouette in den Nebel taucht und sich nach und nach darin auflöst.

Die Nacht ist kurz. Als Benoîte am nächsten Morgen ins La Cigale kommt, ist es dort noch wie ausgestorben. Nicht mehr als zwei oder drei Tische sind besetzt. Pascal ist nicht da. Die Küche wirkt jedoch aufgeräumt.

Sie füllt ein Glas mit Wasser, greift danach. Dabei fällt eine daneben liegende Zeitung zu Boden, die aktuelle Tagesausgabe der *Presse Sur et Haut Verdon*. Sie studiert das Titelblatt.

Keine Schlagzeile über einen Toten.

Sie ordnet ihre Haare. Es gibt keinen Mord, denkt sie.

Sie zieht die oberste Schublade des Küchenschranks auf, kramt einen Notizblock heraus und geht damit auf die Terrasse.

Die wenigen Gäste sind bereits versorgt. Pascal ist demnach da. Er ist irgendwo draußen.

Sie lauscht dem Zirpen der Zikaden, blickt auf die Schlucht.

Alles ist wie immer; dabei sehr leise.

»Einen Mord hat es hier noch nie gegeben«, betonte Germaine gegenüber Benoîte etwas später. *Warum willst du das wissen*, fragte dabei ihr Blick, ohne es auszusprechen.

Auf einmal ist sie da, diese Angst. Sie fühlt sich beobachtet. Jemand beobachtet sie, um ihr Leben zu skizzieren. Die Köpfe auf der Terrasse fahren herum. Blicke sind auf sie gerichtet ...

In der Küche angekommen, schnappt sie nach Luft, schüttelt die Angst mit aller Kraft ihres Willens wieder ab.
»Benoîte?«, fragt jemand hinter ihr. »Hast du einen Kaffee für mich?«
Es ist die Stimme von René Duval, einem Stammgast.
»Oh, pardon, mein Liebe, ist alles mit dir in Ordnung? Blass siehst du heute aus.«
»Ja«, beeilt sie sich zu antworten.
»Du glaubst nicht, was für ein Rummel das letzte Nacht hier war.«
»Rummel, weshalb?«
»Na, die Kunstausstellung gegenüber. Die Vernissage ging doch bis in den Morgen«, erklärt er.
»Ach das. Warst du auch dort?«
»Mit dem modernen Kram kann ich nichts anfangen.«
»Richtig, moderner Kram«, wiederholt sie.
»Monsieur le maire hat ein paar gekauft. Jetzt hängen die drüben im Hôtel de Ville – damit es noch etwas ungemütlicher wird, aber eben ungemütlich mit Farbe.«
René verwickelt sie in ein Gespräch. Er erzählt von seiner Frau. Sie haben sich gerade getrennt. Benoîte hört geduldig zu ...

Am Nachmittag ist das Café gut besucht. Pascal und sie haben alle Hände voll zu tun, sodass sie nicht einen Moment zur Ruhe kommt, oder zum Nachdenken.

Ähnlich ist es auch in den folgenden Tagen. Touristen fallen über das La Cigale her, besetzen es bis auf den letzten Tisch.

Die Leiche, das Tagebuch, selbst Philippes Kuss – sind kurzzeitig verschwunden. Das Leben geht weiter, rauscht lebhaft an ihr vorbei und reißt sie dabei mit. René freut sich, in Benoîte eine Zuhörerin gefunden zu haben und nimmt sie jetzt öfter in Beschlag. Er kommt meistens vormittags, liest seine Zeitung und hält ein Schwätzchen. René ist Anfang fünfzig, ein drahtiger, schlanker Mann mit wenigen grauen Haaren, immer gebräunt.

Eines Nachmittags jedoch bringt er plötzlich eine junge Frau mit. In der Regel interessieren Benoîte die Angelegenheiten ihrer Stammgäste nicht. Zu René aber pflegt sie seit

Neuestem eine besondere Verbindung. Die Erscheinung dieser Frau befremdet sie daher. Ohne sich dessen bewusst zu sein, entwickelt sie eine regelrechte Aversion gegen sie.

»Lass ihm doch seinen Spaß«, lacht Pascal, der ihren Stimmungswechsel bemerkt. »Das tut ihm gut. Nicht urteilen, weil sie jung ist.«

»Woher willst du wissen, was ich denke oder ob ich urteile?«

»Du bist ja richtig kratzbürstig. Wenn es dich beruhigt, mein Geschmack ist sie nicht. Zu viel Strass an den Fingernägeln. Darauf steh ich nicht. Aber hübsch ist sie schon. Zum Reden reicht es aber wohl eher nicht.«

»Schau dir René an, der sieht das anders.«

»Du bist eifersüchtig. Bist du betrogen worden?«

Pascal möchte noch immer etwas herausfinden.

»Komm schon, Benoîte. Du solltest darüber reden. Geh zur Polizei, da ist noch etwas in deinem Kopf. Wegen der Leiche …«, flüstert er.

Wut und Verbitterung stehen dir nicht, hat Germaine einmal gesagt. Ist sie wütend, verbittert? Und geht es dabei um den Toten? Um das Tagebuch? Worum geht es? Manchmal gibt es dieses Gefühl, diesen Wunsch irgendwo dazuzugehören.

Benoîte sieht zu René, der ausgelassen mit Mondieu scherzt: »Na, mein Schätzchen, was macht das verflixte Mäuschen? Hat sie dich gelinkt. Der werden wir´s zeigen.«

Mondieu wedelt aufgeregt mit dem Schwanz. Alle lachen. Unter dem Tisch ahmt René ein Mäusepiepsen nach. Seine junge Begleitung und Grenardine kichern, albern laut herum. Benoîte ist genervt.

»Also langsam geht mir das Gegacker auch auf die Nerven«, scheint Pascal plötzlich wieder auf ihrer Seite.

»Femme fatale«, kommentiert er kurz darauf, als Renés Freundin an ihnen vorbei zur Toilette geht.

»Reiß dich mal zusammen«, fährt sie ihn an.

»Seit wann bist du so zickig?«

»Bin ich nicht. Warte mal, bis sie Grenardines Alter erreicht und sich auch so ein vierbeiniges Handtaschen-Accessoire zulegt.«

Pascal lacht. »Na, beruhigend zu wissen, dass dein Humor noch funktioniert.«

Als sie später Germaines Haus betritt, ist die Stimmung besser. Der Tag liegt hinter ihr. Sie öffnet die Tür zu ihrem Zimmer, schließt das Fenster im Schlafzimmer und zündet ein paar Kerzen an. Dabei schweift ihr Blick durch den Raum. Ein kleiner Rest der Unruhe ist noch da. Aus einem Impuls heraus, bläst sie die Kerzen plötzlich wieder aus, schaltet das Licht an und fängt an aufzuräumen. Benoîte weiß nicht, was sie will, was sie tun soll. Etwas treibt sie. Gerade ist es der Staub. Sie rückt Möbelstücke vor und zurück, denkt dabei über René und seine Frauen nach. Gelegentlich schweifen ihre Gedanken auch zu Philippe; sie ertappt sich dabei, wie sie versucht noch einmal das Gefühl zu erleben, in dem Moment als er sie küsste. *Ich habe noch etwas für dich ...* – Sie hat keine Ahnung, was es sein könnte, weiß auch nicht, ob sie es überhaupt wissen will.

Sie putzt. Das Bett und alles, was sich darunter befindet, bleiben von ihrer Putzaktion unberührt. Seit fast zwei Wochen hat sie dort weder nachgeschaut noch Staub gewischt. Bewusst macht sie einen Bogen um die Zone unterhalb des Bettes.

Philippes Telefonnummer klemmt an ihrem Schminktischchen. Sie zieht den Zettel ab, starrt eine Weile darauf, überlegt ... und legt ihn wieder ab.

Am nächsten Tag ist Benoîte nachmittags allein im Café. Pascal hat sich freigenommen. Spontan setzt sie sich zu René an den Tisch. »Nur einen Moment, darf ich?«

René rückt ihr den Stuhl zurecht.

»Toujours Madame. Deine angenehme Gesellschaft kann ich wohl kaum ablehnen.«

»Charmeur.«

»Ich gebe mein Bestes. Aber müde siehst du heute aus.«

»Zurzeit schlafe ich nicht so gut.«

»Dann geht dir etwas durch den Kopf? Du denkst zu viel. Denk dran, du bist jung, du solltest das Leben genießen. In meinem Alter ist das etwas anderes.«

»Dein Alter? Du bist gerade mal fünfzig.«

»Zweiundfünfzig. Manche schaffen nicht mal die fünfzig.«

Sie betrachtet ihn von der Seite. Trotz seiner guten Laune wirkt er in der Tat ein wenig gealtert. Die Trennung von seiner Frau hat Spuren hinterlassen.

»Wenn sie früh gehen, gehen sie nicht freiwillig«, denkt sie laut.

»Hast du jemanden verloren?«, fragt er.

Sie antwortet nicht.

»Ja, liebe Benoîte, bittere Erfahrungen machen wir alle. Egal in welchem Alter. Aber glaubst du nicht auch, dass es einen Menschen besonders macht, wenn er etwas erlebt hat? Stell dir vor, du hättest deine Erfahrungen nicht; wenn es etwas zu entscheiden gibt, kannst du auf das eine oder andere zurückgreifen. Du wirst sicherer, weil du weißt, dass es so oder so nicht funktionieren wird.«

»Und wenn nicht? Manche Erfahrungen bringen einen nicht unbedingt weiter, im Gegenteil. Sie stellen sich in den Weg, verfolgen oder lähmen dich ... irgendwie.«

»Das passiert, wenn du vor etwas wegläufst. Du musst dem, was dich verfolgt gegenübertreten. Biete ihm die Stirn und sieh ihm geradewegs in die Augen. Du wirst sehen, manches Hindernis wird aus der Nähe betrachtet mit einem Mal ganz klein.«

Benoîte hört aufmerksam zu.

»Das ist das eine. Für manches andere aber habe ich auch kein todsicheres Konzept, keinen Plan. Man kann, denke ich, noch so viel Weisheit mit Löffeln essen, am Ende bleiben trotzdem noch immer ungelöste Rätsel. Mit Beziehungen ist es zum Beispiel so. Du kannst niemanden aufhalten oder zwingen«, redet er jetzt offensichtlich von sich selbst. »Wenn wir uns finden und zusammenbleiben, geschieht das freiwillig.«

»Und was, wenn man das Vergangene manipulieren könnte? Wenn man zum Beispiel etwas über die Vergangenheit behauptet, das alles umschmeißt. Du fragst dich plötzlich, ob du viel mehr selbst verantwortlich bist für das, was passiert ist – mehr als alle anderen Beteiligten. Ich meine … Ich gebe dir ein Beispiel: Wenn es ein Tagebuch gäbe, das Dinge aus deinem Leben verdreht oder auch so weit geht und Lügen verbreitet, von denen du nicht mehr sicher bist, ob es nicht doch so war und du dich nur falsch erinnerst.«

»Skurril. Ein Tagebuch, das *wer* geschrieben hat? Du selbst? An der Vergangenheit kannst du grundsätzlich nichts mehr ändern. Wie es auch war, es ist *vergangen*. Und warum willst du das überhaupt wissen? Ist es noch relevant? Hängt irgendetwas davon ab?«

Sie sucht nach Worten, findet sie nicht.

René nippt an seinem Weinglas. »Ein Tagebuch«, überlegt er. »Ich habe mal ein Tagebuch geführt, weil du das gerade erwähnst. Genau eine Woche ging das. Dann habe ich alles zerrissen. Das Aufschreiben allein hatte mir schon gereicht. Ich wollte das gar nicht nochmal lesen. Einmal alles rauslassen, was dich quält, ist okay. Danach kann man vergessen, glaub mir.«

»Ja … vielleicht«, überlegt sie. Benoîte sieht auf den Fluss, der unterhalb des Cafés dahinfließt. Sie fühlt sich für den Moment von Renés Worten getragen. Vielleicht hat er ihr gar ein Stück weit eine Tür geöffnet.

Am nächsten Tag kommt es zu einer merkwürdigen Begegnung.

Grenardine erscheint erstmalig in männlicher Begleitung. Ein junger Kerl sitzt an ihrer Seite, wild frisiert, unrasiert. Sie stellt ihn als ihren Neffen vor, einen Künstler. Die beiden unterhalten sich zunächst ruhig, bis das Ganze in eine lebhafte Diskussion übergeht. Offensichtlich geht es um familiäre Dinge. Benoîte hört nur mit einem Ohr hin, bis ein einziger Satz, sie aufhorchen lässt: »Aber ich bitte dich, mon cher, Morde gibt es doch hier in der Region nicht.«

Wie vom Blitz getroffen, bleibt sie am Nebentisch stehen, räumt etwas fahrig ein paar Wassergläser ab.

»Alors, eine Leiche?! Du siehst Gespenster. Und das hätte doch in der Zeitung gestanden.«

Benoîte verharrt weiterhin, der Tisch ist bereits abgeräumt. Als sie sich bewusst wird, dass sie unnötig herumsteht, eilt sie leicht überhastet zur Tür.

In der Küche angekommen, fächelt sie sich Luft zu. Wie viele Tage hat sie sich nicht mehr mit der Leiche von Monsieur Delamotte beschäftigt; wie viele Tage hat sie verstreichen lassen und Philippes Telefonnummer ignoriert? Es ist der dringende Wunsch die Vergangenheit zum Schweigen zu bringen.

Sie öffnet die Kühlschranktür, nimmt eine Flasche Cassis- und eine Flasche Pfirsichsirup heraus, um Getränke anzumischen.

Kurz darauf geht sie mit drei Gläsern angefertigter *Sirop limonade* wieder hinaus.

»… definitiv nicht«, schnappt sie erneut Fetzen des Gesprächs auf, als sie den Tisch der beiden passiert. »Wo soll denn diese ominöse Leiche sein?«, bohrt Grenardine gerade. »Also, das klingt mir ja alles sehr merkwürdig.«

Benoîte kann nicht anders, sie steht plötzlich vor dem Tisch der beiden. Es platzt aus ihr heraus: »Eine männliche Leiche?«, mischt sie sich in das Gespräch ein. »Ein Mann, etwa um die fünfzig, in der Rue Celan?«

Merkwürdigerweise sieht Grenardines Neffe sie an, als hätte er ihre Reaktion bereits erwartet.

»Exactement.«

»Was weißt denn du davon, Benoîte? Habt ihr hier eine Verschwörung laufen?« Sie lacht heiser, wobei ihre speckigen Arme zittern, zusammen mit dem Tisch, unter dem Mondieu hockt und sogleich einen irritierten Blick nach oben wirft. Anschließend schnappt Grenardine nach ihrem Glas Wasser, trinkt hastig, als wäre sie kurz vor dem Verdursten. »Ihr habt mir heute alle etwas zu viel Fantasie.«

»Eine Leiche heimlich abtransportieren; das macht doch nur ein Mörder«, flüstert er.

Benoîte schnürt es die Kehle zu, als sie das letzte Wort vernimmt.

»Hast du es auch gesehen?«, fragt er an sie gerichtet.
»Ich … nein. Das heißt, ja. Ich habe davon gehört. Von jemandem dort aus dem Haus. Derjenige dachte, er hätte etwas gesehen. Etwas das …«
»… nach einer Leiche aussah?« Grenardine schüttelt erneut den Kopf.
»Er hat sie in etwas eingewickelt. Es konnte nur eine Leiche sein. Der Größe nach, meine ich.« Er sieht an Benoîte vorbei, zieht hastig an seiner Zigarette.
»Täter oder Täterin? Du hast doch bestimmt gesehen, ob es ein Mann oder eine Frau war?«, will Grenardine wissen.
»Leider nicht. Ich war auch abgelenkt. Mein Mobiltelefon hat mittendrin geklingelt und ich musste ein Netz suchen. Daher habe ich kurz nicht hingesehen. Danach war der Kerl weg. Wenn es ein Kerl war.«
»Aber du hast zumindest das Kennzeichen von dem Fahrzeug?«, fragt Grenardine.
»Nein, ich konnte es nicht gut erkennen. Ich wollte es natürlich melden.«
»Du wolltest?! Du hast es *nicht* gemeldet?! Und Benoîte, was ist mit dir? Alle wissen von einer Leiche und niemand kümmert sich darum. Ihr Lieben, ihr müsst das doch der Polizei melden! Es könnte ja auch ein Unfall gewesen sein. Und man müsste doch in Erfahrung bringen, ob im Haus jemand vermisst wird.«
Der Neffe fährt sich durch sein ohnehin schon reichlich zerzaustes Haar, drückt seine Zigarette in den Ascher.
Irgendwie klingt die Geschichte reichlich verworren und unglaubwürdig, überlegt Benoîte, analysiert es aber nicht weiter. Sie mustert den jungen Künstler von der Seite.
Was wird hier gespielt? Will er sie eventuell testen – herausfinden was sie weiß?
»Dann solltet ihr aber jetzt zur Polizei gehen«, beschließt Grenardine.
»Das ist schon passiert«, beeilt sich Benoîte mit ihrer Antwort. »Jemand hat den Notruf verständigt. Das … äh, das hat mir dieser Bekannte aus dem Haus erzählt«, behauptet sie.

»So, was für ein Bekannter ist das denn?«, bohrt Grenardine neugierig.

»Richtig«, kommt ihr der Neffe unerwartet zu Hilfe, »die Gendarmerie wurde schon eingeschaltet. Der leitende Beamte ist ein Commissaire Lemarque.«

Grenardine zieht ein mürrisches Gesicht. »Lemarque? Der ist aber nicht von hier, oder? Hab' ich noch nie gehört, den Namen.«

Benoîte dreht sich weg. Ob er weiß, dass *sie* den Todesfall gemeldet hat? Besser, sie hält sich raus und zieht sich zurück.

»Warte noch ...« Grenardines Neffe ruft ihr hinterher, als sie sich gerade davonschleichen will. »Ich gebe dir meine Telefonnummer. Ruf mich an. Am besten morgen in meinem Atelier. Du kannst auch vorbeikommen. Dann unterhalten wir uns.«

Sie sieht ihn eine Nummer auf einen Zettel kritzeln. Zögernd nimmt sie die Notiz entgegen. Warum will er, dass sie in sein Atelier kommt? Der Typ scheint ihr irgendwie mysteriös. Oder will er gar etwas ganz anderes? Skeptisch steckt sie den Zettel mit der Telefonnummer weg, bedankt sich mit kurzem Nicken. Wer weiß, wozu der Kontakt gut ist.

Als Benoîte etwas später ihr Zimmer betritt, ist da ein spontaner Gedanke. Gezielt steuert sie das Bett an. Ob der Koffer noch da ist? Wenn ja, muss er weg, denkt sie auf einmal, und hebt das Plaid an. Sie tastet den Boden unter dem Bett ab.

Er ist nicht da.

Erleichterung aber stellt sich nicht ein, nicht wirklich. Irgendjemand geht ungefragt in ihrem Zimmer ein und aus. Wer könnte das sein? Germaine schließt sie aus. Die alte Dame würde niemals einfach so in ihren Sachen schnüffeln.

Nachdenklich setzt sie sich aufs Bett.

Vielleicht sollte sie ausgehen, kommt ihr ein neuer Gedanke. Die letzten Wochen waren sehr arbeitsreich. Und draußen wartet noch immer der Sommer. Das Leben tobt in den Straßen, an den Badestellen und Ufern des Verdon.

Sie zieht sich aus, wickelt sich ein Badetuch um den Körper und tappt hinaus zur Dusche.

Das kalte Wasser erfrischt, es prickelt auf der Haut. Sie denkt an Philippe und überlegt tatsächlich kurz, ob sie ihn anrufen soll.

Nach dem Duschbad geht sie zurück in ihr Zimmer, föhnt sich das Haar und trägt dezentes Make-up auf. Sie schlüpft in Shorts und ein schulterfreies Top, greift nach einer Strickjacke – für den späten, kühleren Abend.

Während sie die Tür zu ihrem Zimmer verschließt, beobachtet sie Germaine durch das halb geöffnete Gartentor. Sie ist damit beschäftigt ihre Katzengang zu füttern. Die Tiere schnurren und kabbeln sich. Germaine agiert wie eine junge Mutter inmitten ihrer Kinder.

Amüsiert wendet Benoîte den Blick ab, schließt das Gatter hinter sich und geht weiter zur Straße.

Vor ihr liegt die felsige Landschaft der Hochprovence. Zypressen, Olivenbäume, Felder am Rande einer durstigen Landschaft; bereits teilweise verblühte Sonnenblumenfelder. Zirpende Zikaden und ein klarer, wolkenfreier Himmel begleiten sie.

Es geht an Häusern vorbei, hinunter in den Ort. Die Straße verengt sich zu Serpentinen, steigt eine Weile an und fällt schließlich wieder ab. Der Verdon ist ihr ständiger Begleiter. Immer wieder verschwindet der türkisblaue Streifen hinter Büschen und Bäumen. Benoîte liebt den Blick auf den Fluss, das kristallklare Wasser und seine intensive Farbe. Die Häuser sind aus Backstein, die Straßen kopfsteingepflastert. Lavendel und Zitronenmelisse spießen aus Kübeln. Der Wind pustet erste welke Sonnenblumenblätter und -blüten übers Feld.

Benoîte schlendert ziellos durch den Ort, beobachtet Touristen beim Posieren vor der Kamera, Einheimische beim *Pétanque*-Spiel.

Sie setzt sich in ein Café unweit des Flusses. Wasserplätschern dringt auch hier an ihr Ohr. Tische und Stühle sind auf der kopfsteinbepflasterten Terrassenfläche verteilt, die von Dattelpalmen in Steinkrügen eingerahmt wird. Sonnenschirme schützen vor zu intensiver Sonnenbestrahlung.

Sie bestellt einen café au lait und blättert in einem Magazin. Ein Artikel über provençalische Kunst erregt ihre

Aufmerksamkeit. Nach kurzer Zeit ist sie vollkommen in den Artikel vertieft, bemerkt nicht, wie sich jemand ihrem Tisch nähert.

»Die Impressionisten interessieren dich also«, hört sie eine männliche Stimme unmittelbar über sich. Benoîte schreckt hoch, dreht sich zur Seite.

»Wenn du einen Tipp brauchst, ich kenne mich auch ein bisschen aus.« Es ist Philippe. »Ich kenne sie sogar ganz gut, die heimische Kunstszene.«

»Na ja, ich weiß nicht, ob das wirklich ein Thema ist, was mich über diesen Artikel hinaus langfristig fesselt.«

»Nicht?« Er grinst. »Dein freier Tag heute? Wolltest du dich nicht melden?«

»Ich ... ja, wollte ich. Ich meine, ich hätte mich noch gemeldet, ganz sicher. Momente wie dieser sind rar. In einem Café zu sitzen, vor sich hinzuträumen, ohne dabei über Kaffee und Törtchen nachdenken zu müssen, die schnell zum Tisch gebracht werden müssen, damit sie nicht in der Hitze zerlaufen. Hier bin ich inkognito. Dazu irgendein Artikel ...«

»Was dir sonst nicht vergönnt ist.«

»Weniger.«

»Und dann komme ich und dränge mich in diesen einzigartigen Moment«, bemerkt er, während er einen Stuhl heranzieht und sich setzen will. »Darf ich?«

»Du sitzt doch gewissermaßen schon. Hab ich da eine Wahl?«

»Glaub mir, liebe Benoîte. Es ist manchmal besser, keine Wahl zu haben. Du müsstest dir über so viele Dinge Gedanken machen, wenn du bei allem immer eine Wahl hättest. Das Schicksal ist so selbstlos, dass es dir manche Entscheidung abnimmt.«

»Selbstlos ist es? Aha. Das großzügige Schicksal, alors ... Es gibt aber auch Entscheidungen, die ich durchaus gerne selbst treffe.«

»Oh, das war das Zeichen.« Philippe will wieder aufspringen.

Sie legt ihre Hand auf seinen Arm. »Nein. Nein, bitte bleib.«

Sie schiebt die Zeitschrift beiseite. »Ich wollte zwar abschalten, aber das kann ich auch bei guter Unterhaltung.«
»Du vertraust darauf, dass ich dich gut unterhalte? Das ist ja beinahe schon ein Kompliment.«
»Siehst du, auch wenn ich dem Schicksal nicht viele Möglichkeiten einräume, ich stelle mich auch nicht quer oder bin unhöflich.«
»Dafür habe ich dich auch nicht gehalten.«
Er folgt ihrem Blick, der zum Fluss schweift. »Du magst es hier, in der Nähe des Wassers, stimmt's?«
»Ja. Der Fluss ist anziehend, geheimnisvoll ... mystisch.«
»Ist er das? Wegen dieser Geschichte, von der du mir beim letzten Mal erzählt hast, die ertrunkene Frau?«
»Das hat dich beschäftigt?«
»Ein bisschen.«
»Aber das ist es nicht. Der Fluss verkörpert einen Teil meiner Kindheit.«
Philippe betrachtet sie stumm. »Einen Teil deiner Kindheit, das ist ebenso geheimnisvoll wie poetisch.«
»Ja, ist es. Beides. Soll ich dir eine Geschichte erzählen?«, fragt sie plötzlich.
»Oh, avec plaisir, ich liebe Geschichten.«
»Gut, dann habe ich hier eine ganz spezielle, eine für dich.«
»Wow, ich bin gespannt.«
»Sie handelt von einem dreizehnjährigen Mädchen. Einem Mädchen, das am Verdon aufgewachsen ist und am liebsten barfuß durchs niedrige Wasser watet. Am besten noch bei Vollmond, wenn das Glitzern des Flusses die Nacht erhellt.«
»Dieses Mädchen bist vermutlich du?«
Sie ignoriert seine Frage. »Ich habe diese Geschichte eigentlich noch nie jemandem erzählt. Sie ist eine Art Geheimnis, ein gut gehütetes Geheimnis.«
»Oh, ich schwöre ich werde sie für mich behalten.«
»Das sei dir geraten.« Sie legt ihre Arme auf den Tisch.
»Es ist zwanzig Jahre her«, fängt sie an. »Sie war dreizehn, wie gesagt. Dreizehn, als sie von zuhause weglief. Eigentlich noch ein Kind. Sie nahm den Koffer ihres Vaters, packte schnell irgendetwas hinein. Ihr Lieblingskleid, ein paar T-

Shirts, ein Kuscheltier … Sie hatte nicht viel Zeit zu packen. Und noch viel weniger Zeit, um darüber nachzudenken, was sie mitnehmen sollte. Außerdem war der Koffer ihres Vaters bereits voll. Er war voll mit Geschichten. Geschichten, die sie sich ausgedacht aber nie aufgeschrieben hatte. Sie waren in ihrem Kopf. In dem Moment jedoch, als sie weglief, gab es nur eine Geschichte. Eine wirklich schlimme Geschichte. Es sollte *ihre Geschichte* werden. Darum rannte sie weg – vor dieser, *ihrer Geschichte*. Mit dem Koffer. Sie rannte bis zur Route National. Richtung Süden. Es war heiß und staubig. So wie heute. Sie starrte auf die Straße. Der Verkehr zog an ihr vorbei. Es gab nicht viel Verkehr an diesem Tag. Wo sollte sie hin? Der Koffer mit *ihrer* Geschichte war ihr im Weg; weshalb sie ihn spontan stehenließ. Einfach so. Mit dem Koffer hat sie auch die anderen Erinnerungen an ihr vorheriges Leben zurückgelassen. Dort an der Straße …«

»Ein dreizehnjähriges Mädchen? Du hast dein Elternhaus verlassen, so früh und ganz allein? Es klingt nach Flucht. Dafür gab es sicher einen Grund?«

»Es gibt immer einen Grund.«

»Welchen?«

»Hör mir einfach zu. Ich versuche ja es zu erzählen. Also«, fährt sie fort, »das Mädchen stand eine Weile da. Dann hielt ein Fahrzeug an. Ein Mann saß darin. Er fahre Richtung Süden, ob sie mitwolle. Ja. Also stieg sie ein. Und ihr Gepäck?, fragte er. Der Koffer gehöre nicht zu ihr, sagte sie. Er hakte nicht weiter nach. Vielleicht würde er die Polizei verständigen, dachte sie. Als sie so dasaß, in diesem Fahrzeug, neben einem völlig fremden Menschen, fiel ihr plötzlich auf, dass sie tatsächlich nichts mehr bei sich hatte. Weder Kleidung zum Wechseln noch Waschzeug, Zahnbürste oder auch nur ein Nachthemd. Etwas Geld hatte sie aus ihrem Sparschwein genommen, trug es in einer Brusttasche unter ihrem Kleid versteckt. Ihre Mutter hatte ihr Geld gegeben. Im nächsten Ort hielt der Mann an und sagte ihr, er würde sie zu ihren Eltern bringen. Sie solle ihm die Telefonnummer nennen. Sie weigerte sich, behauptete, sie hätte eine Tante an der Küste. Sicher überlegte er, was der Grund sei, weshalb sie nicht nach

Hause wollte. Häusliche Gewalt oder was auch immer. Wer weiß, was er alles überlegte ... Schließlich willigte er ein. Er würde sie noch ein Stück mitnehmen und dann weitersehen, versprach er. Es wurde Nacht und sie schlief hinten im Wagen. Der Mann stellte keine weiteren Fragen. Nachdem sie die Küste erreicht hatten, kam heraus, dass sie die Adresse ihrer Tante nicht wusste. Vielleicht hatte sie auch gelogen und es gab gar keine Tante. Er mietete ein Hotel und sie verbrachten eine Nacht am Meer. Er wusste nicht, was er mit ihr machen sollte. Sie sträubte sich gegen alles, wirkte irgendwie ... apathisch? Ja, vermutlich. Also nahm er sie mit nach Aix. Um dort weiter zu entscheiden. Er arbeitete in Aix, hatte dort eine kleine Wohnung. Zuerst kaufte er ihr die Dinge, die sie brauchte. Essen, Kleidung. Sie nahm es an. Aber sie könne natürlich nicht bei ihm bleiben, meinte er. Sie bettelte – immer wieder um einen weiteren Tag. Sie zeigte sich nützlich, half ihm im Haushalt, kochte. Er gewährte ihr den einen Tag und den nächsten und übernächsten. Dabei versuchte er, etwas über sie herauszufinden, wohin sie gehörte. Sie entwickelte eine starke Widerstandskraft. Sein Wille war schwächer als ihrer. Es fiel ihm schwer, sich gegen ihre Sturheit zu behaupten. Er war kein Kämpfer, keiner der sich durchsetzen konnte. Irgendwann behauptete sie, ihre Eltern seien tot. Da kapitulierte er, akzeptierte. Er nahm sie auf. Vorübergehend, behauptete er immer noch. Aber sie musste zur Schule. Es war nicht ganz einfach, sie anzumelden, da sie nicht sein Kind war. Eine Bekannte hat sich darum gekümmert ... Sie ging also zur Schule, war sogar eine ganz gute Schülerin. Nach und nach nabelte sie sich ab. Er zog in eine größere Wohnung, wo sie ihren eigenen Bereich hatte. Mit kleinen Jobs verdiente sie sich etwas Geld. Erst nur Taschengeld, später mehr, als sie volljährig wurde. Ab dann wollte sie komplett allein über ihr Leben bestimmen. Mit der Zeit hatte sie herausgefunden, wie er tickte, dass er in Wahrheit in vielen Dingen sehr hilflos war, hilfloser als sie. Und dass er sie auf seine Art brauchte. Dabei gab es zwischen ihnen keine wirkliche Nähe, keine Beziehung, wie man sich das bei zwei Menschen vorstellt, die zusammen einen Haushalt führen. Nach einem Streit fing er plötzlich an sie zu siezen. *Mademoiselle* nannte er sie. Er wusste nicht, wie er mit ihr umgehen sollte, als sie volljährig wurde. Er konnte kein Vater sein, wusste nicht wie das ging. Und sie konnte noch viel weniger eine Tochter sein. Er hatte keine Kinder, sie keinen Vater. Etwas später ging sie weg. Sie wollte ihn nicht wiedersehen. Auf keinen Fall wollte sie ihn wiedersehen. Sie wollte einfach nur ihr eigenes Leben. Sie wollte weg und dabei von nichts und niemandem abhängig sein.«

Philippe hat aufmerksam zugehört. »Warum bist du von zuhause weggelaufen?«

Benoîte setzt an mit der Geschichte fortfahren zu wollen: »Ich ... Das ...« Sie gerät ins Stocken.

Beim Reden ist etwas in Bewegung geraten.

»Du redest von dir in der dritten Person.«

»Ja, möglich. Es geht besser, wenn ... Wenn ich es so erzähle. Und den Rest ... Ich erzähle ihn dir vielleicht beim nächsten Mal.«

Es ist ein etwas abruptes Ende.

Philippe gibt es nicht gleich auf. »Und was ist mit dem Mann, der dich aufgenommen hat? Hattest du denn nicht das Bedürfnis zu ihm Kontakt zu halten?«

»Wie gesagt, es war kein Vater-Tochter Verhältnis. Es war nur eine Wohngemeinschaft.«

»Hast du ihm erzählt, warum du von zuhause weggelaufen bist? Hat er gewusst, warum?«

»Nein. Das heißt ... vielleicht hat er es gewusst. Er hat sich ständig mit mir beschäftigt. Aber nicht wie ein Vater. Auch nicht wie ein Verehrer, wenn du das jetzt denkst. Er hat eher eine Art Wissenschaft mit mir betrieben. Er hat irgendwas an der Uni geforscht. Keine Ahnung, was. Ich habe mich nie dafür interessiert.«

»Du redest jetzt nicht mehr von dir in der dritten Person«, stellt er fest. »Aber gut, ich quäle dich nicht weiter mit meinen Fragen.«

Vorsichtig nimmt er ihre Hand, hält sie für einen Moment. »Wollen wir vielleicht woanders hingehen, Benoîte?«, fragt er.

»Ich zeige dir mein Haus. Was hältst du davon? Es ist nicht

weit von hier. Es wird dir gefallen. Ich kann was für uns kochen.«
»Das klingt ... das kling gut«, stimmt sie zu.
In Philippes altem Peugeot schleppen sie sich eine enge Landstraße den Berg hinauf. Es geht eine Weile zwischen nackten Felswänden hindurch. Weiter oben säumen zahlreiche Pinien den Weg. Eine unausgebaute Straße führt über einen Hügel zu Philippes Haus.
Ein einfaches Bauernhaus mit kleinem Grundstück, malerisch in die Natur eingebettet. Er ist noch bei den Renovierungsarbeiten. Hier und da stehen Farbeimern, Zementsäcke und Werkzeugkästen herum. Benoîte kann sich gut vorstellen, wie alles einmal aussehen könnte. Und ein Teil deutet es bereits an: Die Fensterläden sind hellblau gestrichen. Sandsteinplatten bilden einen groben Gehweg zum Haus.
Eine Hand breit unter dem Fenster wachsen Sonnenblumen. Vor dem Haus steht eine frisch gestrichene Holzbank mit Metalltischchen, ein Sonnenplatz. Der Geruch von Thymian, Bohnenkraut, Lavendel und Zitronenmelisse liegt in der Luft.
»Schön hast du's hier«, begeistert sie sich.
»Ich wusste, dass es dir gefallen würde. Ich liebe vor allem die Ruhe hier oben.«
»Es hat ein bisschen was von einem Einsiedleranwesen.«
»Aber das Dorf ist gleich dort unten. Und mehr brauche ich nicht.
Philippe öffnet das Gatter und lässt sie vorgehen. Sie durchqueren einen verwilderten Garten. Dahinter ein Hof mit Schuppen. Am Gatter neben dem Schuppen hängt ein Schild mit der Aufschrift »brocante«.
»Du handelst mit Antiquitäten?«
Auf dem Hof steht ein antiker Holztisch mit vier Stühlen, ein hinkender Dielenschrank und eine Kommode.
»Ich restauriere die Möbel, es sind unter anderem Familienerbstücke, ist eine Art Hobby. So wie das Haus. Langsam wird es nur zu viel von dem Zeug. Ich werde etwas verkaufen müssen.«

Fasziniert berührt sie die kunstvolle Jugendstil-Kommode.
»Es ist eins meiner Lieblingsstücke. Ich habe sie aufbereitet. Diese Griffe hier, das ist so eine Spielerei. Ich versuche mich gern mit verschiedenen Materialien. Aber ich habe genug davon. Wenn sie dir gefällt, schenke ich sie dir.«
»Du hast gerade gesagt, sie sei eins deiner Lieblingsstücke.«
»Wie gesagt, ich habe genug davon. Und wenn ich dir damit eine Freude machen kann. Du kannst es dir ja überlegen.«

Drinnen ist alles niedrig. Türen, Decken – wie in einem Hexenhäuschen. Philippe, der immerhin ein paar Zentimeter mehr misst als sie, passt gerade so unter die Tür, ohne den Kopf einziehen zu müssen. Die Einrichtung ist eine Mischung aus antik und modern.

»Ich besorge uns einen guten Wein und etwas zu essen. Wie wäre es mit champignons et pommes gratinées?«

»Hört sich traumhaft an.«

»Du wirst es lieben.«

Während Philippe in der Küche verschwindet, lässt sie sich auf der Couch nieder, erkundet von dort neugierig die nähere Umgebung. An den Wänden hängen Fotografien. Wüste, zerklüftete Felslandschaften, in Schwarzweiß.

Zugegeben, sie hat Philippe nicht so viel Geschmack zugetraut. Aber was weiß sie auch über ihn.

»Mit was beschäftigst du dich eigentlich beruflich?«, fragt sie, als er mit einer Rotweinflasche und zwei Gläsern aus der Küche kommt. Der Geruch von gebackenen Champignons in Kräutern steigt ihr in die Nase.

»Ich dachte, wir nehmen den Roten? Weißwein ist in der Soße.«

Bevor sie antworten kann, schenkt er bereits ein.

»Was ich hauptberuflich mache. Na, was denkst du?«

In einer Ecke entdeckt sie einen Sekretär, auf dem ein paar Zettel verstreut sind. Vielleicht sein Arbeitsplatz.

»Warst du damals nicht in der Finanzbranche tätig?«

»Das *war* einmal.«

»Ich tippe auf was mit Einrichtung. Restaurateur? Dekorateur?«

»Das ginge dann in Richtung Hobby.«

Sie erinnert sich, dass er sich mit Pascal über Wein unterhalten hatte. »Vielleicht Weinhändler? Oder doch eher was mit Kunst?«, erinnert sie sich an seinen Kommentar von vorhin.

»Beides nein. Aber beim Thema Kunst kommst du der Sache näher.« Er stellt sein Glas ab, deutet auf sein Laptop, das auf der Fensterbank steht. »Ich arbeite dort, wo es mich gerade inspiriert. Mal am Fenster, mal in der Küche.

»Am PC? Webdesign, sag jetzt nicht, du bist so ein IT-Junkie.«

»Das waren drei Versuche.«

»Alors – was?!«

»Ich schreibe.«

»Du schreibst *was* – Bücher?«, fragt sie zweifelnd.

Philippe steht vor dem Sofa. »Das hättest du nicht erwartet.«

»Die Frage ist, *was* ich erwartet hätte. Vielleicht habe ich mir gar nichts vorgestellt. Ich kenne dich zu wenig. Damals hatten wir nicht viel miteinander zu tun. Das war doch so? Aber kann man vom Schreiben leben?«

»Von den Büchern, nein. Ich schreibe ab und zu auch was für die regionale Zeitung. Meistens langweile Beiträge zum Thema Banken, Finanzdienstleistungen, Tipps für Existenzgründer. Zwischendurch verdiene ich mir hier und da noch etwas als freier Berater. Aber das alles ist für einen guten Zweck.« Er deutet um sich.

Dann verschwindet er wieder in der Küche, kommt kurz darauf mit zwei Tellern zurück.

»Voilà! Das solltest du dir jetzt schmecken lassen. So ein Essen par excellence bekommst du nicht jeden Tag.«

Der Geruch allein ist verführerisch.

»Champignons mit Kartoffeln in Kräutern und Weißweinsauce, mit Ziegenkäse überbacken.« Philippe beobachtet genüsslich, wie ihr Blick sich sehnsüchtig an den gefüllten Teller heftet.

»Bon appétit!«

Hungrig stürzt sie sich darauf.

Eine Weile reden sie über dies und das, genießen das Essen und den Wein.
»Du sagtest beim letzten Mal, du hättest etwas für mich.« fragt sie irgendwann. »Was hast du damit gemeint?«,
»Na, dafür hättest du dich früher melden müssen.« Er lacht und greift zu seiner Serviette, tupft sich den Mund ab.
»Das war ein Scherz. Natürlich habe ich es noch, warte …« Er steht auf, geht zu seinem Sekretär, öffnet eine Schublade und zieht etwas heraus.
Als er wieder am Tisch sitzt, reicht er ihr einen Umschlag.
Eine Weile befühlt sie das Papier in ihrer Hand, zögert. Ein seltsamer Geruch geht davon aus. Ob es an Philippes alten Möbeln liegt?
Sie öffnet den zugeklebten Umschlag, zieht das Papier heraus und faltet es auf.
Der erste Schreck befällt sie bereits beim Anblick der Schrift.
»Woher hast du das?«
»Lies es.«
Sie streicht das Papier glatt, fängt an zu lesen.

Die Polizei kommt gegen Mitternacht. Sie suchen das Flussufer nach Elaine ab, ohne sie zu finden. Habe ich sie auf dem Gewissen? Alles ist plötzlich verschwommen; die Szene, meine Erinnerungen. Was von dem, was ich gesehen habe, war tatsächlich real?

Die Scheinwerfer machen die Nacht zum Tag. Das Licht ist grell, brennt in den Augen.

Später stehe ich unter der Dusche. Ich bin nicht allein. Noch jemand ist mit mir dort. Wir hatten uns verabredet. Es ist nicht François, denn der liegt bereits im Bett. Ich halte die Augen geschlossen, als das Wasser auf mich prasselt. Er steht hinter mir, seine Hände berühren meinen Körper. Ein Nebel aus Wasserdampf ist überall um mich. Alles verschwindet darin. Er liebt mich, als gäbe es kein zweites Mal.

Später stellt er das Wasser ab, legt mir ein Handtuch um die Schultern. Er trocknet mich ab. François habe ich dabei ganz vergessen.

Benoîte lässt das Papier sinken, schiebt den halb leeren Teller von sich. »Woher hast du das?«, stammelt sie.

»Gefunden.«
»Gefunden?!« Sie ist erregt.
»Na gut, nicht ganz. Ich kann es dir im Moment nicht sagen.«
»Du bist Schriftsteller. Hast du das etwa geschrieben?«
»Ich? Nein.«
»Dann sag mir bitte, woher du das hast. Keine Ausreden, es ist wichtig, bitte.«
»Ich habe es versprochen.« Er weicht ihrem Blick aus.
»Also gut. Wir haben einen gemeinsamen Bekannten. Du weißt, wer das ist. Ich kenne ihn nicht erst seit der Verlobungsfeier. Ebenso wenig, wie du ihn erst seit der Verlobungsfeier kennst. Aber das ist deine Geschichte. Und du hast sie mir eben erst erzählt.«
»Bitte …«
Philippe fährt fort: »Er bestellte mich in seine Wohnung, vor ein paar Wochen. Dort gab er mir diesen Brief. Er sagte mir auch, wo ich dich finden würde. Ich sollte Kontakt zu dir aufnehmen.«
»Warum? Das ist kein Brief, es ist eine Tagebuchseite. Vielleicht hat er dir gesagt, woher er sie hat. Hat er sie aus dem Tagebuch herausgerissen?«
»Darüber weiß ich nichts, das schwöre ich. Ich dachte, es wäre etwas Persönliches. Er wollte es dir auch selbst übergeben, eigentlich. Dann aber meinte er wohl, dass ich das besser machen sollte. Du kannst ihn auch selbst dazu befragen. Er wohnt hier ganz in der Nähe …«
»Nicht mehr«, flüstert sie.
»Er hat so eine Wohnung gemietet, gleich um die Ecke von deinem Café.«
»Er wohnt nirgendwo mehr. Er ist tot.«
»Was sagst du? Bitte … Wie kommst du darauf?«
»Er bestellte mich in sein Appartement. Ich habe kein Zeitgefühl, es ist vielleicht nur ein paar Tage her, eine Woche, zwei. Ich habe es verdrängt.«
»Du meinst, du hast ihn tot gefunden. Und die Polizei? Was sagt die Polizei? War es ein Unfall – oder wird ermittelt?«

»Sie konnten noch nichts ermitteln. Seine Leiche wurde weggeschafft«, erinnert sie sich an die Aussage des Künstlers, Grenardines Neffen.
»Weggeschafft? Was ist das für eine Geschichte. Das ist doch ein Scherz.«
Sie schiebt ihm den Umschlag zu. »Lies es. Lies es und sag mir, was du darüber denkst.«
Philippe kommt ihrer Aufforderung nach. Sein Gesichtsausdruck verändert sich jedoch kaum merklich.
»Sollst du das sein?«, fragt er. »Und der Typ? Glaubst du er hat das geschrieben, Delamotte?«
»Nein, so poetisch schreibt er nicht. Und seine Handschrift ist es auch nicht.«
»Und wer ist François?«
»Mein damaliger Freund.«
»Hast du dich wegen dem anderen getrennt? Oder hat sich das hier jemand ausgedacht?«
»Es geht um ein Tagebuch. Ein Tagebuch, das ich angeblich geschrieben haben soll, und in dem ich indirekt einen Mord nach dem nächsten beichte. Laut dieser Aufzeichnungen habe ich sie alle auf dem Gewissen. Joelle, Elaine ...«
»Bitte?!« Philippe lacht. »Elaine, ist das die Frau, die im Fluss verschwunden ist?«
»Ich habe noch nie ein Tagebuch geschrieben, Philippe«, ignoriert sie seine Frage und sieht ihm dabei tief in die Augen. »Wirklich noch nie.«
Philippe fährt sich durchs Haar. Tatsächlich ist er verwirrt.
»Delamotte ist schon ein schräger Vogel ... war ein schräger Vogel. Einer, der irgendwie anders tickt. Ein selbsternannter Kriminalpsychologe. Ich weiß nicht, ob er das jemals wirklich war. Er hat mir leidgetan«, räumt Philippe ein. »Ich ...« Er verschluckt das, was er noch sagen will.
»Ja? Du hast vorhin gesagt, du kennst ihn nicht erst seit der Verlobungsfeier.«
»Das ist *meine* Geschichte. Ich werde sie dir erzählen, versprochen. Aber ich möchte, dass dieser Abend anders endet.«

Mit einem Mal klingt er beschwichtigend, er versucht auf ein anderes Thema zu kommen. Sie erinnert sich an die Nacht, als sie sich am Fluss begegnet, an den Kuss.
»Ich möchte erst, dass du weißt, wie das damals war und warum. Ich möchte dir das mit Joelle erklären. Das, was du meinst gesehen zu haben.«
»Du musst nichts erklären.«
»Ich möchte es aber. Joelle ist vergiftet worden, ja. Aber du hast damit nichts zu tun, sollte das irgendwer – in welcher Form auch immer – behaupten.«
»Sondern?«
»Marielle war es.«
»Marielle?«
»Die Polizei hat den Fall ergebnislos abgeschlossen. Es war nicht nachzuweisen und ist auch nicht beabsichtigt passiert.«
»Aber bei Paracetamol weiß man, dass es nicht überdosiert werden darf.«
»Sie hatte eine Zahnbehandlung und der Arzt gab es ihr gegen die Schmerzen. Joelle meinte, es würde sie schummrig machen und in den Schlaf helfen. Sie hat es als eine Art Schlafmittel benutzt. Ich wollte mir nur ein Glas Wasser aus der Küche holen, als Joelle dazukam. Die Szene kennst du. Nur warst du nicht die Einzige, die uns gesehen hat.«
»Marielle?«
»Sie platzte plötzlich herein und war natürlich außer sich, als sie ihre Mutter halb nackt mit mir dort sah. Joelle konnte sich danebenbenehmen, du weißt wie sie war. Marielle zerrte ihre Mutter aufs Zimmer, gab ihr eine von den Paracetamol, angeblich hatte sie die Pillen mit den Schlaftabletten verwechselt. Das behauptete sie.«
»Und dann hat man sie morgens halbnackt gefunden, so wie sie eingeschlafen ist«, erinnert sich Benoîte.
»Ich sagte Marielle, sie solle ihre Mutter zudecken. Aber Marielle ging sofort zu Gustave. Und bevor der irgendwas begriff, tummelten sich schon ein halbes Dutzend Leute in ihrem Zimmer.«
»Hat sie es öfter versucht? Bei dir, meine ich?«
»Was denkst du, nein. Sie war doch gar nicht mein Typ.«

»Nein, das war Marielle.«

Philippe schweigt.

»Sie hat dich aufrichtig geliebt, Philippe. Was wolltest du denn von ihr? Hast du nur mit ihr gespielt?«, fragt sie. »Und tatsächlich wolltest du doch lieber die Mutter?«

»Nein. Verdammt, Benoîte, non. Aber was ist das überhaupt? Ich meine, was ist Liebe? Ist sie nicht vergänglich?« Er steht vom Tisch auf, räumt etwas von dem Geschirr ab und geht damit in die Küche.

Vielleicht haben sie etwas gemeinsam.

»Darf ich diese Tagebuchseite behalten?«, fragt sie, als er aus der Küche zurückkommt.

»Natürlich.«

Sie nimmt den Umschlag, steckt ihn in ihre Hosentasche.

Schweigend sieht er ihr zu, betrachtet dabei aufmerksam ihr Gesicht.

»Was schreibst du?«, möchte sie wissen. »Schreibst du dein Leben auf?«

»So in der Art. Es ist auch etwas Fantasie dabei.«

»Vermutlich ist es eine bewegte Lebensgeschichte.«

»So wie deine.« Seine Finger streifen zufällig ihre.

»Glaubst du, dass es dir neue Erkenntnisse bringt, deine Erlebnisse in einem Buch aufzuschreiben?«

»Ich beschäftige mich auch mit der Gegenwart. Mein Haus hier, die Möbel. Und die Zukunft. Ich würde auch gerne noch etwas reisen. Australien, Peru, Südafrika. Keine Ahnung, es gibt so viel auf diesem Planeten zu entdecken. Der Verdon ist meine Heimat. Hierher komme ich immer wieder zurück.«

Seine Hand legt sich auf ihre, sanft streichelt er sie. Benoîte lässt es zu.

Nach einer Weile aber entzieht sie sie ihm wieder, greift nach ihrer Strickjacke.

»Möchtest du gehen?«, fragt er.

»Ich denke es ist spät genug.«

»Ich fahre dich.«

»Nein, lass nur. Ich laufe gern. Es ist nicht weit von hier. Du weißt ja, das macht mir nichts.« Sie lächelt und ist bereits aufgestanden. Während sie sich der Tür nähert, streift ihr Blick

den Sekretär und das zusammengeklappte Laptop in der Ecke auf der Fensterbank. Eine benutzte Teetasse steht daneben. Der Blick von seinem Schreibplatz geht in den Garten. Draußen ist es bereits Nacht.
»Merci für das leckere Essen. Es war ein schöner Abend mit dir. Ich habe ihn sehr genossen.« Sie knöpft sich ihre Jacke zu.
»Das ging mir auch so. Sehe ich dich wieder?«
»Ich denke, es ist hier nicht weitläufig genug, um sich aus dem Weg zu gehen.«
»Keine offizielle Verabredung?«
»Ich rufe dich an.«
Aus einem spontanen Impuls heraus stellt sie sich auf die Zehenspitzen, küsst ihn auf die Wange.

Als sie auf der Straße steht, fühlt sie sich für einen Moment wie ein Vogel. Leicht, energiegeladen und irgendwie frei. Der Abend mit Philippe hat sie beflügelt. Jeder Schritt ist ein Flügelschlag. Die schweren Gedanken fallen von ihr ab. Sie ist nicht allein auf diesem Planeten.

Auf halber Strecke aber, als das Haus langsam hinter den Bäumen verschwindet, holen die finsteren Gedanken sie allmählich wieder ein. Benoîte sieht zurück.

Irgendwo sind die Flügel abgefallen. Die Schatten der Nacht treten ihr in den Weg.

Derweil fällt die Straße langsam wieder ab. Der Blick von hier – eben war er noch wunderschön – endet jetzt in der Schwärze. Zu viele Fragen drängen auf Antworten. Dazu gesellen sich diese mehr als verwirrenden Begegnungen.

Hinter ihr bleibt der schöne Abend zurück, mit Philippes Haus als ein Nest. Vielleicht steht er noch immer in der Tür, sieht ihr nach. Fühlt er sich ähnlich aufgewühlt wie sie?

Unter ihr schlängelt sich der Fluss durch die enge Schlucht. Benoîte sieht jedoch nicht hinunter. Ihre Gedanken reisen weiter, zurück zu dem Mann, mit dem sie soeben den Abend verbracht hat.

4

Am frühen Morgen reißt das schrille Miauen der Katzengang sie aus dem Schlaf. Während sie sich im Bett aufrichtet, fällt ihr die Begegnung im La Cigale wieder ein. Die Begegnung mit Grenardines Neffen, dem namenlosen Künstler.

Benoîte stöbert den Zettel mit seiner Notiz hervor, wählt die Nummer darauf. Es dauert etwas, bis er sich meldet. Offenbar ist er noch nicht lange auf den Beinen. Er nennt ihr seine Adresse. Anschließend ruft sie Pascal im Café an, um ihm mitzuteilen, dass sie erst gegen Nachmittag kommen wird.

Dem Schuppen hinter dem Haus entnimmt sie eins von Germaines alten verrosteten Fahrrädern. Staubig ist es dort, vollgestopft mit Gerümpel. *Wenn du mal ein Fahrrad brauchst ...,* hatte sie ihr irgendwann angeboten. Drei Fahrräder lehnen in einer dunklen Ecke. Alle sind sie gleichmäßig durchgerostet. Es spielt also keine Rolle, welches sie nimmt.

Im Regal findet sie Putzlappen und ein rostlösendes Mittel. Oberflächlich reinigt sie das Fahrrad. Als sie mit dem Ergebnis halbwegs zufrieden ist, schiebt sie es ins Freie. Bei Tageslicht betrachtet, schimmert es plötzlich hellrot, eine erstaunliche Verwandlung.

Benoîte macht sich auf dem Weg. Sie radelt eine Weile vorbei an Lavendelfeldern. Der Duft begleitet sie, ist intensiv. Sie kann sich kaum vorstellen, wie es wäre einen Sommer ohne Lavendel zu erleben, undenkbar. Es ist der Geruch der Provence.

Das Atelier des Künstlers liegt auf der anderen Seite der Schlucht. Als sie die Brücke passiert, erscheint Philippes Haus plötzlich in ihren Gedanken. Sie denkt an seine Berührung, kurz bevor sie ging, und an den Kuss, den sie ihm auf die Wange hauchte ... Ihre Füße rutschen von den Pedalen, sie streckt die Beine von sich, derweil ihre Bluse im Wind flattert. Erneut ist sie frei.

Die Straße steigt an und fällt wieder ab. Sie biegt jedoch in die andere Richtung ab. Der Fluss ist plötzlich wieder da, begleitet sie für ein kleines Stück. An der nächsten Abzweigung radelt sie von der Schlucht weg. Der Mistral treibt erstes Laub von den Bäumen, transportiert das Zirpen der Zikaden.

Der Weg mündet auf eine Landstraße, die nach wenigen hundert Metern wieder steil abfällt. Von einem Extrem ins nächste. So kennt sie die Schlucht. Man weiß nicht, was hinter der nächsten Kurve wartet. Wird die Straße eng, steil, wird sie abfallen oder steigen; ist sie befestigt oder steht man nur einen Schritt neben dem Abgrund.

Das Haus des Künstlers liegt genau in der Kurve.

Benoîte drückt die Bremse. Ein zerschlissenes, riesiges Pastis-Werbeplakat auf einer Hauswand lenkt den Blick ab. Anschließend kommt die Kurve.

Die Bäume geben es nach und nach frei, dahinter liegt das Haus.

Sie steigt vom Rad ab, schiebt es die letzten Meter.

Das Gebäude wirkt wie ein stillgelegtes Werksgelände. – Auf den ersten Blick. Ein Künstlerdomizil. – Auf den zweiten Blick.

Der Eingangsbereich ist mit hellem Holz verkleidet. Zwei ältere Olivenbäume umrahmen die Zufahrt. Dahinter wirkt das Grundstück recht verwildert, der Boden ist ausgedörrt, dank der anhaltenden Hitze des langen Sommers.

Benoîte schiebt ihr Fahrrad bis zum Gatter. Dort lehnt sie es an, nähert sich über den teils unbefestigten, teils mit Kopfsteinpflaster und Kies ausgelegten Gehweg dem Gebäude. Oberhalb des Hauses erkennt man Kreuze und Gedenksteine. Ein Friedhof?

Das Türschild ist verrostet und der Name nicht lesbar. In einer Terrakottaschale vegetiert ein Kaktus, neben weiteren skurril geformten exotischen Pflanzen; eine dunkelrote Holztür, dessen Mitte ein messingfarbener Türklopfer bildet. Ein Hauch von Mexiko.

Vermutlich war das Gebäude zuvor eine Art Manufaktur gewesen. Jetzt wirkt es wie ein Ort für religiöse Anhänger, Umweltaktivisten, Weltenbummler. Oder eben Künstler.

Die Tür scheint nur angelehnt zu sein. Dennoch betätigt Benoîte den Türklopfer, wartet auf eine Reaktion. Drinnen rührt sich nichts. Sie betätigt den Türklopfer erneut. Diesmal etwas kräftiger. Vorsichtig öffnet sie die Tür einen winzigen Spalt. Ein Geräusch nähert sich, Schritte. Dann Geraschel. Es klingt als streife sich jemand eine Jacke oder ähnliches über. Kurz darauf öffnet sich die Tür vollständig. Im Türrahmen erscheint die Gestalt des Künstlers. Im Malerkittel.

»Ach ... du bist das. Bist ja tatsächlich früh auf den Beinen.« Er starrt sie an, als wäre sie die vergessene Tante, ohne Hund.

»Wir hatten doch telefoniert und verabredet, dass ich vorbeikomme«, hilft sie ihm auf die Sprünge.

»Ja ... ach ja.« Seiner Betonung nach zu urteilen liegt das scheinbar eine halbe Ewigkeit zurück und er erinnert sich nur dunkel. Er bedeutet ihr, hereinzukommen, bleibt eine Weile an der Tür stehen, die er angelehnt lässt.

»Was für ein Gebäude«, staunt sie.

»Ja, es steht derzeit leer, daher durfte ich mich hier einrichten.«

Als er ein paar Schritte vorgeht und sie seine Rückenansicht zu sehen bekommt, trifft sie fast der Schlag. Unter seinem Malerkittel ist er tatsächlich nackt! *Was ist das hier*, denkt sie, *eine Inszenierung?*

Überaus selbstsicher und mit dem vollen Bewusstsein, dass sie ihn soeben von hinten gesehen hat, dreht er sich zu ihr herum und sieht ihr geradewegs in die Augen.

»Super hier, oder? Ich meine die Weite, die Aussicht.«

Sie verkneift sich ihr Grinsen.

Wieder geht er vor, genießt seinen Auftritt in vollen Zügen. Seine Pobacken bewegen sich beim Gehen, hin und her. Eine der beiden ist sogar mit Farbe besprenkelt. Rote Farbe. Wie grotesk, denkt sie.

In der Mitte des Raums bleibt er stehen, schiebt seine Staffelei beiseite.

Sie tut so, als bemerke sie nichts.

»Pardon wegen des Durcheinanders«, entschuldigt er sich. Seine Haare sind zerzaust, als wäre er gerade eben erst aufgestanden oder als hätte er die ganze Nacht hindurch wild gefeiert.

Das Atelier dehnt sich tatsächlich magisch aus und ist noch größer als es auf den ersten Blick wirkt. Die Wände in weiß unterstreichen das Gefühl von Weite. Viel Tageslicht dringt durch die hohen Fenster. Der Boden ist aus nacktem Beton. Abgesehen von einer Kochnische im hinteren Teil wirkt insgesamt alles nackt und unmöbliert. Eine Kaffeemaschine steht neben der Spüle, ein Kühlschrank und eine mobile Herdplatte.

An den Wänden lehnen halb vollendete Kunstwerke auf riesigen Leinwänden. Das aktuelle Werk des Künstlers, ein Frauenakt in Öl, ziert neben der gerade beiseitegeschobenen Staffelei die Mitte des Raums.

»Trinkst du Cappuccino?«, fragt er an Benoîte gerichtet, die gerade aufmerksam das Gemälde studiert.

Er schlendert bereits weiter zur Kaffeemaschine.

»Gern.«

Sie kann es sich nicht verkneifen kurz von dem Gemälde abzulassen, um ihm hinterherzusehen. Sein nackter Hintern mit der rot bemalten Pobacke lugt unter dem Malerkittel hervor. Kein wirklich übler Anblick.

Er öffnet eine Blechdose, löffelt Kaffeepulver heraus.

»Das da«, er deutet zu dem Gemälde, »ist eine Auftragsarbeit. Ich nenne sie die sterbende Josephine.«

»Wieso sterbend? Sie wirkt doch recht lebendig.«

»Ihr Tod ist innerlich gemeint. Sie hat die Erinnerung verloren und flüchtet sich in die Erotik. In der Hoffnung, die Erinnerung wiederzufinden. Eine Illusion. Aus dieser Hoffnung heraus sucht sie sich immer wieder neue Liebespartner, versucht sich in immer extremeren Liebesspielen. Dabei wird sie noch erinnerungsloser und verzweifelter.«

Er steht plötzlich neben ihr mit zwei kleinen Kaffeetässchen, in jeder Hand eine. Sie nimmt ihm eine ab.

»Warum hat sie ihre Erinnerung verloren?«

»Sie hat sie nicht wirklich verloren. Kindheitserlebnisse. Vielleicht rennt sie vor etwas weg. Sie löscht ihre Erinnerung einfach aus, unbewusst oder bewusst.«

»Glaubst du, das ist so einfach möglich?«

Der Künstler folgt ihrer Lippenbewegung, als sie die Tasse zum Mund führt und daran nippt. Dann bückt er sich, stellt seine Tasse auf den Boden. Der Malerkittel rutscht zur Seite, was vermutlich beabsichtigt ist.

»Sicher. Dafür gibt es vielerlei künstlerische Wege. Sie ist ja ein Kunstwerk, eine Schöpfung meiner Fantasie«, bemerkt er, als wäre nichts passiert, und streift sich den Malerkittel ab. Eine völlig banale Bewegung, die er vollzieht, als würde er Kaffee trinken.

Sie hält die Luft an.

Nackt und wie Gott ihn schuf, steht er jetzt da. Sein langer, magerer Penis hängt schlaff herunter. Er ist dicht behaart. Eine unförmige Gurke, eingebettet in dunkles Kuhfell. Riesig wirkt die Gurke hinsichtlich des restlichen Körpers. Amüsiert bemerkt sie, dass die Spitze seines Geschlechts ebenfalls mit roter Farbe besprenkelt ist. Als hätte er ihn eigens für ihr Treffen angemalt. Womöglich erregt es ihn, oder ist Teil seiner PR.

»Und – hat deine Fantasie einen realen Bezug?«

»Den hat sie immer. Hier, schau …«, er deutet auf die verschränkten Arme der Frau auf dem Gemälde. Dabei baumelt sein Penis mit der roten Farbe zwischen seinen Beinen hin und her. »In ihrer Körperhaltung drückt sich Ablehnung aus. Sie lässt niemanden an sich ran.«

Benoîte wirft einen flüchtigen Blick auf das Kunstwerk. Kein leichtes Unterfangen. Etwas lenkt sie gehörig ab.

»Wie oft findet man das im wirklichen Leben, Menschen, die sich körperlich hingeben, ohne Limit, tabulos, immer in Ekstase. Erinnerung gibt es in diesem Moment nicht.«

»So, glaubst du?«, fragt sie verwirrt.

»Ich bin Künstler. Jeder meiner Gedanken ist nichts weiter als ein Versuch. Kreatives Spiel.«

Er beobachtet sie, während er sein Kaffeetässchen anhebt und zu seinen Lippen führt. Einen großen Mund hat er. Die

Geste ist effektvoll, passt zu seinem Spiel. Vermutlich überprüft er gerade ihre Reaktion, den Grad ihrer Erregung. Sie gibt sich ungerührt. Aber natürlich geht seine Rechnung auf. Die Farbe auf seinem Geschlechtsteil leuchtet derart grell, dass man gar nicht anders kann, als *ihn* anstarren.
»Ach so«, stammelt sie, sich dessen bewusst. »Aber das Spiel mit dem Kreativen, ist das nicht zwanghaft? So wie es der Zwang dieser Frau ist – die ja tatsächlich *deine* Schöpfung ist – sich körperlich hinzugeben?«
»Sicher.«
Er setzt die Kaffeetasse ab und schlendert ein paar Schritte durch den Raum. Zeitlupe, extra für sie. Wie hypnotisiert starrt sie auf seine sich auf und ab senkenden Pobacken. *Oh lá lá!* Er entfernt sich in die hintere Ecke des Raums, wo so etwas wie ein Bett steht, eine Matratze? Er fischt im Unsichtbaren, vielleicht in einem Wäschekorb, zieht einzelne Wäscheteile heraus. Als er zurückkommt, ist der haarige Farbpinsel in der Hose. Er trägt verwaschene Jeans und ein knittriges T-Shirt. Die Show ist vorbei.
Schade eigentlich.
»Der Mensch ist immer auf der Suche nach irgendetwas, dem Sinn des Lebens. Dabei vegetiert der eine vor sich hin und der andere verliert sich in unendlichen Selbstversuchen. Das Ergebnis ist immer dasselbe.«
»Ja? Welches?«
»Die Entdeckung der Sinnlosigkeit.«
»Du meinst, das Leben sei sinnlos? Das glaube ich nicht. Schau dir das Phänomen von Ursache und Wirkung an. Es passiert etwas, was man zurückverfolgen oder sogar voraussehen; worüber man spekulieren kann. Das ist doch spannend.«
»Das heißt aber nicht, dass darin ein Sinn liegt.«
»Der Sinn ist natürlich Interpretation, also individuell.«
»Du philosophierst gerne.«
Ihr Blick schweift durch das Atelier. Neugierig betrachtet sie die anderen Gemälde. Es sind durchweg erotische Darstellungen.
»Schau dich ruhig um.«

»Und diese Frau, von der du sagst, sie verfüge über keine Erinnerung, weil sie sich durch ihr erotisches Verlangen steuern lässt – vielleicht irrst du als Beobachter, denn du interpretierst. Was, wenn sie tatsächlich ihre Erinnerung verloren hat und darüber so verzweifelt ist, dass sie sich gar nicht richtig hingeben kann? Weil sie immerzu denkt und unbewusst in ihrer Erinnerung forscht?«

»Denkbar ist alles.«

Sein Blick hat etwas Schräges, beinahe Dämonisches an sich. Dabei ist er nicht einmal mehr nackt.

»Lass es mich anders formulieren«, setzt sie ihren Gedanken fort. »Was wäre, wenn es ihre Umwelt ist, die ihr eine falsche Wahrheit einredet, weshalb sie schließlich glaubt, sie verfüge über keine wirkliche Erinnerung?«

»Das ist interessant.« Ungeniert sieht er an ihr herunter. »Was hat sie denn verbrochen, dass ihre Umwelt sie derart bestraft?«

»Sie hat etwas verschwiegen.«

»Etwas verschwiegen? Reden wir von einer Affäre, Verrat, Rache?«

»Tod.«

Überrascht sieht er sie an. »Tod?«, wiederholt er, »Mord? Womit wir beim Thema wären«, erinnert er sich plötzlich an den Grund ihres Besuchs.

Er zündet sich eine Zigarette an. »Aber du darfst das gerne zu Ende führen.« Er macht eine Geste mit der Hand, stochert dabei in der Luft herum, als zeichne er im Leeren. Dann setzt er sich breitbeinig auf einen Schemel, raucht.

Sein Blick bleibt am Ausschnitt ihres T-Shirts hängen. »Ist das Körbchengröße B?«, fragt er völlig ungeniert. »Wenn du magst, kannst du mir Modell stehen. Mit deiner Körbchengröße bist du perfekt. Runde Formen drücken Harmonie aus und liegen gut in der Hand.«

»Bitte?!«

Er rundet seine Handflächen, um das Gesagte zu unterstreichen. Dabei betrachtet er seine Finger und die dazwischen gequetschte, glimmende Zigarette.

»Aber das Thema ist ja Mord.« Er lässt die Hand wieder fallen, als wolle er sie wegwerfen. »Du kennst ihn?«
Fragend sieht sie ihn an.
»Den Toten?« Er wartet ihre Antwort gar nicht ab. »Klar kennst du ihn.«
»Das ist meine Sache«, wehrt sie sich.
»Aber natürlich ist das deine Sache.«
»Ich habe die Polizei verständigt und ihnen beschrieben, was ich gesehen habe. Aber die Leiche taucht in keiner Meldung auf. Sie ist weg – wie du sagst«, erklärt sie.
»Tatsächlich.«
Das Skurrile an der gesamten Situation veranlasst sie einen Moment lang, sich suchend im Atelier umzusehen.
»Hier ist sie nicht«, bemerkt er beinahe spottend.
»Ich habe die Leiche aus der Nähe gesehen.« Sie geht nicht auf seine Spielchen ein. »Ich habe ihn gefunden. Er lag tot in der Dusche. Er hatte mich dort hinbestellt. Ich habe das Gefühl, es sollte so aussehen, als ob ...«
»... als ob du etwas damit zu tun hast«, führt er ihren Satz zu Ende. »Weswegen hat er dich dort hinbestellt?«
»Wenn ich das wüsste.«
Er drückt die Zigarette in den Ascher. »Die Polizei sagt aber das Appartement gehöre einer Frau.«
»Einer Frau?« Sie erinnert sich an die ungemütliche Umgebung.
Umständlich zieht der Künstler etwas aus seiner Hosentasche. Ein labbriges Portemonnaie. Eine Weile durchforstet er es. Dann fischt er eine Visitenkarte heraus und reicht sie ihr.
»Das ist die Visitenkarte von Commissaire Lemarque. Er hat den Namen der Frau auf die andere Seite geschrieben.«
Benoîte dreht die Visitenkarte herum, liest den Namen ... liest ihn noch einmal. Ist das möglich?!
Elaine Peage steht dort. Sie begreift auf einmal. Der Streit auf der Weinprobe, sie und Delamotte. Sie kannten sich.
»Ist das sicher? Ich meine, dieser Commissaire, ist er sicher, dass das *ihr* Name ist?«
»Sonst hätte er ihn kaum aufgeschrieben. Kennst du sie?«
Sie reicht ihm die Karte zurück. »Indirekt.«

»Ich schreibe dir Lemarques Mobilnummer auf.«
Bevor sie etwas erwidern kann, schreibt er auch schon. Stumm reicht er ihr den Zettel.
»Die Frau ist in dem Wohnhaus weitestgehend unbekannt. Niemand hat sie jemals gesehen. Anscheinend hatte sie die Wohnung an ihn untervermietet. So viel wusste der Commissaire.«
»Es kann sie niemand kennen. Elaine Peage ist bei einer Weinprobe verschwunden. Das war vor zwei Jahren.«
»Ach.«
»Ich sage ja, es soll vielleicht so aussehen, als ob. Aber glaub mir, ich habe nichts damit zu tun. Jemand will mir etwas anhängen.«
Sie bewegt sich von ihm weg, wendet sich wieder seinen Kunstwerken zu, der sterbenden Josephine.
»Du solltest dir nicht zu viele Gedanken machen«, bemerkt er direkt hinter ihr, unmittelbar an ihrem Ohr. Erschrocken von seiner plötzlichen Nähe, dreht sie sich auf dem Absatz herum.
»Oh, verzeih, ich wollte dich nicht erschrecken.«
Sie fixiert ihn von der Seite, ertappt sich dabei, wie sie ihn erneut nackt zu sehen meint.
»Gut, dann. Merci ... für den Kaffee.« Besser nicht weiter drüber nachdenken. Hastig stellt sie die Tasse auf den Boden. Dort, wo er seine Tasse ebenfalls abgestellt hat.
»Du hast ja kaum was getrunken.«
»Ich habe gerade erst gefrühstückt.«
Er begleitet sie zur Tür. Kurz vorher wirft sie noch einen letzten Blick auf das angefangene Gemälde. *Die erinnerungslose Josephine* betitelt sie es in Gedanken.
»Du bist jederzeit eingeladen. Bei mir kann jeder vorbeikommen«, erklärt er, »meine Tür ist immer offen.«
»Auch nachts? Hast du keine Angst?«
Er lacht. »Nein. Außer meiner Kunst gibt es hier nichts zu holen. Und die ist sperrig.«
Sie fühlt förmlich, wie sein Blick hinter ihr an ihr klebt.

Draußen haftet er noch immer an ihren Fersen. Er begleitet sie bis zum Fahrrad. Als sie dieses zu sich zieht, hält er es plötzlich am Sattel fest.
»Ein gut geformter Sattel. Hast du schon mal das Innere deiner Vagina betrachtet?«, fragt er unverblümt und tritt dabei erneut nah an sie heran, haucht ihr seinen Nikotinatem ins Gesicht. Benoîte weicht zurück.
»Das solltest du mal machen. Sie sieht aus wie eine Knospe. Das ist sehr inspirierend. Für die Kunst. Ich veranstalte ab und zu Seminare zum Thema erotische Kunst. Dabei experimentieren wir mit dem Körper. Erotische Kunst ist wahnsinnig facettenreich ... interessiert?«
»Non, merci«, erwidert sie betont höflich und entzieht ihm mit einem Ruck ihr Fahrrad.
»Oh, ich wollte dir nicht zu nahetreten.«
»Kein Problem, so nah wars nicht.«
Er grinst sie reichlich merkwürdig an, weicht aber nicht einen Schritt zur Seite.
Eilig schiebt Benoîte ihr Fahrrad Richtung Straße. Als er hinter ihr zurückbleibt, schwingt sie sich auf den Sattel.
Sie sieht noch einmal zurück zum Haus, erkennt nur noch Umrisse seiner Gestalt. Dabei denkt sie an rote Farbe und schüttelt amüsiert den Kopf. Was für eine verrückte Begegnung. Ob Grenardine nur den Hauch einer Ahnung von seinen künstlerischen Experimenten hat?

Als sie gegen Mittag ins La Cigale kommt, liegt dort der süßliche Geruch von Erdbeersirup in der Luft.
Pascal unterhält sich mit einem Mann, der neben ihm an der Eingangstür steht, mittelgroß, etwa Anfang dreißig.
»Salut Benoîte«, begrüßt er sie eher beiläufig. Fast wirkt es als wäre er nicht erfreut über ihre Anwesenheit.
Der unbekannte Typ dreht sich augenblicklich zu ihr, hält ihr dabei etwas entgegen, was sie als eine Dienstmarke erkennt.
»Benoîte Loupgoncier? Commissaire Lemarque.«
»Ja ... bitte?«

»Ich habe ein paar Fragen an Sie. Keine Sorge, ich halte Sie nicht lange auf«, wirft er schnell ein, als er ihrer verschlossenen Mimik begegnet.
»Dieser Mann war hier Gast?« Er legt ihr ein Bild hin. Der Vermisste ist darauf unscharf zu erkennen. Delamotte. Benoîte sieht nervös zu Pascal. Dieser hält sich krampfhaft an seinem Holztablett fest, zieht die Schultern ein, als wolle er sich klein machen oder für irgendwas entschuldigen.
»Ja.«
»Ein Stammgast?«
»Nein.« Sie schüttelt den Kopf. »Nein, ich habe ihn vielleicht ein- oder zweimal hier gesehen. Warum?«
»Er wird vermisst. Wir erhielten einen anonymen Anruf. Jemand hat einen Leichenfund gemeldet, eine Frau. Eventuell die Besitzerin des Appartements, in dem der Mann wohnte. Eine Leiche gibt es nur nicht. Wenig später erhielten wir dann einen weiteren Hinweis. Jemand will den Abtransport einer Leiche beobachtet haben. Die Leute dort im Haus wissen angeblich von nichts oder haben nichts gesehen. Tatsache ist, dass der Mann verschwunden ist und wir jetzt jeder Spur nachgehen.«
Benoîte legt sich das Schürzchen um. Flüchtig mustert sie den jungen Commissaire, der ungefähr in ihrem Alter ist. Er trägt einen Ehering.
»Ihr Kollege sagte mir, sie hätten ihn auch bedient. Ist Ihnen bei seinen Besuchen vielleicht irgendetwas aufgefallen? Kam er allein? Hat er sich hier mit einer Frau getroffen?«
Benoîte wirft nochmals einen flüchtigen Blick zu Pascal. Dieser nickt unauffällig, wie um damit zu betonen, dass er schon alles (oder auch nichts) gesagt habe.
»Er kam allein. Mir ist sonst nichts an ihm aufgefallen.«
Der Commissaire kratzt sich nachdenklich am Kinn. Dann macht er sich eine Notiz und trinkt in einem Zug den Espresso leer, den Pascal ihm zubereitet hat.
»Bon«, bemerkt er nicht unbedingt zufrieden mit dem Ergebnis seiner Befragung. »Ich danke Ihnen erst einmal, dass ich Ihnen einen Teil Ihrer kostbaren Zeit rauben durfte.« Er deutet stumm um sich. Das Café ist voll. »Mit jeder Aussage,

die wir in diesem Fall dokumentieren können, rücken wir hoffentlich ein wenig näher an des Rätsels Lösung.«

Benoîte wagt es nicht, sich zu bewegen. Sie ist wie versteinert.

»Sollte Ihnen noch etwas einfallen, hier haben Sie meine Nummer.« Er legt ihr seine Visitenkarte hin. »Ihr Kaffee ist übrigens hervorragend«, fügt er noch hinzu.

Kurz darauf ist er bereits durch die Tür verschwunden. Benoîte aber ist so als wäre er noch immer da. Seine Fragen wiederholen sich in ihrem Kopf. Sie steht da, starrt auf die Visitenkarte. Seine Nummer hat sie bereits. Der Künstler hatte sie ihr notiert. Vermutlich weil sie ihm irgendwie signalisiert hatte, dass sie seine Visitenkarte nicht wolle. Jetzt aber liegt sie hier. Und noch etwas mehr als das. Lemarque hat sie ihr *höchstpersönlich* ausgehändigt.

Mit diesen Gedanken geht sie in die Küche, nimmt unterwegs kaum etwas zur Notiz.

Pascal steht an der Kaffeemaschine.

»Warst du das? Hast du ihn angerufen?!«, fährt sie ihn an.

»Nein. Er kam einfach und fragte nach dir.«

»Er fragte nach mir? Wie kommt er denn auf mich?«

»In der Wohnung des Toten fand man eine Rechnung von hier. Und irgendwelche Aufzeichnungen. Er hatte deinen Namen notiert.« Pascal zuckt entschuldigend mit den Schultern.

»Aufzeichnungen ... Und, hat er daraus irgendwas geschlossen? Du hast ihm gesagt, ich hätte ihn bedient.«

»Hätte ich lügen sollen? Und scheinbar hat er daraus doch auch gar nichts geschlossen, denn sonst hätte er dich sicher noch mehr befragt.«

Nervös bindet sie sich ihr Schürzchen um, wischt wie blind mit dem Lappen über den Thekentisch, ohne Pascal dabei anzusehen.

»Du darfst auf keinen Fall diese Verabredung erwähnen, hörst du. Das ist wichtig.«

Germaine sitzt auf dem Sofa, als Benoîte nach Hause kommt. Die Wohnzimmertür ist angelehnt. Drei der Katzen liegen auf ihrem Schoß. Im Hintergrund läuft der Fernseher. Lichter in verschiedenen Farben und Intensitäten flackern durch den Raum. Eine der Katzen hebt das Köpfchen, als sie das Türschloss knacken hört, taucht aber gleich wieder in den fliederfarbenen Flanellschoß der alten Dame.

Benoîte nickt ihrer Vermieterin zum Gruß zu und geht weiter.

In ihrem Zimmer steht das Fenster wie immer offen. Die Nächte werden langsam frischer.

Erschöpft lässt sie sich aufs Bett fallen. Sie versucht die wild durcheinander irrenden Gedanken zu löschen, eine Art Leere zu erzeugen, um sich ganz der Müdigkeit hinzugeben und eine Weile mit geschlossenen Augen zu dösen. Dabei lässt ihr Unterbewusstsein sie eine Art Kurztraum erleben:

François sitzt mit Ellie an einem Tisch, sie unterhalten sich. Worüber sie reden, verstehe ich nicht. Als ich an den Tisch trete, erhebt sich François, kommt auf mich zu und verliert im Gehen seine Kleidung. Auf einmal ist er nackt. Sein Penis hängt herunter. Ich will nach ihm greifen, nach seinem besten Stück. ›Er ist eine Fälschung‹, sage ich. François sieht an sich herunter, weiß nicht, was ich meine. Plötzlich halte ich ihn in meinen Händen, lege ihn auf eine Leinwand. Der Künstler muss mir helfen, ihn zu halten, denn er ist schwer. Blut läuft heraus, über den Boden. François ist Philippe. Er wendet sich von mir ab. ›Benoîte, du bist eine Mörderin‹, sagt er. Eine Mörderin …, klingt es nach. Ich habe nicht gesehen, wie sich seine Lippen bewegen. Wo ist Philippe? Er ist auf einmal verschwunden. Ich will ihm hinterher, ihn suchen und eile hinaus auf die Straße. Dort aber ist niemand. Die Straße ist leer. Leer …

Benoîte reißt die Augen auf.

Ein Albtraum.

Ihr Blick gleitet durch den Raum, bleibt an der Decke hängen. Von dort wandert er weiter, über die Regale hinweg. Sie betrachtet die dort aneinandergereihten Gegenstände. Es ist nicht viel, was sie in den letzten zwanzig Jahren angehäuft hat. Kaum etwas erinnert an ihre Jugend, ihr Elternhaus. Eine ganze Epoche ist verschwunden, nahezu ausgelöscht.

Papan Loupgoncier, ein Name, eine Geschichte. Der Koffer aus Marrakesch. Papan hat kein Gesicht. Sie hat ihn nie kennengelernt.

Sie schließt die Augen, versucht sich zu erinnern. Wie hat er ausgesehen? Sie hört die Stimme ihrer Mutter. Sie redet mit ihr ... »*Papan kann diese Woche nicht kommen. Vielleicht wieder in vier Wochen. Du musst dich gedulden, Benita. Er ist auf See.*« In vier Wochen wird er auch nicht kommen. Das weiß sie. Aber da ist die Hoffnung. Sie erinnert sich an einen anderen Tag. Wieder spricht ihre Mutter mit ihr ... »*Benita, ma chère, zieh dein gelbes Sommerkleid an. Papan kommt heute.*« Es ist bereits nach Mitternacht, als sie im gelben Sommerkleid noch immer auf der Terrasse hockt und wartet. Papan kommt nicht. »*Er wird es wohl vergessen haben. Dann kommt er eben ein anderes Mal*«, behauptet sie. Es klingt, als rede sie von einem verpassten Zug: Dann nehmen wir eben den nächsten. Verspottet sie sie? Hat sie nicht schon vorher gewusst, dass er nicht kommen wird?

Ja, das hat sie. Warum macht sie ein Spiel daraus. Ein Spiel, das Benoîte nicht tröstet, nicht trösten kann? Es macht sie wütend. Elodie gönnt ihr den Vater nicht. Warum ist sie so hart, fragt sie sich. Kann sie sich nicht freuen; für Benoîte freuen? Sie hat einen Vater. Auf Benoîtes Wutausbrüche reagiert sie nicht. Sie prallen an ihr ab. Will Papan sie tatsächlich nicht sehen, lehnt er sie ab? Keiner beantwortet ihre Fragen.

Außer Tante Jeanette. Sie hat für alles eine Erklärung: »*Elodie liebt dich. Sie hat auch Papan geliebt. Papan hat sie verlassen. Wenn jemand gehen will, soll man ihn nicht aufhalten. Elodie aber lässt ihn noch immer nicht gehen. Und sie lässt ihn auch nicht zu dir.*«

Immer wieder denkt ihre Mutter sich neue Erklärungen aus, warum Papan nicht kommt: Er ist immer unterwegs. Er ist krank, seekrank. Er ist weit weg. Sein Schiff fährt eine neue Route.

Sie sieht ihre Mutter, während sie das erzählt, unbeteiligt eine leere Pastisflasche beiseitestellen. Der Geruch von Anis haftet an ihr. Elodie und die Flasche. Im Pastis ertränkt sie ihre Lebensfreude. Benoîte sammelt leere Pastisflaschen. Sie schreibt Briefe an Papan und steckt sie in die leeren Flaschen. Dann wirft sie sie in den Verdon. Es ist ein ähnliches Spiel wie mit dem Koffer. Jede Flasche hat etwas zu erzählen. Der Verdon ist voll mit Geschichten aus ihrem Leben.

Eine andere Szene: *Wieder wartet sie auf Papan. Elodie keift hinter ihr: »Du wirst sehen, Benita, er kommt wieder nicht. Er traut sich nicht her, der elende Feigling.«*

Warum tut sie das? Hasst sie sich selbst so sehr, dass sie auch ihr keine Liebe gönnt? Eine Szene tritt in Benoîtes Erinnerung. In dieser Szene sieht sie sich das Zimmer betreten, in dem ihre Mutter gerade mit Tante Jeanette Tee trinkt. Sie sitzen an einem runden Holztisch. Elodie zieht an einer Zigarette, als die Tante sie fragt: »*Warum tust du ihm das an? Warum enthältst du ihm seine ...*« Sie unterbricht sich, als sie Benoîte in der Tür stehen sieht.

Die Erinnerungen kommen zurück, in Sequenzen. Eine nach der anderen. Sie erinnert sich plötzlich wieder an Dinge, die sie vollkommen aus ihrem Gedächtnis verbannt hatte.

Langsam erhebt sie sich vom Bett, bewegt das Plaid.

Was ist mit dem Koffer? Ist er zurückgekehrt? Sie weiß nicht, warum sie sich seine Rückkehr auf einmal wünscht.

Sie kniet sich vors Bett. Staub ist darunter. Nichts als Staub. Sie greift zum Besen, taucht in die Tiefe.

Kein Widerstand. Dafür aber ...

Zu ihrer Überraschung bringt der Besen etwas gänzlich Unerwartetes zum Vorschein: Das Tagebuch.

Zweifelnd betrachtet sie es, wischt den Staub ab. Es muss aus dem Koffer gefallen sein, als jemand diesen entfernt hat. Jemand, der es offenbar eilig hatte und nicht bemerkt hat, wie es herausfiel.

Stumm hält sie das Büchlein in den Händen. Der grünliche Einband ist ein wenig verfärbt. An den Rändern schimmert es bläulich hindurch. Der Geruch des Koffers ist nur noch schwach vorhanden.

Sie schlägt es irgendwo in der Mitte auf, blättert, sucht nach einem Eintrag. Das Lesezeichen führt ins Leere. Seiten sind herausgerissen, zu viele Seiten. Das Tagebuch ist leer. Es gibt keinen einzigen Eintrag.

Benoîte begreift nicht. Warum wurden die beschriebenen Seiten herausgerissen?

Sie zieht die Seite hervor, die sie von Philippe erhalten hat. Das hier ist der Beweis, diese Szene ist noch da. Eine fragliche Szene zwar, aber ...
 Bei diesem Gedanken blättert sie erneut in dem Büchlein, entfernt die Reste der herausgerissenen Seiten. Dann klappt sie die erste Seite auf, nimmt einen Stift. Sie gibt dem Tagebuch einen Titel, nennt es:

Tagebuch der verlorenen Erinnerung.

Ein Tagebuch also. Tatsächlich ein Tagebuch, – ihr Tagebuch. Ihr erstes.
 Wenn sie jemals ein Tagebuch führen sollte, dann sollte es nur Beschreibungen, Fakten enthalten. Nicht zu viel Persönliches. So dachte sie einmal.
 Jetzt aber sieht sie es anders. Ein Tagebuch ohne Gefühle kann keine Geschichten erzählen. Wer würde ihm glauben? Niemand.
 Sie blättert die Seite um, fängt an zu schreiben ...

Ich wollte nie ein Tagebuch führen und ich bekenne: Das hier ist das erste Tagebuch meines Lebens.

Sie blättert erneut weiter und schreibt:

Die Verlobungsfeier von M.B. und P.M.

Benoîte notiert ihre Erlebnisse von der Verlobungsfeier. Sie holt alles aus ihrer Erinnerung, was dort noch präsent ist. In Rückblicken erzählt sie von ihrer Freundschaft mit Marielle und dem Kennenlernen Philippes. Als sie das Kapitel nach einigen Seiten beendet hat, fängt sie ein neues an.

Die Weinprobe bei F.H.

Erneut schreibt sie alles auf, woran sie sich erinnert. Dabei versucht sie die Personen so genau und die Szenen so detailliert wie möglich nachzustellen.

Sie schreibt auch von ihrer ersten Begegnung mit Papans Koffer und dem Tagebuch. Sie greift erneut zurück und kommt zu einem weiteren Kapitel ...

Die Trennung von F.M.

Sie schreibt und schreibt. Sie schreibt die ganze Nacht hindurch.

Gegen vier Uhr morgens klappt sie das Tagebuch zu. Es ist fast vollgeschrieben.

5 Der südfranzösische Wind hat seinen eigenen Namen. Mistral nennt man ihn, wenn er besonders wild um die Häuser fegt. Heute ist so ein stürmischer Tag. Auf dem Ofen steht ein Wasserkessel. Dampf steigt daraus auf. Als er erst leise und dann immer lauter zu pfeifen beginnt, hört man in der Nähe ein Geräusch. Jemand ist im Nachbarzimmer. Das Telefon klingelt.
Er geht in die Küche, nimmt den Kessel von der Feuerstelle. Dann, drei Schritte weiter, greift er nach dem Mobilteil des Telefons.
»Oui? – Comment? – Sprechen Sie lauter. Ich verstehe Sie nicht.«
Er stellt den Wasserkessel, den er noch in der Hand hält, wieder ab.
»So so ... aha.«
Die Küche ist noch nicht aufgeräumt, stellt er fest und nimmt einen Lappen.
»– Wer?«
Die Stimme am anderen Ende der Leitung ist nur dumpf zu hören.
Dann wieder er: »Ja, ich kenne ihn. – Und da sind Sie sicher? – Hmn. – D'accord. Soll ich für die Befragung zu Ihnen rauskommen?«
Seine Hände spielen nervös mit einem Flaschenöffner.
Er stellt den Wasserkessel auf den Tisch. Dann setzt er sich auf einen der beiden Stühle, legt einen Teebeutel in die Tasse und gießt Wasser darüber.
»Sie kommen hierher? – In Ordnung. Wann? – Wird es lange dauern, ich meine, ich habe noch zu tun.«
Er starrt auf die Tasse, wartet.
»D'accord. – Jusqu'alors.«
Er legt den Hörer auf die Ladestation, erhebt sich und schafft etwas Ordnung. Von der Küche schlendert er weiter, geht ins Wohnzimmer. Er setzt sich wieder an seinen Laptop, beginnt zu schreiben:
Sie wusste nicht, was ...

Er überlegt, löscht den Satz wieder und nippt an seinem Tee.

Etwa eine halbe Stunde später steht der Mann vor der Tür. Er ist mittelgroß, noch relativ jung und trägt einen Ring am Finger.
»Philippe Moreautruc?«
»Oui.«
»Commissaire Lemarque. Wir haben telefoniert.«
»Bitte, kommen Sie herein.«
Der junge Beamte betritt den Wohnraum.
»Darf ich Ihnen einen Tee anbieten?«
»Nein, danke. Ich möchte Ihre Zeit nicht lange in Anspruch nehmen. Ich hörte Sie schreiben?«
»Ja.« Im Vorbeigehen klappt er den Bildschirm seines Laptops herunter. »Nun, das nennt man wohl eine Schreibblockade.«
Der Commissaire nimmt sein Gegenüber ins Visier. Sie sind etwa im gleichen Alter. Der Commissaire mittelgroß, drahtig, ein schlagfertiger Typ mit messerscharfem Verstand, was man ihm irgendwie gleich ansieht. Philippe etwas größer, sportlich, der belesene Typ, nachdenklich, fast grüblerisch. Letzterer trägt einen Norwegerpulli, obwohl es draußen noch relativ warm ist, Anfang August.
»In diesen alten Häusern ziehts immer«, bemerkt Lemarque.
»Aber schön sind sie. Wirklich gemütlich haben Sie's hier.«
»Es ist das Dach, es muss ganz dringend gemacht werden. Aber meine Liste ist lang.«
»Verstehe. Ist viel Arbeit so ein Haus. Aber wie gesagt will ich Sie nicht lange aufhalten. Der Name Gisbert Delamotte ist Ihnen ein Begriff?«
Lemarque setzt sich auf einen Stuhl, den Philippe ihm anbietet.
»Ja, wie ich bereits am Telefon sagte.«
»Monsieur Delamotte war Ihnen in der Haft zugeteilt als … Ihr Bewährungshelfer? So viel habe ich zumindest einer Akte entnehmen können, die sich in seiner Wohnung befand.«

»Er war nicht direkt mein Bewährungshelfer. Das war sein selbst ernannter Titel. Im Prinzip ging es mehr um sein Forschungsprojekt, weshalb er zu mir kam.«

»Ein Forschungsprojekt? Aha.« Er kratzt sich am Kinn. »Ihnen ist bekannt, dass er vermisst wird. Wir erhielten einen anonymen Anruf, ein Leichenfund. Wir sind dem nachgegangen, aber es gibt keine Leiche. Noch nicht. Monsieur Delamotte wohnte bei einer Elaine Peage. Über diese Frau versuchen wir gerade etwas herauszubekommen. Ebenso über die anonyme Anruferin, die den Leichenfund gemeldet hat.«

»Die Anruferin hat ihn in der Leiche erkannt? Delamotte, meine ich?«

»Davon gehen wir aus. Sie nannte die Adresse, wo er zuletzt gewohnt hat. Es kam nur dieses Appartement in Frage. Sicher wissen wir das alles aber erst, wenn die Leiche auftaucht.« Er räuspert sich. »Soweit die Fakten. Davon mal abgesehen, scheint uns Monsieur Delamotte recht sonderbar. Wir haben allerlei Aufzeichnungen in seinem Appartement gefunden.«

»Sicher zu seinen Forschungen. Das war sein Lebenswerk, sozusagen. Er hat psychologische Studien betrieben ... Aber was habe ich damit zu tun? Immerhin ist es schon etwas her, dass Monsieur Delamotte mich in der Haft befragte.«

»Und Sie hatten seitdem keinen Kontakt mehr zu ihm?«

»Nein.«

Der Commissaire betrachtet Philippe abwartend. Sein *Nein* kommt ihm etwas zu schnell. Schnelles Antworten ist oft ein Zeichen von Unsicherheit, was man auf diese Art zu überspielen versucht.

»Könnte es dennoch sein, dass er versucht hat, Kontakt zu Ihnen aufzunehmen? Ihr Name erscheint in seinen Aufzeichnungen.«

»Sicher erscheint er in seinen Aufzeichnungen. Er befragte mich, wie gesagt, für sein Forschungsprojekt.«

»Um was für eine Art Forschungsprojekt handelte es sich denn dabei?«

»Dazu kann ich Ihnen nichts sagen. Ich weiß nicht viel darüber. Er hat mir Fragen gestellt, zu meiner Haft, allgemeine

Fragen. Über den Rest gab es eine Art Verschwiegenheitsvereinbarung, Schweigepflicht.«

»Schweigepflicht? Monsieur Moreautruc, ich ermittle in einem möglichen Mordfall.«

»Richtig, *möglichen*. Sie sagten doch gerade, es gebe noch keine Leiche.«

»Gut. Dann etwas anderes. Soweit wir das recherchieren konnten, betreut Monsieur Delamotte keine Strafgefangenen mehr. Er wurde offiziell aus dieser freiwilligen Tätigkeit entlassen. Die Aufzeichnungen und Skizzen, die wir in seiner Wohnung fanden, sind aber aktuellen Datums. Eine Aufzeichnung stammt aus dem Café La Cigale. Sie kennen das Café, sind dort schon gewesen?«

»Ja.«

»Womöglich hat er sich dort mit jemandem getroffen. Mit Ihnen?«

»Nein, definitiv nicht.«

»Seine Aufzeichnungen sind nicht ganz schlüssig. Es kann auch sein, dass er dort etwas beobachtet hat. Haben Sie eine Vorstellung davon, was das sein könnte? Etwas, das Ihnen vielleicht auch schon aufgefallen ist? Eine gemeinsame Bekanntschaft?«

»Nein.«

»Sehr auffällig war sein Interesse an einer Angestellten. Sie taucht in seinen Aufzeichnungen des Öfteren auf, Benoîte Loupgoncier. Kennen Sie sie?«

»Flüchtig. Es ist seine Gewohnheit, alles aufzuschreiben. Vermutlich ist sie ihm aufgefallen, weil sie hübsch ist. Er ist ein Mann.«

»Natürlich. Das wird es sein.« Er lacht, ein ironisches Lachen. Anstatt zu sagen: Warum bin ich nicht selbst darauf gekommen.

Lemarques Lachen irritiert Philippe. Dem Commissaire entgeht augenscheinlich nichts. Kein noch so unauffälliges Zucken um die Mundwinkel.

»Gibt es sonst noch irgendetwas, was Sie über Monsieur Delamotte wissen möchten?«

»Sie erwähnten die Befragungen für das Forschungsprojekt – oh, keine Sorge, ich respektiere Ihre Schweigepflicht – und offenbar war Monsieur Delamotte von einer Art innerem Zwang befallen, seine Umwelt zu dokumentieren. Wissen Sie etwas über seine familiäre Situation? Hatte er Kinder, eine Frau?«

»Nein, nicht dass ich wüsste. Er erwähnte einmal eine Halbschwester. Die aber ist offensichtlich schon tot.«

»Donc, seine Notizen werden gerade noch vollständig ausgewertet. Wir müssen derzeit jeder möglichen Spur nachgehen, denn wir wissen ja wie gesagt noch nicht, ob Monsieur Delamotte nur verschwunden ist oder tatsächlich Opfer eines Verbrechens wurde.«

Philippe versucht möglichst gelassen zu wirken. Lemarque macht noch keine Anstalten zu gehen.

Er steht auf, wühlt nach einem Päckchen Zigaretten. »Rauchen Sie?«

»Nein, danke. Ich bin überzeugter Nichtraucher«, lehnt der Commissaire ab.

»Eine gute Einstellung.«

Lemarque kreist sein Gegenüber mit Blicken ein, als dieser sich gerade die Zigarette anzündet.

»Haben Sie diese Angestellte denn schon befragt?«

»Ja. Aber wir werden sie vermutlich erneut befragen, wenn die gefundenen Aufzeichnungen und Skizzen ausgewertet sind. Wir gehen zurzeit davon aus, dass sie eine zufällige Randfigur ist.«

»Wie meinen Sie das?«

»Sollte er etwas in diesem Café beobachtet haben, dem wir mehr Aufmerksamkeit schenken müssen, ist sie wohl nicht mehr als eine Zeugin. Eventuell sogar weniger als das.«

Aufmerksam registriert er Philippes Reaktion. Seine Finger trippeln nervös.

»Und Sie sind sicher, dass Sie sie nicht näher kennen? Vielleicht hatten Sie doch schon das Vergnügen …«

»Nein. Das sagte ich schon.«

»Das sagten Sie. Eine schöne Frau. Und Sie sind ein attraktiver Mann. Sicher haben sie zahlreiche Verehrerinnen.«

Philippe geht nicht auf Lemarques Andeutungen ein.
»Und bei seinen Aufzeichnungen und Skizzen, werden dort noch weitere Personen namentlich erwähnt?«
»Nicht direkt. Aber, ach ja – warten Sie. Es gab eine weitere Aufzeichnung in seiner Wohnung. Darin wurden Sie erwähnt und eine Marielle Bertrand«, liest er aus seinem Notizbuch ab. »Marielle Bertrand ist meine Ex-Verlobte. Aber das wissen Sie vermutlich schon.«
Lemarque klappt sein Notizbuch wieder zu. »Meine Assistentin recherchiert diese Dinge. Ich stelle lediglich die Fragen. Was meinen Sie, ist die größere Herausforderung?«
Philippe reagiert nicht.
»Ich möchte nicht in Ihrem Privatleben herumschnüffeln, Monsieur Moreautruc. Aber de facto ist es mein Job, zu schnüffeln. Nehmen Sie das nicht persönlich.« Er lehnt sich zurück. »Es gibt in der Familie Bertrand einen ungeklärten Todesfall, wie für mich recherchiert wurde. Joelle Bertrand. Ihre ehemalige Schwiegermutter in spe.«
»Nein, bitte kramen Sie diese Geschichte nicht schon wieder raus. Sie glauben nicht, wie intensiv die Familie Bertrand derzeit befragt wurde.«
»Das dachte ich mir. Wussten Sie übrigens, dass Madame Loupgoncier, die Kellnerin aus dem La Cigale, auch unter den Verlobungsgästen war? Das nenne ich einen Zufall. Und sie war auch noch mit Marielle Bertrand befreundet. Mit Ihrer damaligen Verlobten. Aber Sie kennen sie nicht?«
»Ich ... nein. Tatsächlich kannte ich derzeit die Freundinnen meiner Verlobten nicht weiter. Vielleicht war sie dort. Aber meinen Sie wirklich, ich habe mir alle Namen gemerkt?«
»Oh, diesen Namen haben Sie sich ganz sicher gemerkt. Denn wie sonst könnte ...« Er blättert erneut in seinem Notizblock, »... wie sonst könnte Monsieur Delamotte in seiner Aufzeichnung behaupten, Sie und Madame Loupgoncier hätten ein Verhältnis gehabt?«
»Ein Verhältnis?! Das ist Quatsch.«
Er hat es bereits die ganze Zeit geahnt. Lemarque betreibt ein äußerst klug durchdachtes Spiel. Die Fäden seines

Spinnennetzes hat er von außen nach innen gesponnen, weshalb er es langsam zusammenzieht.

»Überlegen Sie gut und bleiben Sie besser bei der Wahrheit, Monsieur Moreautruc. Es ist lediglich eine Befragung. Sie stehen unter keinerlei Verdacht. Noch nicht.«

»Gut. Ich gebe zu, dass ich Benoîte Loupgoncier kenne. Und ja, ich habe mich auch mit ihr getroffen. Aber erst jetzt, Jahre nach diesen Ereignissen, sind wir uns wieder über den Weg gelaufen. Ein Verhältnis gab und gibt es zwischen uns nicht.«

»Gut. Belassen wir es dabei. Es ist Ihre private Sache. Aber zu Monsieur Delamotte: Er war auf Ihrer Verlobungsfeier ebenfalls gegenwärtig. Hatte das einen besonderen Grund? Er war doch nicht privat mit Ihnen befreundet, nehme ich an.«

»Nein. Monsieur Delamotte ist auch erst am Folgetag, nach der Entdeckung von Joelle Bertrands Tod, dort erschienen. Er stellte Fragen. Ich nehme an, im Rahmen seiner Forschung. Er war mit Gustave Bertrand bekannt. Sein Auftritt war nicht unbedingt … très charmant.«

»Schließe ich daraus, dass sie ihn nicht sonderlich mochten?«

»Schließen Sie daraus, was Sie wollen. Ich denke, das ist nicht relevant.« Philippe raucht.

Lemarque greift nach seiner Tasche, fischt sein Notizbuch vom Tisch und packt es wieder ein. Dann richtet er sich auf.

»Nun gut. Tatsächlich haben Sie mir ein paar neue Hinweise geliefert, Monsieur Moreautruc. Ich danke Ihnen, dass Sie sich die Zeit genommen haben. Halten Sie sich bitte zur Verfügung. Für den Fall, dass es neue Erkenntnisse gibt. Ich werde Sie informieren.«

Philippe deutet ein kurzes Kopfnicken an, drückt seine Zigarette in den Ascher und richtet sich ebenfalls auf.

»Eine Frage hätte ich da noch«, knüpft Lemarque an einen gerade angefangenen Gedanken an: »Weshalb saßen Sie eigentlich im Gefängnis?«

»Dazu haben Sie nichts in den Akten gefunden?«

»Zugegeben, soweit haben wir nicht recherchiert.«

»Keine schöne Geschichte. Ein Freund und dazu mein Geschäftspartner hat unser Kapital veruntreut. Das Geld war für eine Unternehmensgründung gedacht. Zu spät bemerkte ich, dass er spielte. Nicht nur mit hohem Risiko, sondern auch mit fraglichen Investitionen in dubiose Geschäfte. Als mir die Ungereimtheiten in der Buchführung auffielen, war es bereits zu spät und er hatte sich abgesetzt. Ins Ausland abgesetzt. Als Teilhaber durfte ich für ihn haften. Drei Monate Gefängnis. Den Rest habe ich mit einer Geldstrafe verbüßt. Und natürlich blieben mir die Schulden.«
»Die Justiz schaut auf die Fakten, nicht ins Gesicht.«
»So ist es.«
»Und jetzt schreiben Sie?«
»Ja.«
»Dafür haben Sie hier das passende Örtchen gefunden.«
»Kann man so sagen.«
Lemarque wirft einen raschen Blick auf seine Armbanduhr. Dann reicht er Philippe die Hand.
»Es ist nur so ein Gefühl, Monsieur Moreautruc. Ich kenne Sie nicht. Aber ich hoffe für Sie, dass Sie mit Ihrer Arbeit Erfolg haben werden. Möge für Sie ein fruchtbares Ergebnis herauskommen. Glauben Sie an sich.«
»Das tue ich.«

Kurz darauf auf der Straße zieht Lemarque sein Mobiltelefon aus der Tasche. Er wählt die Nummer seiner Assistentin. Die Leitung ist belegt.
Genervt geht er ein paar Schritte und versucht es erneut. Kein Netz.
Er steckt das Mobiltelefon wieder ein.
In seinem Kopf sammeln sich die Ergebnisse seiner Befragung, häufen sich zu einem riesigen Berg Arbeit.
Nach einigen hundert Metern erkennt er sein Fahrzeug. Ein alter Citroën. Er steht unterhalb der Straße, weitab der Schlucht. Lemarque fürchtet sich vor den Steilhängen des Verdon. Es kommt vor, dass Gestein sich löst und den Menschen mitreißt. Er wurde einmal zu einem Einsatz gerufen, als

man die leblosen Körper einer jungen Mutter und ihres Sohnes fand. Sie waren von bröckelndem Gestein erschlagen worden. Ein schrecklicher Anblick, den er seitdem nicht mehr aus seinem Kopf bekommt.

Als er im Fahrzeug sitzt, wählt er erneut die Nummer seiner Assistentin.

»Christine ...«

»Oui, Monsieur?«

»Sagen Sie mal, mit wem führen Sie diese Endlosgespräche?«

»Mit meiner Mutter, der Nachbarin und – naturellement – meinem Liebhaber.« Er hört sie lachen. »Non, Monsieur. Alles rein dienstlich. Es wird Sie interessieren, eine Zeugenaussage im Fall Delamotte. Besser gesagt, im Fall Elaine Peage. Sie erinnern sich, die Dame, in dessen Wohnung der Verschwundene lebte.«

»Oui, oui ... Erzählen Sie mir das später. Jetzt möchte ich, dass Sie diese Angestellte aus dem La Cigale vorladen. Benoîte Loupgoncier ist ihr Name«, erinnert er sich an das eben geführte Gespräch.

»Sagen Sie ihr bitte, sie soll noch heute Nachmittag vorbeikommen. Es ist dringend.«

»D'accord, Monsieur. Das ist alles?«

Er überlegt. »Vorerst ist das alles. Gibt es weitere Ergebnisse aus diesen Aufzeichnungen?«

»Noch nicht.«

»Gut, dann schauen wir, was das Gespräch heute Nachmittag bringt. Salut.«

Lemarque steckt das Mobiltelefon zurück in die Tasche und startet den Motor.

6 Philippe sitzt an seinem Laptop und schreibt:

In dem Moment, als sie die beiden im Halbdunkel erkannte, verharrte sie wie versteinert. Was als Nächstes tun? Den Raum betreten? Die Flucht ergreifen? Dann aber, noch bevor sie sich entscheiden konnte, tauchte aus dem Nichts …

Es klopft an der Tür. Genervt klappt er den Bildschirm seines Laptops herunter. Schon wieder dieser Commissaire; hat er etwas vergessen?

Er sieht sich im Raum um, entdeckt auf den ersten Blick nichts, was nicht hierhergehört, weder irgendeinen Notizblock noch ein Handy. Er geht weiter in die Küche, stellt den Wasserkessel beiseite, der erneut auf dem Gasherd steht, und schaut durchs Fenster. Erstaunt stellt er fest, dass der Himmel sich zugezogen hat. Ein Gewitter bahnt sich an.

Philippe geht zur Haustür, wirft einen Blick durch das Seitenfenster und glaubt für einen Moment an einen Irrtum.

»Benoîte? Du?«

Der Regen hat bereits eingesetzt. »Komm schnell rein, bevor du dir was holst.«

Er lässt sie durch die Tür schlüpfen.

»Was wollte der denn hier?«, fragt sie, als sie drinnen steht.

»Wer?«

»Lemarque, Commissaire Lemarque. Er war doch bei dir?«

»Er hat mich befragt.«

»Worüber hat er dich befragt?«

Philippe betrachtet ihr nasses Haar. »Jetzt zieh doch erst einmal deine Jacke aus. Ich hole dir ein Handtuch und koche uns einen Tee.«

Bevor sie etwas sagen kann, geht er in die Küche, entzündet eine Stelle des Gasherds und stellt den Wasserkessel erneut darauf.

Anschließend geht er ins Bad, zieht ein frisches Handtuch aus dem Regal.

Als er wieder ins Wohnzimmer kommt, sitzt Benoîte auf dem Sofa. Sie hat ihre Strickjacke ausgezogen, trägt nur ein sommerliches Trägertop.
»Möchtest du einen Pullover?«, fragt er, als er ihr das Handtuch reicht.
»Nein. Merci.«
»Dann werde ich den Kamin anzünden.«
Er greift in den Korb neben dem Kamin, nimmt etwas Anmachholz heraus und legt es auf die Feuerstelle. Wenig später lodert eine Flamme darin.
Benoîte blickt ins Feuer, lässt ihr Haar von der Wärme trocknen.
Philippe betrachtet sie schweigend. Dann geht er in die Küche, holt den Tee.
»Also«, setzt sie erneut an, als Philippe ihr gegenübersitzt. Vor ihnen auf dem Tisch stehen zwei dampfende Teetassen.
»Worum ging es?«
»Das weißt du vermutlich schon. Er war auch bei dir.«
»Ja, aber das ist keine Antwort auf meine Frage. Was wollte er denn von dir?«
»Ich kenne ihn doch auch, unseren Herrn Kriminalpsychologen ... schon vergessen?«
Sie hält die Teetasse mit beiden Händen fest.
»Und er hat dich nicht gesehen? Lemarque?«
»Ich denke nicht.«
Er nippt an seinem Tee, beobachtet sie über den Tassenrand hinweg.
»Du hast den Leichenfund gemeldet. Was genau hast du gesehen?«
»Nein, Philippe. So läuft das nicht. Du erzählst mir auch nicht alles.«
»Was meinst du? Ich habe dich nicht angelogen.«
»Aber du hast auch nicht alles erzählt«, entgegnet sie.
»Es gibt Dinge, die kann man nicht gleich erzählen. Das weißt du selbst. Bist du deshalb gekommen?«, fragt er.
»Wir müssen auf jeden Fall darüber reden«, fordert sie.
»Worüber?«
»Über alles. Es ist wichtig.«

»Also gut. Frag, was du wissen willst.«

»Warum hast du dich mit Marielle verlobt? Sag jetzt nicht, aus Liebe.«

Sein Blick geht zum Fenster. Draußen ist hat sich der Himmel noch weiter zugezogen. Erste Tropfen peitschen in den Vorhof.

»Marielle ...« Die Frage irritiert ihn. »Was ist das mit Marielle; ich wollte die Verlobung lösen. Es war mein erster Gedanke am nächsten Morgen, als ich neben ihr aufwachte. Das war nicht richtig. Aber dann kam Joelles Tod dazwischen. Marielle gestand mir das mit den Tabletten; dass sie vermutlich an einer Überdosis gestorben war, ein Versehen.«

»Wolltest du sie schützen, sie nicht im Stich lassen?«

»Ich bin bestimmt kein Gutmensch. Jeder hat seine dunkle Seite. Meine ist ... Es ist etwas anderes als du denkst, ich saß im Gefängnis. Zwar unschuldig an der Tat, aber nicht unbeteiligt in der Verantwortung. Ich habe den Fehler gemacht, jemandem zu vertrauen. Wenn du vorher nicht schuldig warst, dann bist du es nachher. Delamotte wollte den Fall rekonstruieren. Sein Thema war wohl menschliches Versagen, wenn es auch etwas persönlich angehaucht gewesen sein mag. Es hatte sicher auch mit eigenen vermeintlichen Defiziten zu tun. Er war besessen von irgendwelchen Theorien, die Suche nach dem Fehler im Getriebe, das menschliche Getriebe. Warum wird jemand betrogen oder zum Opfer? – Solche Fragen.«

»Wer hat dich betrogen?«, will sie wissen.

Er setzt sich zu ihr aufs Sofa. »Ein Freund hat mich bei einer Geschäftsinvestition hintergangen. Wir waren dabei, eine Beratungsfirma aufzubauen. Er hat hinter meinem Rücken unser Kapital veruntreut, zu Gunsten des *angeblichen* Deals des Jahrhunderts. Dazu sollten wir eine sensationell moderne Büroausrüstung bekommen, quasi umsonst. Überflüssiger Luxus und alles eine Nummer zu groß. Am Ende war das Geld weg und ich saß die Strafe für ihn ab, weil er sich ins Ausland abgesetzt hatte. So viel zum Thema Vertrauen, Freundschaft.«

Er legt die Hände auf den Tisch. »Aber das willst du alles im Detail gar nicht wissen. Du willst wissen, wie er darauf kam,

dass wir eine Affäre hatten, stimmt's? Vielleicht hatten wir eine. In meiner Fantasie.«
»Du warst unschuldig im Gefängnis?«, übergeht sie seinen letzten Satz. »War das alles vor der Verlobung mit Marielle?«
»Ja. Warum reden wir eigentlich über diese unerfreulichen Dinge? Das gehört doch nicht hierher. Diese alte Geschichte ist nicht mehr wichtig und hat nichts mit dir zu tun.«
»Ich muss die Zusammenhänge verstehen.«
Sein Gesicht erhält im Licht der lodernden Flamme einen warmen Ton.
»Gut, dann noch einmal zurück zu mit dem Moment als wir uns begegnet sind. Diese Verlobung mit Marielle war eigentlich inszeniert. Es war Joelles Idee. Ich habe sie in einer Buchhandlung, in der ich eine Lesung veranstalten wollte, kennengelernt. Sie lud mich zu sich ein, versprach mir tolle Kontakte, um mein Buch zu vermarkten. Kurz und gut, sie hat mich bezirzt. Als Schriftsteller lebt man nicht unbedingt verschwenderisch. Vor allem nicht, wenn dich keiner kennt. Ich kam also in ihr Haus. Dort lernte ich Marielle kennen. Sie war nett, aber nicht unbedingt mein Typ. Joelle war davon besessen, uns zusammenzubringen. Ich habe ihr nach diesem ersten Besuch eine Absage erteilt. Ich wollte keine Probleme und diese Geschichte war mir, ehrlich gesagt, zu blöd. Dann aber rief sie immer wieder an. Sie hätte einen Kontakt für mich hergestellt und so weiter. Ich sollte mich doch mit Marielle unterhalten. Sie lud mich auf ihre Gartenparty ein. Und tatsächlich habe ich mich an dem Abend ganz gut mit ihr verstanden, fand sie sympathisch. Auf dieser Party, auf der ich auch einen Agenten treffen sollte – was Joelle angeblich so arrangiert hatte – erschien er dann, unser Herr Kriminalpsychologe, Monsieur Delamotte. Ich kannte ihn ja aus meiner Zeit im Gefängnis. Er war mit Gustave Bertrand befreundet. Ich weiß nicht, ob man tatsächlich befreundet sagen kann, aber so ähnlich war es wohl. Für mich war sein Erscheinen nicht unbedingt angenehm, weil ich nicht wollte, dass jeder über mein Vorleben Bescheid wusste. Er war in der Haft eine Art psychologischer Betreuer gewesen. Frag mich nicht, was das sein soll, du kennst ihn. Dort bei den Bertrands legte er mir nahe, mich mit

Marielle zu verloben. Das wäre eine solide Sache, sie sei doch eine gute Partie. Und so weiter. Du weißt wie penetrant er sein kann ... oder konnte. Aber das soll keine Rechtfertigung sein. Da ich mich tatsächlich ein bisschen für Marielle erwärmen konnte, ließ ich mich darauf ein. Auf Marielle. Aber zurück zur Gartenparty: Der besagte Agent erschien natürlich nicht. Joelle rechtfertigte sich später damit, dass er vorab mein Skript gelesen und es nur mittelmäßig gefunden habe. Ich solle noch daran arbeiten. Die Möglichkeiten dafür würde ich sicher im Haus der Bertrands finden ... Nein, sag jetzt nicht, sie hätte mich gekauft. Das hat sie nicht. Es ging mir verdammt schlecht damals. Und, wie gesagt, fing ich tatsächlich an, Marielle zu mögen. Dann ...«, er überlegt, ob er tatsächlich weiterreden soll. »Einen Nachmittag brachte sie dich mit. Ich weiß nicht, ob du dich an diesen Nachmittag erinnerst. Wir haben uns ein wenig unterhalten. Da waren eher Blicke ... zwischen uns. Das, na ja, ich war mit allem im Zweifel, aber irgendwie konnte ich da nicht mehr raus.«

»Warum nicht?«

Er sieht aus dem Fenster. »Es ging einfach nicht. Manchmal sitzt man irgendwie fest und schafft es nicht, seinen Zustand zu ändern. Du fühlst instinktiv, dass es falsch ist, aber du handelst nicht. Ich habe mich nach Unabhängigkeit gesehnt. Aber da war auch diese Angst, wieder der falschen Person zu vertrauen, verraten zu werden. Ich war sicher feige, mein Selbstwertgefühl war am Boden. Trotzdem – deine Gegenwart hat mich inspiriert. Du warst vielleicht sowas wie ein heimlicher Traum. Joelle bezeichnete dich als Marielles Weltverbesserer-Freundin. Sie hat dich irgendwie gemocht, aber sie war auch in Sorge, du könntest Marielle irgendeinen Floh ins Ohr setzen. Aber Marielle war ja resistent gegen Flöhe im Ohr. Eher noch hättest du Joelle einen Floh ins Ohr gesetzt.«

»Das klingt so, als hättet ihr nicht viel gemeinsam gehabt.« Sie nippt an ihrem Tee. »In der Tagebuchszene, die mich zur Mörderin macht, wird Joelle sehr selbstgefällig dargestellt. Könnte sie mich bemerkt haben, als ihr dort in der Küche ...?«

»Nein.«

»Und Marielle? Du hast gesagt, sie hätte euch ertappt?«
»Sie platzte einfach herein. Joelle hatte meine Hand auf ihre Brust gelegt. Marielle ist komplett ausgeflippt. Joelle war lebenslustig, intelligent. Marielle dagegen wirkte oft eher etwas tollpatschig.«
»In der Aufzeichnung hielt ich ein blutiges Messer in der Hand, mit dem ich sie erstochen habe …«
»So etwas würde Marielle nicht schreiben, falls du denkst, sie war das.«
»Wo warst du, als sie ihrer Mutter die Tabletten gab?«
»Ich war spazieren. Die Nacht war keine Verlobungsnacht in dem Sinne.« Er lacht bitter.
»War außer Delamotte noch irgendjemand der Auffassung, wir hätten eine Affäre gehabt?«, fragt sie leise.
»Oui.«
»Wer?«
»Joelle. Ihr psychologisch geschultes Auge hat da etwas wahrgenommen ….«
Benoîte stellt ihre Teetasse wieder auf den Tisch.
»Denk nicht so viel über dieses Tagebuch nach. Ich glaube, wichtiger ist etwas anderes«, sagt er.
»Was?«
»Das, was du *hier* fühlst.« Vorsichtig berührt er eine Stelle oberhalb ihrer Brust. »Du solltest in deiner Vergangenheit suchen. Die Vergangenheit, über die du nicht sprichst. Sicher findest du dort etwas, das dir hilft, die Zusammenhänge zu verstehen. Es geht vielleicht gar nicht um dieses Tagebuch, sondern um dich.«
»Wie meinst du das?«
»Es geht um das, was du fühlst und denkst, ganz im Allgemeinen, und warum das so ist.«
»Kannst du dir vorstellen«, spricht sie einen spontanen Gedanken aus, »dass ein Koffer, den du vor zwanzig Jahren an der Straße zurückgelassen hast, ganz plötzlich zu dir zurückkehrt? Er stand einfach in der Tür.«
»Dorthin ist er aber nicht von selbst gekommen.«

»Jemand hat ihn dort abgestellt«, bestätigt sie. »Irgendwer. Beim ersten Mal war es Louis. Er arbeitete auf dem Weingut Huéspard, bei Fréderic und Mireille Huéspard.«
»Die Huéspards? Ich kenne die beiden. Mireille ist mit mir zur Schule gegangen.«
»Ach. Hast du schon mal eine ihrer Weinproben besucht?«
»Nein, das nicht.«
»Aber du warst schon mal auf ihrem Hof?«, fragt sie vorsichtig weiter.
»Aber ja.«
»Dort ist Elaine verschwunden. In *dieser* Nacht. Und die Aufzeichnung, die du mir gegeben hast, das war auch dort.«
»Was willst du damit sagen? Damit habe ich nichts zu tun, Benoîte. Du musst nicht alles in Frage stellen. Du warst mit deinem Freund dort. Das war er, mit dir unter der Dusche«, sagt er. Er möchte noch etwas hinzufügen, als sie bereits weiterredet: »Jetzt hat jemand die Seiten aus dem Tagebuch herausgerissen. Ich habe es unter meinem Bett gefunden. Ohne den Koffer. Da will mich jemand in die Irre führen.«

»Wenn jemand die Seiten herausgerissen hat, dann wohl derjenige, der es auch geschrieben hat. Vielleicht findest du den Schlüssel in deiner Vergangenheit.«

Philippe legt einen Arm um sie. Vorsichtig lehnt er ihren Kopf an seine Schulter.

»Denkst du, dass der Regen bald aufhört?«, fragt sie.
»Er hat schon aufgehört.«
Sie löst sich aus seiner Umarmung, steht auf und geht zum Fenster. »Du hättest es also gewollt, das zwischen dir und mir?«, fragt sie.

Philippe folgt ihr zum Fenster. Sie dreht sich zu ihm. »Nein, sag jetzt nichts, keine Antwort.« Sie legt den Finger auf seine Lippen. »Philippe. Heben wir uns das für einen späteren Zeitpunkt auf. Dieser ist gerade ungünstig.«

Sie geht zurück zum Sofa, streift sich ihre mittlerweile wieder trockene Jacke über.

»Bon. Dann ist für diesen Moment alles gesagt.«
»Für diesen. Aber es ist nicht der letzte«, beschwört sie.
»Das beruhigt mich.«

Zärtlich berührt er ihr Gesicht.

»Ich werde für eine Weile hier weggehen«, sagt sie. »Du hast es gerade gesagt; ich muss mich mit dem Vergangenen beschäftigen. Darum gehe ich nach Annot, wo ich aufgewachsen bin. Ich hatte es bereits vorgehabt.«

»Gute Entscheidung.«

»Es ist ja nicht weit. Du kannst mich besuchen.« Sie deutet zur Tür. »Mein Gepäck steht dort draußen. Unter deinem Dach, Papans Koffer. Ich fand ihn heute Morgen in Germaines Schuppen, neben den alten Fahrrädern.«

»Gesucht und gefunden«, stellt er fest.

Philippe begleitet sie vor die Tür. Der Regen hat tatsächlich aufgehört. Der Himmel hellt sich auf, wird wieder blau. Die Luft ist klar, rein gewaschen nach dem Regen.

»Riechst du das?«, fragt sie, »das ist der Koffer.«

Philippe lacht. »Es riecht wie …«

»… auf einem arabischen Bazar, einem Souk«, behauptet sie.

»Nicht ganz«, widerspricht er, »er riecht nach Provence. Lavendel, Rosmarin – eindeutig Provence.«

Philippe nimmt den Koffer. Sie überqueren den Hof.

Als sie seine Möbelsammlung passieren, bemerkt er: »Du kannst dir das mit der Kommode ja überlegen. Sie wartet hier auf dich. Sie wartet und hat ganz viel Geduld dabei. So wie ich«, fügt er leise hinzu.

Spurensuche

1   Bei Annot

Benoîte sitzt auf einem Mauervorsprung. Das Dorf im Hintergrund trägt mittelalterliche Züge. Enge Gassen, Häuser mit krummen Balken, Backstein, helles Kopfsteinpflaster. Es ist Spätsommer. Das Licht geht langsam ins Goldgelbe über. Einheimische und Touristen ziehen die Gassen hinauf. Auf Benoîtes Knien liegt eine Straßenkarte. Rue Montmartre Nummer 18. Es ist das Haus ihrer Tante, das sie sucht. Sie klappt die Karte zusammen. Spontan entscheidet sie, ihre Suche dem Zufall zu überlassen. Sie greift nach dem Koffer, schlendert langsam weiter Richtung Altstadt. Auf einer Straßenseite reihen sich die Outdoorläden aneinander, Anbieter für Zubehör aller Art für Kajak- und Raftingtouren auf dem Verdon. Auf der anderen Seite Provence-Andenkenläden. Seifen, Aromaöle, Kräuter, Essigessenzen, Bücher, Badartikel.

Vor dem Bücherladen bleibt Benoîte stehen. Eine Weile betrachtet sie die Schaufensterauslage, entscheidet spontan hineinzugehen.

Beim Eintreten geben die Glöckchen an der Tür ein leises Geräusch von sich. Drinnen sitzt eine Frau im mittleren Alter hinter dem Kassentischchen. Sie trägt eine schwarz gerahmte modische Brille und ist in ein Buch vertieft. Beim Geklimper der Glöckchen sieht sie auf.

»Bonjour Madame. Kann ich Ihnen helfen?«, fragt sie, als Benoîte sich suchend umsieht.

»Vielleicht. Ich suche ein bestimmtes Buch. Ich glaube, es ist ein Roman. Der Autor ist Philippe Moreautruc.«

»Moreautruc«, sie überlegt, »nie gehört. Lassen Sie mich seinen Namen in den Computer eingeben. Den Titel kennen Sie nicht zufällig?«

»Nein, leider nicht.«

»Gut. Warten Sie einen Moment. Das haben wir gleich.«

Sie zieht sich ihren Rock glatt, dann tippt sie etwas in den Computer, liest eine Weile.

»Hier habe ich etwas. Ich weiß nicht, ob es das ist, was Sie suchen: *Das lange Schweigen* von Philippe Moreautruc. Das Buch ist bei einem sehr kleinen Verlag erschienen. Wir haben es nicht im Sortiment. Aber ich kann es für Sie bestellen. Es kostet achtzehn Euro neunzig. Sie könnten es in drei Tagen abholen. Soll ich es bestellen?«
»Oui. Merci.«
»Das geht auf welchen Namen?«
Benoîte zögert. »Mellarmé«, nennt sie den Namen ihrer Tante.
Die Frau schaut sie überrascht an. »Oh, sind Sie mit Jeanette verwandt?«
»Sie ist meine Tante.«
»Tatsächlich? Dann sind Sie Elodies …« Sie beißt sich auf die Zunge, spricht etwas leiser weiter, »… ihre Tochter?«
Benoîte zögert. »Ich möchte nur ein Buch bestellen, bitte.«
»Natürlich. Tut mir leid. Ich bestelle es auf Jeanettes Namen. Ich habe sie im Computer«, stammelt sie verlegen.
Benoîte fühlt sich einen Moment lang wie im Schockzustand. Bei der Erwähnung des Namens ihrer Mutter war ihr kurz danach gewesen fluchtartig den Laden zu verlassen.
»Ist schon gut. Ich war lange nicht bei Tante Jeanette.«
»Na, dann wird sie sich aber freuen. Es ist auch schon wieder etwas her, dass ich sie gesehen habe. Sie ist rausgezogen, aufs Land, und kommt nicht oft hierher. Sie hat einen neuen Mann.«
Benoîte sieht sich unruhig im Laden um.
»Es gibt unglaublich viele Neuerscheinungen. Einige Autoren kommen hier aus der Region. Als Buchhändlerin lese ich natürlich alles. Fast alles. Darf ich Ihnen ein Buch empfehlen?«
Sie zieht einen Band aus dem Regal. »Dieser Autor aus Avignon …«
»Merci«, unterbricht Benoîte den Tatendrang der Ladeninhaberin. »Ich weiß nicht, ob ich überhaupt zum Lesen kommen werde. Monsieur Moreautruc ist ein Freund.«
»Ach so.« Sie stellt das Buch wieder weg. Dann notiert sie etwas auf einen Zettel und reicht ihn ihr.

»Ihr Abholschein. Dann bleiben Sie also länger bei Jeanette?«
»Hmn, ja.« Sie steckt den Zettel weg. »Wissen Sie vielleicht, was mit dem Haus in der Rue Montmartre ist, in dem sie gewohnt hat?«
»Hier in der Altstadt? Das Haus ist verkauft. Auf dem Land lebt es sich schöner – unbeschwerter. Hier ist im Sommer zu viel Trubel. Der Tourismus treibt die Preise hoch. Und dann die ganzen Erinnerungen; das Gerede wegen …« Sie unterbricht sich.
»Haben Sie ihre Adresse?«, fragt Benoîte.
»Aber ja. Warten Sie, ich schreibe sie Ihnen auf. Ich gebe eigentlich keine Adressen von Kunden heraus, aber in Ihrem Fall. Wissen Sie, Sie sind Ihrer Mutter wie aus dem Gesicht geschnitten.«
Benoîte hat den ersten Schock bereits überwunden. Vermutlich wird man sie hier nicht zum letzten Mal auf Elodie angesprochen haben.
Die Buchhändlerin notiert etwas auf ein Kärtchen. »Bestellen Sie Jeanette einen lieben Gruß. Sie soll sich mal wieder melden.«
Benoîte nimmt das Kärtchen an sich. »Danke. Ich werde es ausrichten, Madame …«, sie blickt auf das Kärtchen, »Madame Mulhor. Anaïs Mulhor, das sind Sie, stimmt's?«
»Mais oui. Der Buchladen ist hier im Ort der einzige. Ich habe ihn von meinem Vater übernommen.«
Benoîte lächelt und geht bereits zur Tür. »Hat mich gefreut.«
Die Glöckchen klimpern erneut leise, als sich die Tür hinter ihr schließt.
Vor dem Laden bleibt sie noch einmal stehen, studiert die Postkarten auf dem Drehständer. Dann reiht sie sich in den Touristenstrom ein, der mittlerweile angeschwollen ist und weiter Richtung Altstadt treibt. Am Brunnen hat sich eine kleine Gruppe eingefunden. Ein asiatischer Reiseleiter zählt ein paar Sehenswürdigkeiten auf, erklärt etwas in seiner Sprache.
Benoîte zieht weiter. Sie biegt in eine ruhige Seitenstraße. *Rue Montmartre* liest sie plötzlich. Rötliches Kopfsteinpflaster.

Klappfensterläden in Pastelltönen. Gelb, Orange und Türkis. Pflanzenkübel. Werbeschilder mit verschnörkelter Schrift. Verwitterte Holztüren. Sie steht vor dem Haus Nummer 18. Die Fensterläden sind geschlossen. Das Haus wirkt abgewohnt und renovierungsbedürftig. Irgendwo spielt jemand afro-karibischen Rap.

Sie stellt den Koffer ab, studiert das Namensschild. Tatsächlich befindet sich kein bekannter Name darunter. Weiter oben hängt Wäsche zum Trocknen aus dem Fenster.

Es ist eine Zeitreise ...

Sie steht neben Jeanette, als sie die Wäsche zum Trocknen aufhängt. Paul lehnt in der Tür, raucht neben seiner Frau. Benoîte schaut hinunter auf die Straße, sieht ihren Seifenblasen nach.

Das Bild ist wieder weg. Eine Reisegruppe bewegt sich auf sie zu und drängt sie zum Ausweichen. Sie presst sich regelrecht gegen die Hauswand.

Das Gefühl von Vergangenheit ist nicht immer unangenehm. *Hier* ist es anders. Anders als erwartet.

Die Gruppe ist vorbeigezogen. Mitgerissen von den Eindrücken greift sie zu Papans Koffer, geht weiter.

Am Ende der Straße stößt sie auf eine Reihe von Restaurants. Der Geruch von gegrilltem Fisch, Rosmarin, Koriander und Knoblauch steigt ihr in die Nase. Sie folgt dem Geruch.

Vor dem Restaurant Cerise de la Mer bleibt sie stehen. Ein Mann studiert gerade die ausgehängte Speisekarte.

Sie stellt den Koffer ab, wartet.

»Ziemlich unpraktisch zum Reisen«, bemerkt er, ihrer Bewegung aus dem Augenwinkel folgend.

Sie will sich gerade eine Strähne aus dem Gesicht wischen, da verharrt sie überrascht in ihrer Bewegung.

»René? Was treibst du denn hier?«

»Das könnte ich dich auch fragen. Solltest du nicht auf der Arbeit sein?«

Sie umarmen sich, begrüßen sich mit Küsschen.

»Ich habe gekündigt.«

»Von jetzt auf gleich, einfach so? Na warum auch nicht. Es gibt noch mehr zu sehen als das *La Cigale*. Aber wie war das, stammst du nicht von hier?«

»Ich bin bei Annot aufgewachsen. Und du, was machst du hier?«

»Ich gönne mir eine Auszeit. Urlaub vom Alltag.«

»Und die Frauen?«

»Urlaub von den Frauen. Aber wir sollten hier keine Wurzeln schlagen. Was meinst du, hast du heute schon was Richtiges gegessen? Also, ich meine nicht so ein halbes Salatblatt, was Richtiges!« Er deutet auf die Karte des Restaurants.

»Was Richtiges noch nicht.« Sie schaut kurz auf die Auswahl. »Klingt nach was Richtigem.«

»Das meine ich auch.« René steht bereits mit einem Bein in der Tür.

Kurz darauf begleitet ein Kellner sie zu einem Tisch.

Sie wählen zweimal das Tagesmenü.

Das *amuse gueule* besteht aus Artischocke mit Lachsmousse. René und Benoîte genießen den ersten Happen. Wenige Minuten später folgt bereits der erste Gang, frischer Salat mit Ziegenkäse-Croutons.

»Erzähl mal, warum hast du den Job im La Cigale geschmissen?«, fragt René, nachdem er seinen Salatteller bereits geleert und der Kellner den Wein serviert hat.

»Ich brauche eine Veränderung. Und es gibt ein paar Dinge, die ich klären muss. Aber ich werde mir einen Job suchen. Lange reicht mein Erspartes nicht.«

»Heute bist du eingeladen.«

»Merci. Die letzten zwanzig Jahre hat es immer gerade so funktioniert.«

»Von der Hand in den Mund? Benoîte, du bist intelligent. Warum suchst du dir nicht was Festes?«

»Intelligent? Wenn ich intelligent wäre, hätte ich noch ein paar Schuljahre drangehängt und irgendwas studiert.«

»Das kannst du immer noch.«

»Meinst du?« Sie sieht ihn zweifelnd an. »Ich bin dreiunddreißig. Andere Frauen in meinem Alter denken an Familie.«

»Ach wo. Du bist doch nicht festgelegt. Das Wichtigste ist, dass du mit dem, was du machst, glücklich bist.«

»Bin ich das?«, skeptisch gabelt sie ein Salatblatt auf, betrachtet es von unten, bevor sie es in den Mund schiebt. »Es

gibt Leute, die durch die schier unbegrenzten Möglichkeiten zur Selbstverwirklichung derart inspiriert sind, dass sie sich neu erfinden. Ich habe einen Künstler getroffen, der seine Kunstwerke nackt vermarktet. Mit Farbe am Hintern und an seinem besten Stück.«
»Nackt?« René fängt schallend an zu lachen. »Ist nicht wahr. Wäre das nicht auch was für mich?«
»Was willst du denn nackt vermarkten? Lebensweisheiten?« Sie lacht mit. »Dabei sind seine Kunstwerke nicht mal schlecht. Eins zumindest. « Sie denkt an die erinnerungslose Josephine. »Wenn ich Geld hätte, würde ich es vielleicht sogar kaufen.«
»Na, da hat er dich überzeugt, mit der Farbe am Hintern.« Sie lachen, führen das Thema noch etwas weiter aus.
Derweil wird der Hauptgang serviert.
Und schließlich das Dessert. Eine leichte Crème Caramel.
»Wenn ich dir einen Tipp geben darf, liebe Benoîte«, bemerkt René irgendwann gegen Ende. »Was die Vergangenheit hier betrifft, lass die Dinge einfach auf dich zukommen, nimm sie an. Die Menschen – so wie sie jetzt sind, so sind sie geworden. Durch das, was sie erlebt haben. Es ist besser, es einfach anzunehmen als jemandem Vorwürfe zu machen. Du verstehst, was ich meine?«
Renés Worte würden ihr noch eine Weile durch den Kopf gehen.

Gegen 21 Uhr kommt sie im Gebirge an. Ein Dreitausend-Seelen-Dorf, etwas höher gelegen.
Das Haus von Jeanette Mellarmé liegt nahe einer kleinen Wasserstelle, etwas außerhalb des nächsten Ortes.
Es ist fast dunkel, als sie das Haus erreicht, das sehr malerisch zwischen Pinien und Olivenhainen versteckt liegt.
Das Gatter knarrt, als sie es öffnet. Irgendwo in der Ferne bellt ein Hund.
Sie betätigt die Türglocke. Im Haus brennt Licht. Es ist jemand zuhause. Benoîte wartet. Dann hört sie Schritte.
Ein Mann öffnet ihr die Tür.

»Oui? ... À cette heure«, geht er auf die späte Uhrzeit ein.
»Zu wem möchten Sie denn?«
Der Mann ist schlank, hat stoppelkurzes hellbraunes Haar, trägt Jogginghose und ein etwas zu großes T-Shirt. Sie schätzt ihn auf Ende dreißig. Jeanettes Freund? Jung ist er. Jünger als die Tante.
»Ich möchte zu Jeanette Mellarmé. Sie wohnt doch hier?«
Er starrt sie an, als wäre sie eine geisterhafte Erscheinung. Dabei bleibt er bewegungslos.
»Ist sie da?«, hakt sie noch einmal nach, mit leichtem Anflug von Ungeduld. »Darf ich vielleicht hereinkommen?«
»Entrez«, sagt er nach einer Weile, ohne etwas von seiner starren Haltung abzulegen, tritt dabei einen Schritt zur Seite. Benoîte zwängt sich mit ihrem Koffer an ihm vorbei.
Im Flur stellt sie den Koffer ab. Das Haus ist schlicht aber gemütlich eingerichtet. Eine blassblaue Blümchentapete, heller Holzboden. An der Wand hängen kleine Spiegel in unterschiedlichen Rahmen und Formen, Bilder ...
Sie sieht sich suchend um.
»Sie ist noch nicht da.« Er hat plötzlich seine Stimme wiedergefunden. »Aber sie muss jeden Moment kommen.« Mit einer flüchtigen Handbewegung bedeutet er ihr, vorzugehen.
Benoîte folgt der angedeuteten Richtung. Sie führt in die Küche.
»Setzen wir uns doch«, schlägt er vor. »Ich habe gerade Tee getrunken. Möchten Sie auch einen?«
»Gern.«
Er nimmt den Wasserkessel vom Herd und gießt das noch heiße Wasser in eine Tasse, in die er einen Teebeutel legt.
»Nehmen Sie Zucker?« Er öffnet eine Zuckerdose und rückt sie ihr hin. Sie fischt sich ein Stückchen Zucker heraus.
»Merci.« Stumm rührt sie in ihrem Tee, sieht sich dabei erneut neugierig um. Die Küche ist relativ groß und modern eingerichtet. Hellgraue Kacheln, die Wände sind gelb.
»Sie sind ihr Lebensgefährte?«, fragt sie und fühlt sich mit dieser Frage wie ein Eindringling. Wie jemand, der kein Recht hat, Fragen zu stellen. Was geht sie das Privatleben ihrer Tante

an, wo sie sich doch vor zwanzig Jahren aus ihrem Leben gestohlen hat.
»Ja. Aber du darfst mich auch gerne Jean nennen«, bietet er ihr unerwartet vertraulich an. Offenbar hat er eine Vermutung, wer sie ist.
»Jean. Ich bin Benoîte.« Mechanisch greift sie zu ihrer Teetasse. Dabei mustert sie ihn unauffällig. Jeanette ist zwar die jüngere der beiden Schwestern, doch ist sie eindeutig älter als ihr Lebensgefährte. Sie muss bereits über fünfzig sein.
»Benoîte. Du bist Elodies Tochter? Ich habe es gleich vermutet. Jeanette redet nicht viel über ihre Familie.«
»Wir haben uns auch lange nicht gesehen. Sehr lange. Seit wann lebt ihr hier draußen?«, lenkt sie das Thema in eine andere Richtung.
»Schon ein paar Jahre. Der ganze Rummel über die Sommermonate. Hier hat man seine Ruhe.«
»Ihr lebt nicht vom Tourismus?«
»Oh doch, doch, natürlich. Auch. Geht ja nicht ohne. Jeanette hilft in einem Delikatessenladen in Annot. Ich arbeite in der Bienenzucht. Wir probieren neue Honigsorten aus. Dieses Jahr mit Lavendel und Vanille. Wir wollen irgendwann einen eigenen Delikatessenversand eröffnen.« Seine Augen wirken auf einmal sehr lebhaft, als er davon erzählt.
»Schmeckt dir der Tee?«, fragt er, als sie nicht reagiert.
»Ja danke.«
Er steht auf, räumt etwas vom Tisch ab.
»Hast du schon was gegessen, Benoîte? Ich habe noch Ratatouille. Vielleicht mit Baguette dazu?«
»Non merci, ich habe gerade gegessen. Aber ein Stück Baguette nehme ich gern.«
Er schneidet ein paar Baguettescheiben ab, stellt sie, zusammen mit einem Schälchen Tapenade, auf den Tisch.
»Die Olivenpaste ist aus Castellane.«
Benoîte probiert und Jean begnügt sich vollkommen damit, ihr beim Essen zuzusehen. Er ist kein besonders wortreicher Mensch, wie sie feststellt.
Gut eine Viertelstunde schlagen sie so die Zeit tot.

Dann geht das Türschloss. Jean springt sofort auf und eilt zur Tür.
Im Flur hört sie *ihre* Stimme. Eine vertraute Stimme. Dabei fällt ihr auf: Stimmen verändern sich nur wenig über die Jahre. Es fühlt sich an, als spräche die Tante mit ihr. Aber natürlich spricht sie mit Jean. Schnell spricht sie. Schnell hat sie immer gesprochen. Erst als sie gezwungenermaßen eine Atempause einlegt, kommt Jean dazwischen.
»Du hast Besuch«, hört sie ihn sagen.
»Besuch. Wer denn?«
»Deine Nichte.«
»Ben ... Benoîte?«, fragt sie fast stammelnd. »Das ... Du machst Witze.«
Kurz ist es still.
»Benoîte, tatsächlich?«, fragt sie erneut. »Das kann doch nicht ...«
Ihre Schritte nähern sich jetzt schnell der Küche. Benoîte hört sie über den Holzboden hasten. Sie starrt auf die Tür, in der Erwartung einer bestimmten Szene.
Jeanette ist eine kleine, zierliche Person mit dunklen, hochgesteckten, welligen Haaren. Sie sieht aus wie damals, stellt sie sofort fest, als die Tante in der Tür erscheint. Sie hat sich kaum verändert.
»Benoîte, c'est pas vrai«, flüstert sie. »Mon dieu, ma fille.« Eine Gefühlswelle überrollt Jeanette. Sie hebt ihre Arme, als wolle sie nicht nur Benoîte umarmen. Die Tränen kommen in einem Schwall. »Mein Kind ... mein liebes, liebes Kind. Mein Engel ...«, weint sie, vollkommen überwältigt, als Benoîte ihren offenen Armen entgegengeht.
»Mein Gott, was haben wir uns für Sorgen um dich gemacht. Was für Gedanken. Über diese unsagbar lange Zeit.« Sie schluchzt. »Wo hast du all die Jahre gesteckt? Ist es dir gut gegangen? Lass dich ansehen, mein Kind.« Sie streicht ihr übers Haar, zieht sie in ihre Arme und drückt sie an sich. »Eine Frau bist du geworden, une femme.« Ihr Gesicht glänzt von ihren Tränen und es dauert eine Weile, bis sie sich wieder beruhigt.

Jean reicht ihr ein Taschentuch. Sie tupft sich die Tränen damit ab.
»Warst du schon bei ihr?«, fragt sie dann.
»Bei Elodie? Nein.«
Jeanette nimmt die Hand ihrer Nichte, hält sie eine Weile in ihrer.
»*Alles* musst du mir erzählen. Die letzten zwanzig Jahre. Ich möchte alles wissen.«
Eine Zeitreise beginnt. Zwanzig Jahre ziehen vorbei. Im Zeitraffer. Jean steht unschlüssig daneben, fühlt sich deplatziert, wie ein Aussätziger.
Jeanette hat ein paar mehr Falten um die Augen. Die Zeit hat ihr zugesetzt, wenn auch ihre Attraktivität unverändert scheint.
Benoîte ist wieder das dreizehnjährige Kind. Ein störrischer Teenager ...
»*Du willst mit Leon zum Boule? Mit diesem pickeligen Spanier?*« *Jeanette sieht sie an und schüttelt den Kopf.* »*Dieser Haarschnitt und dazu der grelle Lippenstift. Sieh dich an! Wisch das ab, ich leih dir einen ordentlichen Lippenstift. Die Spanier mögen es nicht so grell. Und wenn schon ein Lippenstift, dann ein roter, nicht pink ...*«
In Gedanken schmunzelt sie über diese Szene. Genau drei Wochen war sie mit Leon gegangen. Danach interessierten Lippenstifte sie nicht mehr.
Tante Jeanette hat ihre Kindheit begleitet. Als Teenager war sie bereits fast so groß wie Jeanette. Jetzt überragt sie die Tante um einen halben Kopf.
»Wie oft habe ich an dich gedacht. Nachdem Paul starb, habe ich mir schwere Vorwürfe gemacht. Manche Nacht habe ich gehofft, dass du mich zumindest im Traum besuchen würdest.«
»Aber mir geht es gut, tantine.«
»Ja, das sehe ich.«
Jean steht bewegungslos neben der Tür. Er hält seine Teetasse in der Hand.
»Möchtest du dich jetzt ausruhen? Es ist spät. Und wir haben viel Zeit zum Reden. Du bleibst doch?«
»Aber ja.«

Wieder kullern Tränen aus Jeanettes Augen. Sie tupft sie mit dem Papiertaschentuch ab.

Jean hat bereits Papans Koffer an sich genommen und wartet auf dem Flur.

Am Ende des Ganges ist das Gästezimmer. Jeanette geht vor, öffnet die Tür und lässt Benoîte eintreten. Das Zimmer ist klein, gemütlich eingerichtet. Die Wände sind pastellgrün. Gardinen mit Karomuster. Ein kleiner, weiß lackierter Holztisch mit Stuhl. Ein Schemel neben dem großen französischen Bett. Der klobige Kleiderschrank geht fast über die gesamte Wandseite.

»Was meinst du, gefällt es dir hier?«

Jeanette geht zum Fenster, zieht die Vorhänge zu.

»Das Tageslicht wird dich morgen nicht stören. Du sollst dich ausschlafen. Wenn du sonst noch etwas brauchst …«

»Danke. Ich brauche nichts. Es ist alles sehr schön hier. Es ist schön, hier zu sein. Bei dir. Bei euch.«

»Ist schon gut, ma chère, ich weiß ja. Du siehst wirklich müde aus. Leg dich gleich hin. Morgen reden wir. Bonne nuit.«

Sie drückt Benoîte erneut an sich. Die kleine Tante. Jean hat den Koffer vor ihrem Bett abgestellt und wünscht Benoîte ebenfalls eine gute Nacht.

»Bienvenue«, flüstert er leise, als er mit Jeanette aus dem Zimmer geht und als Letzter die Tür hinter sich zuzieht.

Benoîte liegt auf dem Bett. Die Müdigkeit ist auf einmal weg. Zu viele Bilder stürzen aus ihrer Erinnerung. Bilder, die so lebendig sind, als hätte man ein Fotoalbum geöffnet.

Weit zurück liegt alles andere. Das La Cigale, Pascal, Germaine, Philippe. Selbst René, mit dem sie vor ein paar Stunden noch gegessen hat, ist weit weg.

Kindheitsszenen drängen sich ihr auf. Schon wieder holt sie eine dieser Szenen ein …

Sie steht auf einem Hocker neben Jeanette, die gerade Briocheteig knetet. Benoîte steckt ihren Finger in die Rosinendose, pickt sich eine heraus. Jeanette fährt sie an: »*Lass das, du altes Schleckermaul!*« *Dann lacht sie. Benoîte lacht mit. Sie lachen sehr laut. Elodie sitzt draußen auf der*

Terrasse und trinkt Pastis. Sie ruft etwas herüber. Jeanette legt den Finger auf die Lippen. Leise kichern sie weiter.
Was hat ihre Mutter gesagt? Hat sie sich aufgeregt? Und was für ein Gesicht mag sie dabei gezogen haben? Benoîte kennt diesen einen Gesichtsausdruck von Elodie, sie kennt ihn in- und auswendig. Als Kind mochte sie ihn nicht. Er war wie eine Maske. Keineswegs Elodies wirkliches Gesicht, – denn eigentlich war eine Mutter doch fröhlich. Warum sie ihr fröhliches Gesicht hinter einer Maske verbarg, verstand Benoîte damals nicht.

Benoîte experimentiert in Gedanken ...
Sie steht in der Buchhandlung von Anaïs Mulhor. – »Das tut mir sehr leid mit ... Das Gerede wegen Ihrer Schwester«, sagt Anaïs. »Was wissen Sie denn von dieser Geschichte?«, antwortet Benoîte und dreht sich weg. Elodie steht hinter ihr, hat sie nicht bemerkt. Sie nimmt ein Buch aus dem Regal, betrachtet es mit ihrem Maskenblick. Sie saugt an dem Titel. Die Maske hält Stand, verändert sich nicht. Durch die schmalen Lider kullern Tränen. »Warum kannst du nicht richtig weinen?!«, herrscht Benoîte ihre Mutter an. »Setz doch die blöde Maske ab!«

Sie versucht Mitleid für das soeben erzeugte Bild zu empfinden. Es fällt ihr schwer.

Müde erhebt sie sich vom Bett, geht zu Papans Koffer und zieht ein Nachthemd heraus. Ein weißes Nachthemd. Sie nimmt es in ihre Hände, schließt die Augen und taucht ihre Nase in den Stoff. Ein Hauch von Moschus und orientalischen Gewürzen haftet daran.

Hat die Liebe einen Geruch? Wenn ja, dann müsste es dieser hier sein. Einerseits so verhasst; andererseits so verflucht vertraut und zärtlich.

Elodie bewahrte den Koffer in der Abstellkammer oder auf dem Dachboden auf. Wenn Benoîte auf dem Dachboden spielte, war der Koffer Zentrum des Spiels. Denn er war das einzige, das sie von ihrem Vater hatte. Sie erzählte ihren Stofftieren vom Zauberkoffer. Und von dem Araber in seinem Gewand. Die Stofftiere saßen um sie und den Koffer herum, hörten gebannt zu.

Sie streift sich das Nachthemd über, sieht sich im Zimmer um. Die Möbel sind neu. Vielleicht hat Jean sie mitgebracht.

Als sie ihre Waschutensilien aus dem Koffer zieht, entdeckt sie das grüne Büchlein, unter ihren anderen Sachen. Es ist noch da. Eine Weile hält sie es in den Händen, denkt an nichts. Dann legt sie es zurück in den Koffer.

Die Gedanken in ihrem Kopf wandern – sie wandern bis zu einem friedlichen Punkt, an dem sie die Träume hereinlässt.

2

Der Morgen nach der ersten Nacht ist unerwartet *schwer*. Sie quält sich aus dem Bett.
In der ungewohnten Dunkelheit des Zimmers fühlt sie sich auf einmal eingepfercht, an sich selbst gefesselt.
Erst als sie die Gardine aufzieht und die ersten Sonnenstrahlen des Morgens dahinter zum Vorschein kommen, verändert sich ihre Stimmung.
Kleine Schritte, denkt sie.
Sie geht ins Bad, putzt sich die Zähne, wäscht sich. Jeanette ist offensichtlich schon unterwegs. Sie war schon damals eine Frühaufsteherin.
Im Wintergarten ist der Frühstückstisch gedeckt. Kaffee, Brioche, Butter, Marmelade und Olivenpaste warten auf sie. Benoîte wirft einen Blick durch das Fensterglas des Wintergartens. Die Tür nach draußen steht offen. Irgendwo hackt jemanden Holz. Vermutlich ist es Jean.
Sie schlendert um den Tisch herum, studiert die Fotos und Deko-Gegenstände in den Regalen. Mitbringsel, Potpourri, Krimskrams.
Sie will die Bilder gerade aus der Nähe betrachten, als eine Bewegung hinter ihr sie aufschrecken lässt.
Jean lehnt plötzlich in der Tür. Sein Gesicht ist von der Anstrengung der Arbeit ganz rot. Er hat sein Hemd ausgezogen und zeigt seine nahezu unbehaarte Brust. In der Hand hält er eine Wasserflasche. Er wirkt noch jünger als am Tag zuvor.
»Bonjour Madame. Hast du gut geschlafen?«
»Très bon.«
»Jeanette kommt gegen zehn. Sie hat Frühschicht im Laden. Bedien dich einfach. Fühl dich wie zuhause.« Er deutet auf den Frühstückstisch.
Benoîte setzt sich. »Willst du dich nicht zu mir setzen?«, fragt sie. Seine Antwort bleibt aus. Irritiert dreht sie sich um.
Jean ist bereits verschwunden.
Sie nimmt sich ein Stück Brioche, schenkt sich Kaffee ein.
Während sie frühstückt, betrachtet sie erneut den Raum, verweilt mit Blicken kurz in jedem Winkel. Die Wände sind

voller Bilder. Jeanette und Jean; Urlaube, Landschaften, zwei lachende Gesichter.

Familienerinnerungen sind rar. Ein vergilbtes Foto von Paul. Ein winziges Bild daneben: Jeanette und Elodie als Kinder. Benoîte sucht nach mehr. Gibt es eine Spur von ihr, ein Kinderbild? Etwas, was ihre Anwesenheit hier rechtfertigen könnte?

Sie wird tatsächlich fündig und entdeckt ein Bild von sich als etwa Achtjährige bei einem Ausflug in die Schlucht. Jeanette hat den Arm um sie gelegt. Hinter ihnen ist ein Kajak zu sehen. Das Bild hängt nur wenig entfernt vom Kinderfoto der Schwestern.

Ein Gedanke schießt ihr durch den Kopf: Hatte Jean nicht behauptet, Jeanette rede nicht viel über ihre Familie? Diese Fotos aber bezeugen doch *etwas*. Kommentiert sie, ihm gegenüber, die Bilder nicht?

Benoîte erinnert sich ...

Tante Jeanette ist häufig zu Besuch. Sie kommt zum Tee, sie redet Elodie immer wieder ins Gewissen: »Lass sie doch ihren Vater sehen«, sagt sie. »Was hast du denn davon? Er ist doch ihr Vater und jedes Kind braucht seinen Vater.« Elodie reagiert nicht. Das Maskengesicht ist verschlossen. Es gibt kein Durchkommen.

Jeanette hat nicht wirklich gekämpft. Aber sie hat es versucht. So gut sie eben konnte. Mit Paul war viel zu früh ein geliebter Mensch von ihr gegangen.

Doch wer ist Jeanette heute, fragt sie sich. Hat sie die Vergangenheit aus der Gegenwart verbannt? Jean ist jung. Die Bilder, auf denen sie als Paar zu sehen sind, überwiegen.

Und ihr Vater, Papan? Ob es irgendwo ein Foto von Elodie und Papan gibt?

Wieder hat sich Jean unbemerkt in den Raum gestohlen. Die Wasserflasche hält er noch immer in der Hand. Es wirkt etwas unbeholfen. Mit seiner jungenhaften Art scheint er ihr weniger männlich als Onkel Paul.

»Dieses Mädchen da auf dem Bild. Das bist du, stimmt's?«, fragt er.

»Ja.«

»Dachte ich mir, die Ähnlichkeit.«

Er stellt die Flasche ab, setzt sich neben sie an den Tisch.
»Es ist eine Art ungeschriebenes Gesetz, dass sie nicht über die Familie redet«, bemerkt er nach einer Weile.

Benoîte neigt den Kopf, wartet ab, was er noch dazu zu sagen hat. Es interessiert sie zu hören, wie er die Dinge interpretiert.
»Sie hat auch kaum Kontakt. Elodie hat sich zurückgezogen. Diese Familie ist mir ein Rätsel.«

Er starrt vor sich hin, spielt mit der Flasche. Nach einer Weile steht er auf und geht in die Küche. Sie hört ihn dort hantieren. Seine Schritte entfernen sich. Er geht in einen anderen Raum, verschließt die Tür. Wenig später geht die Klospülung.

Sie beschmiert ein Stück Brioche mit Butter und Quittenmarmelade, sieht durchs Fenster in den Garten. Unterhalb des Fensters entdeckt sie ein Kräuterbeet. Sie riecht Thymian, Bohnenkraut, Fingerhut, Salbei. Der Garten steht in üppiger Blüte. Unter den Olivenbäumen gibt es eine Sitzgelegenheit für Grillabende.

Jeanette liebt Gärten. Insbesondere die englischen Gärten haben es ihr angetan. Auch die japanischen, mit viel Bambus. Damals – als Paul erkrankte – hatte sie sich außerdem Kinder gewünscht ...

»Deine Mutter hat eine Depression«, erklärt sie ihr. »Deswegen hat sie Papan weggeschickt.« – »Was ist das, eine Depression?« – »Sie ist dann immer traurig.« – »Und deshalb muss sie ständig Pastis trinken? ...«

Jean kommt zurück, setzt sich wieder an den Tisch.
»Jeanette redet viel«, beginnt er nach einer Weile, »aber sie redet nicht über ihre Leute. Manchmal ist sie so weit weg. Vielleicht ...«, er betrachtet seine Hände, »... vielleicht denkt sie, sie kann mit mir nicht über diese Dinge reden. Ich bin zu jung. Und ich bin nicht Paul.«

Er sieht sich selbst als Lückenbüßer.
»Hast du es versucht?«, hakt sie nach.
»Wenn sie reden will, geht sie in die Kirche. Oder auf den Friedhof. Zu Pauls Grab.«

Es fällt ihm schwer, das zu erwähnen. Es verletzt ihn.

»Sie kommt nicht zu dir?«
Jean zuckt, als hätte er soeben eine Ohrfeige erhalten. Schon wieder steht er auf.
Er kann einfach nicht stillsitzen, denkt sie und hält ihn am Arm fest. »Jetzt setz dich.«
»Weißt du, ich bin zweiundvierzig«, fängt er nach einer Weile wieder an. »Jeanette ist zwölf Jahre älter als ich.«
»Was spielt das für eine Rolle? Als Paul und sie sich kennenlernten, war sie siebzehn und er wenig älter. Als Paul starb war er etwa so alt wie du. Was kann er mehr gewusst haben?«
Überrascht sieht er sie an. »Wenn du das so siehst.«
»Sicher haben sie die Jahre mit ihm geprägt.«
»Vielleicht hätte sie einen stärkeren Mann gebraucht als mich.«
»Das glaube ich nicht. Sie ist doch selbst stark.«
Stumm trinkt Benoîte ihren Kaffee.
»Ich glaube nicht, dass ihr Schweigen etwas mit dir zu tun hat«, bemerkt sie nach einer Weile.
»Aber vielleicht kannst du ihr *das* ja sagen«, druckst er herum.
»Was?«
»Na das. Ihr werdet euch doch sicher noch unterhalten. Sag ihr doch bitte, dass sie mit mir reden kann.« In seinem Blick liegt etwas Flehendes. Einen Augenblick muss sie an Philippe denken.
»Ich sag's ihr.«

Es ist halb elf, als Jeanette von der Arbeit kommt. Sie begrüßt ihre Nichte mit einer herzlichen Umarmung und Küsschen, hält sie erneut eine Weile, unter Tränen, im Arm. Dann verschwindet sie im Bad. Benoîte hört die Dusche.

Spontan entscheidet sie sich spazieren zu gehen. Es ist noch immer spätsommerlich warm, Anfang September. Die ersten verfärbten Blätter deuten auf den nahenden Herbst. Der Mistral bläst zunehmend rau. Noch aber sind die Tage sonnig, mild.

Sie unternimmt einen ausgedehnten Spaziergang über die Felder, steigt hoch ins Gebirge, bis sie die nahegelegene

Schlucht erreicht. Dort setzt sie sich auf einen Felsen. Eine Weile hockt sie da, sieht auf das fließende Wasser. Jeans Worte gehen ihr durch den Kopf. Jeanette hat sich noch nie irgendjemandem anvertraut. Schon damals, als Paul krank wurde, nicht. Als Kind war es Benoîte kaum aufgefallen, wie wenig die Erwachsenen miteinander redeten. Erst jetzt, als Erwachsene und vermutlich weil Jean es erwähnt hat, fällt ihr dieser Umstand auf. Jeanettes und Elodies Eltern waren früh gestorben. Sie erinnert sich nicht an ihre Großeltern. Jeanette fühlte sich immer für alles verantwortlich. Auch für Benoîte. Sie blieb jedoch kinderlos. Als Onkel Paul an Krebs erkrankte, warf sie ihre eigenen Träume endgültig über Bord, opferte ihre Zeit seiner Pflege. Die Ärzte hatten ihm kaum noch ein Jahr gegeben. Benoîte bekam es nicht mehr mit, als er starb.

Benoîte verlässt ihren Aussichtsplatz, steigt wieder hinab ins Tal.

Kurz darauf liegen das Gebirge und die Schlucht bereits hinter ihr. Sie findet wieder auf den Feldweg, der zu Jeannettes Haus führt.

Als sie das Haus betritt, sitzt Jeanette am Tisch im Wintergarten, sortiert Papiere. Sie trägt eine Lesebrille, ist auf etwas konzentriert. Es dauert eine Weile, bis sie Benoîte bemerkt.

In jenem Moment verändert sich ihr Gesichtsausdruck. Sie zieht ihre Brille ab.

»Salut, ma chère. Jean sagte mir du hättest einen Spaziergang gemacht. Komm zu mir, Benita«, spricht sie sie mit ihrem Kosenamen aus Kinderzeiten an.

Benoîte zieht sich einen Stuhl heran, setzt sich zu Jeanette.

»Dieser Kram ist nicht wichtig. Ich kann das später machen. Möchtest du einen Kaffee?«

»Gern, aber bleib nur sitzen, tantine, ich kann das machen. Du trinkst ihn mit Milch und Zucker?«

»Ja, lieb von dir.«

Benoîte geht in die Küche, bereitet den Kaffee zu.

Als sie zurückkommt, sitzt Jeanette noch immer an derselben Stelle. Sie lächelt ihrer Nichte verträumt entgegen.

»Es ist ganz unglaublich, wie du dich verändert hast. Du bist eine attraktive junge Frau geworden. Hast du einen Freund?«
»Zurzeit nicht. Aber wer weiß …«
»Er muss sich erst bewähren?«
Sie zuckt mit den Schultern und nippt an ihrem Kaffee.
»Gut so, lass ihn ruhig zappeln!« Die Tante lacht. Dann aber wird sie wieder ernst.
»Was ist mit Elodie? Du solltest sie besuchen. Ganz gleich, was …«
»Das geht nicht«, unterbricht Benoîte die Tante, »noch nicht.«
»Du brauchst Zeit, ich verstehe. Aber es ist doch so viel Zeit vergangen.«
»Genug Zeit zum Vergessen. Willst du das sagen?«
»Ich denke, für sie ist es schlimm, die Zeit nicht aufhalten zu können. All die Jahre, das war nicht leicht. Schließlich bist du jetzt ihretwegen gekommen, oder nicht? Und du bist ihretwegen weggelaufen.«
Benoîte antwortet nicht.
Jeanette setzt ihre Brille auf, starrt auf eins ihrer Papiere. Eine Pause tritt ein.
Benoîte versucht den Sturm in ihrem Inneren zu bändigen. Ihr Blick schweift in den Garten.
»Es gibt schon einen Grund, weshalb ich hier bin.«
Jeanette setzt die Brille wieder ab. »Die Vergangenheit hat dich eingeholt. Du bist jetzt in dem Alter …«
»Alter *wofür*?«
Die Tante schweigt.
»Ja, da sind tatsächlich viele Fragen.«
»Erzähl mir von deinen letzten zwanzig Jahren. Wie hast du gelebt?«
»Wie du weißt, bin ich weggelaufen. An der Route National hat mich jemand mitgenommen. Ein Gisbert Delamotte. Ich weiß nicht, ob du diesen Namen schon einmal gehört hast.«
»Niemand hat sich damals bei uns gemeldet. Zumindest nicht, dass ich wüsste.«
»Für ein paar Jahre hat Monsieur Delamotte mich aufgenommen. In dieser Zeit hat jeder für sich gelebt. Er hat

vielleicht schon versucht, mich wie eine Tochter zu behandeln. Aber das konnte er nicht. Vielleicht habe ich es auch nur nicht zugelassen. Wir lebten jeder unser eigenes Leben, nebeneinander her, ohne mehr über den anderen zu wissen. Wir waren uns so fremd, dass er anfing mich zu siezen, als ich volljährig war. *Mademoiselle* sagte er.«
»Mademoiselle?« Jeanette lacht.
»Ich wusste nicht, was es bedeutet, einen Vater zu haben. Damals habe ich Briefe an Papan in Elodies leere Pastisflaschen gesteckt und sie in den Verdon geworfen. Ich habe überlegt, ob Papan vielleicht deshalb nicht antwortet, weil der Verdon einfach nicht das Meer erreicht.«
Jeanette nimmt Benoîtes Hand.
»Papans Tod war ein Unfall«, ist alles, was sie sagt. Die Tante tut sich schwer mit dem Thema.
Aufmerksam mustert Benoîte sie von der Seite. Ihre Stirn liegt in Falten.
»Du solltest mit Jean reden«, sagt sie. »Über die Familie. Er wünscht sich offensichtlich, dass du ihn mehr einbeziehst. Das hat er nicht direkt gesagt, aber angedeutet.«
»Die Familie ist kein Thema, das ich ihm zumuten möchte. Das ….« Jeanette nippt an ihrem Kaffee, schweigt.
»Ich soll dich übrigens von Anaïs Mulhor grüßen«, wechselt sie das Thema. »Ich habe ein Buch bei ihr bestellt und ihr deinen Namen für meine Bestellung genannt.«
»Anaïs? Oh, ich habe sie lange nicht gesehen. Wie geht es ihr? Weiß sie, dass du Elodies Tochter bist?«
»Ja.«
»Vielleicht sollte ich mal wieder ein Buch lesen. Gute Idee. Was hältst du davon, wenn wir einen Nachmittag zusammen in die Stadt fahren? Wenn du etwas bestellt hast, musst du es auch abholen.«
»Das können wir machen.«
Benoîte sieht in den Garten.
»Im Ort kennt jeder *diese* Geschichte?«, fragt sie.
»Elodies und Papans Geschichte? Elodie saß im Gefängnis. Das ging durch die Presse; *das alles*. Den Koffer haben sie ein paar Tage später gefunden. Nachdem du weggelaufen bist.«

»Sie hat mich weggeschickt. Hast du das vergessen? Ich war dreizehn, ein Kind. Sie hat mir Geld gegeben und gesagt ich solle an die Küste fahren. Sie käme dann nach. Sie gab mir eine Adresse in Nice, wo ich hinfahren sollte. Ich sollte weg. Weit weg. Das war alles, was sie wollte.«
»Sie hat dich weggeschickt, weil Papan dich holen wollte.« Der Sturm in ihrem Inneren hat erneut eingesetzt. »Warum hast du mich nicht zu dir geholt?«
»Ich ... Ich konnte doch meiner Schwester nicht das Kind wegnehmen. Was hätte sie dazu gesagt?« Ihre Hände spielen nervös auf der Tischplatte. »Und dann war da auch noch Paul. Sie hatten gerade erst seinen Krebs diagnostiziert. Er hatte nicht mehr lange zu leben. Hätte ich dich in einem Haus unterbringen sollen, in dem mein Ehemann gerade dem Tod entgegenging? Du wolltest doch leben. Du warst ein so lebhaftes, neugieriges Kind. Ich wusste und hoffte, das da draußen wäre deine einzige Chance. Du warst selbstständig genug, um dich zurechtzufinden. In all den Jahren hast du nichts anderes gelernt.«

Jeanette wischt sich eine Träne aus dem Gesicht. »Ich weiß, das ist keine Rechtfertigung«, räumt sie ein. »Vielleicht erinnerst du dich: Einmal bist du mit dem Bus nach Castellane gefahren, hast deine Spielsachen auf dem Flohmarkt verkauft. Anschließend warst du in einem Café, hast Schokoladenkuchen gegessen. Von dort riefst du mich an, weil der Inhaber des Cafés gedrängt hatte, deine Mutter solle dich besser abholen. Als ich kam, saßt du an einem Tisch mit dem Ehepaar und hast von deinem Tag erzählt. Ich werde dieses Bild nicht vergessen. Daran musste ich denken, als sie sagte, sie hätte dich aus dem Haus geschickt.«

Jeanette ist aufgelöst. Die Erinnerungen brechen regelrecht aus ihr heraus, – und mit ihnen die Schuldgefühle.

»Ich habe es allein geschafft, ja. Aber ich wollte das doch so nicht. Dass sie Papan ... Warum hat sie das getan?!« Sie muss an Renés Worte denken. Vorwürfe bringen niemanden weiter. Die Vergangenheit ist das, was sie ist. Man kann sie nicht mehr ändern.

»An diesem Tag kam er mit einer anwaltlichen Verfügung«, erzählt die Tante. »Du solltest zu ihm. Und das, wo du ihn doch gar nicht kanntest. Elodie war sicher keine besonders gute Mutter. Das wissen wir alle. Es war recht wahrscheinlich, dass er diesen Sorgerechtsstreit gewinnen würde. Und so kam es. Sie hatte nicht viele Möglichkeiten sich dagegen zu wehren. Deshalb hat sie dich weggeschickt.«
Benoîte unterdrückt das stechende Gefühl, das in ihr hochsteigt.
»Es tut mir sehr leid, was mit deinem Vater passiert ist. Es hätte nicht sein sollen. Papan hat immer gegen Windmühlen gekämpft. Und es gab zu wenige Gelegenheiten, in denen er dich hätte sehen können. Die meiste Zeit war er auf See. Jedes Mal, wenn er an Land war, hat sie verhindert, dass er sein Kind zu sehen bekam.«
Die Vergangenheit hat nicht nur in ihrer eigenen Erinnerung tiefe Gräben gezogen, dessen wird sich Benoîte bewusst.
»Ich weiß nicht, wie es im Einzelnen abgelaufen ist«, fährt Jeanette fort. »Ich war ja nicht dabei. Ich glaube, er wollte den Anwalt mitbringen. Dann aber kam er allein. Er hatte seinen Job auf See gekündigt. Seine neue Frau ... Ich glaube, sie war auch dabei. Du solltest dich in Ruhe verabschieden können und deine Sachen packen. Er war sich sicher, dass sie sich gegen eine Verfügung nicht zur Wehr setzen würde. Er kannte Elodie noch immer nicht gut genug.«
»Ich erinnere mich.«
»Er wollte dich mit nach Marseille nehmen. Dort hatte er einen festen Job. Das wäre ein großer Schritt gewesen. Ein ganz neues Leben für dich, stabil und geregelt, mit einer Stiefmutter. Du wärst ein Stadtkind geworden. Dort in Marseille hätte sie keine Handhabe gehabt. Sie trank, nahm Tabletten. Sie verlor regelmäßig ihre Jobs, war emotional unstabil. Alles wäre für ein Kind besser gewesen, als bei ihr. Einerseits. Andererseits, sie ist deine Mutter.« Jeanettes Hände zittern. »Aber dann ... Was dann passiert ist ... Es ist unbegreiflich. Eine handgreifliche Auseinandersetzung zwischen ihr und Papan. Irgendwie ist das Regal umgekippt und auf ihn gefallen. Es war ein Unfall. Ein Unfall, sagte sie. Die Polizei aber meinte

etwas anderes. Mord haben sie gesagt. Wie oft habe ich mich gefragt, ob es wirklich so war, wie sie es schilderte. Ob sie nicht doch nachgeholfen hatte. Aber meine Schwester eine Mörderin? Nein, das konnte ich mir nicht vorstellen.«

»Es war ein Unfall«, bestätigt Benoîte. Ich habe es doch selbst gesehen. Sie hat ihn weggestoßen. Dabei ist er gestolpert und gegen das Regal gefallen.«

»Du hast es gesehen? Tatsächlich? Wie ... Wi-ie konntest du das gesehen haben?«, stammelt die Tante. »Sie hat dich doch weggeschickt.« Jeanette ist verwirrt. »Was hast du gesehen, Benoîte?«

»Ich war noch nicht weg.«

»Du warst im Haus?«

»Warum geht die Polizei von Mord aus?«, lenkt sie vom Thema ab.

»Papan erhielt drei Schläge auf den Kopf. Der letzte war todesursächlich. Es war nicht das Regal. So groß war dieses Möbelstück nicht, dass es einen Mann wie Papan hätte erschlagen können.« Sie schüttelt den Kopf. »Sie hat dreimal zugeschlagen. Deine Mutter hat deinen Vater mit drei Schlägen getötet.«

»NEIN!«, schreit Benoîte. »Das hat sie nicht! Unmöglich! Sie hat ihn nicht erschlagen. Sie ist doch weggerannt. Papan lag am Boden. Sie ist weggerannt, sie hat ihn liegenlassen, nachdem das Regal gestürzt ist, und er hat sich nicht mehr bewegt.« Benoîte ist vollkommen aufgelöst. »Das ist, ich meine ... Ist die Polizei sich sicher?«

Die Tante bestätigt kopfnickend.

Delamottes Leiche in der Dusche; Unfall oder nicht? Joelles Tod nach der Verlobungsfeier; Unfall oder nicht? Elaines Verschwinden am Verdon; Unfall oder nicht? Hier waren sie, die Fragen, die das Tagebuch aufrieb. Sollte sie ihre Mutter über all die Jahre zu Unrecht für schuldig gehalten haben, – weil ihre Schuld so oder so offensichtlich schien, erkannte sie die eigentliche Wahrheit nicht.

»Elodie hat ihre Schuld im Gefängnis abgesessen. Letztlich ist es vorbei. Es ist passiert. Du verstehst, warum dich in dieser Situation niemand zurückholen konnte. Es war besser, dass du das nicht miterleben musstest. Wochenlang trieb sich die Polizei hier herum. Elodie hatte Papans Leiche im Fluss ausgesetzt. Wenige Tage später fand man ihn. Seine Witwe wollte eine schnelle Aufklärung der Umstände. Die Polizei war skeptisch. Sie haben die Leiche nochmal obduzieren lassen. Wir waren einem Dauerverhör ausgesetzt. Irgendwann legte Elodie ein Geständnis ab. Vielleicht hat man ihr zugeredet – ich weiß es nicht. Es war auf jeden Fall ein erneuter Schock für Paul und mich, denn sie hatte uns ja zuvor versichert, es wäre ein Unfall gewesen.«

Nachdenklich betrachtet Jeanette die Fotos an der Wand. »Deine Mutter hat achtzehn Jahre lang im Gefängnis gesessen. Sie hat ihre Strafe verbüßt. Ich weiß, es ist wirklich nicht einfach, das zu sagen, aber jeder Mensch verdient eine zweite Chance.«

Eine zweite Chance ... Gibt es eine zweite Chance für Papan? Für eine vaterlose Kindheit? Nein, es gibt sie nicht. Auch wenn sie ihm erneut Briefe schriebe und immer wieder versuchte, ihn lebendig zu machen. Wenn sie ihre Erinnerung auslöschen würde. Es ändert nichts. Es gäbe keine zweite Chance.

Benommen legt die Tante den Arm um Benoîte, drückt sie ganz fest an sich.

»Elodie hat immer von dir gesprochen. Sie hat sich solche Sorgen und Vorwürfe gemacht – auch wenn sie es nicht ausgesprochen hat. Ich konnte es sehen. Du bist ihr Kind. Sie ist für Vieles bestraft worden. Vielleicht für zu viel.«

Benoîtes Gedanken gehen andere Wege. Sie möchte nicht über Elodie nachdenken. Noch weniger möchte sie darüber nachdenken, dass ihre Mutter unschuldig sein könnte.

Jeanette löst die Umarmung, wischt sich die Tränen aus dem Gesicht. Sie richtet sich auf und ist im nächsten Moment wiederhergestellt. Fast unversehrt.

Die Tante ordnet ihre Papiere zu einem Stapel. Den Stapel lässt sie in einer Schublade verschwinden.

Als Jean hinzukommt, deutet nichts mehr auf das gerade geführte Gespräch hin.

3   Zwei Tage später steht Benoîte vor dem Schaufenster des Buchladens von Anaïs Mulhor. Jeanette wollte sie begleiten, hat aber keine Zeit gefunden. Im Feinkostladen ist jemand erkrankt und sie muss einspringen.
Jean nimmt Benoîte im Auto mit und setzt sie in der Altstadt ab.
An der Eingangstür zur Buchhandlung stößt Benoîte auf einen Aushang:

Aushilfe für Inventur gesucht.

Das trifft sich gut, denkt sie, und beschließt gleich wegen der Stelle nachzufragen.
Verspielt klingen die Glöckchen an der Tür, als sie den Laden betritt. Suchend sieht sie sich um. Wo ist Anaïs Mulhor?
Nachdem sie eine Weile um die Bücherregale geschlendert ist, entdeckt sie den Haarschopf der Ladenbesitzerin hinter einem Regal im Nebenraum. Sie stapelt Bücher aus einer Bücherkiste. Als sie Benoîte bemerkt, richtet sie sich auf.
»Oh, bonjour Madame …«, begrüßt sie Benoîte, sie überlegt offensichtlich mit welchem Namen sie sie ansprechen soll.
»Salut, Madame Mulhor.«
»Ihr Buch ist angekommen.«
Sie ordnet ihr Haar, glättet den Rock und geht zum Ladentisch, zieht etwas aus einem Fach.
»Voilà. *Das lange Schweigen.* Philippe Moreautruc.« Sie betrachtet das Buch. »Hmn … wirklich noch nie was von ihm gehört. Aber lesen Sie es, Madame, und dann sagen Sie mir, ob man es weiterempfehlen kann.«
Benoîte nimmt das Buch entgegen.
»Das Cover ist eine Fotocollage von Patrice Dumas. Ein Künstler aus Sisteron. Er ist hier in der Region recht bekannt. Und er setzt sich für den heimischen künstlerischen Nachwuchs ein.«
»Das ist ein in einzelne Teile zerschnittenes Gesicht, wenn ich das richtig erkenne.«

»Typischer Dumas-Stil. Aber die beiden werden sich vermutlich abgesprochen haben. Das Bild muss ja zum Inhalt des Buches passen. Schönes Cover. Warten Sie, ich packe es Ihnen ein.« Sie zieht an einer Rolle Krepppapier.

»Wenn ich es gelesen habe, sage ich Ihnen, ob das Bild passt.«

»Darauf bin ich gespannt. Haben Sie sich denn schon gut bei Ihrer Tante eingelebt? Ich wusste gerade nicht, wie ich Sie ansprechen soll. Vermutlich doch eher Loupgoncier, n'est-ce pas?«

»Benoîte Loupgoncier.«

Anaïs sieht ihre Kundin plötzlich mit anderen Augen. »Benoîte, tatsächlich.« Ihr Lächeln formt sich aus den Empfindungen zu irgendeiner Erinnerung.

Schnell wechselt sie jedoch das Thema. »Haben Sie Jeanette meine Grüße ausgerichtet?«

»Ja. Sie hat sich gefreut und ich soll Sie zurückgrüßen. Sie wollte auch mitkommen, aber ihr ist leider etwas dazwischengekommen.«

»Es findet sich bestimmt noch eine Gelegenheit.«

Anaïs zieht einen Karton heran. »Neuerscheinungen«, kommentiert sie. »Vieles davon taugt nichts. Und dann gibt es auch noch die vielen Ebooks. Da müssen wir Buchhändler umdenken.«

»Ich finde, es gibt nichts Schöneres, als in einem Buchladen zu stöbern. Der Geruch von Büchern. Und ich denke Ihre Kundschaft sieht das ähnlich. Und auch die Touristen.«

»Ja, die Touristen. Jetzt fängt die Nachsaison an. Da kommen die Individualreisenden.«

»Ich habe eben Ihre Ausschreibung gelesen. Ist die Stelle noch frei?«

»Sie suchen einen Job?«, fragt sie überrascht. »Dann wollen Sie also länger bleiben.«

Sie mustert Benoîte über ihren Brillenrand hinweg. »Die Inventur geht nur ein paar Tage. Aber ich könnte auch danach eine Aushilfe brauchen. Welche Erfahrungen bringen Sie denn mit?«

»Ich habe so ziemlich alles schon gemacht. Na ja, fast alles. Ich bin flexibel.«
Anaïs Mulhor nimmt die Brille ab, lächelt wieder wie vorhin. Dann bekommt ihre Mimik einen ernsten Zug. »Sie sind weggelaufen, hieß es damals. Das war sicher nicht leicht für Sie«, bemerkt sie zaghaft.
Bevor Benoîte etwas erwidern kann, setzt sie die Brille wieder auf. »Der Job wird kein Problem für Sie sein. Sie haben ihn.«
»Für die Inventur – oder für länger?«
»Sagen wir, auf unbestimmte Zeit. Solange Sie den Job brauchen. Ab morgen?«
»Oh, das ist wirklich sehr nett. Merci.«
Anaïs legt ihre Hand auf Benoîtes Arm. »Wissen Sie, ich hatte dieses Bild gleich im Kopf, als Sie sagten, Sie wären Jeanettes Nichte. Sie werden sich sicher nicht erinnern. *Du* wirst dich nicht erinnern, Benoîte, stimmt's?«, schlägt sie auf einmal einen vertrauten Ton an. »Es ist lange her. Damals warst du ein etwa vierjähriges Kind. Einen Sommer sind wir uns hier begegnet. Mit Jeanette. Sie hatte dich dabei. Du trugst ein ganz entzückendes Kleidchen mit großen Sonnenblumenblüten. Wir hatten einen Sonderverkauf von antiquarischen Büchern auf der Straße, hier vor dem Laden. Jeanette und ich haben uns unterhalten, während du dir ein paar von meinen Werbezetteln geschnappt hast und dort rüber gerannt bist. Damals stand dort noch eine Bank und es war eine verkehrsberuhigte Zone. Dort spielten die Männer im Schatten der Bäume *Pétanque*. Auch an diesem Tag. Du fingst an, aus meinen Werbezetteln Flieger zu falten, und irgendwann flogen sie alle kreuz und quer über den Platz. Jeanette und ich haben es erst gar nicht bemerkt. Dann aber, als sie nach dir schaute, entdeckten wir dich dort. Jeanette ging zu dir und ermahnte dich. Du könntest doch nicht meine Werbezettel als Flieger durch die Gegend werfen. Ich weiß noch, wie du dich gerechtfertigt hast. Du sagtest so was wie: *Warum bist du denn so sauer, tantine? Die Flieger machen doch Werbung für die alten Bücher. Die sind so staubig. Die brauchen doch Werbung.* Diese Szene hat uns beide sehr amüsiert.«

Benoîte kann sich natürlich nicht an das Geschilderte erinnern. Auch wenn sie ihre Umgebung plötzlich mit anderen Augen wahrnimmt.

»Es ist lange her«, bemerkt Anaïs beinahe melancholisch. Dann fügt sie hinzu, als müsse sie es der Vollständigkeit halber erwähnen: »Was mit Elodie passiert ist, tut mir sehr leid für dich. Doch manchmal sind die Wege, die sich durch das Schicksal ergeben, ja auch gut für etwas.«

Sie wendet sich ihren Büchern zu, redet dabei jedoch weiter: »Was haben die Leute sich das Maul zerrissen. Alles nur wegen eines Mannes, haben sie gesagt. Ein Drama. Wozu eine enttäuschte Liebe doch führen könne. All das durfte ich mir hier im Laden anhören. Manchmal hätte ich die Leute am liebsten vor die Tür gesetzt. Wie penetrant sie sich in das Leben anderer einmischten.«

Benoîte erinnert sich daran, wie es war, mit ihrer Mutter einkaufen zu gehen. Die Leute starrten sie oft an. Elodie war ein dunkler Typ, sehr attraktiv. Fast sah sie aus wie eine Araberin. Darüber hinaus verhielt sie sich auch *anders*. Sie feilschte um jeden Preis und behauptete Dinge, die oftmals nicht stimmten. Manchmal war es Benoîte peinlich gewesen, mit Elodie unterwegs zu sein. Sie war lieber bei Tante Jeanette.

Damals schon sah Benoîte ihrer Mutter sehr ähnlich. Das Haar und die dunklen Augen stammten von ihr. Benoîtes Teint aber war etwas heller als der der Mutter. Vermutlich hatte sie ihn von Papan geerbt. Früher waren ihr die Fahrten nach Annot verhasst gewesen. Bei ihrer Tante genoss sie weitaus mehr Freiheiten als bei ihrer Mutter.

»Ich freue mich auf unsere Zusammenarbeit«, spricht Anaïs in ihre Gedanken.

»Dann fange ich gleich morgen früh an?«

»Sagen wir, gegen zehn? Das ist eine gute Zeit. Ich weise dich in die Inventur ein. Danach sehen wir, was du machen kannst. Und …«, sie legt das Buch in ihren Händen ab, »nenn mich ruhig Anaïs. Das würde mich sehr freuen.«

»D'accord, Anaïs.«

»Über die Bezahlung werden wir uns sicher einig.«

Als Benoîte später durch die Altstadt schlendert, fühlt sie sich unglaublich leicht. Der Job bietet ihr eine neue Perspektive, neue Themen und einen geregelten Tagesablauf. Sie wäre nicht länger einzig auf ihre Spurensuche in der Vergangenheit fixiert. Auch die Gegenwart sollte eine Rolle spielen.

Benoîte schlendert durch den Ort, versucht sich an einzelne Ecken und Winkel zu erinnern. Die Pappeln bewegen sich im Wind. Unterhalb liegt ein Meer aus Häuserdächern. Als sie den höchsten Punkt erreicht, bleibt sie stehen, genießt die Aussicht. Wenige Schritte weiter plätschert bereits der Verdon.

Sie steht auf der alten römischen Brücke. Unter ihr fällt das Wasser in atemberaubende Tiefen. Es ist eine ihrer Lieblingsstellen. Ein besonders magischer Ort. Hier war es, wo sie damals Elodies Pastisflaschen auf die Reise schickte. Ihre Flaschenpost an Papan.

Papan ... Was mochte er gefühlt haben, jedes Mal, wenn er sie nicht wie erhofft in die Arme hatte nehmen können? War er verzweifelt gewesen? Wütend? Was waren seine Träume? Hat er eine glückliche Kindheit gehabt? ...

Sie verspürt das dringende Bedürfnis, mehr über ihren Vater herauszufinden und beschließt, sein Grab zu besuchen.

Vor ein paar Tagen hat sie im Internet nach Angehörigen der Familie Loupgoncier recherchiert. Außer Elodie Loupgoncier gibt es auch noch eine Eleonore Loupgoncier in der Region. Sie lebt auf halbem Weg zwischen Annot und Saint-Benoît, ganz in der Nähe des Friedhofs, auf dem Papan begraben liegt.

Benoîte geht bis zur Kirche. Dort steigt sie in ein Taxi.

Das Taxi hält in einer verkehrsberuhigten Straße, im Kern des Achthundert-Seelen-Dorfes. Der Taxifahrer deutet ihr eine Richtung, in die sie gehen soll. An der Place d'Alma spielen ein paar Hunde mit einer herumfliegenden Plastiktüte.

Was sie noch über den Namen Loupgoncier herausgefunden hat, ist nicht viel. Der Mädchenname der Schwestern war Cadrieux, bevor Jeanette Paul Mellarmé heiratete und Elodie Papan Loupgoncier. Cadrieux ist oberhalb des Verdon häufiger anzutreffen als Loupgoncier. Letzterer ist eher selten.

Wer also ist diese Eleonore Loupgoncier? Papans Schwester? Eine Tante?

Schnell stößt sie auf die gesuchte Straße. Hausnummer 8. Benoîte streift an Häusern vorbei, die mal sehr modern, mal einfach oder klassisch provenzalisch gestaltet sind. Kopfsteinpflaster und graue Granitböden. Kleinere und größere Grundstücke mit verwilderten Gärten, runden Pools oder auch ganzen Badelandschaften. Orangenbäume, Palmen, Zypressen. Als sie vor Haus Nummer 8 steht, fühlt sie sich auf einmal befangen. Soll sie tatsächlich klingeln?

Ein moderner Summton erklingt. Ein Vibrieren wie aus Lautsprechern.

Es ist bereits später Nachmittag, die Sonne steht auf dreiviertel. Eine leichte Brise fegt um das mit Efeu bewachsene Gemäuer. Benoîte zieht ihre Jacke über der Brust zusammen. Eine Weile regt sich nichts. Erneut klingelt sie.

Ihr Blick schweift dabei suchend entlang der Mauer. An das Grundstück schließt sich ein Garten an. Vielleicht trifft sie dort draußen auf jemanden. Sie geht ein paar Schritte um das Haus herum.

»Madame?«, hört sie plötzlich eine Stimme hinter sich.

Sie dreht sich um.

Eine Frau, etwa in ihrem Alter. Sie trägt Absatzsandalen und ein sommerliches Kostüm. Mit neugierigem Gesichtsausdruck kommt sie auf sie zu.

» Kann ich Ihnen helfen? Suchen Sie jemanden?«

»Vielleicht. Ich suche Madame Loupgoncier, Eleonore Loupgoncier.«

»Sie meinen die Frau, die hier wohnt. Sind Sie mit ihr verwandt?«

»Ich versuche das gerade herauszufinden.«

Die fremde Frau mustert Benoîte auffallend. »Man sieht sie wirklich selten. Und wenn, ist sie immer allein unterwegs. Eine merkwürdige Frau, wirklich sehr merkwürdig. Irgendwann zog sie hier ein, man kann sagen, sie kam, um gleich wieder zu verschwinden. Mit den Leuten hier hat sie nichts zu tun. Angeblich ist sie psychisch krank. Vermutlich eine Depression oder etwas in der Art. Aber wer weiß. Man sagt, sie hätte das Haus geerbt. Nur ...«

»Wie alt ist sie?«, unterbricht Benoîte den Redefluss der Frau.

»Na ja, das ist wirklich schwer zu schätzen. Vielleicht in den Vierzigern. Oder auch schon fünfzig.« Sie zuckt mit den Schultern. »Sie hat ihr Gesicht ja meistens verhüllt. Dunkle Sonnenbrillengläser, Schaltuch. Was soll man davon halten. Fast wie eine Mafiabraut.« Sie lacht.

Als Benoîte nicht reagiert, wird sie wieder ernst. »So, dann wissen Sie also nicht, ob Sie ... Eine Namensgleichheit?«

»Eventuell.«

»Ist ja interessant. Und Sie wollen jetzt mehr herausfinden«, bohrt sie ungeniert weiter.

»Ich bin auf der Suche nach Familienangehörigen eines verstorbenen Onkels«, lügt Benoîte, der die Frau langsam lästig wird.

»Aha, verstehe. Ich sehe sie oft zum Friedhof gehen. Es muss ein Familiengrab dort geben.«

»Gut. Dann werde ich mich weiter umschauen. Wenn ich sie jetzt nicht antreffe, was kann ich unternehmen, um mit ihr zu sprechen? Arbeitet sie hier im Ort? Wissen Sie das?«

»Sie arbeitet nicht. Ich weiß auch nicht, wovon sie lebt, aber – sie hat eine Putzfrau. Die wohnt dort drüben.« Sie deutet auf ein gegenüberliegendes einfaches Haus.

»Vielleicht kann sie Ihnen helfen.«

Benoîte sieht zu dem Haus. »Gut. Merci«, bedankt sie sich.

Als die Frau um die Ecke verschwindet, atmet sie erleichtert auf. Sie war etwas zu geschwätzig.

Eine Weile steht sie bewegungslos an einer Stelle, sieht die Straße hinunter. Prinzipiell wirkt die Wohngegend mit ihren unterschiedlichen Haustypen wie ein gemischtes Viertel, gutbürgerlich; dennoch – eine Putzfrau passt weniger hierher.

Als sie vor besagtem Haus steht, sieht sie sich zunächst suchend nach einem Namensschild um. Es gibt eine verrostete Klingel. Ein loses Kabel hängt oberhalb der Tür von der Decke herunter. Der Name ist von ein paar querhängenden

Ästen verdeckt; sie liest: »Al Abharim«, ein eventuell algerischer Name.

Benoîte drückt auf die Klingel. Kurz darauf erscheint eine junge Frau in der Tür, etwa Ende zwanzig. Um sie herum drei Kinder. Im Hintergrund erkennt Benoîte eine ältere Frau. Das offensichtlich jüngste Kind, ein kleiner Junge, hält ihren Rockzipfel fest in seiner Hand.
»Ja? Zu wem wollen Sie, Madame?«, fragt sie unwirsch und mit unüberhörbar arabischem Akzent.
»Sie putzen bei Eleonore Loupgoncier, habe ich gehört.«
»Ja. Warum? Suchen Sie eine Putzfrau oder wollen Sie zu ihr?«, fragt sie, offenbar darauf vorbereitet, dass Leute, die mit einem Anliegen an ihre Geldgeberin kommen, zuerst bei ihr klingeln.
»Ich möchte gerne mit ihr sprechen.«
»Sie empfängt niemanden.«
»Ich komme aber wegen einer Familienangelegenheit.«
»Familienangelegenheit. Sind Sie mit ihr verwandt? Sie hat noch nie Verwandtschaft erwähnt.« Sie betrachtet Benoîte von oben bis unten, während im Hintergrund eines ihrer älteren Kinder brüllt.
»Wir hatten auch noch keinen Kontakt. Ich kenne sie nicht persönlich«, antwortete sie ohne Umschweife, um weiteren Fragen in diese Richtung aus dem Weg zu gehen.
Die Frau mustert Benoîte erneut. Der kleine Junge neben ihr zieht energisch an ihrem Rock. »Lass das, Fuad!«, faucht sie ihn an.
Aus dem Hintergrund erscheint die ältere Frau. Sie nimmt den kleinen Fuad an die Hand und führt ihn mit einem freundlichen Kopfnicken von der Tür weg.
»Ich habe noch nie mitbekommen, dass sie Besuch hatte, eine Freundin oder so was. Aber, warten Sie«, sagt sie dann. »Ich habe einen Schlüssel. Ich werde mit Ihnen rübergehen. Schauen wir nach, ob sie da ist.«
Sie verschwindet im Haus. Zwei Mädchen, etwa im Teenageralter, stehen mit etwas Abstand in der Tür. Sie starren Benoîte neugierig an, tuscheln und flüstern etwas zu ihrer

Mutter, als diese wieder zurückkommt. Die Frau antwortet ihnen auf Arabisch.

»Sie sagen, dass Sie schön sind«, übersetzt sie die Worte ihrer Töchter.

Benoîte erwidert das Kompliment mit einem Lächeln. »Gehen Sie ruhig schon vor. Ich habe hier den Schlüssel. Ich komme gleich.«

Die Tür schließt sich.

Wieder auf der Straße überlegt Benoîte einen Moment. Ob es eine gute Idee war, hierherzukommen? Sie würde das Haus einer Fremden betreten. In welchem Verhältnis auch immer Eleonore Loupgoncier zu Papan stand, sie ist eine Fremde. Sie hat bereits die Straße überquert, als die junge Algerierin auf sie zukommt.

»Sie werden sich wundern. Das ist wie eine Villa da drinnen. Madame ist sehr ordentlich, Sie werden sehen.« Während sie redet, öffnet sie bereits die Tür. »Voilà, Madame.«

Benoîte betritt eine großzügige Diele. Die junge Frau folgt ihr.

Der Einrichtungsstil ist kühl-elegant. Marmor und Weiß dominieren.

»So, Madame. Jetzt wissen Sie, was ich meine. Man kann sich hier drinnen verlaufen. Wofür braucht man so viel Platz? Ich glaube, sie hat geerbt. Geld scheint sie jedenfalls genug zu haben«, flüstert die junge Frau und geht vor.

»Madame sind Sie da?«, ruft sie nach Eleonore Loupgoncier.

Benoîte folgt ihr, vorbei an hohen Wänden, Regalen mit hier und da ein paar Büchern, Bildbände, ein goldgerahmtes Gemälde.

»Madame, sind Sie da?«, ruft sie erneut, und öffnet nach kurzem Anklopfen die Tür zum Wohnzimmer.

Erstmalig zeigen sich Spuren von Leben. Eine braune Ledercouch mit weinroten Kelim-Kissen, ein Natur-Kuhfellteppich. Die Kissen sind ordentlich angeordnet. Ein silberfarbener Kerzenständer auf dem Couchtisch – unbenutzt. Ob sie jemals eine Kerze angezündet hat? Oder wechselt sie die Kerzen täglich? Die warmen Töne sind ein Stilbruch gegenüber

dem Weiß. Es gibt Bilder an den Wänden. Fotos, auf dem Gang, der vermutlich zu den Schlafräumen führt.
»Also, hier ist sie nicht«, stellt die junge Frau fest.
»Sagen Sie, wie alt ist Madame Loupgoncier?«, fragt Benoîte erneut. Vielleicht weiß die Putzfrau es besser.
»Oh, sie ist noch nicht so alt. Höchstens fünfundvierzig. Aber genau weiß ich das nicht. Sie hat keinen Mann. Dabei ist sie attraktiv. Schönheitspflege macht sie zuhause. Sie hat ein Solarium im Keller«, flüstert sie. »Sie legt sich lieber unter dieses Ding als in die Sonne ... à la plage.« »Alors, ich denke, sie ist zum Friedhof gegangen. Der ist gleich hier um die Ecke. Die Straße runter.« Sie deutet in eine Richtung.
»Ist sie denn sonst immer hier im Haus?«
»Fast immer. Manchmal fährt sie mit dem Auto weg. Das müsste in der Garage stehen, wenn ... Die Garage ist aber verschlossen. Keine Ahnung, wo sie hinfährt, wenn sie wegfährt. Ich glaube, sie kauft nicht hier im Ort ein.« Die junge Frau gestikuliert beim Reden. »Merkwürdig, nicht wahr?«
»Wie ist sie denn sonst so?«
»Sie redet nicht viel. Aber sie ist nicht unfreundlich oder so. Sie will einfach nur in Ruhe gelassen werden – dans l'îlot de calme. Also lasse ich sie in Ruhe.«
Sie öffnet eine Tür, verschwindet in einem Nebenraum. Vermutlich ist es die Küche. »Möchten Sie ihr eine Nachricht hinterlassen?«, ruft sie von dort. Dann kommt sie mit Notizblock und Stift zurück.
»Hier, Sie können etwas für sie aufschreiben.«
Benoîte zögert.
»Kommen Sie, setzen Sie sich und schreiben Sie ganz in Ruhe.«
Nach kurzem Überlegen folgt Benoîte der Aufforderung und setzt sich auf das Sofa. Sie nimmt Stift und Notizblock und fängt an zu schreiben.

Madame,
leider habe ich Sie nicht persönlich angetroffen. Es geht um meinen Vater Papan Loupgoncier. Wenn Sie mit ihm verwandt sein sollten oder in irgendeiner Verbindung zu ihm standen, rufen Sie mich

bitte an oder besuchen Sie mich. Es ist sehr wichtig. Ich bin seine Tochter.

*Merci et amitiés,
Benoîte Loupgoncier*

Sie notiert ihre Telefonnummer bei Jeanette und die Adresse der Buchhandlung.
Die junge Frau ist wieder irgendwohin verschwunden. Benoîte sieht sich um. Als sie gerade zu den Bildern gehen will, steht die andere plötzlich wieder vor ihr.
»Wenn Sie Zeit haben, kommen Sie wieder«, sagt sie.
»Danke. Danke auch, dass Sie mich hereingelassen haben. Vielleicht treffe ich Eleonore auf dem Friedhof. Sie sagten doch, sie gehe öfter dorthin. Das Grab meines Vaters befindet sich auf diesem Friedhof.«
»Oh, Ihr Vater ist gestorben. Das ist ja schrecklich. Sie sind noch so jung.«
»Ja, aber es ist schon eine halbe Ewigkeit her.« Benoîte wendet sich zum Gehen. »Grüßen Sie Ihre Familie von mir, Madame.«
Auf einmal zeigt sich ein breites Lächeln auf dem Gesicht der jungen Putzfrau. »Danke sehr, Madame. Gehen Sie nur. Und wenn Sie beim nächsten Mal kommen, trinken Sie einen Tee mit uns. Meine Töchter würden Sie sicher gerne kennenlernen.«

Auf der Straße geht ein zunehmend rauer Wind. Die Nachmittage sind nicht mehr ganz so heiß.
Der Fußweg zum Friedhof dauert keine zehn Minuten.
Die Stille überfällt sie, als sie die letzte Biegung vor der Eingangspforte passiert. Typische Friedhofsatmosphäre. Schon von weitem spürt man die Nähe des Todes. Ob Elodie gelegentlich auch hierherkommt? Sie kann sich ihre Mutter auf keinem Friedhof vorstellen.
Die letzte Ruhestätte der Verstorbenen ist etwas schmucklos. Ausgedörrtes Steinkraut und Lavendel; welke und abgeknickte Blüten. Die Schatten der Bäume wirken wie

aufgestellte Särge. Totenwächter. Einzig das Surren der Zikaden unterbricht das Schweigen des Todes.

Aus dem Nichts taucht plötzlich der Kopf eines weißhaarigen, hageren Mannes auf. Er kniet über einer Rosenhecke. Der Friedhofsgärtner?

»Können Sie mir sagen, wo sich das Familiengrab der Familie Loupgoncier befindet?«, spricht sie ihn an.

Er sieht sie mit einem Blick an, als hätte er nicht verstanden.

»Loupgoncier?«, wiederholt sie.

Stumm deutet er in eine Richtung.

»Geradeaus?« Lächelnd bedankt sie sich.

Die Friedhofswelt ist eine mystische, fremde Welt, bevölkert von den Seelen der Verstorbenen. Viele Kulturen glauben an ein Leben nach dem Tod. An den fortdauernden Einfluss der Toten auf die Lebenden. Vielleicht ist der Traum eine Art Vorgeschmack dafür, – wenn der Mensch seinen Körper verlässt und den Geist auf Reisen schickt; Geist ohne Körper.

Benoîte träumt oft von Papan. Ohne zu wissen, wer und wie er ist, begegnet sie ihm immer wieder im Traum. Als sie ein Kind war, saß er stumm dabei, wenn sie mit ihren Kuscheltieren spielte, ihnen Geschichten erzählte. Papan hörte zu, beantwortete ihre Fragen mit seinen stummen Gedanken.

Ihr Blick schweift von Grabstein zu Grabstein. Zeittafeln, Namen. Mal liegt der Tod noch nicht weit zurück. Mal mehr als ein halbes Jahrhundert.

Benoîte ist nicht allein. Auf einer Seite bemerkt sie jemanden. Eine Frau kniet über einem Grab. Sie wühlt in der Erde, pflanzt etwas, zupft das Unkraut heraus. Mit einer kleinen Harke fährt sie anschließend über den Boden. Dann legt sie ihre Hand dorthin, wo sie gerade geharkt hat.

Ist es Eleonore?, überlegt Benoîte.

Es ist sie. Die Frau scheint etwa im geschätzten Alter, was man jedoch einzig ihren Bewegungen entnimmt, ihrem Profil und der Kleidung. Demnach ist es Papans Grab, vor dem sie kniet.

Plötzlich richtet sie sich vollständig auf, sieht in Benoîtes Richtung.

Diese stutzt. Etwas an der Frau kommt ihr auf einmal bekannt vor. Sie sind sich schon einmal begegnet ...
Die Frau klappt den Kragen ihres Mantels hoch. Dann dreht sie sich weg. Sie scheint plötzlich in Eile.
Benoîte folgt ihr.
Eleonore jedoch ist schneller.
Ich muss mit ihr reden, denkt sie. Das hier ist die Gelegenheit. Wer weiß, wann sich diese noch einmal ergeben würde. Eleonore hat sich von der Außenwelt abgeschottet.
Als Benoîte das Grab erreicht, an dem gerade Hand angelegt wurde, ist Eleonore weg. Vermutlich hat sie irgendeinen Ausgang genommen.
Benoîte sieht hinunter auf das Grab. Es ist das Grab ihres Vaters ...
Sie würde Eleonore sicher noch ein anderes Mal treffen. Immerhin weiß sie jetzt, wo sie sie findet.
Befangen starrt sie auf Papans Grab, entziffert für sich flüsternd die Daten auf dem Grabstein:

Papan Loupgoncier. 12.09.1949 – †18.06.1989.

Hier liegt die Gewissheit. Er ist gestorben. Papan ist tatsächlich tot. Nicht einmal vierzig Jahre alt ist ihr Vater geworden.
Immer wieder liest sie den Namen auf dem Grabstein. Tränen kullern über ihre Wangen. Es ist der Augenblick, ihnen freien Lauf zu lassen.
Eine halbe Ewigkeit steht sie nur da, starrt auf das Grab, versucht verbissen Haltung zu bewahren und nicht in einen Weinkrampf zu verfallen. Sie stellt sich den Moment vor, als sie ihn *hier* in die Erde hievten. Wo stand ihre Mutter? Sie war doch dabei. Und Eleonore?
Eleonore ...
Ist sie Papans Frau?
Eleonore, die trauernde Witwe. – Natürlich. Es könnte so sein. Und würde erklären, warum sie so zurückgezogen lebt, warum sie jeden Kontakt scheut. Sie trauert. Sie trauert noch immer.

Benoîte fragt sich, ob ihre Tante und Elodie überhaupt wissen, dass Eleonore hier lebt. Sind sie sich, wenn nicht auf Papans Beerdigung, jemals begegnet?

Am Abend erzählt sie ihrer Tante von ihrem Job in der Buchhandlung.

»Du brauchst doch nicht arbeiten, Benoîte. Genieß deine Zeit. Und wenn du etwas Geld verdienen willst, kann ich dich auch im Feinkostladen unterbringen.«

»Das ist nett von dir, tantine, aber ich bin erwachsen. Ich will dir nicht auf der Tasche liegen, und ich kann noch weniger den ganzen Tag nur dahinvegetieren, grübeln. Ich brauche die Zerstreuung.«

Nachdenklich mustert Jeanette ihre Nichte, lächelt.

Jetzt genau wäre der Moment, von Eleonore zu erzählen und ihrem Besuch auf dem Friedhof. Sie könnte Jeanette dazu befragen. Etwas aber hält sie zurück. Das Thema ist noch nicht reif. Noch weiß sie zu wenig über diese Frau, die offensichtlich die Flucht vor ihr ergriffen hat.

»Bevor deine Mutter damals ins Gefängnis ging«, fängt Jeanette plötzlich an, »gab sie mir ein paar Sachen – für dich. Ich sollte sie für dich aufbewahren, wenn du zurückkämst. Sie ging davon aus, dass du zu mir kommen würdest. Ich habe die Sachen oben auf dem Dachboden. Ich hole sie dir später, wenn du magst.«

»Sachen von mir, oder von ihr?«

»Sie sagte, sie hätte mit der Vergangenheit abgeschlossen. Sie wollte diese Dinge nicht mehr.«

»Weiß sie, dass ich …?«

»Nein, ich habe sie nicht angerufen, falls du das denkst. Das musst du selbst. Ihr werdet euch sicher aussprechen. Früher oder später. Den Zeitpunkt dafür, musst du bestimmen.«

Hinter der Tante erscheint Jean. Wie immer taucht er wie ein Geist auf. Er bleibt jedoch kein Geist. »Wir wollen grillen, Benoîte«, kündigt er an. Was möchtest du trinken? Ich habe einen erstklassigen Bordeaux. Den musst du unbedingt probieren.«

Kurz darauf zieht der Geruch von Gegrilltem durch den Garten. Benoîte stößt mit Jean an, lobt den Bordeaux. Wie gut, dass er hier ist, denkt sie immer wieder im Laufe des voranschreitenden Abends. Seine Gegenwart macht vieles leichter. Er ist nicht involviert, unvoreingenommen. Vielleicht ist gerade das der Grund, weshalb Jeanette ihn nicht in die Vergangenheit einbezieht. Sie möchte ganz einfach, dass es so bleibt.
Der Abend endet harmonisch. Man sitzt zusammen, erzählt aus dem Leben, lacht, trinkt Wein und schaut dabei auf die langsam verglühende Flamme.

Nach dem Essen, wieder auf ihrem Zimmer greift sie nach dem in Krepppapier eingehüllten Buch. *Das lange Schweigen* liest sie erneut den Titel.
Sein Gesicht, seine Berührungen und ihre Unterhaltung dort in seinem Haus sind augenblicklich wieder da; seine Lippen auf ihren. Sehnsüchtig denkt sie daran. Mit dem Buch in ihrer Hand fühlt sie sich ihm etwas näher.
Sie liest den Klappentext. Seine Worte sind nicht einfach nur aneinandergereiht. Leser werden dazu eine Meinung haben. Vielleicht werden sie es kritisieren, wenn sie sich darin nicht wiederfinden, denkt sie. Eine Weile betrachtet sie erneut das zerteilte Gesicht auf dem Cover. Ihr Blick schweift dabei zu ihrem Tagebuch. *Das Tagebuch der verlorenen Erinnerung.* Es liegt ganz oben in Papans geöffnetem Koffer.
Nach einer Weile schlägt sie die erste Seite von Philippes Roman auf und fängt an zu lesen.
Sie liest langsam, als wäre es in einer fremden, noch unerforschten Sprache geschrieben. Einer zerbrechlichen Sprache. Dabei sind seine Sätze kurz, die Sprache klar und verständlich.
Nach den ersten Seiten bricht sie dennoch ab. Es ist anders, als sie es erwartet hat. Sie findet nicht *den* Philippe darin, den sie in ihrem Kopf hat. Es ist ein anderer, eigenwilliger Philippe. Sie findet keine Verbindung zu ihrer eigenen Realität

und Geschichte, um die sie sich derzeit fast ausschließlich dreht.

Irgendwann klopft es an der Tür. Jeanette erscheint im Türrahmen.

»Hier habe ich die Sachen von Elodie. Wie versprochen.« Sie stellt ein kleines, mit Blümchentapete bekleistertes Kistchen auf Benoîtes Bett.

»Schau es dir in Ruhe an. Aber mach nicht zu lange. Es ist spät. Gute Nacht, ma chère.«

Jeanette zieht die Tür hinter sich zu.

Eine Weile betrachtet Benoîte das Kistchen aus der Distanz, ohne sich ihm zu nähern. Das Material aus Pappe und Tapete riecht nach Dachboden. Leicht modrig. Dazu ein Hauch von Rosenwasser. Paul verwendete diesen Duft. Sie erinnert sich an Onkel Paul ...

Benoîte steht auf einem Holzschemel. Sie erforscht Tante Jeanettes Bad. Dort stehen allerlei Duftwässerchen. Jeanette benutzt immer wieder etwas Neues. Sie hat keine spezielle Duftnote. Anders Onkel Paul. Magisch ist das Fläschchen, das ihm gehört. Es enthält diesen besonderen männlichen Duft. Wenn auch etwas blumig. Sie nimmt es in ihre Hand, drückt auf den Pumpspender. Eine kleine Wolke strömt ihr entgegen. Dabei sieht sie im Garten die Rosen, wie sie sich an Jeanettes Spalier hochziehen. Rote, pinkfarbene, orange und gelbe Knospen. Sie bildet sich ein, Onkel Pauls Parfum riecht nach den Rosen.

In gewisser Weise teilt Jeanette das Schicksal der Schwester. Beide Ehemänner wurden jäh aus dem Leben gerissen. Wenn auch auf recht unterschiedliche Art und Weise.

Benoîte entfernt einen Teil der Tapete, um vorsichtig in die Tiefe des Kästchens dringen zu können. Sie schüttet den Inhalt auf ihr Bett. Erstaunt betrachtet sie das zum Vorschein Kommende.

Ein Bündel Briefe, mit einem roten Band zusammengehalten. Ein grüngemustertes Büchlein. Beinahe ähnelt es dem Tagebuch. Es trägt jedoch keinen Titel.

Elodies geheimen Gedanken?

Nein, sie will sie nicht wissen.

Sie nimmt stattdessen die Briefe. Seltsam vertraut kommen Sie ihr vor. Sie löst das Band, liest den Namen der Absenderin ...

Benoîte Loupgoncier – *Ihre* Briefe!

Wut kocht in ihr hoch. Es sind die Briefe, die sie an ihren Vater geschrieben hatte, – neben ihrer Flaschenpost. Sie waren niemals abgeschickt worden. Entsetzt stellt sie außerdem fest, dass alle Briefe geöffnet und offenbar auch gelesen wurden. Natürlich hat Elodie sie gelesen. Sie hat ihre Briefe an Papan gelesen! Alle. Deshalb wusste sie immer Bescheid. Sie konnte Benoîtes Sehnsucht nach ihrem Vater kontrollieren.

Mit zitternder Hand öffnet sie einen der Briefe, löst ihn aus dem Umschlag, liest ...

Es schmerzt. Sie sieht alle Briefe durch. Überrascht stellt sie fest, dass darunter auch welche sind, die in anderen Ländern abgeschickt wurden, adressiert an Mlle. Benoîte Loupgoncier. Briefe von Papan an sie?

Ihr Herz klopft laut, es hämmert. Ein Lebenszeichen von Papan. Worte, die er *für sie* aufgeschrieben hat.

Hoch erregt nimmt sie einen der Briefe aus dem Umschlag, bewundert seine schöne Handschrift – und liest. Bereits nach den ersten Zeilen fließen die Tränen ...

Bei Hyères, 28. September 1987
Meine liebe Benoîte,

tagelang sind wir jetzt auf See und endlich wieder an der französischen Küste. Jetzt weiß ich, dass ich bald wieder in deiner Nähe sein werde, auch wenn diese Tatsache wenig tröstet. Ich habe viel an dich gedacht, meine liebe Tochter. Das letzte Mal, als ich dich in den Arm nehmen durfte, warst du ein Baby. Ich erinnere mich so klar an dich, an deinen Blick und diese Stimme, mit der du so energisch schreien konntest. Leider sind es die einzigen Bilder, die in meiner Erinnerung verfügbar sind, und die Gewissheit, dass du nicht einmal über diese Erinnerung verfügst, betrübt mich. Ich hoffe, dass ich das alles irgendwann wiedergutmachen kann. Ich habe viel nachgedacht und ich glaube, vielleicht einen Weg gefunden zu haben, damit ich dich zu mir holen kann. Noch bedarf es dafür einiger Vorbereitungen, aber ich werde alles daransetzen. Du sollst wieder eine Familie haben, meine allerliebste Benoîte. Ich bin mir dessen bewusst, dass auch dieser Brief wieder nicht in deine Hände gelangen wird. Aber ich werde, wie immer, meinen festen Glauben auf den Zufall setzen – oder eine unverhoffte Gelegenheit. Meine Hoffnung ist ungebrochen und kämpferisch geworden. Ich vertraue fest darauf, dass diese Zeilen irgendwann von dir gelesen werden und du dabei vielleicht Tränen in den Augen hast. Dann fühle dich mir ganz nahe und sei herzlich umarmt. In genau diesem Moment sollst du von ganzem Herzen meine Liebe spüren.

Dein immer an dich denkender, dich liebender Vater,
Papan

Die Tränen sind wie eine heiße Flut, wärmend und zugleich ungeheuer schmerzvoll. Es tut unendlich weh – und ist auch eine Erlösung, eine herzliche Umarmung. Mehr als alles andere; es ist das lang ersehnte Lebenszeichen. Allein zu wissen, dass Papan in diesem Augenblick als er die Zeilen für sie schrieb, mit all seinen Gedanken, vom ganzen Herzen bei ihr war.

Sie liest auch die anderen Briefe. Jeden einzelnen.

Papan hat sie nicht vergessen. Niemals. Ganz im Gegenteil. Er war mit seinen Gedanken immer bei ihr. Hier ist der Beweis. Mit einigen Jahren Verspätung zwar, aber es ist nie zu spät, denkt sie.

Als ihre Tränen langsam trocknen und die schönen Gedanken an ihren Vater sie völlig eingenommen haben, schläft sie inmitten seiner Briefe ein.

4   Es ist fast acht, als die Sonne den Raum – trotz Jeanettes sehr dichter Gardinen – erhellt. Die ersten Sonnenstrahlen sind wie eine Umarmung. Papans Worte wirken noch nach.

Schnell aber ist sie wieder da, die Gegenwart. Und die anderen Dinge, die es da noch gibt.

Benoîte quält sich aus dem Bett. Im Spiegel sieht sie ihre Augen noch verquollen. Der Raum hinter ihr fühlt sich leer an. Tatsächlich hat sich niemand neben ihr aus dem Bett geräkelt. Kein morgendlicher Kuss oder Wortwechsel.

Sie dreht sich um. Das Bettlaken ist kaum verrutscht. Die Decke liegt an der Seite. Elodies Kistchen ist bis kurz vor die Bettkante gerutscht, Papans Briefe sind auf dem Bett verstreut. Wo hat sie gelegen? Sie findet keine Spur von sich. Auf den ersten Blick.

Benoîte betrachtet sich erneut im Spiegel. Sieht sie *ihr* tatsächlich so ähnlich? Sie schließt die Augen, versucht sich Elodies Gesicht vorzustellen. Daraus entwächst eine ganze Szene ...

Elodie hockt auf der Bettkante neben Papans Briefen. Sie schaut mit einem Blick, der sagt: Benoîte, es war nur zu deinem Besten ... Ihr Gesicht ist ähnlich verquollen wie ihres. Dann aber rückt sie näher, so dass man sie besser erkennen kann, drängt sich förmlich ins Bild. Das Leben hat an ihren Zügen gezerrt und tiefe Linien gegraben. Bewegungslos ist es, fast starr. Die braunen Augen wirken glanzlos. Die Haut ist fahl, das Lächeln eingefallen. Das noch schwarze Haar hängt strähnig herunter.

Benoîte öffnet die Augen. Elodie ist wieder verschwunden. Sie erkennt nur ihr eigenes Gesicht im Spiegel. Es ist jung, frisch. Auch wenn gerade die Müdigkeit aus ihren Augen spricht.

Gelegentlich fragt sie sich, wie sich Altern anfühlt. Ob es den Charakter verändert oder die Gedanken. Wie denkt man, wenn man alt ist? Sie versetzt sich in den möglichen Zustand ihrer Mutter – ohne es zu wollen. *Was haben die Erlebnisse mit ihr gemacht*, fragt sie sich. Und vor allem: *Was haben sie mit ihr gemacht, wenn sie tatsächlich unschuldig im Gefängnis gesessen haben sollte?*

Abrupt kehrt sie dem Spiegel den Rücken zu, streift sich Jeans und eine kurzärmelige Bluse über.

Im Wintergarten trifft sie auf Jeanette. Jean ist draußen, schraubt an seinem Auto. Jeanette wirkt blass und unausgeschlafen.

»Bonjour tantine.« Sie drückt ihr rechts und links einen Kuss auf die Wange.

»Was ist los?«, fragt sie, als sie Jeanette lustlos in ihr Brioche beißen sieht. »Habt ihr gestritten?«

»Ach wo«, tut sie die Frage mit einer Handgeste ab. »Soll er nur machen, was er denkt ...« Mürrisch kaut sie vor sich hin.

»Was denkt er denn?«

»Er denkt viel. Und dann weiß er immer alles besser. Der Wagen muss in die Werkstatt, habe ich ihm gesagt. Jetzt bastelt er da herum.«

»Was ist mit dem Wagen?«

»Der Motor ist hin. Das Teil ist uralt, Verschleiß. Da nützt auch die ganze Schrauberei nichts.«

Benoîte wirft einen Blick nach draußen. Hinter dem Garten, im Hof, erkennt sie Jean. Die Hälfte seines Körpers verschwindet unter der aufgeklappten Motorhaube.

»Lass ihn doch. Vielleicht braucht er ein bisschen Zeit für sich. Oder er kann es tatsächlich reparieren und möchte dir das gerne zeigen.«

»Es geht nicht.«

»Aber es geht ihm vielleicht gar nicht darum.«

»Sondern?«

»Darum, dass er ernst genommen werden möchte.«

Jeanette legt ihr gerade benutztes Frühstücksmesser auf die Serviette. »Wie meinst du das, glaubst du, dass ich ihn nicht ernst nehme?«

»Ich kann das nicht beurteilen. Aber ... was hast du ihm jemals von dir erzählt? Kennt er *deine* Geschichte?«

Jeanette schweigt.

Benoîte greift nach der Thermoskanne, nimmt sich Kaffee. Stumm reicht die Tante ihr den Zucker, sieht ihr dabei zu, wie sie sich zwei Löffel in die Tasse gibt.

»Ich verstehe schon, warum du es nicht erzählst. Aber ich denke, in einer Beziehung sollte man auch nicht zu viele Geheimnisse voreinander haben.«

Noch immer reagiert die Tante nicht.

»Zumindest sollte man dem anderen nicht die wirklich wichtigen Dinge verschweigen. Er muss doch wissen, wie er mit dir umgehen soll. Mit dir und deiner Geschichte«, fügt sie kleinlaut hinzu und denkt dabei an Philippe.

»Hat er mit dir darüber gesprochen?«, ringt die Tante sich schließlich zu einer Frage durch.

»Indirekt. Er wünscht sich, dass du ihn mehr einbeziehst. Das hat er gesagt.«

Jeanette kaut und starrt vor sich hin. Vermutlich gehen ihr Benoîtes Worte durch den Kopf.

»So ist das«, ist alles, was sie dazu sagt. Schließlich schlägt sie ein anderes Thema an: »Hast du dir Elodies Sachen angeschaut?«

»Ja.«

»Und? Da war, glaube ich, auch ein Tagebuch von ihr dabei. Hast du es gelesen?«

Warum interessiert sie dieses blöde Tagebuch?, ärgert sich Benoîte. Was ist mit ihren und Papans Briefen? Die Briefe, die nie ankamen.

»Was interessieren mich ihre Tagebücher.«

»Ich dachte, es könnte dir vielleicht eine Erklärung liefern.«

»Die brauche ich nicht. Ich möchte gar nicht wissen, was sie gedacht hat und warum. Verstehst du das?! Sie hat einen Fehler gemacht. Sie hat mir meinen Vater genommen. Muss ich jetzt wirklich versuchen *das* zu verstehen?!«

Ihre Stimme bebt auf einmal vor Wut.

»Beruhige dich, ma chère.« Sie legt die Hand auf ihre. Benoîte entzieht sie ihr. Es ist eher ein Reflex.

»Sie hat immer nur an sich gedacht. Bei allem. Auch wenn sie unschuldig im Gefängnis saß. Das hat sie sich selbst zuzuschreiben. Wie hätte sie sich gefühlt, wenn man ihr den Vater entzogen hätte? Alles, was ihr im Leben passiert ist, geht auf ihr eigenes Konto. Sie hat es *verdient!*«

Wieder möchte die Tante beruhigend auf sie einwirken, registriert jedoch, dass es nicht viel Sinn macht. Also hält sie sich zurück.

Benoîte versucht ruhig zu klingen. Wenn die Wut auch noch nicht verraucht ist. *Es* fängt gerade erst an.

»Ich kann nicht einfach sagen: Das ist vergessen. Die Fragen werden ewig da sein, ewig. In meinem Kopf. Warum ist das passiert? Warum durfte ich meinen Vater nicht sehen? Welche Erklärung auch immer sie mir dafür liefert, keine einzige werde ich je akzeptieren. Papan ist tot und ich habe ihn nie kennengelernt.«

»Gut, du musst sie nicht verstehen«, gibt die Tante nach. »Du musst auch nicht verzeihen. Nicht gleich. Vielleicht kannst du es irgendwann. Wenn ihr euch ausgesprochen habt.«

»Soweit bin ich noch nicht.«

»Du bist erst am Anfang. Ich verstehe dich.«

»Das verstehst du nicht. Wenn du dir auch nur einen Moment lang selbst Kinder gewünscht hast, warum hast du dann nicht begriffen, dass ein Kind auch ein Recht auf einen Vater hat? Warum hast du Papan nicht *zu mir* geholt?!«

Jeanette kämpft. Das Gespräch geht an ihre Schmerzgrenze, worauf Benoîte jedoch keine Rücksicht nehmen will.

»Ja, warum habe ich das zugelassen? Ich …« Sie zögert. »Ja, natürlich, ich habe mir immer Kinder gewünscht. Aber ich habe nie welche bekommen. Wenn sie mit dir kam, war das für mich ein Geschenk. Du warst für mich fast wie ein eigenes Kind. Ich habe Papan nur zwei- oder dreimal gesehen, habe kaum mit ihm gesprochen. Elodie war schon zu jener Zeit wie besessen davon, jemand könne ihn ihr wegnehmen. Ich erinnere mich noch an den Tag, als sie ihn vorstellte. Sie ließ nicht von ihm ab. Dabei war sie bereits schwanger. Was konnte ihr denn passieren? Kurz darauf haben sie sogar geheiratet. Ich habe mich noch gewundert, dass er das alles tatsächlich mitmachte. Aber … er tat es für dich. Nicht für sie. Ich war damals, als sie heirateten, mit Paul verlobt und wir kannten uns

schon länger. Eine Wette hat sie mit mir abgeschlossen, wer wohl als Erste den Ehering am Finger trüge.«
»Sie ist gestört«, bemerkt Benoîte bitter.
»Nein, das ist sie nicht. Sie ist einsam. Sie war es damals schon.« Jeanette holt tief Luft. »Ich habe jede Etappe deiner Entwicklung so intensiv miterlebt. Du warst, trotz ihrer Eskapaden, ein glückliches Kind. Und wem hätte ein fortdauernder Sorgerechtsstreit am meisten geschadet? – Dir! Das wusste Papan. Er war klug genug, das zu vermeiden. Und was Elodies Eskapaden betrifft, habe ich immer versucht, einen Großteil von dir abzuwenden.«
Jeanette legt eine Pause ein, sortiert sich. »Natürlich ist das keine Rechtfertigung. Und glaub mir, Benoîte, ich habe mehrfach auf sie eingeredet wegen Papan. Ich habe es versucht ... Aber du kennst deine Mutter. Sie dachte tatsächlich lieber an sich.«
Es sind harte Worte von der eigenen Schwester. Schnell aber relativiert Jeanette ihre Aussage wieder. »Es steckt kein böser Wille hinter Elodies Art zu denken. Sie liebt dich auf ihre Art. Du bist alles, was sie hat. Darum wollte sie dich um keinen Preis verlieren.«
Jeanette wirft einen unauffälligen Blick nach draußen.
»Sicher, du magst recht haben, wenn du sagst, ich hätte mich über alles hinwegsetzen können, Mauern sprengen. Ich habe geahnt, dass du mir das irgendwann vorwerfen würdest. Aber ich kannte Papan doch so gut wie gar nicht. Wie hätte ich ihm denn mitteilen sollen, dass du bei mir warst? Was hätte er gedacht? Und wie hätte er mir als der Schwester seiner Ex-Frau vertrauen können. Ich hätte Elodie hintergangen. Außerdem fuhr Papan zur See. Er war nie in greifbarer Nähe.«
Benoîte erwidert nichts darauf. Sie nimmt einen Schluck von ihrem lauwarmen Kaffee. Jeanettes Worte prallen nicht gänzlich an ihr ab.
»Ein Anruf bei der Reederei, wo das Schiff registriert war, auf dem er arbeitete, hätte genügt. Es gab Wege.«
»Sicher«, sie schüttelt den Kopf, »sicher«, wiederholt sie nur.

»Sie hat damals behauptet, er hätte sie betrogen. Andere Frauen gehabt. War das so?«, bringt Benoîte das Gespräch in eine andere Richtung.

»Ich weiß es nicht. Und wenn es so war, dann sicher nach ihr. Mit Elodie konnte man es als Mann nicht aushalten. Ihre Eifersucht. Das treibt einen doch in die Arme einer anderen Frau. Und er sah gut aus. – Was aber nicht heißt, dass er es wirklich getan hat. Er hat sich auf dich gefreut. Auf die Tatsache, Vater zu werden.«

»Hast du ein Foto von Papan?«, fragt sie plötzlich. »Du hattest doch eins«, bettelt sie leise.

Jeanette überlegt.

»Ich ... ich glaube, ich habe es nicht mehr. Ich weiß es nicht. Elodie muss noch welche haben.«

»Die hat sie weggeworfen.«

»Ganz sicher nicht alle. Sie hat sie nur vor dir versteckt.«

Jeanette nimmt Benoîtes Hand und hält sie eine Weile.

»Groß war er, soweit ich mich erinnere. Ein Meter neunzig. Er hatte braunes, leicht welliges Haar und stahlblaue Augen. Er war etwas heller als Elodie. Etwa so wie du.«

»War er sympathisch?«

Jeanette lächelt. »Ja, sehr. Er hatte ein gewinnendes Lachen. Das machte ihn unglaublich attraktiv. Bei *jenem* Besuch hat er versucht, Konversation mit uns zu betreiben. Aber Elodie funkte immer wieder dazwischen. So war und ist sie. Was ihr gehört, ist für niemand anderen bestimmt.«

Jeanette erzählt, plaudert aus dem Nähkästchen, Sie kramt eine Erinnerung nach der nächsten heraus.

Sie hört der Tante zu, rückt etwas an sie, ganz so wie damals. Jeannette legt den Arm um sie und redet weiter.

Es ist halb zehn, als Benoîte erschrocken aufspringt.

»Ich muss los«, erinnert sie sich an ihren neuen Job.

Die Einarbeitung in der Buchhandlung bringt sie auf andere Gedanken. Anaïs trägt ihr neben der Inventur einige Aufgaben auf, die ihre volle Konzentration erfordern. Darüber hinaus findet sie kaum Gelegenheit, sich gedanklich mit anderen Dingen zu beschäftigen, was auch ganz gut so ist.

Eines Nachmittags, als Benoîte gerade ein Regal neu bestückt, winkt Anaïs sie heran. »Benoîte, hier ist ein Anruf für dich.« Sie hält ihr den Telefonhörer hin.

»Oui?«, spricht sie hinein.

»Benoîte, bist du's?«, hört sie eine männliche Stimme am anderen Ende der Leitung. »Ça va?«

»Pascal. Woher weißt du, dass ich hier bin? Und woher hast du diese Telefonnummer?«

»Oh, vielen Dank, die Freude, deine Stimme zu hören, ist ganz meinerseits. Aber danke der Nachfrage, mir geht es auch gut.«

»So war das nicht gemeint.« Sie lacht und schielt zu Anaïs, die gerade ein paar Bücher stapelt.

»Klinge ich etwa beleidigt?«

Anaïs entfernt sich, verschwindet in einem der hinteren Räume. Von dort bekommt sie das Gespräch nicht mit.

»Ja, zugegeben, ich hätte mich mal melden können, falls du mir das vorwirfst«, räumt sie ein.

»Ich werfe dir gar nichts vor. Ich weiß doch, wie das ist, wenn man lange nicht zuhause war. Deine Tante hat mir die Telefonnummer der Buchhandlung gegeben. Dann hast du also vor, länger dort zu bleiben.«

»Ich weiß es noch nicht. Es gibt noch ein paar Dinge, die ich klären muss. Es geht um meinen Vater. Aber wie läuft's bei euch?«

»Eine Aushilfe ist für dich gekommen. Aber die ist ziemlich schwerfällig. Man muss ihr alles dreimal erklären. Grenardine hat sich gestern mit ihr angelegt, weil ihr Kaffee fast kalt war. Du kannst dir nicht vorstellen, wie sie ausgerastet ist.«

Benoîte lacht.

Er räuspert sich und spricht etwas leiser. »Eigentlich aber rufe ich dich wegen einer anderen Sache an. Wegen, na ja, dieser Commissaire. Lemarque. Er war schon dreimal hier, hat nach dir gefragt. Er sagte, er müsse dringend mit dir sprechen. Sie haben wohl eine Leiche gefunden. Und dass du es warst, die über den Notruf den Toten gemeldet hat, wissen sie jetzt auch.«

»Wo haben sie die Leiche gefunden?«

»Am Ufer des Verdon. Nicht weit von diesem Weingut Huéspard entfernt.«
»Huéspard? Das Weingut von Fréderic und Mireille. Merkwürdige Übereinstimmung, denkt sie.
»Was soll ich ihm sagen, wenn er sich noch einmal meldet?«
»Sag ihm, ich wäre verreist und du könntest mich nicht erreichen.«
»Willst du warten, bis er dich suchen lässt und dann unangemeldet bei dir aufkreuzt?«
Die Vorstellung missfällt ihr allerdings. Sie sollte vielleicht *zuerst* etwas über den Tod Delamottes herausfinden, noch bevor er ihr mit Fragen oder Vermutungen kommen kann. Wenn er etwas über das Tagebuch in Erfahrung bringen würde, könnte sie das in ein sehr ungünstiges Licht rücken. Die Tagebuchseiten mit den gefälschten Szenen sind bislang nicht wieder aufgetaucht. Irgendwer aber muss im Besitz der Seiten sein.
»Also, was willst du tun?« Pascal wartet noch immer auf ihre Antwort.
»Sag ihm, du hättest mir geschrieben. Oder ...« Sie überlegt und entscheidet schließlich: »Also gut. Ich melde mich bei ihm.«
»Benoîte, du weißt doch irgendetwas. Dieser Mann, das Glubschauge, der wollte doch mit dir reden.«
»Ich habe nichts mit seinem Tod zu tun. Das habe ich dir schon gesagt. Glaubst du mir etwa nicht mehr?«
»Doch. Aber warum bist du so plötzlich abgereist?«
»Das hat private Gründe.«
»Was ist mit deinem Vater?«
»Meinem Vater ...?«
»Du sagtest eben, es ginge um deinen Vater.«
»Ja. Er ist gestorben, schon vor einigen Jahren.«
»Oh, das tut mir leid«, erwidert Pascal.
»Das braucht es nicht. Ich meine ... ich habe ihn nie kennengelernt.«
Anaïs biegt mit einem Stapel Bücher um die Ecke.
»Pascal, bitte sei mir nicht böse, aber ich muss jetzt Schluss machen. Wir bleiben in Kontakt, einverstanden?«

Sie drückt bereits die Taste.

Gegen Abend fährt Benoîte noch einmal zum Haus von Eleonore Loupgoncier. Sie nimmt den Bus.
Die Frau trifft sie jedoch erneut nicht an.
Sie wandert einige Zeit die Straße auf und ab, versucht einen Blick auf das Grundstück zu werfen. Der hohe Zaun begrenzt die Sicht. Sie erkennt nicht mehr als winzige Ausschnitte des Gartens. Nichts bewegt sich dort. Eleonores Trauer scheint selbst im Garten zu bewohnen.
Als Benoîte an der Tür der Putzfrau klingelt, regt sich auch dort nichts. Offenbar ist niemand zuhause.
Sie geht in ein kleines Bistro um die Ecke, setzt sich an einen Fenstertisch und beschließt abzuwarten, um es später noch einmal bei der Putzfrau zu versuchen. Irgendwann würde sie nach Hause kommen. Ihre Kinder mussten irgendwann ins Bett.
Sie schlürft eine Limonade, sieht aus dem Fenster auf die Straße hinaus.
Der Mistral pfeift um die Ecken, bewegt Äste, Büsche, treibt Menschen an. Die ersten Bäume haben sich bereits verfärbt. Die Bewohner der Dörfer besorgen Brennholz für den Winter.
Benoîtes Gesicht spiegelt sich in der Fensterscheibe. Das dunkle Haar und die dunklen Augen verleihen ihrem Aussehen einen leicht arabischen Touch. Wäre da nicht die helle Haut. Sie ist Papans Tochter. Wie beruhigend, nicht vollständig das Erbe Elodies angetreten zu sein. Sicher hat er ihr noch mehr vererbt. Die Größe, die Form ihrer Hände, den Gang. Und natürlich den Charakter. Ihre Art zu denken, ihre Sehnsüchte und Träume, ihr kreatives Händchen. Bei Letzterem fällt ihr seine Handschrift ein. Als Kind hat sie viel gemalt.
Sie beobachtet das Spiegelbild der Kellnerin im Fensterglas. Sie verfolgt wie sie den Mann am Tisch hinter ihr bedient.
Das Telefonat mit Pascal beschäftigt sie. Delamottes Leiche war also gefunden worden. Bald würde man die Todesursache kennen …
Draußen wird es zunehmend dunkel.

Benoîte hängt noch eine Weile ihren Gedanken nach. Dann winkt sie die junge Kellnerin heran und zahlt.

Das Haus der Putzfrau liegt gleich um die Ecke. Nur wenige Schritte entfernt. Diesmal scheint tatsächlich jemand zuhause zu sein. Es brennt Licht.

Auf ihr Klingeln erscheint ein Mann in der Tür.

»Oui, Madame ... Sie möchten?«, fragt er misstrauisch und mit noch stärkerem arabischem Akzent als seine Frau.

»Bonsoir, Monsieur. Ich möchte zu Ihrer Frau.«

»Wer sind Sie?«

»Oh, pardon. Mein Name ist Benoîte Loupgoncier. Ich bin mit Eleonore Loupgoncier verwandt. Ihre Frau putzt bei ihr.«

»Ah«, sagt er nur und tritt einen Schritt zur Seite. Neben ihm erscheint kurz darauf die junge Frau. »Bonsoir, Madame.« Sie streitet mit ihrem Mann auf Arabisch, zumindest hört es sich nach Streit an. Sie hat schließlich das letzte Wort. Worauf er sich beleidigt zurückzieht.

»Warten Sie, Madame. Sie kommen wegen Madame Loupgoncier, n'est-ce pas? Wir gehen gleich nachsehen, ob sie da ist.«

Wieder fährt sie ihren Mann an, der noch immer im Hintergrund steht und neugierig die Szene beobachtet. Dieser giftet nicht weniger biestig zurück. Es scheint eine Art normales Umgangsritual zu sein. Vielleicht sogar Zärtlichkeit.

Als sie aufbrechen, zieht sie die Tür etwas ruppig hinter sich zu.

Auf der Straße redet sie plötzlich wild drauflos: »Wissen Sie, ich mache mir wirklich Sorgen. Das ist alles sehr merkwürdig, Madame Loupgoncier ist seit dem letzten Mal nicht mehr da gewesen. Wenn sie vereist wäre, hätte sie mir das doch gesagt.«

»Fehlt denn etwas von ihrer Garderobe?«

Die junge Frau schließt bereits die Haustür auf.

Jetzt steht sie offen und sie bedeutet Benoîte, voranzugehen.

»Wir werden gleich feststellen, ob etwas fehlt.«

Die Frau eilt über den Flur, inspiziert die Regale im Vorbeigehen. »Oh, es ist alles so aufgeräumt. Kommen Sie.« Sie gestikuliert mit der Hand. Benoîte folgt ihr in den Wohnraum und weiter. Sie öffnet eine Schiebetür. Dahinter folgt eine weitere Tür. Die beiden betreten das Schlafzimmer. Das Bett scheint frisch bezogen und unbenutzt. Die junge Frau öffnet den Kleiderschrank.

»Jetzt sehen Sie sich das an! Alles ist da. Der Koffer ...«

»Aber vielleicht hat sie ja nur ein oder zwei Hosen zum Wechseln eingepackt. Wenn es ein kurzer Aufenthalt ist, braucht man nicht viel«, vermutet Benoîte.

»Oh, da kennen Sie Madame schlecht. Kleidung braucht sie immer sehr viel. Und sie würde nicht ohne diesen Koffer reisen.« Sie deutet auf einen silberfarbenen Schalenkoffer am Boden des Kleiderschranks.

Sie schließt die Schranktür wieder, sieht sich suchend im Zimmer um.

»Außer zum Friedhof geht Sie nirgendwohin?«, fragt Benoîte.

Die Frau bestätigt kopfschüttelnd.

»Sie hat doch ein Auto ... Das sagten Sie beim letzten Mal.«

»Oui oui. Aber es steht meistens in der Garage. Sie hat es kaum benutzt in letzter Zeit.«

Benoîte muss wieder an das Telefonat mit Pascal denken ...

»Trägt Madame Loupgoncier des Öfteren Sonnenbrillen?«, fragt sie plötzlich.

»Häufig, ja.«

»Wissen Sie etwas von einem Freund mit dem Namen Armand?«

Es ist ein spontaner Gedanke. Fast wie ein Geistesblitz. Benoîte fällt plötzlich ein, woher sie Eleonore kennt. Sie sieht die Frau vom Friedhof deutlich vor sich.

»Armand? Non. Nie gehört.«

»Und Papan Loupgoncier? Haben Sie den Namen schon einmal gehört?«

»Hmn ... das könnte ihr verstorbener Mann sein. – Ja, ich glaube, sie hat ihn irgendwann einmal erwähnt. Sie spricht sonst nicht von ihrer Familie. Ich habe sie einmal gefragt, ob der Mann auf dem Friedhof ihr verstorbener Ehemann sei. Sie hat nicht geantwortet. Vielleicht hat er sie betrogen und sie denkt, ich als verheiratete Frau ... Aber ich sage Ihnen, die

Männer sind alle gleich. Ob sie dreimal am Tag auf den Knien rutschen und zu Allah beten oder ob sie es nicht tun. Wenn ein toller Rock daherkommt, schauen sie dem hinterher – alle!«

Während sie redet, erhascht Benoîte einen kurzen Blick auf die Bilder, die in größeren Abständen zueinander an der Wand hängen. Es handelt sich tatsächlich um Fotografien. Bilder von der Mittelmeerküste und andere fremde Landschaften.

»Hat sie immer hier gewohnt? Ich meine, wie lange lebt sie denn schon in diesem Haus?«

»Sie hat es geerbt, wie gesagt. Aber das ist alles, was ich weiß. Das war auch vor meiner Zeit. Wir sind erst im Mai von Paris hierhergezogen.«

Die junge Frau verlässt den Raum. Benoîte eilt ihr hinterher, folgt ihr ins Wohnzimmer.

»Sehen Sie ...«, sie hebt den Zettel mit der Notiz hoch, »er liegt noch da. Wenn sie auf dem Friedhof gewesen wäre, hätte sie ihn doch gefunden. Aber sie hat hier nichts angerührt.«

»Ja, das ist wirklich merkwürdig.« Benoîte überlegt. Die Situation beunruhigt sie jetzt auch.

»Elaine Peage ...«, entfährt es ihr plötzlich.

»Comment?«, fragt die andere und dreht sich zu Benoîte herum.

»Elaine Peage ist ihr wirklicher Name, wussten Sie das?«

Die Frau schüttelt den Kopf und sucht gleich weiter nach Hinweisen auf den Verbleib der Verschwundenen. »Vielleicht sollten wir die Polizei verständigen«, bemerkt sie.

»Nein«, entfährt es Benoîte. »Warten wir noch etwas. Ich glaube, die Sache klärt sich von selbst. Sie taucht sicher bald wieder auf. Ich meine ... wo soll sie denn hin?«

Benoîte hat das Bild von der Weinprobe deutlich vor Augen. Elaine mit Armand und Delamotte. Sie ist es.

»Aber das ist es ja gerade. Sie hat niemanden. Es könnte ihr etwas zugestoßen sein«, jammert die Frau.

»Nein, das glaube ich nicht.« Es ergäbe keinen Sinn, wenn Elaine ein weiteres Mal verschwand. Sie gibt ihr Verschwinden nur vor.

»Lassen Sie mich nach ihr suchen. Wenn ich etwas herausfinde, sage ich Ihnen Bescheid«, beruhigt sie die andere.
»Ich mache mir wirklich Sorgen, Madame.«
»Das brauchen Sie ganz sicher nicht.« Benoîte lächelt der jungen Frau aufmunternd zu.
»*Bon.* Aber kommen Sie doch noch auf einen Tee mit zu mir.«
Benoîte überlegt. Dann folgt sie der Einladung.

Es ist halb elf. Benoîte liegt im Bett und hält Philippes *Das lange Schweigen* in ihren Händen. Die letzten Tage hat sie gierig darin gelesen, ist in einen regelrechten Sog geraten. Allein deshalb, weil seine Sprache sein Gesicht in ihre Gedanken zaubert. Daraus erwächst der dringende Wunsch, ihn zu sehen, mit ihm zu sprechen.

Seine Geschichte – so verkorkst sie ihr anfänglich auch erschien, langsam wird sie stimmig, ergibt ein logisches Ganzes.

Nachdem sie knapp fünfzig weitere Seiten gelesen hat, fallen ihr langsam die Augen zu. Sie legt das Buch beiseite.

Als sie gerade den Lichtschalter betätigen will, drängt sich das Tagebuch in ihr Blickfeld. Sie greift danach, blättert eine Weile in ihren Aufzeichnungen.

Alles ist noch da. Niemand anderes – außer ihr – schreibt mehr an *ihrer* Geschichte.

Erleichtert klappt sie das Büchlein wieder zu, legt es weg.

Derweil fällt ihr Blick auf Elodies Tapetenkistchen. Es steht noch immer auf ihrem Bett. Das Tagebuch ihrer Mutter lugt daraus hervor.

Einen Moment lang ist sie versucht … Dann aber verweigert sie sich der Versuchung. Nein, die Gedanken ihrer Mutter will sie nicht ergründen. Es widerstrebt ihr, ihre Rechtfertigungen zu lesen.

Heimlich bewundert sie Philippe für den Mut, das Schweigen auf diese – seine Art – zu brechen, ein Buch zu schreiben und darin offen zu seinen Gefühlen zu stehen.

Noch ist sie nicht so weit. Das Puzzle der ungelösten Rätsel hat noch ein paar Teile, die nicht zusammenpassen.

5 In der Buchhandlung findet Benoîte sich schnell ein, und bereits nach wenigen Wochen hat sich im Laden einiges verändert. Das Bücherregal steht anders. Der Auslagetisch hat eine neue Deko. Eine Wandseite strahlt mit frischer Farbe. Die weißen Wände sind verschwunden. Die eher langweiligen Provencebilder haben neue Rahmen erhalten. Benoîte sprüht vor Energie, und was immer sie an Ideen ausbrütete, Anaïs lässt sie gewähren und ist dabei nicht unbeeindruckt von ihrer schier grenzenlosen Kreativität.

Als Benoîte eines Morgens in die Buchhandlung kommt, ist Anaïs gerade damit beschäftigt, ein Plakat auszurollen.

»Salut, ma chère.«

»Salut, Anaïs.«

Der Morgen ist unerwartet kühl und Benoîte trägt zum ersten Mal eine etwas dickere Jacke.

»Soll ich dir helfen?«

»Oh ja, das wäre fein. Hier …« Sie hält ihr ein Ende des Plakats hin.

Benoîte nimmt den hingehaltenen Zipfel, wobei sich das Plakat an der losen Seite immer wieder von selbst einrollt.

»Was ist das …?«, fragt sie ungläubig, als sie beim erneuten Ausrollen die erste Textzeile entziffert.

»Eine Lesung«, antwortet Anaïs stolz.

Stockend verfolgt sie beim Ausrollen des Plakats das Fortlaufen des Textes. Qu'est-ce que c'est …?!

»Wie findest du das?«, fragt Anaïs. »Ich dachte mir, wir haben schon lange keine Lesung mehr veranstaltet. Und dann fiel mir ein, wir könnten doch einen jungen, noch unbekannten Autor einladen.«

»Und dabei dachtest du ausgerechnet an …«

»Philippe Moreautruc«, ergänzt Anaïs. »Nachdem du dir sein Buch bestellt hast, habe ich auch kurz reingelesen. Ich hatte noch ein Exemplar für den Laden bestellt. Und da dachte ich mir, warum eigentlich nicht.«

Warum tut sie das, geht es ihr durch den Kopf.

Als sie jedoch ihre allzu offensichtlich aufrichtige Begeisterung bei der Sache spürt, sind die Zweifel schnell weg. Anaïs möchte ihr einen Gefallen tun und hat sich von Benoîtes Tatendrang anstecken lassen.

»Hierhin? Was meinst du?« Die Buchhändlerin deutet zur Wand.

»*Voilà* ...« Anaïs macht sich ans Werk. Sie zieht ihre Schuhe aus, steigt auf den Verkaufstisch.

»Warte, ich helfe dir«, beeilt sich Benoîte.

Kurz darauf hängt das Plakat an der Wand. Benoîte betrachtet es eine Weile aus der Entfernung. Der Buchtitel ist überdimensional groß zu lesen, darunter ein nicht ganz so scharfes Bild von Philippe.

»So ...«, murmelt sie, »... am Samstag schon. Hat er denn zugesagt?«

»Hat er. Sympathischer Mann. Er freut sich. Ich dachte, bis dahin rühren wir ordentlich die Werbetrommel. Du könntest heute Morgen ein paar Faltblätter verteilen. Gleich hier um die Ecke.«

Sie hievt einen Karton mit Flyern vom Boden hoch, setzt ihn auf den Verkaufstisch.

Wortlos nimmt Benoîte einen Zettel heraus und liest.

»Schön«, kommentiert sie. »Dann mache ich mich mal an die Arbeit. Ich meine, ich gehe dann mal los und verteile Flyer.«

Sie packt zwei große Stapel Faltblätter in ihre Tasche. »Wenn ich Nachschub brauche, komme ich wieder.«

Auf der Straße treibt sie die Unruhe über das Bevorstehende an. Bewegung und frische Morgenluft bringen sie auf andere Gedanken. Vielleicht ist es gut, gerade nicht im Laden stehen und Philippes Lächeln vom Plakat ausgesetzt sein zu müssen.

Touristen schlendern an ihr vorbei. Plappernde Kinder mit Schulranzen. Hausfrauen beim Einkauf. Beim Bäcker stehen die Leute Schlange, um ein frisches Baguette zu ergattern.

Benoîte geht zuerst zum Eiscafé. Noch ist es recht leer. Ein junger Mann reinigt gerade die Eisbehälter, sieht gleich auf, als er die Tür gehen hört.

»Bonjour«, grüßt Benoîte. »Wir veranstalten eine Lesung, Buchhandlung Livres d'Anaïs. Samstag. Der Autor ist ein junger, unbekannter Schriftsteller. Sie sind eingeladen.« Ihre Sätze klingen ein bisschen wie auswendig gelernt.

Der Mann hinter den Eisbehältern nimmt den Stapel Zettel entgegen, den sie ihm reicht. »Philippe Moreautruc«, liest er und grinst. »Aha.« Natürlich hat er den Namen noch nicht gehört. »Dann legen wir das doch mal hier aus«, kommentiert er, »und … he!«, ruft er ihr nach, als sie ihm schon wieder den Rücken zudreht, und die Tür öffnet. »Wenn du magst, gehen wir mal was trinken.« Sie lächelt. »Bon. Ich werde meinen Freund fragen.«

Benoîte klappert die gesamte Gasse ab. Ein paar Souvenirläden, Bistros, Cafés, ein Lebensmittelgeschäft, ein paar Outdoorläden, ein Blumenverkäufer. Am Ende der Gasse bleibt sie stehen, sieht zurück, betrachtet kurz den Himmel. Einzelne Wölkchen kleben darin wie Wattetupfer. Die Luft hat sich merklich aufgeheizt. Sie zieht ihre warme Jacke aus.

Nur noch wenige Zettel sind übrig. Sie beschließt, zum Office du Tourisme zu gehen.

Die Touristeninformation öffnet um diese Zeit gerade erst. Sie genießt den Morgen und die Leere in ihrem Kopf. Der Moment, wenn alles noch langsam geht. Sie stellt sich Anaïs vor, die gerade stolz ihr Plakat betrachtet.

Tatsächlich ist sie die erste Besucherin im Office du Tourisme. Eine Frau, etwa in Anaïs Alter, nimmt ihr die übrig gebliebenen Zettel ab und legt sie auf einen Auslagetisch. »Na, wird aber auch Zeit, dass sie mal wieder eine Lesung veranstaltet. Darauf habe ich ja schon die ganze Zeit gewartet. Wer ist denn dieser Moreautruc?«

Sie setzt ihre Brille auf und liest: »*Das lange Schweigen*. Noch nicht gehört. Kennen Sie das Buch, Madame?«

»Ich lese es gerade.«

»Aha.« Sie betrachtet das auf der Rückseite abgebildete Foto des Autors. »Na schlecht sieht er ja nicht aus. Hat sie clever angestellt, holt sich einen gutaussehenden jungen Kerl ins Haus und dann wird der Laden voll! Zu wünschen ist es ihr.« Sie setzt ihre Brille ab und lacht.

»Dann sehen wir uns am Samstag?«
»Aber ja. Etwas Kultur können wir hier brauchen. Anaïs soll für genügend Sitzplätze sorgen. Wir werden den Laden schon vollkriegen.« Sie zwinkert Benoîte zu.

Als sie wieder in der Buchhandlung ankommt, ist das Plakat das Erste, was ihr ins Auge springt. Unmöglich, ihn zu ignorieren. Sie stellt sich den Abend bereits vor, fiebert ihm heimlich entgegen. Wie würde ihr Wiedersehen ausfallen?

»Hast du auch genug Sitzplätze?«, greift sie die Bemerkung der Dame aus dem Office du Tourisme auf.

Anaïs sitzt an ihrem PC, tippt etwas. Irritiert sieht sie auf.

»Genug Sitzplätze? Das ist allerdings eine gute Frage. Wirklich eine sehr gute Frage, Benoîte. Du könntest mal im Lager schauen. Die müssten dann vielleicht entstaubt werden. Aber es sollte reichen.«

Benoîte geht Richtung Lager. Unterwegs legt sie ihre Wolljacke ab.

»Ach, und da war gerade so ein Anruf für dich«, ruft Anaïs ihr nach. »Eine Eleonore oder so ähnlich.«

»Eleonore *Loupgoncier*?« Abrupt bleibt sie stehen, dreht sich um. Hat sie sich gerade verhört.

»Loupgoncier?«, wundert sich Anaïs. »Den Nachnamen hat sie nicht gesagt. Oder ich habe ihn nicht verstanden. Ist sie ... eine Verwandte?«

»Ich kenne sie nicht persönlich. Hat sie eine Nummer hinterlassen?«

»Nein, sie hat von unterwegs angerufen. Vom Mobiltelefon. Sie wollte sich noch mal melden.«

Verflucht! Benoîte beißt sich auf die Lippe, um sich ihre Verärgerung nicht anmerken zu lassen. Anaïs bemerkt es dennoch.

»Ist was Wichtiges?«, stellt sie fest.

»Vielleicht. Es geht um *ihn*. Um meinen Vater.«

»Um Papan?« Anaïs Kopf verschwindet wieder hinter ihrem PC.

»Du kennst ihn von früher?«

»Sicher. Wer kannte Papan nicht.«

»Wie meinst du das? Und warum hast du mir noch nichts davon erzählt?«

»Was soll ich dir denn über deinen Vater erzählen? Dass die Frauen hinter ihm her waren – und dass Elodie das natürlich ein Dorn im Auge war. Sind das die Geschichten, die man als Tochter hören will?«

»Was ich hören möchte, musst du schon mir überlassen. Ich weiß so gut wie nichts über meinen Vater. Jedes Detail trägt dazu bei mir ein Bild von ihm zu machen. Meinst du, er war ein Draufgänger?«

»Alors, er hatte nicht unbedingt diesen Ruf. Aber ich weiß natürlich nicht, was an den Gerüchten dran war. Wenn er in die Buchhandlung kam, war er immer zuvorkommend und charmant. Er war Seemann. Aber das fördert solche Gerüchte natürlich nur noch.«

Unauffällig mustert sie Anaïs von der Seite. Ihr noch immer volles, langes Haar. Das schmale Gesicht mit der ausdrucksstarken Nase. Hinter der modischen Brille verstecken sich ein Paar klare blaugraue Augen. Sie ist in Elodies und Jeanettes Alter. Vielleicht etwas jünger, attraktiv. Noch immer attraktiv. In jungen Jahren mag sie vielleicht sogar schön gewesen sein.

»Hattest du was mit ihm?«, fragt sie.

Anaïs druckst herum. »Nein, so kann man das nicht sagen ...«

»Bitte, sag es mir. Papan lebt nicht mehr. Es spielt also keine Rolle.«

»Doch, das tut es. Du bist seine Tochter. Und du bist ihm in der Tat sehr ähnlich«, rückt sie mit der Sprache raus. »Bon, ich war einmal mit ihm essen. Er wollte sich bei mir bedanken, weil ich ihm ein paar vergriffene Kunstbücher über ein Antiquariat besorgt habe. Aber das war's auch schon.«

»Er interessierte sich für Moderne Kunst?«

»Ja, er interessierte sich für Kunst. Er ist dir nicht nur darin ähnlich. Vieles mehr. Die Art, wie du redest. An diesem Abend sprach er fast nur über Kunst. Außer ...«, sie stockt. Scheinbar fällt es ihr gerade erst wieder ein. »Er sprach auch sehr viel von dir. Von seiner Tochter. Er sagte so was wie, er

wolle seiner Tochter seine Bücher und seine Kunst vermachen. *All das ist für Benoîte*, sagte er – so oder so ähnlich.«
Benoîte ist vollkommen benommen. Sie möchte mehr hören.
»Er wäre sicher ein guter Vater gewesen«, flüstert Anaïs. »Sie hätte ihn einfach nur loslassen sollen. Und nicht über dich, ihren Frust über die Trennung loslassen sollen. Das war ihr Fehler. Aber ... dass sie ihn getötet hat. Das glaube ich einfach nicht. Ganz egal, was die Polizei behauptete. Das hätte sie niemals. Warum hätte sie Papan töten sollen. Sie hat ihn doch geliebt.«
Anaïs setzt ihre Brille wieder auf und widmet sich einer Rechnung. Ihre Reaktion kommt so abrupt, als wäre sie sich gerade dessen bewusst geworden, dass sie zu viel redet.
Benoîte geht wie in Trance zum Lager. Eine fiktive Szene begleitet sie. Sie sieht ihre Mutter ...
Elodie ist in der Buchhandlung. Sie steht vor einem Regal. Benoîte sitzt auf der anderen Seite des Regals, sie sitzt ihr stumm gegenüber. Elodie nimmt ein Buch heraus, schaut es an, ähnlich wie Benoîte es gerade angesehen hat. In dem Moment fällt das Regal ... Es stürzt auf sie zu. Benoîte reagiert nicht. Sie lässt es einfach zu, dass das Regal auf ihre Mutter stürzt.
Diese Szene könnte aus dem Tagebuch stammen. Sollte das Tagebuch sie erneut verfolgen wollen. Aber das tut es nicht. So viel wusste der Schreiber nicht. Oder doch? Wusste er genau das? Dass sie zugesehen hatte, wie das Regal auf Papan stürzte? Dass sie etwas zu verbergen hatte ...
»Hast du deine Mutter schon besucht?«, fragt Anaïs, als Benoîte wieder vor ihr steht.
»Nein.«
Eine Gruppe Touristen betritt in diesem Augenblick die Buchhandlung, wodurch das Thema abrupt beendet ist.

Gegen halb sieben verlässt Benoîte die Buchhandlung. Spontan entscheidet sie, den Bus Richtung Annot zu nehmen.
Eleonore hat nicht nochmal angerufen, weshalb sie unruhig wird.

Als sie das Haus erreicht, findet sie erneut alles im Dunkeln. Sie überlegt eine Weile, ob sie zur Nachbarin gehen soll, entscheidet sich dann aber dagegen. Stattdessen geht sie zum Friedhof. Während sie den Pfad zu Papans Grab einschlägt, überkommt sie plötzlich das Gefühl, beobachtet zu werden. Unruhig dreht sie sich herum. Das zurückgelassene Stück des Weges wirkt verlassen. Niemand ist hinter ihr. Dennoch nervös geht sie weiter. *Es sind nur die Toten. Nur die Toten*, beruhigt sie sich in Gedanken. Sie können nichts anrichten. Tote kommunizieren nicht mit den Lebenden. Vielleicht besuchen sie sie manchmal im Traum. Darüber hinaus aber ...
Benoîte gelingt es nicht sich zu beruhigen. Auf einmal ist da ein Gefühl. Jemand treibt sie in die Enge.

Doch da ist niemand.

»Papan ... Papa?«, fragt sie in die Dunkelheit.

Keine Antwort.

Es fehlen nur noch wenige Schritte bis zu seinem Grab. Hier genau liegt er. Sie fröstelt und zieht den Kragen ihrer Wolljacke hoch.

Eine Weile blickt sie starr auf den Grabstein. Gespenstische Schatten ziehen darüber hinweg. Es fühlt sich an, als lege ihr jemand eine eisige Hand auf die Schulter. Erschrocken fährt sie herum.

»*Papa?*«

Jemanden kichert. Oder ist es der Wind? Eine Stimme ... Dicht an ihrem Ohr flüstert jemand. Sie versteht nicht, was er sagt. Lachen. Es ist eine männliche Stimme. – Papan? ...
Sie sieht ihn Arm in Arm mit Elodie die Straße hinunterschlendern. Er hebt etwas vom Boden auf, etwas, das ihm heruntergefallen ist. Vielleicht ein Brief an sie. In diesem Moment schlägt Elodie zu. Sie schlägt ihm auf den Kopf ... Sie erschlägt ihn. Mit drei Schlägen.

Ein Schauder bringt Benoîte erneut zum Zittern. Diese Szene ist ebenso falsch wie das, was das Tagebuch über sie behauptet.

Elodie ist keine Mörderin. Auch Anaïs ist dieser Meinung.

Auf Papans Grab blühen frische Veilchen. Neben Margeriten. Dahinter Vergissmeinnicht, Hortensien, Lavendel,

Gräser. Sie kniet vor dem Grab. Vorsichtig befühlt sie die locker aufliegende Erde. Tatsächlich ist gerade erst jemand hier gewesen, hat Blumen gepflanzt. Eleonore. Vielleicht nur kurz vor ihr.

Sie betrachtet die Blüten. *Und wenn sie irgendwo hier etwas vergraben hat?*, kommt ihr unwillkürlich ein Gedanke. Die Tagebuchseiten? Was aber könnte Eleonore ... Elaine mit dem Tagebuch zu tun haben?

Es ist ein spontaner Gedanke. Und dabei völlig absurd. Sie fängt an, in der Erde zu buddeln. An den Stellen, wo die Erde locker aufliegt.

Warum kommt sie beinahe jeden Tag hierher, bepflanzt das Grab immer wieder neu? Nur wegen Papan? Versteckt sie hier etwas? Warum ist sie damals verschwunden? Warum geht man auf eine Weinprobe, um zu verschwinden?

Benoîte richtet sich auf. Sie betrachtet das Grab von oben. Ihr Blick gleitet über das Beet. Kieselsteine und Moos bedecken den hinteren Teil. Davor die Blumen. Erst jetzt fällt ihr eine kleine brennende Kerze auf. Sie steckt in einem Tongefäß, unterhalb des Grabsteins, in der Erde.

Benoîte kniet sich hin, hebt das Gefäß mit der Kerze hoch. Sie brennt erst seit Kurzem und ist noch nicht weit heruntergebrannt. Als sie die Kerze wieder zurück an ihren ursprünglichen Platz stellen will, stoßen ihre Fingerspitzen auf etwas Hartes. Neugierig wühlt sie den Gegenstand frei ...

Ein Schlüssel! Es ist tatsächlich ein Schlüssel. Auffällig ähnelt er dem Schlüssel der Putzfrau. Es muss ein Ersatzschlüssel zu ihrem Haus sein. Natürlich! Sie will, dass Papan jederzeit zu ihr kommen kann. *Meine Tür ist immer offen*, erinnert sie sich an die Worte des Künstlers. Dabei wirkt Eleonores Haus verschlossen wie kein anderes.

»Papa ...« Ihre Stimme ist nur ein Flüstern. »Voilà le clé.« Sie steckt den Schlüssel in ihre Hosentasche.

»Tu connais la maison? Das Haus? Ihr Haus?«, fragt sie leise.

Die Stille des Friedhofs liegt wie ein Nebel über den Gräbern. Über den Seelen der Toten.

»Ich sollte hier nicht reden. Es ist *dein* Ort. Aber ...«

Sie richtet sich wieder auf. »Ich habe deine Briefe gelesen, alle. Je suis desolée ... papa«, flüstert sie. »Je suis desolée ... je suis desolée«, wiederholt sie immer wieder mit tränenerstickter Stimme.

Hinter ihr im Gebüsch knackt es. Benoîte unterbricht ihre Rede, dreht sich aber nicht um. »Ich weiß, ich sollte nicht länger hier sein. Es stört die Ruhe der Toten.«

Die Gedanken kreieren erneut eine Szene ... *Sie schlendert mit Papan durch einen Souk in Marrakesch. Sie treffen den Mann mit dem Lederkoffer. Alt ist er geworden. Sein Haar ist beinahe noch weißer als seine Djellaba. – Hier, mein Kind. Das ist für dich von Papan, sagt er. – Was du darin findest, ist ein Teil von dir. Fragend sieht sie den alten Mann an, sucht nach Papans Hand, die sie bis eben hielt. Sie ist weg. Sie ist erwachsen geworden ...*

Die Kerze ist erloschen. Offenbar hat der Wind die Flamme erstickt. Wieder hört sie etwas, ganz nah an ihrem Ohr ... *Benoîte, du bist keine Mörderin. Und Elodie auch nicht. Wir sind eine Familie. Wir halten zusammen.*

Sie weicht einen Schritt zurück, weg vom Grab. Die Gegenwart des Todes wirkt auf einmal erdrückend. Es drängt sie, diesen Ort zu verlassen. Sie muss zurück. Zurück zu den Lebenden.

Spontan zieht sie sich eine Haarspange aus dem Haar und legt sie neben die Kerze. Eine Haarsträhne ist noch daran.

Dann richtet sie sich auf.

Auch auf der Straße begleitet sie die Stille. Sie biegt ein paarmal ab, erreicht die Stelle, an der Eleonores Haus liegt. Vermutlich hat sie sich diesen Ort hier ganz bewusst ausgesucht. Die Nähe zum Friedhof.

Benoîte spielt mit dem Schlüssel in ihrer Hosentasche. Ein paar Dorfbewohner kommen ihr entgegen.

Der Mistral weht Laub in den Hof, als sie sich wie eine Diebin zum Eingang stiehlt.

Dort angekommen, zieht sie den Schlüssel aus ihrer Hosentasche, steckt ihn ins Schloss. Er passt.

Im Inneren des Hauses spürt man ihn noch, den Sommer. Auch wenn das Haus weit und geräumig ist. Die Putzfrau scheint die letzten Tage nicht gelüftet zu haben. Im ersten Augenblick ist es, als warte jemand. Eine Tür, die sich ganz plötzlich öffnet und da steht jemand ... Sie ist nicht allein.

Die Stille aber offenbart, dass niemand zuhause ist.

Dennoch bleiben die Zweifel. Ob Eleonore schon die ganze Zeit über hier gewesen ist und sich ganz einfach nur nicht bemerkbar macht?

Zielstrebig geht sie über die Diele bis zu der Tür, hinter der sich das Schlafzimmer befindet. Beim letzten Mal hatten sie Eleonores Kleiderschrank inspiziert, und das Schlafzimmer wirkte wie ausgestorben. Vielleicht aber tat es das immer. Weil Eleonore es penibel ordentlich und sauber hielt.

Unterwegs passiert Benoîte die Bilder an den Wänden. Vor einem bleibt sie stehen. Die Aufnahme hängt etwas abseits, ist leicht zu übersehen. Sie zeigt eine Strandszene. Eine junge Frau mit Sonnenbrille im Bikini. Der Mann daneben lehnt sich aus einem Liegestuhl. Er lacht in die Kamera. Kleidung und Frisuren nach zu urteilen wurde das Bild in den Neunzehnhundertachtzigerjahren geschossen.

Benoîte betrachtet das Gesicht des Mannes. Seine Haare sind nass und zurückgekämmt. Papan? Natürlich ist es Papan. Sie sollte auf dieses Bild stoßen. Und da ist noch mehr.

Etwas drängt sie, sich nicht zu lange an einem Fleck aufzuhalten. Sie muss weiter. Sie will nicht überrascht werden, denn immerhin ist sie hier eingedrungen. Eleonore könnte plötzlich in der Tür stehen.

Vorsichtig öffnet sie die Schlafzimmertür, tritt über die Schwelle.

Auf den ersten Blick wirkt das Zimmer wie beim letzten Mal.

Sie öffnet die Schranktür. Der erwähnte Koffer steht noch immer in derselben Ecke.

Benoîte geht zum Fenster, wirft einen flüchtigen Blick nach draußen. Sie blickt auf eine Hecke.

Irgendetwas muss sie übersehen haben.

Sie dreht sich wieder um, sucht den Raum ab. *Es ist hier*, denkt sie, *ganz genau hier.* – Was ist es? Auf einem Schminktischchen in der Ecke liegen ein paar Zeitschriften ordentlich gestapelt. Ein etwas ungewohnter Anblick in einem derart penibel aufgeräumten Zimmer. Sie steuert darauf zu. Neugierig betrachtet sie die Titelseiten, durchstöbert den Stapel oberflächlich. Hochglanzmagazine, nichts Besonderes.

Als sie das letzte Heft wieder auf den Stapel zurücklegen will, fällt etwas zu Boden. Papiere, die sich offensichtlich dazwischen befanden. Überrascht weicht sie zurück. Was ist das?!

Vorsichtig hebt sie die zu Boden gefallenen Seiten auf. Es sind mit Hand beschriebene Seiten, Tagebuchseiten. Die herausgerissenen, *falschen* Aufzeichnungen?

Ihr Herz schlägt, als wolle es ein tiefes Beben auslösen. Wie um alles in der Welt kommt *das* hierher? Was hat Eleonore – Elaine mit den Tagebuchaufzeichnungen zu tun?

Die Erkenntnis trifft sie unvermittelt. Sie erkennt, was man ihr die ganze Zeit schon unter die Nase gehalten hat. Eleonore wusste es. Sie wusste es seit langem, vermutlich schon auf der Weinprobe.

Deshalb hat sie sich einen falschen Namen zugelegt, Elaine Peage. Und anschließend ihr Verschwinden – für die Tagebuchaufzeichnung – inszeniert. So viel Aufwand. Doch für welchen Zweck? Wenn sie sie hätte kennenlernen oder mit ihr über ihren Vater reden wollen, warum hat sie sie dann nicht ganz einfach angesprochen?

Es muss bedeutend mehr dahinterstecken.

Ferner stellte sich die Frage, was sie über die anderen Szenen wusste, bei denen sie nicht dabei gewesen war. Hat eventuell Delamotte ihr Informationen übermittelt?

Benoîte vergleicht die Schriften. Leichte Abweichungen scheint es zu geben, was aber auch Zufall sein kann.

Als sie irgendwo ein Geräusch hört, nimmt sie rasch alle Tagebuchseiten an sich, pfriemelt sie hastig in ihre Tasche.

Eine Weile rührt sich nichts. Dann aber hört sie Schritte. Schritte, die sich rasch nähern ... schließlich aber wieder entfernen.

Erleichtert atmet sie auf. Nichts passiert. Benoîte wartet. Nach einer Weile öffnet sie vorsichtig die Tür, wirft einen raschen Blick auf den Flur. Als sie dort niemanden entdeckt, huscht sie schnell hinaus.

Die Haustür steht offen.

Nervös späht sie in alle Richtungen, der Weg scheint frei. Offenbar ist es nur die Putzfrau, die nach dem Rechten sieht. Schnell gelangt sie wieder ins Freie.

Es dauert eine Weile, bis die junge Algerierin aus dem Haus kommt.

»Oh, Sie sind's Madame. Haben Sie mich erschreckt. Warten Sie schon lange?«

»Nein. Ich bin eben erst gekommen. Haben Sie etwas von Madame Loupgoncier gehört?«

Die junge Frau verschließt in aller Ruhe die Haustür. Dann wendet sie sich Benoîte zu.

»Ja. Sie war gestern hier. Sie sagte mir, sie würde eine Weile nicht da sein. Ich soll die Pflanzen gießen, bis sie zurück ist.«

»Sie ist also verreist. Hat sie gesagt, wie lange sie weg ist?«

»Nein. So genau hat sie das nicht gesagt.«

Sie sieht Benoîte nicht an. »Ich muss jetzt leider schnell rüber«, erklärt sie, »meine Kinder sind allein.«

Irritiert registriert Benoîte etwas Abweisendes in ihrer Reaktion. Ihre Töchter sind im Teenageralter. Warum sollten sie nicht allein sein können?

»Madame Loupgoncier wird sich ganz sicher bei Ihnen melden, wenn sie wieder da ist.«

»Das hat sie bereits«, wirft Benoîte ein.

Die Frau reagiert nicht. Vielleicht weiß sie es bereits.

»So. Dann ist ja alles in Ordnung«, bemerkt sie desinteressiert. »Sie sollten sehen, dass Sie den Bus noch kriegen. Au revoir Madame, et à bientôt.«

Eilig verschwindet sie über die Straße.

Ihr Mann steht bereits in der Tür und wartet. Hatte sie nicht gerade behauptet, ihre Kinder wären allein zuhause?

Erst relativ spät erreicht Benoîte das Haus ihrer Tante. Jean öffnet die Tür. Jeanette erscheint sofort hinter ihm.

»Benoîte. Da bist du ja. Wir haben uns schon Sorgen gemacht. Wo warst du denn? Ich habe versucht, dich auf deinem Mobiltelefon zu erreichen.«

Sie sucht das Telefon in ihrer Jackentasche. Der Akku ist leer. Sie hat das Mobiltelefon nicht oft dabei. Und wenn, ist es meistens nur wenig aufgeladen.

»Tut mir leid. Ich hätte dir Bescheid sagen müssen.«

Sie legt ihre Jacke ab. Jean ist sofort zur Stelle und nimmt sie ihr ab.

»Merci.«

Aus der Küche dringt die wohlige Wärme des Kachelofens. Eine Kerze auf dem Küchentisch sorgt für zusätzliche Gemütlichkeit. Jeanette stellt ihr eine dampfende Teetasse hin und setzt sich stumm daneben.

Benoîte mustert ihre Tante von der Seite.

»Was ist los?«

»Sie war hier«, beginnt Jeanette endlich.

»Wer?« Benoîte weiß sofort, *wen* sie meint.

»Deine Mutter. Ich habe sie seit einer Ewigkeit nicht mehr gesehen.«

»Was wollte sie?«

»Was wird sie gewollt haben, – sie wollte ihre Tochter sehen.«

»Du bist ihre Tochter«, äußert sich jetzt auch Jean zu dem Thema, als müsse er Benoîte erst an diese Tatsache erinnern.

»So.«

»Sie wollte mit dir sprechen. Mit ihrer Tochter, die sie das letzte Mal vor zwanzig Jahren gesehen hat. Deswegen war sie hier. Es spricht sich doch herum, wenn jemand nach langer Zeit zurückkehrt.«

Jean zieht sich zurück.

Benoîte braucht eine Weile, um die Neuigkeit zu verdauen.

»Sie scheint sich besser im Griff zu haben als damals. Sie wirkte entspannt. Vielleicht tut ihr das zunehmende Alter doch gut.«

Benoîte ringt nach Worten: »Tantine, gib mir jetzt nicht das Gefühl, ihr irgendwie Unrecht zuzufügen. Ich kann nicht alles wegwischen und so tun als ob. Ich brauche noch Zeit. Die muss sie mir geben.«

Jeanette betrachtet ihre Nichte nachdenklich.

Im Wohnzimmer läuft der Fernseher. Jean hat ihn gerade eingeschaltet, um sich nicht in das Gespräch einzumischen.

»Glaubst du, dass die Toten mit den Lebenden Kontakt aufnehmen können? Dass sie ...« Sie zieht die gefundenen Tagebuchseiten aus ihrer Tasche, legt sie auf den Küchentisch.

Fragend sieht die Tante sie an. »Was ist das?«

»Ich erkläre es dir gleich. Irgendwie habe ich das Gefühl, Papan hat mir geholfen, es zu finden. Dieses Tagebuch ist in meinem Namen verfasst und *sie* hat es gefälscht!«

»Was redest du ... Was für ein Tagebuch? Meinst du deine Mutter?«

»Sagt dir der Name Eleonore Loupgoncier etwas?«

Jeanettes Gesichtsfarbe verändert sich.

»Du kennst sie also.«

»Wir hatten ja mit ihr zu tun, als es um die Aufklärung von Papans Todesumständen ging«, erklärt Jeanette.

»Du hast gewusst, dass sie etwas außerhalb von Annot lebt, Papans Grab jeden Tag besucht ... und hast mir nichts erzählt?«

»Diese Frau bringt keine guten Erinnerungen mit sich, versteh das, Benoîte. Außerdem, was hat sie mit dir zu tun?«

»Allein die Tatsache, dass sie mit Papan verheiratet war, reicht doch schon aus. Sie trauert, genau wie ich.«

»Du willst sie treffen?«

»Ich habe es schon versucht. Aber sie lässt niemanden an sich ran.«

Jeanette schweigt. Dann sieht sie zu den Seiten auf dem Tisch.

»Wer, sagst du, hat das geschrieben?«

»Das Tagebuch ist auf meinen Namen verfasst. Jemand hat Ereignisse aus meinem Leben aufgeschrieben und sie anschließend so dargestellt, als wäre ich an etwas schuld gewesen.«

»Du?! Nein. Und wer, denkst du, ist das?«
Nachdenklich zieht sie sich eine Haarsträhne aus dem Gesicht. Natürlich hat sie Zweifel. Warum sollte Eleonore das getan haben? Sie kennt sie doch gar nicht. Schließlich trifft sie keine Schuld am Tod ihres Vaters. Es gibt tatsächlich kein Motiv, warum sie diese Dinge behaupten sollte.
»Ehrlich gesagt, weiß ich es nicht. Ich habe sie in Eleonores Haus gefunden. Ich weiß nicht, ob sie das geschrieben hat. Vielleicht gibt es einen ganz anderen Grund, oder andere Umstände, wie sie darangekommen ist. Es ist alles sehr rätselhaft.«
Skeptisch sieht die Tante von ihr zu den Aufzeichnungen.
»Die Person, die das geschrieben hat, weiß so viel von mir. So viel, wie es eigentlich kaum jemand wissen kann, wenn er oder sie nicht dabei war. Aber selbst dann. Wer könnte sich anmaßen, meine Gedanken und meine Gefühle zu kennen?«
»Jemand, der dir nahesteht.«
»Dafür kommt unter den gegebenen Umständen niemand in Frage.«
»Darf ich es lesen?«
»Bitte.«
Jeanette liest. Benoîte sieht ihr schweigend zu. Als die Tante fertig ist, sieht sie verwirrt auf. »Wer schreibt so was?!«, bringt sie nach einer Weile hervor. »Das ist wirklich ... unheimlich.«
»Ich fand das Tagebuch in Papans Koffer. Er stand eines Tages in meiner Tür. Ich weiß nicht, wer den Koffer für mich abgeliefert hat. Alors ... du erinnerst dich an diesen schönen alten Lederkoffer?«
»Natürlich erinnere ich mich. Er kam ohne dich zurück. Damals. Wir haben uns große Sorgen gemacht.«
Als wäre gerade *das* Stichwort gefallen, ist die Szene wieder da.
Benoîte entdeckt den Koffer inmitten ihrer Gedanken, in einem imaginären Raum. Der Raum um ihn herum verändert sich. Sie fühlt sich zurückversetzt in die Szene von vor zwanzig Jahren ...
Sie steht an der Route National, hält ihre Sandalen in der Hand. Ein Fahrzeug. Eine sich öffnende Beifahrertür. Jemand wartet darauf, dass

sie zu ihm ins Auto steigt. Merkwürdig, dass sie nicht darüber nachdenkt, wer sie mitnehmen will. Sie denkt nur eins: weg hier, nichts wie weg.

Die Kerze auf Jeanettes Küchentisch flackert. Es ist ein guter Moment, um der Tante davon zu erzählen. Von ihrem Leben nach dieser Szene. Von den vergangenen zwanzig Jahren ...

6   Commissaire Lemarque sitzt an seinem Schreibtisch. Ein Modell aus rustikaler Eiche, Baujahr Anfang der Siebzigerjahre, retro. Über dem Bildschirm hängt eine Postkarte mit der Aufschrift: *Je sais que je ne sais rien. Sokrates.*
Er ist in ein Dokument vertieft und nimmt seine Umwelt nicht wahr. So bemerkt er zum Beispiel auch nicht, dass seine Assistentin seit einer geschlagenen Minute mit ihm spricht. Jetzt steht sie hinter ihm, tippt ihm auf die Schulter.
»Monsieur, das müssen Sie sich ansehen.«
»Was?!« Lemarque fährt aus seinen Gedanken gerissen hoch – und dann herum zu Christine. Er sieht sie an, als wäre sie ein Phantom.
»Was«, wiederholt er, in mäßig lautem, aber übellaunigem Ton.
»Hier.« Sie ignoriert seine Laune. »Das habe ich aus dem Zeitungsarchiv. Lesen Sie es!«
Lemarque wirft seiner Assistentin einen gereizten Blick zu. Dann heften sich seine Augen auf die kopierte Seite, saugen sich an ihr fest. Als er fertig mit Lesen ist, fängt er wieder von vorn an.
»Und?«, fragt sie gespannt mit hochgezogenen Brauen.
»Eine wirklich unglaubliche Geschichte. Kaum zu fassen, dass so etwas passieren kann.«
»Das ist sie doch. Unsere Bedienung aus dem La Cigale. Diese Benoîte Loupgoncier. Das hier sind ihre Eltern.«
Lemarque betrachtet die Fotografie. Ein Bild aus den frühen Achtzigern. Das abgebildete Pärchen, in jungen Jahren, erweckt in keinerlei Hinsicht den Eindruck, dass sich eine Tragödie abgespielt haben könnte. Daneben ist auch ein späteres Foto der dreizehnjährigen Tochter zu sehen.
»Eine perfekte Familie, möchte man meinen.«
»Ja, der Schein trügt«, fügt der Commissaire ernüchtert hinzu. »Der Artikel ist vom Juni 1992. Der Fall lag damals schon etwas zurück. Benoîte Loupgoncier lief mit dreizehn von zuhause weg und man fand nur den Koffer, den sie bei sich hatte.«

»Mit dreizehn. Stellen Sie sich das vor, Monsieur. Wenn Ihre Tochter mit dreizehn wegliefe, würden Sie nicht alle Hebel in Bewegung setzen, sie zu finden?«

Lemarque sieht Christine an. »Dreizehn?! Wer sagt, dass meine Tochter mit dreizehn weglaufen würde? Mon Dieu, ein halbes Kind. Sie wäre am nächsten Tag wieder da, weil ich sie natürlich finde!«

»Sehen Sie. Das hier aber liest sich so, als hätte gar niemand versucht, sie zu finden.«

»Sie meinen, Benoîte Loupgoncier ist gar nicht weggelaufen? Man hat sie weggeschickt?«

»Welche Mutter schickt ihr Kind einfach weg?«

»Eine Mutter, die Angst hat, ihr Exmann könnte es ihr wegnehmen. Lieber überlässt sie das Kind sich selbst, als zuzulassen, dass es bei ihm und seiner neuen Frau aufwächst.«

»Und vergisst dabei ihre Mutterliebe, ihre Fürsorgepflicht?«

»Mit dreizehn ist sie vielleicht noch ein Kind«, relativiert er seine vorherige Reaktion, »aber auch nicht mehr ganz so hilflos.«

»Gerade haben Sie noch etwas anderes behauptet. Also, darüber kann man streiten. Sie musste doch zur Schule gehen!«

»Es gibt Kinder, die werden schneller erwachsen als andere.«

»Aber auch nur, wenn sie es müssen.«

»Wenn sie es müssen«, wiederholt Lemarque nachdenklich. »Ja, es ist eine gute Frage, warum niemand sie gesucht hat. Und wo ist sie die ganzen Jahre über gewesen? Vielleicht hat sie nur zwei Dörfer weiter gelebt. Vielleicht wusste die Mutter die ganze Zeit, wo sie war.«

»Elodie Loupgoncier hat achtzehn Jahre wegen Totschlags im Gefängnis gesessen. Sie ist wegen guter Führung vorzeitig entlassen worden. Das steht hier.«

»Es gab niemanden, der nach Benoîte Loupgoncier hätte suchen können. Ihr Vater war ja tot. Andere Familienmitglieder – das wissen wir nicht. Gehen wir mal davon aus, es war tatsächlich so, dass sie niemand aktiv gesucht hat. Was würden Sie als Mutter aus dem Gefängnis heraus unternehmen?«

»Ich würde jemanden beauftragen, der sie findet. Jemanden, dem ich vertraue. Oder wenn es so jemanden nicht gibt, dann eine Institution. Es gibt doch Möglichkeiten.«

Lemarque zieht die Stirn in Falten.

»Ich denke, dass es so war. Sie hat jemanden beauftragt und diese Person hat ihre Tochter auch gefunden.«

»Und dieser Jemand war der Tote, Monsieur Delamotte?«

»Sie sind unglaublich, Christine. Diese Kombinationsgabe. Aber im Ernst, das wäre doch etwas zu einfach. Ich weiß noch nicht genau, welche Rolle dieser Tote spielt. Aber er spielt eine Rolle.«

Er hält ihr den Artikel wieder hin.

Mit einer ausholenden Geste nimmt sie ihn. Verwirrt folgt er ihrer Bewegung.

»Und was ist mit dieser mysteriösen Untermieterin, Elaine Peage?«, lenkt sie das Gespräch auf das Thema zurück.

»Gute Frage. Angeblich verschwand sie bei einer Weinprobe und ist seitdem nicht mehr aufgetaucht.«

»Auch einfach verschwunden.«

»Also fassen wir zusammen, was wir wissen.«

Er schlägt seine Akte an einer anderen Stelle auf.

»Gisbert Delamotte. Jahrgang 1954. Studium ist mit Fragezeichen versehen. Soziologie, im Nebenfach Psychologie, Schwerpunkt Kriminalpsychologie in Montpellier und Aix-Marseille. Angeblich. So eine Art Schnellkurs«, fügt er hinzu und grinst dabei. »Die Uni hat das nicht bestätigt. Sein angebliches Forschungsseminar ist hier als eine Art AG eingetragen. Vielleicht war das gar nicht genehmigt. Die darüber Bescheid wissenden Professoren sind nicht erreichbar. Einer lebt im Ausland. Der andere ist verstorben.

Delamotte engagierte sich ehrenamtlich im Strafvollzug als Bewährungshelfer. So viel wissen wir sicher. Er betreute unter anderem Philippe Moreautruc, der – gehen wir mal davon aus – die Strafe für seinen Freund absaß und daher unschuldig im Gefängnis war.« Lemarque überlegt. »Etwas anderes scheint mir aber durchaus interessant an der Person Gisbert Delamotte, seine Bekanntschaft mit dem Großunternehmer Bertrand. Gustave Bertrand. Wie kommen zwei so unterschiedliche Personen zusammen? Gab es eine Art Interessenverband? Bertrand sagt man Kontakte bis in sehr hohe politische Kreise nach. Wenn Delamotte also eine Art *illegales* Forschungsprojekt betrieben haben sollte, wer hätte ihm die Genehmigung dafür besorgen können?«

»Gustave Bertrand. Aber warum hätte er das tun sollen?«

»Weil er von Delamotte erpresst wurde. Zum Beispiel.«

»Erpresst?«

»Der Tod seiner Frau wurde nicht eindeutig aufgeklärt. Delamotte aber behauptete angeblich, sie wäre eines nicht natürlichen Todes gestorben. Bei der Obduktion kam eine Überdosis Paracetamol als Todesursache heraus. Da hätte natürlich jemand nachgeholfen haben können. Aber wie soll man das beweisen?«

»Sie meinen, jemand aus der Familie? Aber Delamotte war doch angeblich gar nicht dabei, als die Ehefrau verstarb. Das hat doch dieser ... Moreautruc ausgesagt.«

»Er kam am nächsten Tag dazu. Jemand hat ihn verständigt.«

»Wer? Bertrand?«

»Nein. Ich vermute mal, es war Moreautruc selbst.«

»Warum?«

»Gute Frage. Moreautruc hat Delamotte nicht sonderlich gemocht. Das könnte etwas ganz Persönliches gewesen sein. Moreautruc war zu der Zeit noch nicht lange aus dem Gefängnis heraus. Vielleicht gab es da ein Abhängigkeitsverhältnis.«

»Und was ist mit diesem Forschungsprojekt?«

»Über den Inhalt der Forschung haben wir noch nichts. Man müsste ehemalige Teilnehmer befragen. Hmn ... aber wie findet man die, wenn ein Projekt oder Seminar nicht offiziell genehmigt wurde? Delamotte starb am 28. Juli eines nicht natürlichen Todes mit ungeklärter Ursache, beziehungsweise sind die Umstände unklar. Er hinterlässt weder eine Ehefrau noch andere nahe Familienangehörige, sprich, er war alleinstehend. Das sind die Fakten. Bisher«, schließt er seine Zusammenfassung ab.

»Was haben wir sonst? Einen eher vagen Personenkreis. Die Familie Bertrand, zu der er, wie bereits bemerkt, näheren Kontakt hatte. Mit der verstorbenen Joelle Bertrand verband ihn vermutlich über längere Zeit ein engeres Verhältnis. Ob dieses rein freundschaftlicher oder doch eher sexueller Natur war, müsste noch nachgewiesen werden. Sexuell scheint jedoch unwahrscheinlich, wenn man sich die Beschreibungen seiner Person vor Augen führt.«

»Schwierig auch, wenn die Betroffene verstorben ist«, wirft Christine bissig ein.

»Formidable. Ich sage ja, Sie haben das Zeug zu einem Sherlock Holmes.« Er zwinkert ihr neckend zu. »Also, was dann? Hatte Monsieur Delamotte eine Vorliebe für seine weiblichen oder männlichen Schützlinge, welcher Art auch immer? Er besuchte regelmäßig Inhaftierte im Gefängnis Lynes in Aix. Einer von ihnen war Philippe Moreautruc, inhaftiert wegen Betrugs und Erpressung. Vier Monate verurteilt. Vorzeitige Entlassung wegen guter Führung. Ich habe die Akte zu diesem Fall eingesehen. Die Beweislage gegen Moreautruc war so erdrückend, dass einem schon Zweifel kommen konnten, ob er nicht doch an den Betrügereien beteiligt gewesen war. Wusste Delamotte um die Umstände in dieser Angelegenheit und benutzte er Moreautruc damit für seine Zwecke – welche auch immer das waren?«

»Das ist alles sehr verwirrend«, bemerkt Christine.

»Ja, aber vielleicht gibt es darin eine Logik, die wir nur nicht erkennen. Ich frage mich schon die ganze Zeit, was für ein Mensch dieser Delamotte war. Er scheint mir komplett undurchsichtig. War er einfach nur ein harmloser Spinner? Oder ganz das Gegenteil? Er war alleinstehend. Wie hat er seine körperlichen Bedürfnisse befriedigt? Mit seiner Forschung?«

»Et voilà, da sind wir mal wieder bei Ihrem geliebten Triebthema. Warum kann jemand nicht rein aus Nächstenliebe handeln? Ein junger Mann im Gefängnis. Der hat doch seine Zukunft noch vor sich. Vielleicht hat Delamotte das auch so gesehen und ist für ihn in eine Art Vaterrolle geschlüpft.«

»Ihre moralische Aufrichtigkeit in allen Ehren, Christine, aber möglich ist alles. Ich bin nicht unbeeindruckt.« Er formt die Hände zu einem Spitzdach, lehnt die Fingerspitzen gegen den Mund und grinst dabei schelmisch. Ein Flirtversuch.
Verlegen betrachtet Christine ihre lackierten Fingernägel.
»Gehen wir davon aus, Monsieur Delamotte erfreute sich Zeit seines Lebens einer jungfräulichen Unschuld und einer bahnbrechenden Herzensgüte in Bezug auf seine Mitmenschen. Warum das Schweigen um sein angebliches Forschungsprojekt? Warum hätte man ihn ausschalten sollen? Und warum ist er den Anwesenden auf der Verlobungsfeier als derart unangenehm in Erinnerung geblieben, wenn ich mich an die Worte Moreautrucs erinnere. Gerade der hätte sich doch in jeder Hinsicht lobend über ihn äußern müssen. Dem ist aber nicht so. Darüber hinaus gibt es weitere Ungereimtheiten um die Person Delamotte. Seine Verbindung zu der verschwundenen Elaine Peage. Seine Verbindung zu Benoîte Loupgoncier. Auch wenn sie nichts mit dem Mord zu tun haben sollte, was wollte sie in seiner Wohnung? Oder hat sie ihn auf dem Gewissen?«

Lemarque holt Luft. »Was ist mit dieser Elaine Peage? Die Stelle, an der die Peage damals ins Wasser ging und verschwand, befindet sich in unmittelbarer Nähe der Stelle, an der man Delamottes Leiche fand. Todesursache war übrigens ein Schlag auf den Kopf. Das hat der Gerichtsmediziner jetzt bestätigt. Schlag auf den Kopf«, wiederholt er, »auch das hatten wir schon. Aber jetzt sagen Sie mir, Christine, glauben Sie wirklich an so viele Zufälle? Welche Theorie haben Sie dazu? Ich bin gespannt.«

»Es könnte doch auch einfach ein Unfall gewesen sein. Warum gehen wir eigentlich von Mord aus?«, fragt sie.

»Gesteuerte Zufälle. Der Fundort war nicht der Ort des Todes. Derjenige, der die Leiche dort platziert hat, wusste von Elaine Peages Verschwinden. Das zum Beispiel deutet auf Mord«, stellt er fest.

»Jemand, der auf der Weinprobe dabei gewesen ist … Vielleicht wollte derjenige damit unterstreichen, dass es einen Zusammenhang gibt.«

»Zwischen dem Mord und dem Verschwinden der Frau?«
Lemarque überlegt. »Welchen? Sehen Sie da irgendwo einen Schlüssel zu dieser Geschichte aus dem Zeitungsartikel, zum Tod von Papan Loupgoncier?«

Ihm kommt ein Gedanke, den er jedoch gleich wieder verwirft. Stattdessen fällt ihm etwas anderes ein: »Hat sie sich inzwischen gemeldet? Wir müssen sie dazu befragen.«

»Nein. Ihr Kollege aus dem La Cigale wollte sie benachrichtigen. Sie ist irgendwo in der Verdonschlucht unterwegs.«

»So. Ich brauche aber dringend ihre Aussage. Was genau wollte sie bei Delamotte? Sehen Sie zu, dass Sie etwas herausfinden. Vielleicht ist sie bei Verwandten, die wir noch nicht lokalisiert haben. Egal. Sie werden das herausfinden.«

Christine setzt sich an ihren Schreibtisch und tippt etwas in den Computer. Sie will zum Telefon greifen, hält aber kurz inne.

»Trinken Sie einen Kaffee mit mir, Monsieur? Cappuccino? Wir haben da diesen neuen Kaffee-Automaten.«

»Ach ja … Dann müssen wir ihn zwingend einweihen. Très bien, superbe!«

Sie lächelt und geht aus dem Raum.

Lemarque beugt sich wieder über seine Akte. Eine Weile starrt er ins Leere. Dann fängt er an zu blättern.

Plötzlich hält er Delamottes Aufzeichnungen in der Hand. Die Notizen, die sie in seinem Appartement gefunden hatten. Er studiert sie eine Weile. Etwas daran ist merkwürdig. Der Verstorbene benutzte seine ganz eigenen Bezeichnungen und Codes. So als müsse er das, was er dokumentiert, mit aller Macht geheim halten. Die Notizen scheinen teilweise wirr und auf eine Art persönlich. Versuchte er, in die Psyche der Personen einzudringen? Vielleicht. Möglich auch, dass dem eine triebhafte Steuerung zugrunde lag. Die fixen Ideen eines geistig Verwirrten.

Er erhebt sich von seinem Stuhl und geht zur Wand, dorthin, wo Christine kurz vorm Verlassen des Raumes die kopierte Zeitungsseite angeheftet hat.

Elodie Loupgoncier soll ihren geschiedenen Mann auf dem Gewissen haben. Er betrachtet ihr Gesicht. Eine zierliche, dunkelhaarige Person. Südländischer Typ, hübsch. Eine Frau, die dazu neigt, ihr eigenes Glück zu zerstören? Lemarque hat einen Blick für so etwas.

Zeugen für den Mord gab es nicht, steht in dem Artikel. Einzig die richtungweisende Kopfverletzung. Dreimal hat der Mörder zugeschlagen. Dreimal. Also zweifellos Mord. War Delamotte nicht nur Moreautrucs Bewährungshelfer, sondern auch der von Elodie Loupgoncier? In den Akten gibt es Lücken. Mangelhafte Dokumentation. Die Gefängnisinsassen könnten etwas mit dem Forschungsprojekt zu tun haben.

Mehrfach hatten sie Moreautruc jetzt schon befragt. Nie aber hat er sich inhaltlich zu dem Forschungsprojekt geäußert. Vielleicht gibt es dieses Projekt gar nicht, ist eine bloße Erfindung.

Die Tür öffnet sich und Christine kommt mit einem Tablett und zwei gefüllten Pappbechern herein, die angenehmen Kaffeeduft verbreiten.

»*Voilà, deux cafés!*«

Aufmerksam und zugleich noch halb in Gedanken verharrend, sieht Lemarque ihr entgegen.

»Christine ... Sie verführen mich zum süßen Nichtstun.«

Er nimmt sich einen Pappbecher vom Tablett, wirft seiner Kollegin dabei einen forschen Blick zu.

»Süßes Nichtstun nennen Sie das. Ich würde es die wohlverdiente Pause nennen.«

Lemarque sieht ihr nach, wie sie zu ihrem Schreibtisch geht. Sie trägt ein pastellgrünes T-Shirt mit Wasserfallausschnitt über einer engen Jeans, die ihren Hintern gut in Form bringt.

Einen Moment lang zieht er in Erwägung, ihr ein Kompliment zu machen, hält sich dann aber zurück. Sie könnte es missverstehen. Ein summendes Insekt bringt ihn spontan auf andere Gedanken. Er steht auf, öffnet das Fenster.

»Monsieur, le mistral. Wir haben September.«

»Et alors? Schauen Sie sich Ihr Sommershirt an. Das fällt nicht auf.«

Sie sieht an sich herunter. »Bin ich in Ihren Augen unpassend gekleidet?«

»Aber nein, um Himmels Willen. Das wollte ich damit nicht sagen.«

Er räuspert sich. Es war ein indirekter Versuch. Aber das Kompliment hätte anders ausfallen sollen.

»Die Farbe steht Ihnen ausgezeichnet«, rettet er sich nicht unbedingt geschickt.

Überrascht stellt Christine fest, dass Lemarque etwas rot wird. Der wortgewandte Lemarque ...

»Danke. Was macht denn Ihre Frau?«, lenkt sie mindestens ebenso ungeschickt von sich ab.

»Meine Frau? Warum?«, fragt er irritiert.

»Ach, nur so. Das war eine einfache, höfliche Frage.«

»So. Alice ist die ganze Woche verplant«, nuschelt er.

»Verstehe. Die Kleine.«

Lemarque richtet seinen Blick erneut auf die Akte, ohne dabei einen Gedanken zu fassen. Christine tippt etwas in den Computer, geht ihre E-Mails durch.

»Das ist interessant«, wendet sie sich nach einer Weile wieder an ihren Kollegen.

»Was?«

»Der Inhaber dieses Weinguts Maison Huéspard, Monsieur Fréderic Huéspard, hat mir eine Gästeliste geschickt. Die Liste ist vom Tag der Weinprobe als Elaine Peage verschwand. Und jetzt raten Sie mal wer, außer Elaine Peage und dem Ehepaar Huéspard noch auf der Gästeliste stand?«

»Christine, *s'il vous plaît*. Ich hasse raten. Glücksspiel ist definitiv nicht meins. Sagen Sie's einfach. Geradeheraus!«

»Monsieur Delamotte und ...«

»Moreautruc?«

»Falsch!«

»Da haben Sie's. Ich habe kein Talent fürs Raten.«

»Benoîte Loupgoncier.«

»Tatsächlich? Kam sie allein?«

»Nein. Sie war in Begleitung eines Mannes. François Massu heißt er. Vermutlich ihr Freund.«

»Massu ... Massu ...«, überlegt er laut. »Schon gehört. François, klar! François Massu. Wir gingen auf dieselbe

Polizeischule. Er hat die Ausbildung damals abgebrochen. Jetzt erinnere ich mich – so ein Zufall.«

»Wir leben hier auf dem Dorf, Monsieur. Diese Zufälle sind nicht wirklich Zufälle.«

»Sie meinen, es ist das dörfliche Berufsrisiko, dass man an jeder Straßenecke einem Bekannten in die Arme läuft. Da ist was dran.«

»Ich versuche mal Monsieur Massu zu erreichen. Hier ist eine Adresse notiert. Vielleicht finde ich ihn übers Internet.«

Während der Kopf der Assistentin hinter ihrem Bildschirm verschwindet, betrachtet Lemarque den sich langsam auflösenden Milchschaum an der Oberfläche seines Cappuccinos.

Er legt die Akte beiseite. Mehrere vorstellbare Gedankengänge deuten sich an, was es erforderlich macht, sich diese zu notieren. Er ist nicht voll bei der Sache. Christines Tippen lenkt ihn ab. Sie tippt eine Nummer ins Telefon, wartet.

»Ich habe etwas«, flüstert sie. – »Oui, bonjour«, hört er sie dann sagen. »Monsieur Massu?«

Sie wartet. »Ach so, verstehe. Wann ist er denn zurück? – Bon. Dann melde ich mich später, merci.«

Sie legt auf.

»Und?«

»Er ist nicht da. Ich habe bei der Firma angerufen, bei der er arbeitet. Er macht Beratung, PR. So steht es zumindest hier im Internet. Da ist auch ein Foto von ihm. Sieht gar nicht mal schlecht aus.«

Christine wartet, bis der Commissaire zu ihr um den Schreibtisch kommt. Er beugt sich über sie, wirft einen Blick auf ihren Bildschirm. Dabei berührt er wie zufällig ihren Nacken, schnuppert ihr Parfüm.

»So, das ist also Ihr Geschmack, Christine ... Hmn. Ja, das ist François. Und wann ist er zurück?«

»Ich soll es gegen Nachmittag versuchen, sagte mir ein Mitarbeiter der Abteilung.«

»Gut. Dann lassen Sie uns das noch mal durchgehen. Die Aufzeichnungen von Delamotte.«

Erneut kramt er die ungeliebte Akte hervor, zieht die mysteriösen Aufzeichnungen heraus und breitet sie auf dem Tisch aus.

»Was fällt Ihnen dazu ein?«

Christine konzentriert sich auf die vor ihnen liegenden Skizzen. »Was sollen diese Zeichen? Die soll doch niemand verstehen ... Ehrlich gesagt, fällt mir dazu nichts ein, gar nichts.« Sie schüttelt den Kopf.

»Trinken Sie Ihren Cappuccino, Christine. Trinken Sie. Entspannen Sie Geist und Körper. Und dann fangen Sie nochmal an. Stellen Sie sich vor, Sie müssten sich etwas notieren. Niemand soll mitbekommen, dass Sie sich genau *das* notieren. Das heißt, Sie müssten Ihre Notizen irgendwie verschlüsseln.«

»Verschlüsseln«, wiederholt sie. Dabei trinkt sie ihren Kaffeebecher beinahe in einem Zug leer. Dann steht sie abrupt auf, geht zum Fenster.

Lemarque sieht ihr nach. Sein Blick heftet sich an ihren Hintern in der engen Jeans. Er kann nicht anders. Wie wunderbar es doch wäre, sie jetzt hier ... Nein, was für ein Gedanke!

Christine lehnt sich gegen die Fensterbank.

»Seine Gedanken kennen keine perversen Fantasien«, argumentiert sie.

Lemarque verschluckt sich fast vor Schreck.

»Fantasien zwischen Mann und Frau, meine ich. Das unterdrückt er, weil er nie eine Frau angefasst hat. Er versucht den Menschen auf andere Art näherzukommen und überschreitet dabei eine Grenze. Das weiß er, denn sonst hätte man ihm seine Forschung verboten. Darum muss er seine Gedanken verschlüsseln.«

»Auf den Punkt gebracht, Christine. C'est le point! Das ist genau das, was ich auch denke.

Sie löst sich von der Fensterbank.

»Lassen Sie mich eine dieser Skizzen sehen.« Sie greift sich eine heraus. »Das hier hat er in dieser Bar aufgezeichnet.«

»Im La Cigale. Er hat sie beobachtet, die Bedienung. Er hat sie ganz genau beobachtet. Warum?«, fragt Lemarque.

»Nicht weil er sie attraktiv findet. Auf diese Idee könnte man ja durchaus kommen. Er hat versucht, etwas anderes in ihrem Verhalten zu entdecken.«

»Eine Auffälligkeit, psychologisch gesehen. Vielleicht fertigte er eine Art Verbrecherprofil an«, mutmaßt er.

»Er lebt in einem feindlichen Umfeld. Jeder ist ein potenzieller Mörder, Vergewaltiger. Diese Vorstellungen schlummern in seinem Kopf. Hier, schauen Sie, Monsieur, er interpretiert Mimik und Gestik der Personen. Er entwirft eine Art mathematische Formel für das Verhalten eines Menschen. Alles ist berechnet«, spinnt Christine ihre Idee weiter.

»Das widerspricht dem Naturgesetz. Die Natur ist nicht berechenbar.«

»Das ist es ja, womit er nicht klarkommt. Dass es eine Art Zufallsprinzip gibt. Den Zufall mag er nicht. Er möchte die Dinge konkret, berechenbar, damit er für sich selbst klarstellen kann, wo es im Leben hingeht. Er braucht eine Anleitung«, argumentiert sie.

»Und dafür muss er das Negative lokalisieren, es eindämmen«, führt Lemarque den Gedanken weiter.

Christine beugt sich vor und greift zu einer anderen Skizze.

»Diese hier ist wohl aus dem Gefängnis. Er beobachtet etwas. Eine Besucherszene?«

»Ja. Zwei Frauen. Eine Frau besucht eine Insassin. Namen gibt es dazu nicht. Wieder beobachtet er jedes Detail dieser Szene, verschlüsselt seine Beobachtungen«, erklärt Lemarque.

Christine hockt sich auf die Kante seines Schreibtischs, schlägt ein Bein über das andere.

Lemarque verschränkt die Arme, starrt aus dem Fenster, an Christine vorbei. Konzentriert beobachtet er eine Fliege.

»Könnte es sich bei dieser Insassin nicht um Elodie Loupgoncier handeln?«, spricht er seine Theorie aus.

»Und die Besucherin ist ihre Tochter?«, ergänzt sie.

»Hmn. Nein, das glaube ich nicht. Unabhängig davon, wer die andere ist, er kennt sie. Möglicherweise kennt er sogar beide Frauen.«

»Was bedeuten denn diese Symbole hier oben, über der Skizze? Das sieht aus wie ein Schlüssel«, wundert sich Christine.

»Schlüsselszene. Eine Szene, die ihn zu einer zentralen Erkenntnis bringt. Einzelne Szenen ordnet er anderen zu. Der Kreis schließt sich. Es ist eine Art Puzzlespiel für ihn, sich mit dem Leben anderer zu beschäftigen.«

»Und daraus Gesetze abzuleiten? Das ist verrückt. Komplett verrückt. Er muss ziemlich einsam gewesen sein«, vermutet sie.

»Hilflos, sonderbar«, ergänzt er.

Christine blättert weiter zur nächsten Skizze. »Das hier ist eine Szene im Hause Bertrand. Der Kreis der Verdächtigen.«

»Ja, und offenbar gab es einen Hauptverdächtigen oder Hauptverdächtige. Hier, er hat die Person eingekreist.«

»Wer ist das?«, fragt sie.

»Schwer zu sagen. Es könnte eine der eingeladenen Personen sein. Oder ein Familienmitglied.«

»Er hat vorwiegend Frauen im Visier, kann das sein?«

»Ein Kindheitstrauma, schätze ich. Vielleicht hat ihn seine Mutter gedemütigt, ihm die Liebe entzogen. Was auch immer.« Lemarque legt die zum Spitzdach geformten Finger an seine Lippen.

Christine betrachtet ihren Kollegen von der Seite. Dann sieht sie erneut auf die Skizze.

»Hier ist auch wieder das Schlüsselsymbol. Interessant … Ob er in Moreautruc eine Art Opfer sah?«

»Vielleicht.«

»Aber warum konnte der ihn so offensichtlich nicht leiden?«

»Er mochte es nicht, zum Opfer gemacht zu werden. Delamotte hat seine Nase in Dinge gesteckt, die ihn nichts angingen. Das nervt andere. Und Moreautruc ist durchaus selbstbewusst. Außerdem ist er Schriftsteller. Ein Kreativer. Diese Schöngeister lassen sich im Allgemeinen höchst ungern in die Karten schauen oder reinreden.«

»Monsieur, das ist ein Vorurteil.«

Lemarque zuckt mit den Schultern. »Und? Was soll's.«

»Und wenn Moreautruc an diesem Forschungsprojekt teilgenommen hat? Kann doch sein, dass es dabei um die Insassen ging.« Christine legt die Skizzen aneinander. »Diese Skizzen sind ganz sicher Teil seiner Forschung. Das glauben Sie doch auch, Monsieur, oder?«
Lemarque schweigt. Unauffällig mustert er seine Kollegin. Der Wasserfallkragen ihres Oberteils regt seine Fantasie an. Er stellt sich ihre kleinen Brüste vor. Was würde passieren, wenn er ihr einfach in den Ausschnitt griff und sie in seine zwei Hände nähme? Würde sie ihn auf der Stelle ohrfeigen? Selbst diese Vorstellung reizt ihn ungemein.
Als hätte sie seine Gedanken erraten, rutscht sie von seinem Schreibtisch herunter und geht zu ihrem zurück. Den leeren Kaffeebecher entsorgt sie unterwegs im Mülleimer.
Verlegen sortiert Lemarque die Skizzen wieder in die Akte ein. Dann schließt er sie.
»Sagen Sie, Christine, haben Sie heute Abend schon was vor? Wollen wir vielleicht noch was trinken gehen?« Die Frage kommt wie von selbst, und ohne dass er sie vorher durchdacht hätte.
Christine wirkt irritiert.
»Oh, ich …«, verlegen kratzt er sich an der Stirn, »ich dachte, wir könnten bei einem Glas Wein den Fall noch mal in Ruhe durchgehen.«
Findet sie seine Einladung unverschämt, aufdringlich? Wahrscheinlich wird sie gleich wieder nach seiner Frau fragen. Alice sitzt zu Hause. Sie denkt jetzt sicher nicht an ihn, weil sie mit der Tochter beschäftigt ist. Bernice ist drei. Sie braucht viel Aufmerksamkeit. *Bernice, Schätzchen, das hast du wunderbar gemacht,* hört er Alice sagen. Es ist immer die gleiche säuselige Stimme, mit der sie zu ihrer Tochter spricht. Eine unendliche Zärtlichkeit umhüllt das Kind, jeden Tag. Als gäbe es nur noch diesen einen Menschen auf der Welt und der Rest der Menschheit existiere nicht.
»Also gut, warum nicht«, antwortet Christine.
Kurz darauf steht sie auch schon mit hellem Trenchcoat vor ihm.
»Dann lassen Sie uns gleich gehen.«

Luc-Antoine Lemarque ist dreiunddreißig Jahre alt. Seine Karriere als Hauptkommissar hat gerade erst begonnen. Er steht beruflich noch am Anfang.

Ebenso ist es mit seinem privaten Familienglück. Kann man beides unter einen Hut bekommen? Alice geht davon aus, dass es so ist, und sie sich voll auf ihre Rolle als Mutter konzentrieren kann. Derweil er sich in der misslichen Lage befindet, gleich zwei Rollen erfüllen zu müssen. Man gönnt ihm keine Probezeit, keine Fehltritte. Sowohl *hier* als auch *dort* nicht.

Familie, Freiheit. Seine Träume sind ein Gegenpol zum Alltag. Einmal in Cowboystiefeln das Motorrad besteigen und den Highway Number One herunterrasen, oder die Transamericana, ganz ohne Frau. Die große Freiheit. Der Traum ist gerade nicht verfügbar.

Sein Blick wandert zu seiner Armbanduhr. Unruhig registriert er die Uhrzeit: Es ist halb neun und das Restaurant mittlerweile gut gefüllt. Christine hatte sich spontan umentschieden und wollte doch noch einmal nach Hause, um sich frisch zu machen. Es sei gleich um die Ecke, sagte sie und weg war sie. Jetzt aber lässt sie auf sich warten.

Er wühlt seine Notizen aus der Tasche, beugt sich darüber. Lemarque verfügt über ein ausgesprochen gutes räumliches Vorstellungsvermögen. Szenen und Eindrücke von Menschen bleiben ihm nachhaltig im Gedächtnis haften. Lebhaft, deutlich. Das Papier ist lediglich eine Art Verlegenheitsgeste.

Bereits zu Zeiten seiner Polizeiausbildung hatte er sich mit dieser Eigenschaft hervorgetan. Sein klarer Verstand und die Fähigkeit, Dinge in eine Art naturbelassenen Urzustand zurückzuversetzen.

Gerade aber scheint ihm diese Fähigkeiten sinnlos, denn ein Teil von ihm ist unbefriedigt, ruhelos. Der männliche Teil seines Daseins. Immer dann, wenn ihn diese Unruhe befällt, versucht er mit dem Verstand gegenzusteuern. Es gelingt jedoch nicht immer.

In Gedanken spielt er die Szenen der Skizzen nach. Das tragische Ende eines Mannes, Papan Loupgoncier. Lemarque muss an seine eigene Tochter denken. Was würde es für Bernice bedeuten, wenn Alice sie ihm plötzlich entzöge? Sie bekommt ihn ja jetzt schon kaum zu Gesicht. Wenn er nun einen Unfall hätte oder bei einem Einsatz ums Leben käme – was bliebe der Kleinen von ihrem Vater? Nicht viel. Denn ihr Gedächtnis ist in diesem Alter noch in der Entwicklung. Sie würde später so gut wie keine Erinnerungen an ihn haben. Später. Es gruselt ihn bei dieser Vorstellung. Er schiebt die Notizen beiseite. Sein Blick wandert gedankenverloren durch das Restaurant. Er fragt sich, wie ein Kind damit umgeht, wenn der Verdacht erhoben wird, die Mutter hätte den Vater auf dem Gewissen, – erschlagen. Kann eine Mutter wirklich wollen, dass ihr Kind den Vater verliert? Und warum entzieht sie ihm das eigene Fleisch und Blut jahrelang, um ihn dann umzubringen? Das eine ist von einer völlig anderen Brutalität als das andere.

Vermutlich blieb Benoîte Loupgoncier gar nichts anderes übrig, als von zuhause wegzulaufen.

Lemarque packt seine Notizen wieder in die Tasche. Dabei umschwirrt ihn der Duft von Vanille und Limone. Verwirrt sieht er auf. »Oh ... Christine.«

Frauen sind die heimlichen Meisterinnen der Inszenierung, denkt er. Natürlich sieht sie hinreißend aus.

»Wollten Sie schon gehen, Monsieur?«

»Nein, nein, ich habe nur den Bürokram weggepackt. Ich kann mich hier nicht konzentrieren.« Dezent sieht er auf die Uhr.

»Je suis desolée. Ich wurde aufgehalten. Eine Nachbarin. Sie ist alleinerziehend und ich sollte nur kurz bei ihrem Sohn bleiben. Dann aber kam sie einfach nicht ... oder viel zu spät.«

»Kein Problem«, gibt er sich großmütig, »die Unterhaltung war bis jetzt glänzend. Ich habe großartige Monologe mit mir selbst gehalten.«

Amüsiert beobachtet sie sein Mienenspiel. Dann setzt sie sich ihm gegenüber.

Lemarque mustert sie dabei möglichst unauffällig von der Seite. Sie trägt einen kurzen Rock mit heller Bluse.

»Umwerfend sehen Sie aus, Christine. Diese Pastelltöne stehen Ihnen wirklich grandios, ein Anblick wie der eines Gemäldes.«

Sie lacht. »Na, übertreiben Sie mal nicht, Monsieur.«

»Sie werden es nicht glauben, aber in meiner Freizeit greife ich ab und zu zu Farbe und Pinsel.«

»Ich bin überrascht ... Nein, das hätte ich Ihnen nicht zugetraut, dass ein Künstler in Ihnen schlummert.«

Ihr Lächeln hat sich etwas gelockert. Im ersten Moment war sie sich ihrer Sache nicht mehr sicher gewesen. Normalerweise würde sie nicht mit einem verheirateten Mann ein Restaurant besuchen. Lemarque aber bildet eine Ausnahme, und er versteht es, die Situation spielerisch zu entschärfen.

Der Kellner bringt zwei Speisekarten.

»Gehen Sie öfter mit Ihrer Frau hierher?«, rutscht es ihr heraus, »oh, vermutlich, mit wem auch sonst. Dann können Sie sicher was empfehlen?«, fügt sie schnell hinzu.

»Ein außer-dienstliches Verhör. Also zu Frage eins: ab und zu; Frage zwei: Die Gänseleber ist ausgezeichnet. Die Schweinemedaillons in Safran ebenfalls.«

»Haben Sie das geübt?«, fragt sie kokettierend. »Ich meine, diese Schlagfertigkeit. Das klingt so ... routiniert.«

»Routiniert?! Sie meinen souverän. Aber Sie liegen nicht ganz falsch. Ich habe geübt. Vor dem Spiegel. Ich übe jeden Tag vor dem Spiegel. Wie ich mich gegenüber einem Verdächtigen artikuliere. Zum Beispiel beobachte ich mich auch selbst. Welche Mimik verrät meine Gedanken? Natürlich auch in Bezug auf Frauen: Wie komme ich an? Die Umstände erfordern ein gewisses Fingerspitzengefühl; ich bin von Frauen umgeben. Von intelligenten, selbstbewussten Frauen. Und Sie werden mir zustimmen, Christine, die Kommunikation ist eindeutig weibliches Terrain.«

»Ganz eindeutig«, stimmt sie ihm lachend zu.

»Gut, dann haben wir die wesentlichen Dinge erfasst.«

»Kommen wir also zum unwesentlichen Teil. Sie empfehlen die Gänseleber? *Bon*, ich bin dabei, und danach den Seeteufel.«

»Unwesentlich, aber: eine sehr gute Wahl!«

Schon wieder muss sie lachen. Es geht nicht anders. Lemarque nimmt sie offenbar gar nicht ernst. Und es ärgert sie nicht einmal. Es amüsiert sie.

Gerade lernt sie ihren Kollegen von einer ganz anderen Seite kennen. Von der privaten. Lemarque lässt die formalen Hüllen fallen. So leicht hatte sie sich die Konversation mit ihm gar nicht vorgestellt.

»Ich schließe mich Ihrer Wahl an«, gibt er sich ganz Gentleman. »Nehmen wir einen Bordeaux dazu. Jahrgang 2008?«

»Was Sie wollen. Heute Abend sind Sie ›le patron‹.«

Der Kellner nimmt die Bestellung auf.

Etwa eine Stunde später ist die Unterhaltung in vollem Gange. Christine erzählt und erzählt, als würde sie mit ihrer besten Freundin plaudern. Sie erzählt von der alleinerziehenden Nachbarin, von ihrer Mutter und anderen Menschen aus ihrem Leben. Lemarque hört interessiert zu, hakt nach, kommentiert. Er beobachtet ihre Gestik, genießt ihr Lachen und die Art, wie sie sich ihm gegenüber fallen lässt. Er nimmt auf seine Art an kleinen Episoden ihres Lebens teil, was ihm gefällt. Für den Moment könnte er sich nicht vorstellen, irgendwo anders zu sein als hier mit ihr.

Sie spielt mit dem Rotweinglas in ihrer Hand und lacht schon wieder. Er hat gar nicht mitbekommen, worüber sie gerade lacht. Aber es spielt auch keine Rolle. Ihr Lachen ist ansteckend. Es gefällt ihm, wie sie beim Reden die Hände bewegt und die Augen rollt.

Lemarques Blick hängt an ihren Lippen. Ein roter Weintropfen perlt darüber, er trägt fast die Farbe ihres Lippenstifts. Ihre Lippen sind herzförmig. Alles an Christine hat diese Form. Man möchte augenblicklich die Verpackung aufreißen und sich gierig auf das stürzen, was dahintersteckt. Dazu ihr verführerischer Duft, das immer leicht verwuschelte Haar. Eine Reise ins Land der Sinne ...

Wie ferngesteuert berühren seine Fingerspitzen ihre Lippe. Ihr Lachen verstummt. Sie sieht ihn an.

»Dieser Tropfen ist besonders edel, sagt das Weinetikett. Und er verfeinert sein Aroma noch einmal, wenn er von den Lippen einer sinnlichen Frau gekostet wird.«
»Monsieur, Sie haben zu viel getrunken.«
»Schenkst du mir diesen einen Tropfen?« Er ignoriert ihre Worte und sieht sie gespielt bettelnd an.
»Sie gehen also davon aus, dass ich Ihnen keine Bitte abschlage.«
»Nein, das tust du nicht.«
»Du bist dir deiner Sache ziemlich sicher.«
Lemarque wartet nicht länger, zieht ihr Gesicht zu sich heran. Mit der Zunge tastet er sanft über ihre Lippen. Christine schließt die Augen.
»Das war aber nicht schon alles?«, fragt sie, als er sie vorsichtig wieder freigibt.
Er zieht ihr Gesicht erneut an seins heran, vorsichtig. Dann legen sich seine Lippen vollständig auf ihre. Ein kurzes Lächeln erscheint auf ihren Lippen, verschmilzt mit dem Kuss. Sie genießt ihn wie ein köstliches Dessert.
Eine winzige Flamme wurde soeben entfacht.
Als er sie erneut freigibt, ist sie verwirrt. Ihre Blicke treffen sich. Christine tastet nach ihrem Weinglas. Während sie trinkt, sieht sie ihm weiterhin in die Augen, lässt ihn nicht aus dem Blick. Lemarque spielt das Spiel mit.
»Der edle Tropfen ... war sein Geschmack der, den du erwartet hast?«, flüstert sie.
»Ich müsste es noch einmal probieren«, erklärt er ebenso leise wie bestimmt.
Er zieht sie heran. Christine lässt es zu, dass seine Lippen sich erneut auf ihre legen und seine Zunge einen kleinen Eroberungsfeldzug startet. Eine heiße Welle strömt von dort durch ihren Körper. Lemarque schafft es, mit einem einzigen Kuss den Wunsch nach mehr zu entfachen.

Das Zimmer ist gut temperiert. Die Wände bilden sie ab: zwei sich rhythmisch bewegende Schatten. Christine seufzt genussvoll, als seine Hände sie langsam entkleiden. Wie oft hat sie sich heimlich gewünscht, er würde sie so berühren.

Lemarque legt sie sich zurecht, als wäre sie sein Aktmodell. Er schiebt ihre Beine auseinander, gleitet auf sie. Ihre Brüste richten sich auf. Zwei tanzende Berge. Verführerisch. Er genießt ihren Geruch. Ihr Stöhnen klingt, als käme es ganz tief aus ihrem Bauch heraus. Und fühlt sich dabei ebenso erfrischend und belebend an wie ihr unbefangenes Lachen.

Er genießt jeden Augenblick. Jetzt, wo nichts ihre Lust bremst. Alles andere ist nebensächlich und kann warten.

Sie öffnet ihre Augen erst wieder, als sie die Seiten wechseln und sie auf ihm liegt. Ja, denkt er. Das ist es, das vollkommene Glück. Ihre Lippen erkunden seinen Körper. Lemarque denkt an den Highway. Das Rauschen der Stille in den Ohren. Die unendliche Weite der großen Freiheit ... Er ist bereits auf halben Weg dorthin, als sie ihn endlich nimmt und beginnt, auf ihm zu reiten.

Es ist halb sechs, als der erste Sonnenstrahl sein Auge kitzelt. Christine wendet ihm ihre nackte Rückenansicht zu. Wie gerne würde er gleich nochmal. Aber er unterdrückt das aufkommende Gefühl. Den zurückliegenden Rausch der letzten Nacht. Stattdessen zieht er die Decke über ihre Hüften.

Es ist vorbei.

Langsam erhebt er sich. Gäbe es nicht ein Erwachen danach, wie wunderbar könnte man tatsächlich endlos so weitermachen. In ewiger Harmonie mit den körperlichen Bedürfnissen. Er spürt sie noch einmal, wie ein wohliges Nachbeben unterhalb des Bauchnabels. Er spürt, wie ihre herzförmigen Lippen ihn in diesen tiefen Rauschzustand versetzten, bewundert ihren wunderbaren Hintern, den er liebend gerne noch eine halbe Ewigkeit massiert hätte. Aber es geht nicht.

Hier ist der Punkt, an dem er sich abwendet. Christine ist seine Kollegin. Er möchte besser nicht in ihr Gesicht sehen, wenn sie erwacht, und ist erleichtert darüber, dass sie ihm den Rücken zuwendet.

Eilig sammelt er seine Kleidung vom Boden auf, tastet sich im Halbdunkel durch die fremde Wohnung bis zum Bad. Leise zieht er die Tür hinter sich zu.

Das Bad ist nicht sonderlich groß. Ein Waschbecken mit WC und Duschwanne. Unter dem Fenster steht ein Regal mit Schubladen. Daneben eine Bank mit Kissen, ein Stapel Handtücher.

Er betrachtet sein Gesicht im Spiegel. Die kurze Nacht sieht man ihm nicht an. Seine Wangen sind leicht gerötet und gut durchblutet.

Wie lange schon haben er und Alice sich nicht mehr geliebt. Und wenn sie einmal miteinander schlafen, läuft es oft unentspannt ab, weil Bernice jederzeit dazwischenfunken kann. Sie hat diese Macht, ihm seine Frau zu jedem x-beliebigen Zeitpunkt zu entziehen. Er ist die ewige Nummer zwei.

Aber natürlich liebt er Bernice. Wie könnte er sie nicht lieben. Sie und Alice sind das Wichtigste in seinem Leben.

Christines unkomplizierte Art tut ihm lediglich gut. Sie gibt ihm das Gefühl, sich fallen lassen zu können.

Mais naturellement, nur dieses eine Mal.

Er dreht den Wasserhahn auf, lässt das kalte Wasser laufen. Gedankenverloren fasst er in den Strahl, erfrischt sein Gesicht damit und trocknet sich mit einem von Christines duftenden Handtüchern ab. Alles duftet nach ihrem Parfüm. Ein Hauch von Lavendel steckt in der Seife. Leise füllt er einen Becher mit Wasser, benutzt etwas von ihrer Mundspülung.

Als er sich gerade ankleidet, kündigt der Summton seines Mobiltelefons den Eingang einer Nachricht an.

Noch immer leicht verschlafen fischt er es aus seiner Hosentasche, hält es eine Weile in der Hand. Dann legt er es beiseite.

Nachdenklich betrachtet er sich erneut im Spiegel.

Wie oft bekommt er Angebote von Frauen. Bisher hat er noch nie irgendeiner Versuchung nachgegeben. Christine ist die Ausnahme.

Er starrt zu seinem Mobiltelefon. Also gut.

Er öffnet die erhaltene Nachricht und liest:

Benoîte Loupgoncier arbeitet in der Buchhandlung Livres d'Anaïs von Anaïs Mulhor.

Er scrollt die Nachricht weiter herunter. Es folgt eine Adressangabe. Die Rufnummer des Absenders ist ihm nicht bekannt. Vermutlich kommt die Nachricht aus dem La Cigale. Es ist gerade nicht wichtig.

In Gedanken packt Lemarque bereits die Akte aus. Alles andere schiebt er beiseite. Den Dingen soll man seinen Lauf lassen. Unter anderem auch den privaten Dingen.

Zurzeit aber gibt es Wichtigeres.

Er steckt das Mobiltelefon wieder weg. Wenig später verlässt er auf leisen Sohlen Christines Wohnung.

7   Das Gebirge der Hochprovence liegt unter einer Dunstglocke. Zähflüssig gleitet der Nebel über den Hügel. Ein obskures Schauspiel; es erinnert an den Körper einer sich langsam aufrichtenden Gestalt.

Benoîte steht an der Straße. Sie starrt in eine Richtung, studiert das Nebelspiel oben im Gebirge. Der Wind spielt mit ihrem Kleid. Sie trägt ihre Sandalen in der Hand. Es ist Samstag und sie wartet auf den Bus. Gleich wird sie Philippe wiedersehen.

Der Bus hat Verspätung. Ungeduldig schlendert sie die Straße auf und ab, schlägt die Zeit tot. Außer ihr wartet niemand auf den Bus. Viele Leute sind mit dem Auto unterwegs oder noch zu Hause, bereiten sich auf den Abend vor.

Sie setzt sich auf den Bordstein, blinzelt in die am Horizont rotbraun schmelzende Sonne.

Der Moment ist wieder da. Wie oft hat sie ihn durchlebt, den Moment von vor zwanzig Jahren. Die Straße, die Geräusche, der Staub. Sie sitzt allein auf dem Bordstein. Einzig der Blickwinkel hat sich verändert. Die Vergangenheit ist weit weg. Auf ihrer Strecke liegt die Gegenwart. Möglicherweise gar die Zukunft. Ein neues noch unbekanntes Ziel. Aus der Flucht wurde eine Reise.

Benoîtes Blick folgt dem Verlauf der Straße. Das Fahrzeug, das ein paar hundert Meter weiter abbremst, ist nichts weiter als Imagination ...

Die Beifahrertür öffnet sich. Im ersten Moment sieht sie lediglich einen Arm. Den Arm des Fahrers. Er hält ihr die Tür auf. Zügig geht sie auf ihn zu, sie rennt. Hinter ihr bleibt der Koffer zurück. Ab jetzt gibt es kein Zurück. Etwas ist hier vorbei. Etwas anderes beginnt. Dann sieht sie den Fahrer. Ein später Hippie oder Öko. Er hat halb langes, strähniges Haar. Aschblond, zusammengebunden. Es passt nicht zu seinen kugeligen Fischaugen. Er sieht aus wie ein Äffchen. Mit einem Papiertaschentuch tupft er sich über die Stirn. Seine Bewegungen sind ungelenk ... – Der ist ganz harmlos, denkt sie. Er fragt, ob sie mitfahren will. Und was mit dem Koffer sei. Sie setzt sich neben ihn auf den

Beifahrersitz, zieht die Tür hinter sich zu. Das ist nicht ihr Koffer, sagt sie. Er fahre Richtung Küste, sagt er. Gut so. Sie fährt mit. An die Küste ...

Aus dem Äffchen wurde der skurrile Psychologe. Ein Mann mit Strohhut und bohrenden Fragen. Ein aufdringlicher Gast im La Cigale. Eine Leiche. Vielleicht war es gerade seine skurrile, etwas außergewöhnliche Art. Er hatte sie tatsächlich gerettet. Irgendwie.

Der Bus rollt in ihre Gedanken. Benoîte richtet sich mechanisch auf, als die Türen sich unmittelbar vor ihr öffnen. Sie schultert die Tasche, hält ihre Sandalen in einer Hand und steigt ein.

Anaïs hat in den letzten Tagen von nichts anderem gesprochen als der Lesung mit Philippe. Es ist die erste seit gut zwei Jahren.

Benoîte kennt mittlerweile den kompletten Inhalt des Buches. Sie mag es. Philippes Geschichte und die Art, wie er sie erzählt, haben sie letztlich mitgerissen. Der Mann in dem Buch entschuldigt oder rechtfertigt sich nicht für seine Fehler. Er erklärt sie zu seiner Geschichte. Philippes Geschichte. Es ist eine ganz andere als ihre.

Darüber hinaus ist da dieses Gefühl, wenn sie an ihn denkt. Es schleicht sich an. Jedes Mal, wenn sie an seinem Plakat vorbeigeht ...

Als sie in der Buchhandlung ankommt, herrscht dort bereits reges Treiben. Menschen drängen ins Innere.

Wie gerne würde sie jetzt umkehren. Nicht hier sein, mitten im Rummel. In der Masse untergehen. Der Gedanke, unter den vielen unbekannten Gesichtern auf *ihn* zu treffen, behagt ihr nicht.

Frauen im mittleren Alter stehen an der Eingangstür. Modisch gestylt, zurechtgemacht für den Abend, für Philippe.

Im Inneren der Buchhandlung ist das Gedränge nicht weniger als vor der Tür. Zwischen den Bücherregalen hat Anaïs – zusammen mit Benoîte, einen Tag zuvor – eine kleine Bühne mit Zuschauerrängen geschaffen. Kleine marokkanische

Tischchen mit Knabberzeug. Die unterschiedlichsten Duftnoten liegen in der Luft. Moschus, Vanille, Patchouli, Zimt, Nelke, Lychee, grüner Tee.

Von weitem erkennt Benoîte die Buchhändlerin. Sie unterhält sich mit einem Mann, der ihr den Rücken zukehrt. Langsam arbeitet Benoîte sich vor. Als Anaïs sie bemerkt, macht sie ihr ein Handzeichen.

»Benoîte ... hierher!«

Sie hat sich mittlerweile ein gutes Stück vorgearbeitet. Der Mann neben Anaïs dreht sich in diesem Augenblick um. Benoîtes bleibt fast das Herz stehen, als sie ihn erkennt.

»Darf ich dir unseren Autor vorstellen?«

»Wir kennen uns«, erinnert sie sie.

In seinen Augen zeigen sich derweil Freude und Überraschung. Tatsächlich ist er, im Gegensatz zu Benoîte, nicht auf dieses Treffen vorbereitet.

»Ja, wir kennen uns«, bestätigt er, ohne den Blick von ihr abzuwenden.

»So?«, entfährt es Anaïs. Sie lächelt. »Na dann ...« Sie wendet sich nach ein paar Worten ab, mischt sich unauffällig unter die Besucher und lässt die beiden allein.

Das also war ihr Plan. Sie hat die Sache geschickt eingefädelt.

Philippe zieht Benoîte mit sich an einen etwas ruhigeren Ort, zwischen Regalen und vorbereiteten Bücherstapeln. Die Bühne besteht aus zwei Paletten, die von einer Tischdecke verdeckt werden. Ein Sessel thront darauf. Hier soll er lesen.

Eine Weile stehen sie sich sprachlos gegenüber. Angesichts der Tatsache, dass er der Schriftsteller ist und sie die Aushilfe, fühlt sie sich auf einmal unbedeutend. Die Leute sind hier, um ihn lesen zu hören.

»Benoîte, ich bin total überrascht, dich hier zu sehen. Das habe ich nicht erwartet. War das deine Idee?«

Nervös wirkt er. Wegen der Lesung? Wegen ihr?

»Nicht direkt.«

»Jetzt gerade ist es etwas Besonderes geworden, hier lesen zu dürfen. Darauf war ich nicht vorbereitet.«

»Ich auch nicht«, entgegnet sie. »Ich meine, natürlich war ich irgendwie vorbereitet. Aber es ist immer anders, wenn ...«
»Wenn man sich gegenübersteht?«
Es ist gerade so laut, dass sie nicht weiß, was sie erwidern soll. Ob er sie überhaupt versteht. Ihre Blicke sagen jedoch mehr als alle möglichen Worte. Die Menschen drum herum lösen sich auf, der Lärm ...
Er legt seine Hand auf ihre Schulter, flüstert ihr ins Ohr: »Für mich bist du das Ereignis dieses Abends«, sagt er, »jetzt geht alles viel leichter.«
»Du hast Lampenfieber?«, fragt sie. »Das vergeht.«
Eine ältere Dame wirft ihnen neugierige Blicke zu, als sie an ihnen vorbeihuscht. Philippe nutzt den Moment und zieht Benoîte an sich. Wieder kommen Menschen. Das Alleinsein ist ihnen nicht vergönnt.
»Ich ... ich denke, wir haben später noch Zeit, für uns«, unterbricht sie seinen Versuch. »Anaïs kann vermutlich meine Hilfe brauchen.
»Dann sehen wir uns nach der Lesung, d'accord?«

Es ist nach Mitternacht, als sie die Buchhandlung verlässt und hinter sich abschließt.
Philippe hat ihr seine Adresse genannt und einen Schlüssel zugesteckt. Er wohnt im Appartement eines Freundes, nur wenige Straßen von der Buchhandlung entfernt. Der Freund ist geschäftlich unterwegs und hat ihm seine Wohnung überlassen.
Als sie das Treppenhaus betritt und die Stufen hinaufsteigt, klopft ihr Herz bis zum Hals. Sie möchte es gerne unterbinden, ist jedoch machtlos.
Als sie vor seiner Tür steht, ist es nur noch eine kleine Bewegung, weniger als ein Schritt. Sie ist so aufgeregt, dass ihr beinahe der Haustürschlüssel aus der Hand fällt.
Sie klopft. »C'est moi«, kündigt sie sich an.
Die Tür öffnet sich augenblicklich, als hätte er bereits dahinter gewartet. Philippe zieht sie herein.
»Ich konnte es nicht abwarten, dich zu sehen«, erklärt er atemlos, als sie drinnen ist.

»Ich auch nicht.«
»Benoîte …« Seine Stimme klingt heiser. Sein Gesicht nähert sich ihrem.
Schnell zieht sie etwas aus ihrer Tasche. »Ich habe einen Wein mitgebracht, einen Bordeaux. Ein Geschenk vom Office du Tourisme. Sie waren begeistert von deiner Lesung. Sie wollen dich weiterempfehlen. Vielleicht …« Philippe unterbricht ihren Redefluss, indem er sie an sich zieht.
»… Vielleicht«, nimmt sie den Faden wieder auf, »können sie dir noch weitere Veranstaltungen vermitteln. Ich meine, du möchtest dir doch bestimmt einen Namen machen als Autor und …«
Er nimmt ihr Gesicht in seine Hände. »Kannst du nicht endlich den Mund halten, liebe Benoîte.«
Sein Gesicht taucht in ihr Haar. Seine Lippen legen sich auf ihre. Sie fühlen sich weich an, warm. Benoîte lässt sich fallen, schmiegt sich an ihn. Seine Hände erobern sofort ihren Körper, zärtlich, zunehmend gierig. Sie drängen nach mehr.
Alles geht in Sekundenschnelle. Das Bett steht plötzlich mitten im Raum. Philippe und Benoîte entkleiden sich gegenseitig. Wild, hemmungslos und völlig außer Atem wälzen sie sich über Decken und Kissen …

Etwas später liegt Benoîte noch immer in Philippes Armen. Er bedeckt ihre Stirn mit Küssen, ihr Haar. Sie ist es, die als Erste die Worte wiederfindet.
»Wie lange ist dein Freund weg?«
»Nur übers Wochenende.«
»So lange bist du hier. Nur bis morgen?«
»So war es geplant. Er ist auf einem Kongress in Marseille. Paul ist Arzt. Wir kennen uns seit der Schulzeit.«
»Dann hast du ihn länger nicht gesehen?«
»Ja. Und auch heute nur zur Schlüsselübergabe. Aber was ist mit dir? Bist du weitergekommen?«
»Womit?«, fragt sie.
»Mit deiner Geschichte. Deiner persönlichen Geschichte.«
»Na ja.« Sie starrt an die Decke. »Nicht allzu weit und doch auch irgendwie viel zu weit.«

»Benoîte, du sprichst in Rätseln.«
»Sie lebt hier ganz in der Nähe, Eleonore Loupgoncier, meine Stiefmutter.«
»Dein Vater war noch einmal verheiratet?«
»Ja – und ich habe das Gefühl, sie möchte mich lieber nicht treffen.«
»Vielleicht hat sie Angst, du könntest sie an ihn erinnern.«
»Sie hat kaum Bilder von ihm in ihrem Haus. Trotzdem geht sie regelmäßig zum Friedhof, besucht sein Grab. Ich habe sie gesehen.«
»Du warst bei ihr?«
»Ihre Putzfrau hat mich in ihr Haus gelassen. Sie war nicht da und ich habe ihr eine Nachricht hinterlassen. Ein einziges Mal hat sie versucht, mich zu erreichen.«
»Gib ihr Zeit. Du weißt selbst, wie das ist mit der Vergangenheit.«
»Das ist es nicht. Ich meine ... Wir sind uns schon vorher begegnet. Auf dieser Weinprobe. Sie ist die Frau, die im Fluss verschwand. Damals nannte sie sich Elaine Peage, nicht Eleonore. Wobei die beiden Namen ja recht ähnlich sind. Sie hat ihren Namen geändert. Oder auch nur einen anderen Namen benutzt, der vielleicht ja sogar ihr richtiger Name ist – oder *war*, – bevor sie Papan heiratete. Sie ist nicht ertrunken oder abgetrieben worden«, überlegt sie weiter. »Das alles war nur inszeniert. Vielleicht für das Tagebuch. Oder nur für mich. Ob sie bereits vorher gewusst hat, dass ich auf dieser Weinprobe sein würde? An Zufälle glaube ich nicht mehr.«
»Sie war doch mit jemandem dort?«
»Armand. Armand hätte in dieser Nacht beinahe sein Leben gelassen beim Versuch, sie zu retten.«
»Und was ist mit diesem Armand?«
»Nie wieder irgendwas gehört.« Sie legt ihren Kopf auf seine Brust. »Vielleicht war er ihr Liebhaber. Vielleicht.«
»Aha.«
»Ich habe die Tagebuchseiten bei ihr gefunden.«
»Tatsächlich?«

»Aber ich glaube nicht, dass sie das geschrieben hat. Nein ...«, überlegt sie. »An dieser Stelle komme ich einfach nicht weiter.«

Benoîte schmiegt sich an Philippe, der die Decke über ihren Körper zieht.

»Eleonore hat Papan offenbar sehr geliebt«, spricht sie weiter. »Und er hat sie sicher auch geliebt. Ich frage mich, wie diese Beziehung war. Warum hängt sie keine Bilder von ihm auf, wenn sie doch so sehr um ihn trauert?«

Philippe studiert Benoîtes Mimik. Die winzigen Denkfalten um ihre Augen und auf ihrer Stirn. Er wünscht sich in ihren Gedanken zu sein, ahnt aber, dass er derzeit nur eine untergeordnete Rolle spielt.

»Delamottes Tod war sicher ein Unfall«, sagt er. »Er hat mich im Gefängnis befragt, und daraus irgendwas zusammengestrickt. Eine Story, eine Theorie. Niemand hat ihn wirklich für voll genommen. Der Typ war zwar lästig, aber nicht viel mehr als das.

Philippe verschränkt seine Arme im Nacken. »Du hast mein Buch gelesen, stimmts? Magst du es? Mein Buch, meine ich.«

»Ich mag es«, stimmt sie zu. »Dein Buch. *Deine* Geschichte. Und du hast wirklich gut gelesen heute. Habe ich dir das schon gesagt?«

»Mais ... non.«

»Ich habe dir tatsächlich jedes Wort geglaubt.«

Er zwinkert. »Meine liebe Benoîte, ich weiß ja, du bist sehr gutgläubig. Meine Geschichte ist nicht spektakulärer als andere. Dennoch ... Die Justizvollzugsanstalt ist kein Feriendomizil, weißt du. Und die Bewohner sind keine netten Urlaubsgäste. Die Monate dort können sich unendlich hinziehen. Aber die Eindrücke bleiben. Der Geruch nach Urin, die kahlen, schmucklosen Wände. Einmal pro Woche kam Delamotte zu mir, mit seinen Fragen. Das war ein Fest. Monsieur Delamotte, der Psychodoktor. Da sitzt jemand in Hemd und Bundfaltenhose, mit polierten Schuhen. Der Geruch nach Schuhcreme und Rasierwasser steigt dir in die Nase. Es riecht gut, auch wenn du unter anderen Umständen etwas anderes behaupten würdest. Sein Geruch ist unschuldig, sauber. Ganz das Gegenteil zu dem ... dem Geruch da drinnen. Er sitzt dir gegenüber, studiert dich, als wärst du eine neu zu definierende, unfassbar spannende Spezies. Er, der vermeintlich Studierte. Aus seinem Mund erwartet man Dinge zu hören, die einen gewissen Zusammenhang herstellen, die Sinn machen. Aber so vergeistigt er auf der einen Seite ist, so verkümmert ist er auf der anderen. Ein Mensch, der eigentlich nach Liebe und Anerkennung dürstet. Und er merkt es nicht mal. Still packt er seine Notizen weg, reicht dir die Hand. Du möchtest ihn gerne fragen, zu welcher Theorie er über dich gekommen ist. Sinnloses Gekritzel. Schön wäre es, wenn er dir etwas aus dem Leben dort draußen berichten würde. Oder wenn du ihn fragen könntest, wie es deiner Mutter geht. Wann er das letzte Mal Sex hatte. Und wie es denn war. Aber da ist ein Mensch, der im Grunde genommen noch ärmer dran ist als du selbst – du, der Häftling. Wenn er wieder rausgeht, weiß er nichts anderes mit sich anzufangen, als eben diese Theorien, die er gerade in sein Notizbuch gekritzelt hat zu bewerten. Das ist der Moment, in dem du glücklich bist, dass du dich selbst hast. Welche Fehler auch immer du im Leben gemacht hast.«

Benoîte sieht Philippe mit großen Augen an.

Völlig benommen von seinen Worten, sinkt sie wieder in seine Arme. Ihre Lippen tasten über seinen Hals. Ihre Körper umschlingen sich wie zwei Pflanzen ... und sie lieben sich erneut.

8

Luc-Antoine Lemarque sieht in den Rückspiegel. Er überprüft seine Zähne auf Essensrückstände. Das Fischfilet in Rosmarin war délicieux.

Ein kurzer Blick auf die Armbanduhr. Er würde bereits am Spätnachmittag zurück sein können, wenn alles so klappte, wie er es geplant hatte. Christine und er wollten sich bei ihr treffen. Seit ein paar Tagen unterhielten sie – tout à fait inofficiel – eine Affäre, une aventure. Alice ist es bislang nicht einmal aufgefallen, dass er des Öfteren spät nach Hause kommt. So beschäftigt ist sie mit Bernice.

Er verschließt das Fahrzeug und geht auf das Geschäft zu, über dem der Name *Livres d'Anaïs* in hellblauen verschnörkelten Lettern zu lesen ist.

»Bonjour«, übertönt seine klare Stimme das verspielte Geklimper der Glöckchen.

Auf den ersten Blick ist das Geschäft leer. Der Computer läuft zwar, aber niemand ist in unmittelbarer Nähe zu sehen. Lemarque sieht sich um.

Liebes- und Kriminalromane, Politisches, Psychologie, Zeitdokumente, Reiseberichte, klassische Literatur. Wahllos zieht er ein Buch aus dem Regal und wirft einen oberflächlichen Blick darauf. In diesem Moment spricht ihn eine Stimme von hinten an.

»Kann ich Ihnen helfen, Monsieur?«

»Allerdings.« Er dreht sich ruckartig um. Die Frau trägt einen Stoß Bücher unter dem Arm.

»Oh, warten Sie, Madame ... Ich helfe Ihnen.«

»Nicht nötig.« Sie stellt die Bücher bereits ab.

Flüchtig mustert er die Frau von der Seite, während er das Buch in seiner Hand wieder zurückstellt und aus seiner Brusttasche umständlich den Dienstausweis herauspfriemelt.

»Gendarmerie de Lorgues. Commissaire Lemarque«, stellt er sich Anaïs vor. »Ich ermittle in einem Mordfall, der sich südlich der Verdonschlucht ereignet hat.«

»Ein Mord? Und was habe ich mit Lorgues zu tun?«

»Oh, Madame, selbstverständlich nichts. Davon gehe ich aus. Ich möchte mit Benoîte Loupgoncier sprechen. Ich hatte gehofft, sie hier anzutreffen.«

»Benoîte hat heute frei«, bemerkt sie spitz und zugleich neugierig.

»Dann können Sie mir sagen, wo ich sie finde? Es ist einigermaßen dringlich.«

»Sie können es bei ihrer Tante versuchen. Ich schreibe Ihnen ihre Nummer auf. Was ist denn so dringlich, dass Sie von Lorgues hierher kommen? Um was für einen Mordfall geht es denn? Die Sache mit ihrer Mutter ist doch schon lange abgeschlossen.« Sie notiert eine Telefonnummer und reicht sie dem Commissaire. »Voilà.«

»Merci.« Lemarque nimmt den Zettel, faltet ihn und steckt ihn weg. »Sicher, darum geht es auch nicht. Sie ist lediglich eine Zeugin. Ich habe sie auch schon einmal vernommen. Jetzt aber sind neue Tatbestände hinzugekommen, weshalb ich sie noch einmal befragen müsste. Vermutlich wird sie nicht viel hinzuzufügen haben, aber Sie wissen ja, wie das ist ... Jedes noch so kleine Detail kann von Bedeutung sein.«

Während er spricht, haben seine wachsamen Augen etwas entdeckt. Beim Falten des Zettels liest er flüchtig den Text auf der Rückseite des Zettels. Anaïs hat ein Werbefaltblatt benutzt.

»*Das* war gestern?«, fragt er und hält den Zettel hoch, damit sie weiß, was er meint.

»Ja, wir hatten hier eine Lesung. Da haben Sie was verpasst. Interessieren Sie sich für Literatur? Moreautruc ist noch unbekannt, aber ein Autor mit Potenzial!«

»Philippe Moreautruc? Wir hatten schon das Vergnügen.«

»Tatsächlich.« Ihre Hand fährt fahrig über den Bücherstapel.

»Stimmt, Lorgues ...«, wirft sie dann ein. »Er stammt ja aus Ihrer Ecke.«

»*Exactement*«, kürzt er die Unterhaltung ab. »Also, dann bedanke ich mich für die Hilfe«, fügt er hastig hinzu, um weiteren zeitraubenden Fragen auszuweichen.

Als Lemarque wenige Minuten später wieder vor seinem Fahrzeug steht, tippt er die erhaltene Telefonnummer gleich in sein Mobiltelefon. Es klingelt. Dann hört er eine Frauenstimme am anderen Ende der Leitung.
»Oui?«
»Madame Mellarmé? Commissaire Lemarque aus Lorgues. Kann ich bitte mit Benoîte Loupgoncier sprechen?«
»Benoîte ist nicht da«, antwortet Jeanette. »Worum geht es? Kann ich ihr etwas ausrichten?«
»Ich müsste sie persönlich sprechen. Gibt es eine Nummer, unter der ich sie erreichen kann?«
»Ich gebe Ihnen ihre Mobiltelefonnummer.«
Jeanette diktiert, während er die Nummer auf Anaïs Zettel notiert.
»Ich danke Ihnen«, beeilt er sich und beendet das Gespräch.
Er tippt die neue Nummer in sein Mobiltelefon. Das Klingeln läuft ins Leere. Eine Mobilbox antwortet.
»Merde!« Verärgert beendet er die Verbindung, steigt in sein Fahrzeug, lässt die Tür jedoch angelehnt. Die Dinge folgen nicht dem erwarteten Ablauf. Wieder hat er Benoîte Loupgoncier nicht angetroffen. Soll er tatsächlich nach Lorgues zurückfahren? Der Misserfolg verstimmt ihn. – Nein.
Der Ort ist nicht allzu groß, denkt er. Es ist Sonntag. Wo könnte sie sich aufhalten, wenn sie nicht im Haus ihrer Tante ist? Man darf durchaus auf einen Zufall hoffen.
Lemarque steigt wieder aus dem Fahrzeug, verschließt die Fahrertür und geht ein Stück die Straße entlang.
Der Tag ist angenehm. Der Himmel klar, lavendelblau, und die Sonne verbreitet noch immer etwas sommerliche Wärme. Lemarque zieht seine Jacke aus, legt sie sich über die Schulter und schlendert bis zum Beginn der Altstadt.
Ein verliebtes Touristenpärchen spaziert vor ihm her.
Er denkt an Christine, hört sie reden. Während sie erzählt, stellt er sich ihre kleinen spitzen Hügel vor, die sanft gegen seine Brust reiben. Die Sommersprossen in ihrem Gesicht. Ihre strahlenden Augen, das leicht verwuschelte Haar.
Aus dem Nichts sieht er plötzlich Alice vor sich. Sie ist ganz das Gegenteil zu Christine. Klein, zierlich, kurzes blondes

Haar, braune Augen. Ihr Blick ist klar, aber oft abwesend und immer etwas zu ernst.

Lemarque geht weiter, biegt in eine Seitenstraße ein. Auf der linken Seite entdeckt er eine Brasserie. Daneben einen Blumenladen. Wenige Meter weiter ein Café.

Er überlegt. Dann entscheidet er sich für das Café. Café Limón. Eine Gartentür führt zu einem idyllischen Hinterhof. Bunte Metalltischchen mit ebenso bunten Stühlen. Drinnen kann man ebenfalls sitzen. Nur wenige Plätze sind belegt. Auf den ersten Blick sind es Einheimische, junge Menschen.

Er setzt sich an einen Tisch draußen, nahe der Eingangstür. Oberflächlich studiert er die Karte. Er verspürt keinen Hunger. Das Fischfilet vom Mittag liegt ihm noch immer im Magen. Abgelenkt durch die Umgebung wandert sein Blick über die Tische hinweg, schleicht sich ins Innere des Cafés. Die Lamellentüren der bodentiefen Fenster sind geöffnet, so dass man auch drinnen das Gefühl haben muss, mit einem Bein in der Natur zu sitzen.

Überrascht bleibt Lemarques Blick an einem Tisch hängen. Ein Pärchen ...

Einen Moment lang ist er stutzig. Kann der Zufall ihn tatsächlich derart schnell und zielgerichtet gesteuert haben?

Letztlich ist es mehr als er erwartet hat. Er trifft sie gleich beide. Benoîte Loupgoncier und Philippe Moreautruc. Sind sie ein Paar? Dabei hatte der Schriftsteller doch behauptet ...

Etwas hält ihn davon ab, aufzustehen und an ihren Tisch zu treten. Ein Instinkt. Wachsam beobachtet er die beiden. Heimlich. Schlauer ist es ohnehin, sich unbemerkt zu verhalten. Vielleicht würde er etwas entdecken. Was auch immer.

»Bonjour, Monsieur.« Eine junge Kellnerin wischt über seinen Tisch. »Was darf ich Ihnen bringen?«

»Un petit noir.«

Sie verschwindet wieder.

Augenblicklich landet Lemarques Blick erneut bei besagtem Tisch. Die Zweisamkeit der beiden wirkt allerdings erstaunlich vertraut. Sie sind ein Paar. Kein Zweifel.

Philippe sieht und hört nur Benoîte. Er sieht ihr zu, wie sie sich Zucker in ihren Kaffee gibt und anschließend verrührt. Nichts findet er an diesem Nachmittag sinnlicher.
»Ich fahre gegen Abend«, teilt er ihr mit. »Sehen wir uns in zwei Wochen?«
»Ich werde noch eine Weile hier sein. Ich brauche noch etwas Zeit.«
Ihr Blick geistert durch die Weite des Raums, an Philippe vorbei, landet an der Wand. Ein Gemälde hängt dort. Ein Frauenakt. Stil und Farben erinnern sie an ihren Besuch im Atelier von Grenardines Neffen.
»Was mache ich mit Lemarque?«, fragt sie geistesabwesend.
»Er wird irgendwann hier auftauchen.«
»Du erzählst ihm alles, was du weißt. Du hast nichts zu verbergen.«
Philippe hat die Tür zur Terrasse im Visier, sieht Lemarque jedoch nicht, weil er direkt hinter einer Säule sitzt.
»Es war schön mit dir, letzte Nacht.« Er zieht ihr Gesicht zu sich, küsst sie. Ein langer Kuss.
»Wir haben Zeit«, sagt sie zärtlich, als er sie wieder freigibt. Sie blinzelt in die Sonne, die es bis ins hinterste Eck des Raumes schafft.
Philippe deutet an aufstehen zu wollen. »Ich hole mir ein Päckchen Zigaretten. Bin gleich wieder da.«
Benoîte sieht ihm nach.
Philippe stellt sich an die Theke, wartet auf die Kellnerin, die gerade einen Mann bedient. Er sieht sie an der Tür stehen. Den Mann an dem Tisch dort erkennt er nur vage im Profil. Er trägt eine Sonnenbrille.
Philippes Blick wandert hin und her. Schließlich landet er wieder bei dem Mann.
Er muss nicht lange überlegen, woher er ihn kennt. Lemarque. Zweifellos. Was macht *der* hier?! Er beschließt so zu tun als hätte er ihn nicht gesehen. Lemarque aber ist ein Fuchs. Letztlich ist es vermutlich kein Zufall, dass er dort draußen hockt. Er hat Benoîte und ihn längst entdeckt.
Als die Kellnerin sich abwendet, klingelt das Mobiltelefon des Commissaire. Ein günstiger Moment.

Schnell dreht Philippe sich um, geht zu den Toiletten. Zwischen den beiden Türen entdeckt er einen Zigarettenautomaten. Er wirft ein paar Eurostücke ein, wartet auf das Holpern der herunterfallenden Schachtel. Dann zieht er die Klappe hoch und greift ins Fach.

»Monsieur Moreautruc!«, hört er die gefürchtete Stimme hinter sich. »Na, das nenne ich einen Zufall!« Ruckartig dreht Philippe sich um.

»Monsieur Lemarque«, entgegnet er gespielt überrascht, während er sich die Zigarettenschachtel in die Hosentasche steckt. »Was treibt Sie nach Annot? Ihr Einsatzgebiet begrenzt sich doch auf den südlichen Verdon.«

»Manchmal muss man sich auch über gewohnte Grenzen hinausbewegen. Die Kriminalität macht keinen Halt vor Schluchten oder unsichtbaren regionalen Trennungslinien.«

Philippe bemerkt den lauernden Unterton in der Stimme des jungen Commissaire. Heimlich schielt er zu Benoîte. Hat sie etwas bemerkt? Geistesabwesend betrachtet sie noch immer das Gemälde an der Wand.

»Sie wird auf Sie warten.« Lemarque ist seinem Blick gefolgt.

»Was meinen Sie?«

»Ich verstehe Sie durchaus, Monsieur Moreautruc. Eine schöne Frau lässt man ungern warten. Aber manchmal ... entwickeln sich die Dinge kurzfristig anders. Eigentlich kam ich ihretwegen.« Er deutet zu Benoîte. »Aber diese Befragung muss jetzt warten. Gerade hat sich ein neuer Tatbestand ergeben, wie mir meine Assistentin telefonisch mitteilte. Ich muss Sie bitten, mich nach Lorgues zu begleiten. Jetzt gleich.« Seine Worte klingen bestimmt.

»Ich hatte bereits vor, heute Abend abzureisen ...«

»Dann ziehen Sie diese Abreise vor.«

»Verstehe ich Sie richtig«, bringt er seinen Missmut zum Ausdruck, »Sie befehlen mir, jetzt gleich mit Ihnen ...?«

»Oui.« Lemarque fühlt sich durchaus unwohl dabei, die beiden an Ort und Stelle voneinander trennen zu müssen.

»Glauben Sie mir, es ist mir äußerst unangenehm. Aber es ist dringend erforderlich.«

»Was genau ist so dringend erforderlich, stehe ich unter Verdacht?«

»Es gibt neue Erkenntnisse im Zusammenhang mit dem Todesfall von Monsieur Delamotte. Sie werden in Lorgues alles umgehend erfahren.«

»Darf ich?«, fragt Philippe und deutet in Benoîtes Richtung.

»Es würde eventuell Aufsehen erregen. Schicken Sie ihr lieber eine Nachricht von unterwegs.«

Merkwürdig lange braucht Philippe, kommt es Benoîte nach einer Weile vor. Ihr Blick löst sich von dem Frauenportrait an der Wand. Wo bleibt er? Beunruhigt sieht sie zur Uhr. Dann zur Tür.

Sie sucht nach der Kellnerin. Die junge Frau kommt gerade um die Ecke. Sie fängt Benoîtes Blick ab, eilt zu ihr. »Brauchen Sie etwas, Madame?«

»Haben Sie eine Ahnung, wo mein Freund geblieben ist? Er wollte nur kurz Zigaretten holen.«

»Oh, ich glaube er ist gerade raus. Mit einem Herrn.« Sie deutet Richtung Tür.

Verständnislos folgt Benoîte ihrer Handbewegung.

»Mit einem Herrn?«

Sie nickt bestätigend.

»Aber … hat er denn nichts gesagt oder eine Nachricht für mich hinterlassen?«

»Bei mir nicht. Aber fragen Sie gern vorn an der Theke nach. Vielleicht bei meinem Kollegen.«

Benoîte folgt ihrem Vorschlag und geht zur Theke. Sie sucht Blickkontakt zu dem Mann dort.

»Madame?«

»Mein Freund hat gerade das Café verlassen. Philippe Moreautruc, hellbraunes Haar, groß, sportlich. Angeblich mit einem Mann. Hat er vielleicht eine Nachricht für mich hinterlassen? Wir haben dort drüben gesessen.« Sie deutet hinter sich.

Der Mann sucht die Ablage hinter der Theke ab.

»Tisch acht. Tut mir leid. Nichts. Aber die Rechnung wurde bezahlt.«

»Wer hat die Rechnung bezahlt? Ein Name? Wurde mit Kreditkarte bezahlt?«

»*Un moment, s'il vous plait.*« Er studiert ein paar Zettel.

»Ja, Kreditkarte. Ein Monsieur Luc-Antoine Lemarque.«

»Lemarque?!« – Also doch. Er war hier. Aber was will er von Philippe?

»Ich danke Ihnen.«

Auf der Straße sieht sie sich unschlüssig in alle Richtungen um. Keine Spur von Philippe oder Lemarque. Warum hat Philippe ihr nicht einmal Bescheid gesagt? Wollte er sie nicht beunruhigen?

Nachdenklich geht sie die Straße weiter. In der Altstadt öffnet gerade ein belgischer Touristenbus seine Türen. *Voyages de Flandre.* Er spuckt ein ganzes Rudel käsegesichtiger Menschen aus, behängt mit Kameras, in Turnschuhen und kurzen Hosen. Teilnahmslos und in ihre Gedanken vertieft, beobachtet sie das Treiben.

Auf einer Bank unweit des Busses, unterhalb eines Mauervorsprungs, sitzt ein älterer Herr im Schatten. Er ist in eine Tageszeitung vertieft.

Benoîte lässt sich neben ihn auf die Bank fallen, was er mit einem kurzen Seitenblick quittiert. Ein paar der Touristen schlendern an ihnen vorbei. Sie unterhalten sich auf Flämisch. Gedankenverloren sieht sie ihnen nach.

»Ist alles in Ordnung, Mademoiselle?«, spricht der Mann sie unerwartet an.

Benoîte reagiert nicht.

»Ist Ihnen nicht gut?«, versucht er zu ihr vorzudringen.

Sie hört ihn nicht. Sie ist mit der Frage beschäftigt, was gerade passiert und warum sie hier alleine sitzt. Ohne Philippe. Eine undefinierbare Angst begleitet die Frage.

»Mademoiselle ...«

Erschrocken zuckt sie zusammen. »Oui?«

Es ist der Mann neben ihr auf der Bank. Sie hat ihn kaum zur Kenntnis genommen.

»Geht es Ihnen gut?«, fragt er erneut.

»Ja, ja«, entgegnet sie schnell, »geht schon.«

In diesem Moment summt ihr Mobiltelefon. Immer noch verwirrt, kramt sie es aus der Tasche.
Eine Nachricht von Philippe. Sie liest:

Liebe Benoîte, es tut mir leid. Lemarque war gerade im Café. Ich bin mit ihm nach Lorgues gefahren, melde mich von dort bei dir. Ich umarme dich. Mach dir keine Sorgen. Philippe.

Sie steckt das Mobiltelefon wieder weg, streicht sich eine Haarsträhne aus der Stirn. Mechanisch steht sie auf, geht ein paar Schritte.

Der Mann sieht ihr kopfschüttelnd nach.

Kurz überlegt sie: Soll sie noch einmal bei Eleonore Loupgoncier vorbeischauen? Nein. Sie würde sie doch wieder nicht antreffen.

Eine Weile irrt sie durch die Gassen der Altstadt, ohne ein Ziel. Sie bleibt hier und da stehen, starrt etwas länger in das Schaufenster einer Galerie. Galerie *La Muette Des Cigales* liest sie.

Auf einem Barocksessel im Hintergrund, halbseitig umhüllt von einem weißen Laken, thront ein Frauenakt in Öl. Benoîte kneift die Lider zusammen.

Kann das sein?

Überrascht entziffert sie das Schild darunter: *La Josephine mourante.*

Augenblicklich starr vor Schreck weicht sie einen Schritt zurück. Die sterbende Josephine. Zweifellos ist es das Gemälde aus dem Atelier von Grenardines Neffen.

Welches Zeichen auch immer das hier sein mag, sie kann dem Drang nicht widerstehen, das Atelier zu betreten.

Die Ausstellungsräume sind klimatisiert. Die Atmosphäre der Galerie gleicht in keiner Weise dem Atelier des Künstlers. Das Parkett glänzt, als hätte jemand es mit Öl eingerieben. Der Farbgeruch fehlt. Stattdessen riecht es nach Putzmittel.

»Die Galerie ist noch nicht geöffnet, Madame.«

Ein junger Typ mit wilder Lockenmähne steht plötzlich neben ihr. Sie hat ihn nicht kommen hören.

»Ich interessiere mich für dieses Kunstwerk hier«, trägt sie ihr Anliegen ohne Umschweife vor und deutet auf den Barocksessel. »Wie war doch der Name des Künstlers? Ich kenne ihn.«
Verwundert mustert er sie. »Der Name *dieses* Künstlers? Den kennen Sie ganz sicher nicht. Er veröffentlicht seine Werke anonym.«
»Anonym? Das ist Blödsinn. Er veranstaltet sogar Seminare zum Thema ...« Sie verkneift sich den Kommentar, der ihr auf der Zunge liegt. »Genau dieses Bild hatte er in seinem Atelier ausgestellt.«
»Gut«, entgegnet der andere freundlich, dabei leicht genervt, »dann kennen *Sie* ihn. Alors, wie auch immer.«
Warum gibt er den Namen nicht preis?, fragt sie sich.
»Kommen Sie doch gegen zwanzig Uhr zur Vernissage. Seine Agentin wird auch dort sein. Dann können Sie mit ihr sprechen.«
Sie überlegt. »Zwanzig Uhr. Warum nicht. Ich werde es mir überlegen.«

Als der Bus sie eine knappe halbe Stunde unweit vom Haus ihrer Tante absetzt, hat sie es eilig, Jean und Jeanette von der Vernissage zu erzählen. Sie wird sie überreden, sie zu begleiten.

Es ist kurz nach zwanzig Uhr und in der Galerie herrscht bereits reges Treiben.
Jeanette trägt eines ihrer selten ausgeführten Abendkleider. Ein dunkelblaues Blusensatinkleid und eine schwarze modische Perlenkette.
Jean hat sich ein gemustertes Tuch ins Hemd gesteckt. Das Haar trägt er zur Seite gegelt. Neben den beiden stöckelt Benoîte im dunkelroten, enganliegenden Kleid auf reichlich hohen Absätzen. Sie hat sich ihr Outfit von Jeanette geliehen. Das rote Kleid wirkt wie ein Magnet. Die ersten Blicke folgen ihr bereits beim Eintreten.
Jeanette und Jean werden gleich am Eingang von einem befreundeten Pärchen abgefangen.

Benoîte schlendert derweil weiter, an den Menschen vorbei. Kleine Grüppchen haben sich hier und da gebildet. Die Leute diskutieren angeregt über Kunst. Ein Kellner serviert Champagner und eine Auswahl an hors-d'œuvres auf einem Silbertablett. Irgendwo in der Menge entdeckt sie den Lockenkopf des Galeristen. Er hangelt sich durch die Menge, übt sich in Smalltalk, kommentiert Kunstwerke oder beantwortet Fragen.

Sie geht ihm aus dem Weg. Nicht bewusst – sie möchte lieber ungestört die Ausstellungsstücke betrachten. Dann aber ...

»Madame! Schön, dass Sie hergefunden haben«, hört sie seine Stimme hinter sich und fühlt sich augenblicklich ertappt.

Der glückliche Zufall will es, dass die Tante ihr unverhofft zu Hilfe kommt. Neben ihr Jean, mit einem Glas Champagner in der Hand. Der Galerist begrüßt die beiden ebenfalls und Jeanette gelingt es, ihn in ein Gespräch zu verwickeln. Freie Bahn für Benoîte.

Das Gemälde der sterbenden Josephine thront noch immer auf dem Barocksessel. Diesmal steht es jedoch an einer anderen Stelle als am Nachmittag. Es ziert die Mitte des hinteren Raumes. Sanftes Licht beleuchtet die Oberfläche des Gemäldes; es zeichnet die Kurven des abgebildeten Körpers nach. Interessante Schattierungen verleihen dem Bild Tiefe.

»Ich verstehe Ihre Begeisterung.« Schon wieder taucht der Lockenkopf neben ihr auf. »Es ist zweifellos eines der schönsten Bilder aus dieser Sammlung.«

»Wissen Sie, was es bedeutet?«, entgegnet Benoîte, ohne auf seine Worte einzugehen. »Es ist das Bild einer Erinnerungslosen. Sie stillt ihr Unvermögen, sich zu erinnern, mit erotischen Liebschaften. Der Künstler glaubt, sie würde dabei innerlich sterben, weil die Liebesabenteuer sie nicht befriedigen. Es ist ein langsames Sterben, denn sie findet keinen inneren Frieden, keinen Sinn im Leben. Darum heißt sie *La Josephine mourante*. Es ist ein durch und durch erotisches Bild.« Sie dreht sich ihrem Gegenüber zu. »Können Sie sich *das* vorstellen: Der Künstler malt nackt.«

»Ist ja interessant …« Es klingt als hielt er sie für leicht verrückt. Ein Funken Neugier ist jedoch dabei, und er mag sich durchaus fragen, wie sie auf ihre fixen Ideen kommt.

Benoîte studiert derweil weiter unbeirrt den Frauenakt. Ihre eigenen Worte gehen ihr dabei durch den Kopf. Plötzlich meint sie, in den Züge um die Mundpartie der Frau etwas zu erkennen. Das Gesicht erinnert sie an jemanden. Der verschlossene Blick. Melancholisch wirkt die Dargestellte. Und irgendwie … kalt, distanziert. Schon im Atelier des Künstlers hatten ihr diese Züge einen gewissen Respekt eingeflößt. Sie war dem jedoch nicht weiter auf den Grund gegangen, weil die Gegenwart des Künstlers sie abgelenkt hatte. Jetzt aber, nach ihrer kleinen Zeitreise in die Vergangenheit, ist die Aussage auf einmal deutlich: Das hier ist nicht nur das Gesicht einer innerlich Sterbenden; es ist das Gesicht einer Frau, die bereits tot ist. Vielleicht einer Selbstmörderin. Der Künstler hat ihr diesen Touch gegeben. Vielleicht unbeabsichtigt. Vielleicht mit voller Absicht.

Der Galerist wird von anderen Besuchern belagert, weshalb er sich wieder von ihr entfernt. Er behält Benoîte jedoch im Auge, als könne sie sich heimlich an seinen Ausstellungsgegenständen zu schaffen machen. Wer weiß, was sie vorhat.

Jeanette und Jean schlürfen genüsslich ihren Champagner. Ein weiteres Pärchen hat sich zu ihnen gesellt, so dass sie mittlerweile eine kleine Gruppe bilden. Die Frauen duften nach blumigem Parfüm, die Männer nach Haargel, Burberry und Hermès. Die Unterhaltung ist ungezwungen und sehr heiter. Jeanette genießt den Abend in vollen Zügen.

Zufrieden dreht Benoîte ihnen den Rücken zu. Ihre Mission hier steht unter einem anderen Stern. Es ist das Gemälde, das sie hierhergelockt hat. Die Menschen um sie herum interessieren sie gerade nicht.

Neugierig schlendert sie von einem Kunstwerk zum nächsten. Ob sie alle vom gleichen Künstler stammen, fragt sie sich. Tatsächlich wird der Künstler an keiner Stelle namentlich genannt. Man kümmert sich nicht darum, wer der Meister hinter dem Werk ist. Wessen Hand die Farben angemischt und mit welchen Gedanken im Kopf er sie auf seine Leinwände verteilt hat; wer ihm dabei Modell stand ...

Irgendwann landet sie wieder im Raum ganz am Ende. Es ist sozusagen ein krönender Abschluss, der sterbenden Josephine in ihrem Barocksessel zu begegnen. Sie bevorzugt die Stille.

Vielleicht ist es der veränderte Lichteinfall oder die Begegnung mit den anderen Kunstwerken, was Benoîte plötzlich wieder zweifeln lässt. Ist die Frau auf dem Bild wirklich eine Selbstmörderin? Zu zwiespältig scheint ihr die Darstellung auf einmal. Vielleicht ist die Frau eine ganz andere als die, von der alle denken, dass sie es wäre.

»Benoîte?«, spricht sie plötzlich jemand von hinten an. »Solange du hier einsam auf dem Trockenen sitzt, wirst du die künstlerische Bedeutung kaum erfassen.«

Sie dreht sich zu der Stimme herum. »François?!«

»Der Champagner ist ausgezeichnet. Den solltest du dir auf keinen Fall entgehen lassen! Trauben aus ökologischem Anbau, kultiviert ein Freund von mir.«

Während er das halbe Glas herunterspült mustert er sie von der Seite. »Freut mich sehr, dich zu sehen, Benoîte. Sehr gut siehst du aus«, sagt er, als er das fast leere Glas abgestellt hat.

»Danke. Du auch. Bist du allein hier? Wie läuft es mit Ellie?«

»Ellie ...?«, wiederholt er ahnungslos. »Wer ist Ellie?«

»Na, ein One-Night-Stand war sie wohl kaum.«

»Wenn ich mich recht erinnere, kann es kaum mehr gewesen sein als das. Aber ich weiß, *wen* du meinst und ich kann dir nur versichern, es hatte nichts mit dir zu tun und noch weniger war es von Dauer. Eine Aussprache hat uns gefehlt. Und das wohl schon, bevor das passiert ist. Aber lass es uns nicht wieder aufrollen. Möchtest du nicht etwas trinken? Ich besorge dir ein Glas Wein, wenn du magst.«

»Lieb von dir, aber mein Glas steht dort drüben.« Sie deutet auf ein Tischchen auf der anderen Seite des Raumes.«

»Aha. Warte, ich hole es dir.« François macht sich bereits auf den Weg. Benoîte sieht ihm nach. Er hat sich kaum verändert, stellt sie fest.

Neben dem Tisch, auf dem ihr Champagnerglas steht, lehnt eine Frau einsam an einer Säule. Sie dreht Benoîte den Rücken zu.

Kurz darauf steht François wieder vor ihr. »Et voilà! Lass uns darauf anstoßen. Auf unser Wiedersehen – et aux beaux-arts!« Amüsiert stellt sie fest, dass er bereits leicht angeheitert ist.

»Alors, was hat dich in diese Ausstellung getrieben?«, will sie wissen. »Der Künstler gibt ja nicht einmal seinen Namen preis.«

»Das macht die Sache so spannend. Ich liebe moderne Kunst, das weißt du. Diesmal aber ist es eher was Geschäftliches. Ich suche was für meine neuen Büroräume. Ein Mittel gegen weiße Wände.«

»Aha. Und privat, comment va? Bist du verheiratet?«

François lacht. »Verheiratet? Ich? Nein. Für die Ehe bin ich nicht gemacht. Im Moment habe ich auch gar keine Zeit für eine feste Beziehung.«

»Lieber Karriere?«

»Auch nicht um jeden Preis«, bekennt er auf einmal ernst. »Nicht auf die Dauer. Im Moment ist es ganz okay. Ich bin in das Thema quereingestiegen. Ich mache PR-Beratung für verschiedene Firmen.« Nachdenklich dreht er das Sektglas in seiner Hand. »Weißt du, Benoîte, damals diese Sache mit uns … Auch wenn du mir das jetzt nicht glaubst, ich dachte damals tatsächlich, du würdest meine Frau werden. Ich fühlte mich sicher, aber ich habe mich geirrt. Und vermutlich war ich selbst schuld.«

»Wir wollten doch nicht dort weitermachen, wo wir aufgehört haben«, weicht sie aus.

»Alors bon.« Er stellt sein leeres Champagnerglas ab und versucht ein Lächeln.

Gedankenverloren starren beide eine Weile auf die sterbende Josephine. Benoîte verlagert ihr Gewicht immer wieder von einem Fuß auf den anderen. Die Schuhe sind unbequem.

»Weißt du eigentlich, was für ein Aufsehen du mit diesem Kleid erregst?« François sieht an ihr herunter. »Nur die Schuhe«, er deutet auf ihre Füße, »die sind nicht deine Liga, liebe Benoîte. Wolkenkratzermäßig. Wenn ich mich richtig erinnere, läufst du lieber ganz ohne.«

Benoîte starrt auf ihre Füße – ja, die Füße schmerzen tatsächlich angesichts der ungewohnten Höhe. Kurzentschlossen zieht sie sie daher aus.

François lacht. »Das ist die Benoîte, die ich kenne! Das habe ich an dir geliebt, deine unkonventionelle Art.«

»Pas vrai! Gehasst hast du es.«

»Nicht wirklich. Heimlich habe ich dich sogar dafür bewundert.«

Sie fühlt sich auf einmal unbehaglich, hier mit François über die alten Zeiten zu plaudern. Sie denkt an Philippe. Wollte er sich nicht nochmal melden? Bisher gab es kein weiteres Lebenszeichen von ihm. Hastig führt sie das Champagnerglas an ihre Lippen.

Ein Kellner bietet verschiedene *amuse gueule* an. François nimmt zwei Teller vom Tablett. »Merci.«

»Hmn, Muscheln in Weißweinschaum.« Einen der beiden Teller reicht er Benoîte. »Probier mal.«

Während sie essen, nähert sich ihnen eine Frau.

»Bonsoir, Madame, Monsieur ...«, kündigt sie sich an. »Ich hörte, Sie interessieren sich für ein Kunstwerk«, wendet sie sich an Benoîte. Die Frau ist etwa in den Vierzigern, formal gekleidet, Businessstil. Dezent deutet sie in Richtung Gemälde. *La Josephine mourante.*

»Sie sind die Kunstagentin?«

Sie hält Benoîte ihre Hand hin. Diese stellt ihren Teller ab und erwidert die Begrüßung. »Enchanté, Benoîte Loupgoncier. Das ist ein Freund von mir, François Massu.«

»Très gentil, Monsieur Massu. Madame ... Aber ich wollte Sie nicht beim Essen stören«, entschuldigt sie sich. »Mein Name ist Julietta McDermott. Agentin für Kunstgemälde und Skulpturen. Vorzugsweise trete ich vermittelnd für Künstler auf, die anonym bleiben wollen. Der Galerist sagte mir, Sie fragten nach dem Gemälde.«

»Anonyme Künstler«, mischt François sich interessiert ein.

»Bei dieser Ausstellung schien es mir eine Art ... na ja, wie ein PR-Gag. Dann gibt es das tatsächlich öfter. Ich meine, dass

Künstler ihre Werke anonym veröffentlichen? Steigert das den Marktwert? Oder ist das ein neuer Trend?«

»Wer weiß.«

»Und diese Künstler geben aus einem ganz bestimmten Grund ihre Identität nicht preis; weil sie vielleicht im Gefängnis sitzen, keinen interessanten Beruf haben oder ... sogar Mitglied irgendeiner Selbsthilfe-Gruppe sind?«, spekuliert er.

»Zum Beispiel.«

Benoîte sieht François verwundert an.

»Menschen, die für eine Weile festgesetzt sind oder eine Lebenskrise durchleben, entwickeln sich durchaus kreativ weiter«, bemerkt die Agentin.

»Das ist interessant. Ist bei den hier ausgestellten Werken, wenn sie nicht alle vom gleichen Künstler stammen sollten, auch das eines Strafgefangenen darunter?«, fragt er neugierig.

Sie lacht und wirft einen Blick zu Benoîte. »Dafür bleiben sie ja anonym. Das darf ich Ihnen nicht sagen.«

»Dann ist der Künstler vielleicht sogar heimlich anwesend. Er oder sie beobachtet uns gerade dabei, wie wir auf seine Kunst reagieren«, spinnt François seine Ideen weiter.

»Möglich.«

»Vielleicht ist aber auch sein Modell anwesend, wenn sie nicht reine Fiktion ist?«, wirft Benoîte ein.

»Sie ist seine Muse«, ergänzt François.

»Das Modell hat allerdings oft ein besonderes Verhältnis zum Künstler. Schließlich muss er, oder sie, ihm für einige Zeit zur Verfügung stehen. Ein guter Künstler möchte sein Modell dabei kennenlernen, nicht nur das Äußere, die Schale. Sondern auch das Innere, um sie – das Modell – authentisch nachzubilden.«

»Wie viel Fiktion bleibt dabei?«, will Benoîte wissen.

»Die Fiktion ist die Darstellung selbst. Die Farben, die Materialien, die der Künstler verwendet. Das ist seine Projektion des Modells, eine Fiktion.«

François hört interessiert zu.

»Was glauben Sie, wie viel Fiktion in diesem Gemälde steckt?« Benoîte deutet auf die sterbende Josephine.

»Oh, dieses Bild ist etwas ganz Besonderes ...«

»Sie kennen nicht nur den Künstler, sondern auch das Modell?«, will François wissen.

»Das Modell?«, sie wirkt auf einmal verwirrt. »Das Modell ist Sache des Künstlers«, weicht sie der Frage unerwartet offensichtlich aus.

François übergeht die Irritation der Agentin. »Dieses Modell aber kennen Sie, stimmt's?«, bohrt er ungeniert weiter.

»Nicht direkt. Die Modelle kommen in das Atelier des Künstlers, nicht zu mir. Der Künstler zeigt mir nur sein fertiges Werk.«

»Ja, ich erinnere mich sehr gut an sein Atelier. Es liegt an einer Serpentinenstraße, sehr idyllisch. Ich habe dieses Bild bei ihm gesehen. Er hatte es gerade beendet. Er malt nackt und wird dabei auch mal selbst zu einem Teil seiner Kunst.« Sie denkt an seinen bemalten Penis.

François lacht. »*Quoi?*! Das ist nicht dein Ernst. Hast du ihm zugeschaut oder was?!«

Julietta McDermott wirkt befangen. »Ich denke, da verwechseln Sie was«, behauptet sie.

Neugierig schaltet François sich wieder ein: »Warum meinen Sie, dass sie sich irrt? Kennen Sie sein Atelier, wissen Sie, wie er arbeitet? Wer weiß ... vielleicht hat er sein Sperma in die Farbe gemischt.«

»François!!«, ermahnt Benoîte ihn und unterdrückt mit Mühe ein Lachen.

»Wenn er Ihnen nur das fertige Werk präsentiert, wissen Sie ja gar nicht, wie es entstanden ist. Oder kommen Sie auch in das Atelier des Künstlers?«

»Das kommt immer darauf an. Auch wie groß die Kunstwerke sind.«

Die Kunstagentin ist sichtlich verunsichert.

François beobachtet ihre Reaktion mit Faszination.

»Kann es auch sein«, mutmaßt er auf einmal, »dass der Künstler gar nicht mehr lebt?«

Sie reagiert nicht.

Benoîte verschränkt die Arme und funkelt François an. Jetzt geht er zu weit, denkt sie. »*Non*, François. Er lebt. Ich war in seinem Atelier, wie gesagt. Das ist noch nicht lange her.«

»Aber vielleicht war das nicht der Künstler.«

»Wer dann?«

»Ein Schüler des großen Meisters zum Beispiel.«

»Sie können gerne weiter darüber diskutieren«, findet Julietta McDermott plötzlich ihre Worte wieder. »Wie gesagt, trete ich für die Interessen des Künstlers ein. Ich kann mich also nicht weiter dazu äußern. Mein Job beschränkt sich darauf, vielversprechende Kunst zu vermarkten. Ich diskutiere daher gerne mit Ihnen über den künstlerischen Wert dieses Bildes, welcher meiner Meinung nach beachtlich ist.«

»Der Künstler«, ignoriert Benoîte ihre Worte, »war Zeuge bei einem Leichenabtransport. Ein Mordfall. Er konnte der Polizei wichtige Hinweise liefern.«

»Ein Mord?« Erschrocken weicht sie etwas zurück. »Das wissen Sie sicher? Oh, das ist schrecklich. Wer ist denn der oder die Tote? Wann ist das passiert?«

»Es ist eine Person, die ich von früher kenne. Deshalb kam der Kontakt mit dem Künstler überhaupt erst zustande.«

»So ... und der Mörder ist noch nicht gefasst?« Ihr Gesichtsausdruck drückt tatsächlich Bestürzung aus. Julietta McDermott ist nicht nur die kalkulierende Geschäftsfrau.

»Nein. Zumindest nicht, soweit ich weiß.«

François ist von den neuen Umständen genauso überrascht wie die Agentin, hält sich aber zurück.

»Ein ungeklärter Mordfall«, wiederholt sie. »Ich ...« In ihrem Kopf arbeitet es. Sie wirkt abgelenkt, überfordert.

François kommt ihr indirekt zu Hilfe. »Was würde dieses Gemälde denn kosten?«

»Das Gemälde ist unverkäuflich«, antwortet sie sofort.

»Unverkäuflich? Aber Sie sagen doch ...«, Benoîte ist irritiert.

»Ich meine, es ist zurzeit nicht käuflich zu erwerben«, relativiert sie ihre Aussage. »Der Künstler hat es noch nicht ... zum Verkauf freigegeben.«

»Noch nicht ...?« François ist mehr als irritiert. »Ist das hier nicht eine Vernissage? Das Gemälde ist doch zum Verkauf ausgestellt. Das haben Sie selbst gesagt.«

»Ein Kunstwerk ist erst dann verkäuflich, wenn der Künstler sein Einverständnis erteilt. Er will doch wissen, wer der Käufer ist«, argumentiert sie auf einmal holprig und ziemlich unglaubwürdig.
»Dann sagen Sie ihm, dass ich interessiert bin. Ich möchte es erwerben, sobald der Künstler es freigegeben hat«, versucht Benoîte das Gespräch zu einem Ergebnis zu bringen. »Fragen Sie ihn nach einem Preis und rufen Sie mich dann an. Ich gebe Ihnen meine Nummer.«
Bevor die Agentin etwas erwidern kann, hat Benoîte ihre Nummer auf einer Broschüre notiert und reicht sie ihr.
Wortlos nimmt die Agentin die Broschüre entgegen.
»*Bon*, ich werde sehen, was sich machen lässt. Aber ich möchte Ihnen nichts versprechen«, gibt sie sich passiv. »Hier haben Sie meine Karte.«

»Was war denn das?!«, wundert sich François, als Julietta McDermott kurz darauf in der Menge verschwunden ist. »Wen versucht die denn zu verarschen?«
Benoîte sieht ihr noch immer nach. »Etwas merkwürdig war das allerdings.«
»Und was ist das mit diesem Toten? Stimmt es, was du da erzählt hast?«
»Ja.« Benoîte hängt noch immer der gerade erlebten Szene in Gedanken nach.
»Was hast *du* damit zu tun?«
»Ich ... Ich habe ihn gefunden.« Sie dreht sich wieder zu François.
»Den Toten? Wer ist er?«
»Du kennst ihn«, flüstert sie. »Delamotte. Er war auf der Weinprobe.«
François wirkt verstört.
Benoîte entdeckt Jeanette und Jean irgendwo in der Menge. Sie diskutieren und lachen mit ihren Freunden.
»Delamotte ... *der* ist tatsächlich ermordet worden?«
»Ja.« Ihr Blick taucht wieder ins Gewimmel der Menschen. Plötzlich erregt jemand ihre Aufmerksamkeit. Zwischen den Vernissage-Besuchern taucht *sie* plötzlich wieder auf, die Frau

von vorhin, an der Säule. Nur dass man sie jetzt von vorn erkennen kann. Sie ist schlicht elegant ganz in schwarz gekleidet und steht etwas abseits der Masse.

Ist das möglich, überlegt sie, ist es Eleonore – Elaine Peage? Sie ist es.

François redet weiter über den Toten.

Was macht Eleonore hier?, fragt sie sich. Angestrengt forscht ihr Blick. Sie könnte sich irren und die Frau ist eine andere. Etwas an ihrer Körperhaltung aber bestärkt sie in ihrer Erkenntnis. Sie ist es ganz sicher.

François nimmt dem vorbeihuschenden Kellner ein weiteres Champagnerglas vom Tablett, brabbelt weiter ins Leere.

Benoîte hat einzig die Frau in Schwarz im Blick. Diese schlendert von einem Kunstwerk zum nächsten. Sie betrachtet jedes nahezu eindringlich, als gäbe es nur diese Kunst hier; nicht die Menschen, nicht das ganze Drumherum. Benoîte bemüht sich, sie nicht aus den Augen zu verlieren. Gleich würde sie vor *diesem* Bild stehen. Ihre Reaktion auf *la Josephine* interessiert sie. Ist sie ähnlich fasziniert wie sie selbst es ist?

Erstaunlicherweise aber fällt die Reaktion völlig anders aus, als erwartet. Eleonore gönnt dem Bild nur einen kurzen Augenblick ihrer Aufmerksamkeit. Man könnte ihren Blick sogar fast als desinteressiert oder verächtlich deuten.

Der Eindruck verstärkt sich, als sie sich abrupt abwendet, so als wolle sie mit dieser Geste ihre Geringschätzung zum Ausdruck bringen. Merkwürdig.

François redet noch immer, ohne dass sie auf seine Worte geachtet hätte. »... unsere Nacht auf dem Weingut«, schnappt sie gerade auf.

»Was sagst du?«

»Ich sagte, erinnerst du dich an unsere Nacht auf dem Weingut? Ich meine nach *dieser* Nacht.«

Interessiert lässt sie Eleonore einen Moment lang außer Acht. »Ja, natürlich erinnere ich mich, diese Sache mit Elaine.«

»Ich dachte eigentlich mehr an den Abschluss des Abends, du und ich. Wir hatten doch noch eine sehr schöne Nacht.«

»Ach, das meinst du.«

»Diese Leidenschaft gab es nur mit dir, Benoîte. Ich hatte aber oft das Gefühl, dass du nicht vollständig anwesend warst. Manchmal warst du weit weg.«

»Wie meinst du das?«

»Du warst gedanklich oft woanders. So wie jetzt gerade eben wieder.«

Vermutlich spricht er diese Dinge an, weil er sich Mut angetrunken hat.

»Das hast du also so empfunden?«

Benoîte sieht auf ihre nackten Füße. Der Boden ist warm, weshalb es sehr angenehm ist, barfuß zu laufen. Ihre Gedanken sind bei der Nacht, die François gerade erwähnt hat. Tatsächlich hat sie seine Berührungen sehr genossen. Ganz besonders in dieser Nacht. Sie hat sich fallen lassen, weil der Moment es von ihr verlangte.

François ist immer noch derselbe wie damals. Jetzt aber schlägt ihr Herz für Philippe. Die Trennung ist vergessen. Es funktioniert also tatsächlich, man kann den Schmerz verbannen.

»Vielleicht war ich damals zu verwirrt. Der komplette Abend war ... sehr irritierend«, überlegt sie. »Ähnlich war es übrigens bei diesem Künstler«, wechselt sie das Thema, um den Bezug zur Gegenwart herzustellen. »Er hat mich vielleicht bewusst abgelenkt und in die Irre geführt. Ich frage mich gerade, ob der Typ überhaupt irgendetwas gesehen hat. Ich meine, ob er wirklich Delamottes Leiche gesehen hat. Wäre doch denkbar, dass er gar nichts gesehen hat – und du hast tatsächlich recht, was das Gemälde der sterbenden Josephine betrifft, er hat sie gar nicht selbst gemalt. Ehrlich gesagt hätte ich ihn, wenn ich ihn nicht dort im Atelier getroffen hätte, vermutlich nicht einmal für einen Künstler gehalten. Eher für einen Spinner, einen kleinen notgeilen Spinner.«

»Soso.«

»Er hats versucht. Mit allen zur Verfügung stehenden Mitteln. Aber es ist rein gar nichts passiert.« Sie lacht.

»Aha, da also lagen seine Absichten.«

Sie lachen noch eine Weile, witzeln herum. Benoîte hat Eleonores Gegenwart irgendwann komplett vergessen.

Als es ihr wieder einfällt und sie sich suchend nach der Frau umschaut, kann sie sie nirgendwo entdecken. Ein sicheres Gefühl sagt ihr jedoch, dass sie sich sehr bald wieder begegnen werden.

»Du solltest nicht mehr fahren«, mahnt sie. François hat sich weiteres Glas Champagner genommen. Auch das ist schnell geleert.

»Dein wievieltes ist das? Du bist doch mit dem Auto da?«
»Das sind nur *kleine* Gläschen.«
»Wo sind deine Autoschlüssel? Gib sie mir!«
»Du willst mich fahren? Nur unter einer Bedingung.«
»Keine Bedingungen. Die stelle, wenn überhaupt, ich.«
»Du kommst noch mit zu mir auf einen café.«
»Das schlag dir aus dem Kopf.«

Draußen hat es sich abgekühlt. Frostig, steif fegt der Mistral die Straße hoch. Die Nacht hat bereits vor der gewohnten Uhrzeit begonnen.

Sie sieht auf ihr Mobiltelefon. Noch immer keine neue Nachricht von Philippe. Es beunruhigt sie.

»Wo steht dein Wagen?«, fragt sie.
»Der rote dort drüben. Aber so betrunken bin ich nicht.«
»Du fährst nicht«, bestimmt sie.
»Kannst du denn mit denen fahren?«, er deutet auf ihre Schuhe.
»Das geht schon.«

François' Appartement liegt etwas außerhalb. Die Straße ist bereits vereinsamt. Jeanette und Jean würden sicher die halbe Nacht in der Galerie verbringen. Gewöhnlich wurde es bei der Tante gerne mal spät.

Der Nachthimmel ist sternenklar. Es ist Vollmond. Unterhalb der Bäume glitzert der Fluss.

Nach einer scharfen Rechtskurve taucht nach einigen hundert Metern eine kleine Neubausiedlung vor ihnen auf. Moderne Häuser, die gerade erst hier gebaut worden sein müssen.

»Die nächste Straße links abbiegen. Das vorletzte Haus auf der rechten Seite ist es.«

Benoîte folgt seiner Anweisung und biegt ab. Pappeln säumen die Straße rechts und links. Geradlinig angelegte Kies- und Blumenbeete. Eine bessere Wohngegend.

Vor dem vorletzten Haus hält sie, stellt den Motor ab.

»Danke fürs Fahren«, bemerkt er. »Du kommst doch mit rauf?«

Sie überlegt. Philippe hat sich noch immer nicht gemeldet. Vielleicht ist es gerade nicht die schlechteste Idee, sich abzulenken. Allein würde sie sich jetzt nur um ihre Gedanken drehen. Dennoch lehnt sie ab. »Lieber ein anderes Mal. Wir können auch hier noch etwas quatschen, wenn dir danach ist.«

»Also gut. Ich sehe, du bist stur. Aber ich kenne dich nicht anders.«

»Du kennst mich nicht anders? Du kennst dich selbst nicht anders. Der Sturkopf bist du.«

»Also gut«, ignoriert er ihre Bemerkung. »Dann kommen wir nochmal auf dieses Thema zurück. Erzähl das noch einmal mit dem Tod von Delamotte. Du sagtest, es wäre Mord gewesen.«

»Es ist noch nicht ganz geklärt.«

»Und warum hast *du* ihn gefunden?«

»Er hat mich dorthin bestellt. In diese Wohnung, die so gar nicht zu ihm passte. Er wollte mir irgendetwas sagen. Dazu aber kam es nicht mehr. Ich fand ihn leblos in der Dusche.«

»Unfassbar ... Und du hast nicht die geringste Ahnung, was er dir sagen wollte?«

»Nein.«

»Hast du mit der Polizei gesprochen? Was sagen sie denn?«

»Ein Commissaire Lemarque leitet die Ermittlungen. Er hat noch nicht viel.« Sie verkneift es sich, François von Philippe zu erzählen.

»Vielleicht war es wichtig, was er dir sagen wollte. Wegen dieser Sache von damals.«

Sie zuckt mit den Schultern. »Wegen Elaine? Kann das so wichtig gewesen sein, dass man ihn deshalb ermordet?«

»Und wenn es nun gar kein Mord war.«

»Könntest du dir etwas anderes vorstellen?«, fragt sie interessiert.

»Selbstmord. Oder auch nur ein Unfall. Der war ja immer etwas merkwürdig mit seinen Befragungen. Vielleicht hatte er kurz vor dir noch Besuch.«
»Du glaubst, er hatte mit jemandem Streit«, überlegt sie.
»Abwegig ist das nicht, oder?«
Sie muss daran denken, dass er sie immer mit *Mademoiselle* ansprach; dass er sie nicht einmal Benoîte hatte nennen können – außer dieses eine Mal.
»Hast du jemanden?«, fragt er plötzlich in ihre Gedanken.
»Ja. Warum wechselst du das Thema?«
»Und du liebst ihn?«, ignoriert er ihre Frage.
»Ich denke schon.«
»Du denkst? Mein Gott Benoîte, es ist besser, wenn du nicht zu viel denkst. Ich habe damals sicher auch Fehler gemacht. Aber du solltest deine nicht wiederholen. Vertrau dich ihm an. Erzähl ihm alles. Alles, was es zu erzählen gibt und was dort in deinem Kopf brütet. Es muss doch einmal raus. Du weißt, wie ich das meine.«
»Oui.«
François betrachtet den Himmel.
»Meine Geschichte ist keine alltägliche Familiengeschichte.« Sie holt tief Luft. »Es ist meine Schuld. Vielleicht hat sie unschuldig im Gefängnis gesessen, meine Mutter. Und vielleicht hätte *ich* etwas verhindern können … aber ich bin weggelaufen.«
»Deine Mutter hat im Gefängnis gesessen. Weswegen?«
»Weil sie meinen Vater auf dem Gewissen hat. Aber es war ein Unfall. Sie haben gestritten. Sie haben um mich gestritten. Elodie hat ihn weggestoßen. Dabei ist Papan irgendwie gestolpert und gegen das Regal geprallt. Es ist umgekippt und direkt auf ihn gefallen ist. Meine Tante erzählte mir, die Polizei sagte, er sei mit drei Schlägen getötet worden, aber das ist unmöglich. Als ich Papan leblos dort liegen sah, wusste ich, dass er tot war. Das war ein Schock und ich bin nur noch weggerannt. Sie war für mich immer die Schuldige. Aber erschlagen hat sie ihn nicht. Ich wollte, dass sie bestraft wird und leidet, so wie sie mich hat leiden lassen, weil ich meinen Vater nie sehen durfte.«

»Mein Gott ... Benoîte«, stammelt François. »Das ist echt eine heftige Geschichte. Wie war das mit deinem Vater? Warum durftest du ihn nicht sehen?«
»Sie haben sich kurz nach meiner Geburt getrennt. Sie war immer sehr eifersüchtig. Egozentrisch, launisch. Papan fuhr zur See. Er war fast immer unterwegs. Sie hat mich jedes Mal zu meiner Tante gebracht, wenn er kam. An *jenem* Tag wollte er mich holen. Er hatte eine anwaltliche Verfügung. Sie hätte keine Chance gehabt. Nur diese eine: mich aus dem Haus zu schicken. Dabei ... ich weiß nicht, wie ich mich entschieden hätte. Zu ihm, weg von Tante Jeanette? Ich weiß es nicht.«
»So eine Entscheidung kann ein Kind nicht fällen. Nicht in so einer Situation. Da muss man sich schon erst einmal kennenlernen.«
»Das wäre aber niemals möglich gewesen. Nicht mit meiner Mutter.«
Benoîte lehnt sich etwas aus dem heruntergekurbelten Fenster.
»Ich konnte die Szene durch das Fenster beobachten. Da war er, mein Vater. Ich sah ihn zum allerersten Mal. Und er war nur wenige Meter von mir entfernt. Nur wenige Meter ... stell dir vor! Einzig das Fenster war dazwischen. Ich hätte ihn rufen können. Irgendwas hätte ich machen können. Aber er sah mich nicht und sie stritten ...«
Der Wind spielt mit ihrem Haar.
»Dann passierte es. Das Regal ... Papan lag da wie tot. Ich bin weggerannt. In Panik. Vielleicht hat er ja doch noch gelebt. Das denke ich jetzt.«
»Diese Bilder sind noch in deinem Kopf. Dafür hättest du einen Psychologen gebraucht. Wie lange ist das her?«
»Zwanzig Jahre. Ich war dreizehn.«
»Dreizehn! Stell dir das vor, sie hat dich allein weggeschickt. Ein dreizehnjähriges Kind.«
»Ich habe Papans Koffer mitgenommen und bin über die Felder. Mit meiner Flucht habe ich sie verraten. Ich hätte möglicherweise ihre Unschuld bezeugen können, wenn ich geblieben wäre. Sie hätte nicht ins Gefängnis gemusst.«

»Vielleicht wollte sie das aber. Vielleicht wollte sie lieber ins Gefängnis. Wenn man schon alles verliert. Manchmal möchte man für das bestraft werden, wofür man sich schuldig fühlt.« Benoîte sieht an François vorbei. Mit einem Mal kommen die Tränen.
»Das hättest du mir damals erzählen sollen«, sagt er, als sie sich wieder halbwegs gefangen hat.
Das Mondlicht arbeitet sich durch die beinahe geschlossene Wolkendecke.
»Ich muss dir auch noch etwas beichten. Ich will es dir schon die ganze Zeit sagen …«, fängt er jetzt an. »Ich weiß, dass du bei Delamotte aufgewachsen bist. Ich traf ihn, kurz nach unserer Trennung. Mir ging es zu dem Zeitpunkt nicht sonderlich gut. Ich erzählte ihm, dass wir getrennt wären. Er fragte ziemlich auffällig nach dir. Er wollte natürlich wissen, warum wir nicht mehr zusammen waren. Ich fand es erleichternd, mit jemandem darüber reden zu können. Merkwürdig kam es mir aber vor, als er anfing, sich Notizen zu machen. Sehr merkwürdig. Dann aber legte er den Stift weg und erzählte mir das mit dir. Er sagte so was wie, eure Lebenswege hätten sich an einem Punkt gekreuzt und man hätte dann gemeinsam den Alltag bestritten. So oder so ähnlich hat er sich ausgedrückt. Ich erzählte ihm, wie wir auseinandergegangen sind. Es wurde spät und wir haben ein paar Weinflaschen geköpft. Ich rede manchmal viel, wenn ich betrunken bin. Du kennst das. Aber … am nächsten Tag hatte ich ein sehr merkwürdiges Gefühl wegen dieses Abends. Ich kann es dir nicht erklären, es war einfach da.«
Sie versteht, was er meint. Und sie versteht darüber hinaus noch mehr als das.
»Er faselte auch irgendwas von einem Forschungsprojekt, wofür er sich die Notizen mache. Er hat wohl gemerkt, dass mir das seltsam vorkam. Stell dir vor, du erzählst jemandem etwas Persönliches über dich und derjenige macht sich dazu Notizen. Absurd. Im Nachhinein muss ich sagen, es war eine mehr als merkwürdige Begegnung. Das mit dem Forschungsprojekt ging mir noch etwas durch den Kopf. Auch jetzt, wo du das über ihn erzählst …«

Sie überlegt. Die Wohnung fällt ihr wieder ein, die sterile Ordnung. Und dass Lemarque behauptet hatte, Elaine wäre die Mieterin gewesen. Während sie in Gedanken noch einmal durch das Appartement geht, entdeckt sie seine Aufzeichnungen auf der Fensterbank.

»Ja, merkwürdig war er schon immer. Vom ersten Augenblick an.«

»Weißt du, was ich glaube, Benoîte? Ich glaube, *du* warst sein Forschungsprojekt.«

Zweifelnd sieht sie ihn an. »Wie kommst du denn darauf?«

»Das ging mir schon durch den Kopf nach diesem Abend mit ihm. Weißt du, ich komme in meinem Job mit vielen Menschen zusammen. PR ist ein kommunikativer Beruf. Du musst wissen, wie die Leute ticken, um sie für dein Thema zu sensibilisieren. Eine gewisse Menschenkenntnis ist unabdingbar ... Vielleicht hat Delamotte es damals nicht verkraftet, dass du ihn verlassen hast. Dass du dein eigenes Leben führen wolltest. Trotz aller Eigenarten und Marotten ist er ja auch ein Mensch. Dein Schicksal hat ihn berührt und auch irgendwie betroffen gemacht. Er wollte weiterhin deinen Weg begleiten, Teil an deinem Leben haben, weil er vielleicht sonst nichts hatte.«

»Aber er wusste doch gar nichts ...«

»Vielleicht wusste er es doch. Wenn sich eine derartige Familientragödie ereignet, steht das zumindest in der Zeitung.«

»Ich habe damals keine einzige Zeitung gesehen. Ich wollte das gar nicht lesen.«

»Es gibt Menschen, die gehen weiter geradeaus – leichtfüßig, egal was ihnen passiert. Und andere, die kommen immer wieder von der Spur ab. Die haben einfach keinen Plan, wie das Leben funktioniert, und dass es eigentlich ganz einfach ist.«

»Das hast du schön gesagt.«

Der Mond verschwindet gerade hinter einer Wolke, als ihr Mobiltelefon einen Ton von sich gibt. Eine Nachricht. Benoîte reagiert nicht. Vor dem Fenster schwärzt sich der Nachthimmel. Der Fluss schimmert in der Ferne.

»Ich liebe diesen Ort, diese Straße wegen der Nähe zum Fluss«, gesteht er. »Deshalb habe ich mir dieses Appartement gekauft. Ich weiß nicht, ob ich es auf die Dauer halten kann. Jetzt gerade gehen die Geschäfte gut. Aber man weiß nie, was in ein paar Jahren ist. Was die Zukunft bringt.«
»Der Moment ist das was zählt«, bemerkt sie.
»Oui, voilà. Der Moment.«
Etwas später steigt sie in ein Taxi. Während das Taxi durch die Nacht rauscht, liest sie Philippes Nachricht:

Verhör dauert an. Ich stehe unter Verdacht, wird sich aber bald klären. Ich umarme dich. P.

Sie klickt die Nachricht weg und starrt aus dem Fenster. Philippe unter Verdacht. Warum sollte man ihn verdächtigen? Lemarque ist auf dem Holzweg. Oder befinden sich seine Ermittlungen derart in der Sackgasse, dass er jetzt schon jeden als Verdächtigen in Erwägung zieht?
Ihre Gedanken gehen im Kreis. Der Abend mit François beschäftigt sie. Seine Bemerkungen über Delamotte.
Als das Taxi sie vor dem Haus ihrer Tante absetzt, ist dort alles dunkel. Jeanette und Jean sind noch nicht zurück. Offenbar genießen sie den Abend noch immer.
In ihrem Zimmer zieht sie sich aus, schlüpft in einen Bademantel und geht ins Bad.
Unter der Dusche arbeiten die Gedanken unentwegt weiter, landen bei Delamotte und dem Tagebuch. Sie denkt weiter an ihre Begegnung mit Eleonore. Könnte sie nicht doch die Schreiberin des Tagebuchs sein? Immerhin lagen die Aufzeichnungen bei ihr. Aber das Motiv ...
Sie stellt das Wasser ab, greift zu ihrem Badetuch und wickelt es sich um den nassen Körper.
Eleonore trauert um Papan. Sie muss Elodie hassen. Und vermutlich hasst sie auch Benoîte. Dafür, dass sie die Tochter einer Mörderin ist. *Einer Mörderin ...*
In diesem Zusammenhang fällt ihr das Gemälde der sterbenden Josephine wieder ein. Selbstzerstörung, Hass (wenn

auch gegen sich selbst gerichtet), Eifersucht. All das findet sich in der Abbildung der Frau. Und Eleonore verachtet das Bild ganz offensichtlich. Oder sie verachtet die Person, die darauf abgebildet ist. Sieht sie Elodie darin, eine Mörderin? Die Mörderin ihres Geliebten ...

Benoîte überlegt. Die Züge der abgebildeten Frau sind ihr bekannt vorgekommen. Allerdings konnte sie keine Ähnlichkeit mit Elodie feststellen.

Die sterbende Josephine ähnelt jemand anderem ... Eleonore. Eleonore ist das Modell. Sie selbst hat sich in dem Bild wiedererkannt. Darum verabscheut sie es. Vermutlich hat sie sich nicht freiwillig als Modell zur Verfügung gestellt. Sie wurde porträtiert, ohne dass man sie gefragt hatte. Unterhält sie eine Affäre mit dem Künstler und veröffentlicht er aus eben diesem Grund anonym – damit seine Affären nicht auffliegen?

Als Benoîte ihr Zimmer betritt, kramt sie erneut die gefundenen Tagebuchseiten hervor.

Auf den ersten Blick kommt ihr die Schrift auf einmal blass und unscheinbar vor. Der Text lässt sich kaum noch entziffern.

Sie legt die Seiten beiseite, schlägt die Bettdecke auf und schlüpft darunter.

Ihr letzter Gedanke bevor sie einschläft, gilt Philippe.

Geständnisse

1   Bei Lorgues

Lemarque hat in der Nacht unruhig geschlafen. Unerwartet wollte Alice zu ihm ins Bett. Sie wollte Sex. Er auch. Aber wider Erwarten ging es nicht. *Was ist los*, bohrt es in seinem Kopf. Zu viel Ungeklärtes. Unnötiger Ballast, Fragen, die keine Antworten finden – und dann im Sande verlaufen. Die Schlaflosigkeit hält ihn oft bis zum frühen Morgen in Schach. Wenn gegen halb sieben der Wecker klingelt, ist er oftmals gerade erst eingeschlafen.

Alice werkelt um diese Uhrzeit schon in der Küche. Sie bereitet das Frühstück für Bernice zu. Ihr Schlaf ist vermutlich noch unruhiger als seiner.

Gerädert tritt er vor den Badezimmerspiegel. Erste Fältchen zeigen sich in seinen Augenwinkeln. Darunter dunkle Schatten.

Er rasiert sich und springt anschließend kurz unter die Dusche.

Als er in die Küche kommt, herrscht dort das übliche Chaos. Bernice schmeißt alles herunter. Und Alice hebt es nicht gleich wieder auf. Es ärgert ihn, über Plüschhasen, Schühchen, Bauklötze und Puzzleteile steigen zu müssen. Auf der Küchenablage stapelt sich das Geschirr vom Vorabend. Alice trägt nur noch Morgenmantel und Jogginghose. Bis Bernice mit allem versorgt ist, nimmt sie sich kaum Zeit für sich selbst.

Im Vorbeigehen bricht Lemarque sich ein Stück Baguette ab, klemmt die Tageszeitung unter den Arm und spült die dreiviertel volle Tasse Kaffee herunter. Dann hetzt er zu Tür. *Bloß raus hier*, denkt er. Wenn es auch nicht wirklich so ist.

Alice und er kreisen gerade auf unterschiedlichen Umlaufbahnen durchs Weltall. Sie treffen dabei nicht wirklich aufeinander. Es hinterlässt diesen wüsten, unbefriedigenden Zustand in der Gefühlsregion. Gehört er eigentlich noch hierher?

Als sich die Bürotür öffnet, strahlt ihm Christine entgegen. An jedem anderen Tag hätte er sich über ihr Lächeln gefreut. Heute aber nützt auch das nichts. Es überfordert ihn – denn darin liegt eine unausgesprochene Erwartung. Auch wenn es eine Unterstellung sein mag.

Es braucht keine fünf Minuten, bis der frisch aufgebrühte Cappuccino vor ihm auf dem Tisch steht. Natürlich ist es eine Wohltat diese Aufmerksamkeit zu genießen.

»Kleiner Wachmacher für dich. Bevor irgendetwas anderes dazwischenkommt«, flirtet sie.

Er sieht ihr an, dass sie eine Reaktion erwartet.

»Ja«, erfasst er vielmehr seine eigenen Gedanken. »Du meinst, ich lasse mich zu sehr von unserem kleinen Abenteuer ablenken. Besser, wir kehren zurück zur Tagesordnung.«

Sie zwinkert.

Lemarque beugt sich über die aufgeschlagene Akte. Christines wohlgeformtes Hinterteil, das in der gewohnt engen Jeans steckt, rückt dabei nicht in die unmittelbare Nähe seines Blickfelds. Obwohl sie sich eventuell um Aufmerksamkeit bemüht.

»Was ist mit Moreautruc?«, fragt er in den Raum, ohne dabei aufzusehen.

»Er wartet bereits im Verhörraum.«

Lemarque sieht auf die Uhr. »Gut, ich komme gleich.«

Sie setzt sich an ihren Schreibtisch. Über den Bildschirm hinweg beobachtet sie ihren Kollegen. Etwas ist heute anders.

Das Klingeln des Telefons lässt ihn vor Schreck zusammenfahren. »Gendarmerie de Lorgues, Commissaire Lemarque.«

»Benoîte Loupgoncier«, meldet sie sich am anderen Ende der Leitung.

»Oh ... Bonjour, Madame Loupgoncier.«

»Warum halten Sie Monsieur Moreautruc fest?«, fällt sie ungehalten mit der Tür ins Haus.

»Monsieur Moreautruc wird befragt, nicht festgehalten.«

»Das sieht für mich anders aus. Wenn jemand in einer Nacht-und-Nebel-Aktion aus einem Restaurant entführt wird. Schließlich war er nicht allein dort.«

»Monsieur Moreautruc hat Sie doch verständigt?«

»Hat er. Aber seitdem sitzt er bei Ihnen im Verhör. Ich frage mich natürlich, ob das wirklich sein muss. Was hat er denn verbrochen?«
»Dazu darf ich Ihnen nichts sagen.«
»Das dachte ich mir schon.« Benoîte überlegt. »Gut, dann komme ich jetzt zu Ihnen nach Lorgues. Sie wollten mich doch ohnehin sprechen.«
Lemarque wirft Christine einen fragenden Blick zu. »Gut, machen Sie das, Madame Loupgoncier. Meine Kollegin wird Sie in Empfang nehmen. Ich habe heute noch ein weiteres Verhör. Es gibt noch eine Zeugin. Rufen Sie doch kurz durch, falls man Sie irgendwo abholen soll. Salut et à bientôt.«
Er legt auf.

Benoîte will noch etwas sagen, doch es bleibt ihr gerade nur noch Zeit zum Luftholen. »Idiot! Mistkröte!«, flucht sie in den verstummten Hörer.

Auf ihrem Bett liegt Papans gepackter Koffer. Das Tagebuch und die herausgerissenen Tagebuchseiten daneben. Ebenso Elodies Briefesammlung und ihr ungelesenes Tagebuch. Sie weiß nicht, was sie damit machen soll. Es sind Erinnerungen. Papans Briefe sollten bei ihr bleiben. Die falschen Tagebuchaufzeichnungen aber möchte sie gerne loswerden.

Nachdem sie sich von Jeanette und Jean verabschiedet hat, nimmt sie den Bus nach Annot. Sie hinterlässt ihrer Tante Philippes Telefonnummer und Adresse. Sie würde sie dort erreichen.

Auf halber Strecke steigt sie aus, um noch einmal das Grab ihres Vaters zu besuchen.

Der Friedhof ist wie üblich einsam und menschenleer. Irgendwann vergisst man die Toten.

Eine Weile betrachtet sie stumm den Grabstein. Dann kniet sie sich hin, buddelt ein Loch in die Erde. Sie legt die Tagebuchseiten hinein. Sämtliche Tagebücher und Tagebuchseiten. Sowohl ihre eigenen Aufzeichnungen als auch die von Elodie und die herausgerissenen Seiten. Alles. Dann bedeckt sie es wieder mit Erde.

Für einen kurzen Moment denkt sie dabei an ihre Mutter.

Es wird Zeit, denkt sie. Es wird Zeit, sich bei ihr sehen zu lassen.
Wenig später sitzt sie im Bus nach Lorgues.

Gegen Mittag kommt sie in der Kleinstadt an. Auf der Gendarmerie nimmt Christine sie in Empfang.
»Commissaire Lemarque ist im Verhör. Das kann noch dauern. Bitte warten Sie doch so lange.«
Sie führt sie auf den Gang hinaus. Ein paar Stühle stehen dort, eine Bank und ein Tisch.
»Möchten Sie einen Kaffee?«
»Non, merci.«
Benoîte setzt sich. Die Atmosphäre um sie herum ist nüchtern. Kahle Wände. Eine Karte der Region Haut Provence et Verdon. Das ist alles. Wie mag es in einem Verhörraum aussehen? Sie erinnert sich an Philippes Ausführungen über das Gefängnis. Die Situation hier wird sicher keine guten Erinnerungen bei ihm wecken.

Das Warten zerrt an ihren Nerven, entfernt ihn von ihr, obwohl er sich nur zwei Zimmerwände von ihr entfernt befindet. Unerreichbar in diesem Moment. Die letzte Begegnung war vielleicht ein Traum. Dabei ist der Traum zum Greifen nahe; und kann ebenso schnell wieder zerplatzen.

Was würde am Ende herauskommen, welche neuen Wahrheiten hat Lemarque ihrem Wissen hinzuzufügen? Zweifellos hat er etwas in der Hand. Es muss einen Grund dafür geben, Philippe so lange festzuhalten.

Lemarque ist kein Bürokrat, kein engstirniger, einzig an Fakten orientierter Mensch. Ganz im Gegenteil. Trotz seines noch recht jungen Alters wirkt sein Charakter fest. Er verschafft sich schnell den nötigen Respekt. Vielleicht sogar mehr als das. Bewunderung. Letzteres hatte sie bei ihrer ersten Begegnung bereits festgestellt, auch wenn er wenig gefragt hatte. Etwas lag in seinem Blick, was ihr signalisierte: Nicht die winzigste Unstimmigkeit würde ihm entgehen.

Die Zeit steht still. Nervös steht sie auf, geht ein paar Schritte. Sie geht den Gang hinunter. Der Zeiger der Wanduhr bewegt sich kaum von der Stelle. Jede Sekunde ist eine gefühlte Ewigkeit ...

Lemarque sitzt Philippe gegenüber. Die Akte liegt aufgeschlagen auf dem Tisch. Er zieht etwas heraus und legt es Philippe hin.

»Was sagen Sie dazu?«
»Was ist das?«
»Eine Namensliste. Eine Namensliste der Personen, die an Delamottes Forschungsprojekt beteiligt waren. Ihr Name steht auch darauf.«
»Woher haben Sie das?«
»Von Professor Albán. Er hält sich auf den Antillen auf. Aber wir konnten ihn dort erreichen. Per E-Mail schickte er mir diese Liste. Außerdem bemerkte er, dass es Unstimmigkeiten zwischen Ihnen und Delamotte gegeben hätte, weshalb Sie den Kontakt zu ihm abbrechen wollten.«
»Darauf stützt sich Ihr Verdacht? Das ist nicht viel.«
»Ihr Verhältnis zu Joelle Bertrand. Ihre Verbindung zu Madame Loupgoncier. Sie hat die Leiche gefunden. Waren Sie nicht an dem Tag auch im La Cigale?«

Erneut zieht er etwas aus seiner Akte, einen Brief. Er reicht ihn seinem Gegenüber. Philippe überfliegt ihn.

»In diesem Brief gesteht Ihre Ex, Marielle Bertrand, für den Tod ihrer Mutter verantwortlich zu sein.«

Philippe schweigt.

»Über Ihre Verbindung zu Marielle Bertrand sagten Sie gestern, sie wäre eine Farce gewesen. Aber Sie wollten sie schützen. Hat Delamotte Sie erpresst?«

»Nein«, er lacht.

Lemarque wartet.

»Ich hatte eine, meinerseits nicht ganz ehrliche Kurzaffäre mit Joelle Bertrand, wie Sie wissen.«

»Ja. Auch darüber sprachen wir gestern.«

»Delamotte wusste nichts davon. Alles, was ihn interessierte, war ...« Philippe legt seine Hände auf den Tisch.

»Das Forschungsprojekt.«

»*Exactement.*«

»Und?«
»Dazu gibt es keinen wirklichen Inhalt. Es waren seine Besuche im Gefängnis, seine Aufzeichnungen, all das. Soweit ich weiß, kommt er aus recht vermögenden Verhältnissen. Außer für diesen Job an der Uni hat er in seinem Leben nie richtig gearbeitet. Man hat ihn an der Uni geduldet, würde ich mal vermuten. Vielleicht weil irgendwer dort ein Wort für ihn eingelegt hat. Wenn es eine Teilnehmerliste gab, dann war das ganz sicher nur pro forma, um irgendwas zu dokumentieren. Ich bezweifle, dass Professor Albán oder andere Dozenten der Uni mehr über den Inhalt wissen. Albán ist ein alter Freund des Unternehmers Bertrand, Marielles Vater. Ich denke, dass er ihm lediglich einen Gefallen tun wollte. Niemand hat Delamotte wirklich für voll genommen. Möglicherweise wollte man auch verhindern, dass er seine Verdächtigungen zum Tod Joelle Bertrands publik machte. Er stellte gerne Fragen, bohrte in der Vergangenheit. Das war eine Art Hobby. Auch noch nach meinem Gefängnisaufenthalt und nach meiner Trennung von Marielle Bertrand.«
»Er hat Sie zu Ihrer Verlobung mit Marielle Bertrand befragt?«
»Ja, auch das.«
»Und zu Benoîte Loupgoncier?«, kommt ihm plötzlich ein Gedanke.
»Ja«, antwortet Philippe.
»Und die Antworten dokumentierte er?«
»Ja.«
Lemarque lehnt sich vor, fixiert sein Gegenüber. »Ist es möglich, dass er aus irgendeinem Grund von Benoîte Loupgoncier besessen war?«
»Besessen?« Wieder lacht Philippe. Diesmal jedoch verhalten. »Warum sollte er?«
Lemarque entspannt sich. Philippes Reaktion hat ihm eine Information geliefert.
»Warum kam es zu Unstimmigkeiten zwischen Ihnen?«
»Finden Sie das verwunderlich? Ich wurde über persönliche Dinge befragt. – Ich wollte das nicht. Ich habe ihm einen Gefallen getan mit seinem Forschungsprojekt. Er hat mir fast

leidgetan. Er hatte sich dieser Aufgabe voll und ganz verschrieben.«
»Darum waren Sie an jenem Nachmittag mit Delamotte verabredet? Sie sollten doch in sein Appartement kommen. Sie und Benoîte Loupgoncier. Das haben wir seinen Notizen entnommen.«
»Ja. Ich bin aber nicht hingegangen. Ich war im Café La Cigale. Sie können dort nachfragen.«
»Das haben wir. Ihr Alibi wurde bestätigt. Als Sie gingen, hatte Benoîte Loupgoncier den Toten bereits gemeldet. Anonym.«
»Ich bin zu einer späteren Uhrzeit zu ihm gegangen. Nach meiner ersten Begegnung dort mit Benoîte. Das Gespräch mit ihr hat mich dazu angeregt.«
»Wann genau?«
»Gegen acht. Aber es war niemand da.«
»Keine Leiche?«
»Ich war nicht im Haus. An der Tür hat niemand aufgemacht. Darum bin ich gegangen.«
»Wissen Sie, was Madame Loupgoncier bei Delamotte wollte?« Lemarque beugt sich wieder über den Tisch, kommt Philippes Gesicht näher.
»Keine Ahnung. Ich glaube, er hatte sie dorthin bestellt. Sie ist bei ihm aufgewachsen, was ich aber bis vor Kurzem nicht wusste, weil er es nie erwähnt hat. Sie hat es mir erzählt.«
Lemarque steht auf und geht zum Fenster. Er denkt nach.
»Benoîte kann ebenso wenig etwas mit seinem Tod zu tun haben. Er war für sie eine Art Vater«, ergänzt Philippe seine Ausführungen.
Der Commissaire geht einem anderen Gedankengang nach.
»Was wissen Sie über Elodie Loupgoncier, Benoîtes Mutter?«
»Nichts.«
»Sie wissen nicht, dass sie wegen Totschlags an Benoîtes Vater im Gefängnis saß?«
Philippe dreht sich zu Lemarque.

»Nein«, bekräftigt er aufrichtig überrascht. »Ich weiß nur, dass sie eine Stiefmutter bei Annot ausfindig gemacht hat. Über ihre leibliche Mutter hat sie mir nichts erzählt.«
»Ihre Stiefmutter ist Eleonore Loupgoncier. Ja, so viel haben wir auch herausgefunden. Sie ist die andere Zeugin.«
Wieder schweigt Lemarque, sortiert seine Gedanken.
»Delamotte war kein Mensch, der intime persönliche Kontakte pflegte. Würden Sie mir da zustimmen?«
»Oui.«
»Aber er zog ein junges Mädchen groß. Eine attraktive junge Frau, wenn ich das mal so ausdrücken darf. Wenn Sie sich ihn in dieser Rolle vorstellen, glauben Sie tatsächlich, er könnte eine Art väterliches Verhältnis zu Benoîte Loupgoncier aufgebaut haben?«
»Das klingt vielleicht schwer vorstellbar, aber es muss so gewesen sein.«
»Es muss *so* gewesen sein, dass er sie nicht loslassen konnte, weil er meinte, in ihrem Leben eine Rolle spielen zu müssen«, mutmaßt Lemarque.
»Bis sie erwachsen wurde«, ergänzt Philippe.
»Und ihn verließ.« Lemarque stützt die Ellenbogen auf den Tisch und schiebt seine Hemdärmel herunter. »Ich sage Ihnen, Moreautruc, *wer* Gegenstand dieses Forschungsprojektes war – und ich denke, Sie wissen es auch ganz genau: Es war Benoîte Loupgoncier.«
»Vielleicht habe ich es vermutet. Vielleicht ... Aber ich habe nichts mit seinem Tod zu tun. Das beschwöre ich. Und Benoîte noch viel weniger.«
»Gut.« Lemarque setzt sich ihm wieder gegenüber. Langsam klappt er die Akte zu.
»Belassen wir es dabei. Sie können gehen.«
Philippe ist überrascht.

Er steht vor dem Verhörzimmer. Drinnen hört er die Stimmen von Lemarque und seiner Assistentin. Sie besprechen sich.
Langsam geht er den Gang weiter bis zum Ausgang.
Vor dem Haus steht ein Taxi ...

Die Tür zum Verhörzimmer ist geschlossen. Christine steht noch immer an der Tür.
»Ist alles in Ordnung?«, fragt sie besorgt, als sie ihn in Gedanken versunken an der Wand lehnen sieht.
»Ich komme einfach zu keinem Ergebnis. Dieser Fall ist nicht schlüssig. Ich frage mich, ob man überhaupt noch von Mord ausgehen kann. Dabei hat der Obduktionsbericht ... und die Fundstelle der Leiche.«
Christine wartet. »Magst du noch einen Kaffee?«, fragt sie. Er streift sie mit einem flüchtigen Blick. »Jetzt nicht«, entgegnet er. »Ich möchte erst das zweite Verhör hinter mich bringen. Danach gern.«
In diesem Moment geht draußen auf dem Gang eine Tür. Benoîte kommt von der Toilette. Christine beobachtet durch den geöffneten Türspalt, wie sie zum Fenster geht und dem abfahrenden Taxi nachsieht. Dann schließt sie die Tür wieder.
»Übrigens hat deine Frau vor einer halben Stunde angerufen.«
»Was wollte sie?«
»Du sollst sie zurückrufen.«
Lemarques Gesichtsausdruck verändert sich. Der Ausdruck von Ratlosigkeit weicht der Unruhe. Er möchte jetzt nicht auch noch über Alice nachdenken müssen. Es ist definitiv nicht der Moment dafür.
»Benoîte Loupgoncier wartet draußen. Vielleicht solltest du zuerst mit ihr sprechen«, wechselt Christine schnell das Thema, als sie seine Unruhe bemerkt.
»Gut«, er sortiert sich, »dann machen wir das so.«
Christine verlässt den Raum.
Stumm und teilnahmslos blickt er auf die geschlossene Tür. Sie würde sich gleich wieder öffnen und jemand hereinkommen. Merkwürdigerweise stellt er sich vor, es wäre Alice.
Als es tatsächlich an der Tür klopft, zuckt er kurz erschrocken zusammen.
Lemarque geht zur Tür und öffnet sie.
»Kommen Sie herein, Madame Loupgoncier. Nehmen Sie Platz«, fordert er sie auf.

Benoîte folgt seiner Aufforderung.
»Entschuldigen Sie, ich war kurz auf der Toilette. Ich hoffe, Sie mussten nicht auf mich warten.«
»Nein.« Er mustert sie oberflächlich. Lemarque ist nicht bei der Sache.
Ob er Alice mit einem Abendessen überraschen soll? Es wäre ein Versuch.
Als sie ihm gegenüber sitzt, zieht er die Akte heran. Dann aber schiebt er sie gleich wieder beiseite.
»Kommen wir zu den Fakten«, leitet er ohne Umschweife und leider auch ohne den üblichen Elan das Verhör ein.
»An dem Tag, als Sie die Leiche in der Wohnung fanden ...«
Es klopft an der Tür.
»*Pardon.*«
Lemarque steht auf. Christine erscheint im Türrahmen. Benoîte hört sie kurz flüstern. Dann kommt Lemarque zurück.
»Es tut mir leid, Madame Loupgoncier. Etwas Wichtiges ist soeben dazwischengekommen. Ich muss Sie leider bitten, sich noch zehn oder fünfzehn Minuten zu gedulden. Länger wird es nicht dauern. Sie können gerne hier warten. Ich bin gleich wieder bei Ihnen.«
Nachdenklich nimmt er die Akte an sich und verlässt den Raum.
Benoîte lehnt sich zurück.

Auf dem Gang hält er kurz inne. Was für ein merkwürdiger Tag. Der Fall versetzt ihn in diese rätselhafte, aufwühlende Stimmung. Es ist nur so ein Bauchgefühl. Eine Vorahnung.
Verwirrt setzt er seinen Weg fort.
Bereits von weitem erkennt er sie. Christine hat sie ihm beschrieben. Das ist sie also, Eleonore Loupgoncier. Sie ist ganz in Schwarz gekleidet, die Haare hochgesteckt, leicht gebräunte Haut. Als er sich ihr nähert, steckt sie sich ihre Sonnenbrille ins Haar.
»Commissaire Lemarque.« Er nimmt ihre Hand, die sie ihm reicht. Eine schmale, sehr gepflegte Hand. »Und Sie sind Madame Loupgoncier, nehme ich an?«

Sie nickt bestätigend.

»Nach Ihnen, Madame.« Lemarque deutet ihr die Richtung. Vor einer Tür bleiben sie stehen. Er öffnet sie und lässt Eleonore zuerst eintreten.

Wortlos nimmt sie auf einem Stuhl Platz, den er ihr zurechtrückt.

Prüfend beobachtet Lemarque sie aus dem Augenwinkel. Die Frau wirkt distanziert, fast scheu.

Er schlägt seine Akte auf und durchblättert sie.

Auffallend starr sitzt Eleonore da, sieht durch ihn hindurch.

»Meine Kollegin sagte mir, Sie hätten nicht viel Zeit. Darum habe ich Ihre Befragung vorgezogen.«

Sie reagiert nicht. Gehetzt wirkt sie jedoch nicht. Auch nicht angespannt. Undurchsichtig trifft es eher.

»Ich möchte es gerne hinter mich bringen«, sagt sie plötzlich. Ihre Stimme klingt dabei ruhig, aber bestimmt.

Er ist einigermaßen überrascht. Ihre Ausstrahlung passt wenig zu dem selbstbewussten Ton, den sie plötzlich anschlägt. Nichts ist bei Eleonore Loupgoncier, wie es auf den ersten Blick scheint. Auch nicht der Name.

»Ihr richtiger Name ist Elaine Peage, richtig?«

»Ja«, bestätigt sie ruhig, »bis zu meiner Hochzeit mit Papan. Ich ließ meinen zweiten Vornamen in die Heiratsurkunde eintragen.«

Sie hat noch mehr zu sagen. Lemarque wartet.

»Mein Vater ist Kanadier. Ich habe eine Zeit lang in Amerika gelebt, bevor ich Papan Loupgoncier kennenlernte. Benoîte ist seine Tochter. Benoîte Loupgoncier. Ich kannte sie bis zu unserem Treffen auf der Weinprobe, von der Sie ja wissen, nicht persönlich. Papans Exfrau hat ihm immer den Kontakt zu seiner Tochter verweigert. Es war das große Thema, das unsere Ehe überschattete. Seine Tochter.«

Eleonore ist überraschend schnell zum Kern des Themas gekommen. Konzentriert redet sie, ganz ohne Umschweife.

»Stellen Sie sich diese Ehe vor. Ihr Partner ist ständig auf Reisen, auf dem Meer unterwegs«, fährt sie fort, »und die wenige Zeit, die Ihnen noch mit ihm bleibt, verbringt er damit, sich um den Kontakt zu seiner verlorenen Tochter zu bemühen. Vergeblich noch dazu.«

Lemarque hat die beschriebene Szene augenblicklich vor Augen. Eleonore spricht ein Gefühl an, das ihn tatsächlich berührt. Nur dass Alice nicht auf dem Meer ist.

»Das können Sie sich vermutlich nicht vorstellen«, fährt sie fort. »Seine Launen, seine Besessenheit – ein Ehe-Albtraum.« Sie holt Luft. »Jetzt fragen Sie sich, warum ich das mitgemacht habe. Warum ich mich nicht getrennt habe. Oder – warum bin ich nicht zu der anderen Frau gegangen, habe auf den Tisch gehauen und gesagt: So, und jetzt gib ihm endlich sein Kind!«

Eleonores Haltung hat sich verändert. Weg ist das auf den ersten Blick Scheue, Verletzliche ihres Wesens.

»Immer wieder hat er nur von ihr gesprochen. Elodie hat das und das gesagt. Elodie hat das und das gemacht. Unser Leben war Elodie. Und Benoîte. Obwohl sie niemals da waren. Warum, glauben Sie, habe ich mir das gefallen lassen?!«

»Sie müssen ihn sehr geliebt haben.«

Eleonores leicht gebräuntes Gesicht hat noch etwas mehr Farbe bekommen. Dennoch findet er in ihrem Ausdruck nicht die Bestätigung seiner Annahme. Was ihn verwundert.

»Liebe«, wiederholt sie, »ich frage mich, warum er sich von ihr getrennt hat. Weil sie seine Launen nicht mitgemacht hat. Ich bin Elodie Loupgoncier begegnet. Mehr als einmal. Sie ist attraktiv. Vollkommen egozentrisch zwar, aber vermutlich nicht weniger launisch als er.«

Zu seiner Verwunderung stellt Lemarque fest, dass das Gespräch sich in eine ganz andere Richtung entwickelt, als er vermutet hätte. Er hat nicht erwartet, in Eleonore auf eine verbitterte Witwe zu treffen.

»Sie wundern sich sicher, warum ich noch immer Schwarz trage, wenn ich so denke, wie ich es Ihnen hier offenbare. Ich verspreche Ihnen, dass ich, sobald hier alles gesagt ist, die schwarze Kleidung ablegen werde. Ich möchte mich von all der Last befreien. Nicht zuletzt ...«

Plötzlich wird ihre Stimme weich. »Nicht zuletzt wegen Benoîte. Benoîte hat es verdient, die ganze Wahrheit zu erfahren. Ich möchte ihr nicht länger dieses Recht vorenthalten. Ich hatte selbst nie ein Kind und sie kann schließlich nichts dafür. Für das, was passiert ist. Sie ist ein junger, unschuldiger Mensch und hat das Recht auf ein glückliches Leben.«

Ihre Worte klingen, zu Lemarques erneuter Verwunderung, plötzlich wieder völlig frei von Verbitterung.

»Ich möchte ein umfangreiches Geständnis ablegen. Bitte schalten Sie Ihr Aufnahmegerät ein«, fordert sie ihn forsch auf.

Wie im Reflex kommt er ihrer Aufforderung nach, kramt mechanisch das Aufnahmegerät aus der Schublade, stellt es vor Eleonore auf den Tisch und schaltet es ein.

»Ich, Eleonore Loupgoncier, geborene Elaine Eleonore Peage, bekenne mich hiermit in zwei Mordfällen für schuldig.«

Vor Schreck lässt Lemarque seine Hand fallen. »Zwei?!«, entfährt es ihm.

Unbeirrt fährt sie fort. »Einer der beiden geschah völlig unbeabsichtigt, es war ein Unfall. Der andere aber erfolgte in vollem Bewusstsein und beabsichtigt. Im ersten Fall spreche ich von meinem Halbbruder, Gisbert Delamotte. Und im zweiten Fall von Papan Loupgoncier.«

»Sie?!« Lemarque schnappt nach Luft.

»Ich saß im Auto und habe auf Papan gewartet. An dem Tag, als er Benoîte abholen wollte. Es verging einige Zeit und Papan kam nicht zurück. Stattdessen sah ich irgendwann die beiden knapp hintereinander davonrennen. Mutter und Tochter. Das Ganze kam mir merkwürdig vor. Elodie war wie hypnotisiert und ging einfach nur geradeaus. In dem Moment hatte ich das Gefühl, dass etwas passiert sein musste. Etwas Schlimmes. Ich bin aus dem Auto gestiegen und zum Haus gegangen. Die Haustür stand offen. Als ich das Haus betrat, sah ich Papan am Boden liegen. Das Regal war auf ihn gestürzt. Er lag wie tot da, bewegte sich nicht. Sie werden es nicht verstehen, aber es war ein Moment der Erleichterung. Unendliche Erleichterung. Keine Schmerzen mehr. Kein Warten, kein Hoffen. Keine endlosen Kämpfe mehr um Aufmerksamkeit, um das Recht, auch als Mensch wahrgenommen

zu werden. Vorbei. Dann aber ... Papan schlug die Augen auf. Er lebte noch. Er hatte es überlebt. Wie in Trance griff ich zu einem Holzscheit, der dort in einem Korb lag. Für den Ofen. Ich schlug einmal zu und dann noch ein- oder zweimal. Um sicherzugehen, dass er seine Augen nicht noch einmal öffnen würde.«
Lemarque ist fassungslos über die Kälte, mit der sie die Tat beschreibt. Der Gesichtsausdruck von Eleonore Loupgoncier liegt wie hinter einem glasigen Schleier. Was sie gerade fühlt, scheint sie von sich abgetrennt zu haben. Sie beschreibt sich selbst aus der Distanz. Und es ist durchaus möglich, dass die Kälte in ihrer Stimme nur zu ihrer Selbstdarstellung gehört, nicht aber dem entspricht, was sie gerade empfindet.

»Sie haben ...« Er versucht den Faden wiederzufinden.

»Elodie kam zurück, als Papan tot war. Sie dachte, ich hätte ihn so gefunden. Sie war vollkommen aufgelöst und sagte immer wieder, dass sie das nicht gewollt habe. Es sei ein dummer Unfall gewesen. Das Regal sei einfach umgekippt. Ich beteuerte ihr schließlich, dass ich ihr glaubte, und bot ihr an, ihn verschwinden zu lassen. Wir brachten ihn in meinem Fahrzeug zum Flussufer und warfen ihn in den Fluss. Den Holzscheit habe ich in den Ofen gelegt. Sie wird ihn verbrannt haben. Elodie war die ganze Zeit wie in Trance. Sie hat gar nicht begriffen, was passiert war. Irgendwann sagte sie, sie wolle sich stellen und ins Gefängnis gehen. Ich redete es ihr aus. Sie fand auf einmal alles sinnlos. Ihre Tochter wäre weg, sagte sie. Und sie sei eine Mörderin. Ich müsste das doch auch so sehen. Schließlich hätte ich ihr den Mann genommen.«

Eleonore zieht sich ihre Sonnenbrille aus dem Haar.

»Ich habe Elodie Loupgoncier danach noch einmal im Gefängnis besucht. Bei der Verhandlung, als sie verurteilt wurde, war ich nicht dabei. Ich konnte ihr nicht in die Augen sehen, weil ich über meinen Anwalt Druck machen musste, dass der Fall schnell aufgeklärt wurde. Sonst hätte die Polizei weiter geforscht. Auch Elodie wollte das nicht. Sie wollte vielmehr wissen, was mit ihrer Tochter war.«

»Wussten Sie, wo Benoîte Loupgoncier war?« Lemarque kommt plötzlich ein Verdacht.

Eleonore zieht ein Päckchen Zigaretten aus ihrer Handtasche und fingert eine Zigarette daraus. »Ich darf?« Lemarque wirft einen flüchtigen Blick auf das Rauchverbotsschild an der Wand. Dann aber stimmt er mit einer flüchtigen Geste zu.

Sie entfacht eine kurze Flamme, führt die Zigarette zum Mund und nimmt einen langen Zug.

»Benoîte war bei meinem Halbbruder Gisbert Delamotte. Er und ich hatten nie viel Kontakt. Aber mir war bekannt, dass er diese Strecke jeden Tag fuhr, die Route National Richtung Nice. Daher rief ich ihn irgendwann an und fragte ihn, ob ihm ein Mädchen an der Straße aufgefallen sei. Zuerst schwieg er darüber. Später dann kam heraus, dass Benoîte bei ihm war. Er hatte sie tatsächlich an der Straße aufgelesen und mitgenommen. Ihr Koffer wurde später gefunden. Papans Koffer, ein altes Erbstück. Man lieferte ihn bei mir ab. Gisbert wusste nicht, was er mit ihr machen sollte. Ich erklärte ihm, dass sie ihren Vater verloren hätte, ohne weitere Details. Ich sagte ihm, dass es vielleicht besser wäre, wenn sie vorerst bei ihm bliebe. Den Rest hat er später selbst herausgefunden. Es kam mir in den Sinn, Elodie darüber in Kenntnis zu setzen, dass Benoîte bei meinem Halbbruder war. Damit sie sich keine Sorgen um ihre Tochter machte. Vermutlich war es ihr sogar lieber, als dass sie bei mir wäre. Bei meinem Besuch im Gefängnis, erfuhr sie es dann. Elodie forderte nichts. Sie stellte auch keine weiteren Fragen. Vermutlich war sie nicht in der Lage dazu. Kurz darauf wurden sämtliche Suchaktionen nach Benoîte abgebrochen. Elodie behauptete gegenüber der Polizei, sie sei bei Verwandten im Ausland. Ich wusste nicht, ob ich meinem Bruder eine solche Verantwortung zutrauen konnte, aber Elodie erwähnte, dass Benoîte sehr selbstständig sei. Sie würde sich schnell abnabeln. Das gab mir das gute Gefühl, dass es mit ihr und Gisbert funktionieren konnte.«

»Warum haben *Sie* sie nicht aufgenommen?«

»Ich?! Nein. *Impossible*. Sie war Papans Tochter. Und ich hatte ihren Vater auf dem Gewissen.«

Eleonore legt eine Pause ein und nimmt erneut einen langen Zug von ihrer Zigarette.

»Sie fragen sich jetzt sicher, was mit meinem Bruder war … wie *das* passiert ist.«
»Allerdings.«
»Gisbert und ich hatten schon immer unsere Differenzen. Als Kind litt er unter massiven Minderwertigkeitskomplexen. Wir stammen von unterschiedlichen Vätern ab. Beide haben ihr Vermögen bei unserer Mutter hinterlassen. Nach den Trennungen ist sie zweifach mehr als gut ausgestattet worden. Es hat ihr an nichts gemangelt. Das Wort Unterhalt bescherte ihr ein kleines Vermögen. Ein zusätzliches Haus, das ihr lebenslange Mieteinnahmen garantiert. Gisbert brauchte nie zu arbeiten. Er durfte das Leben frei und ganz in seinem Sinne gestalten. Aber genau dazu war er gar nicht in der Lage. Unsere Mutter hat ihm nie viel zugetraut, ihn nie mit einbezogen oder gefordert. Er war ihr eher lästig. Das hat er gespürt. Er war der ewige Student. Dabei durchaus nicht dumm. Emotional ein Kind geblieben. Ich dachte, wenn er Verantwortung für jemanden übernähme, wäre es vielleicht gut für ihn. Andererseits war er natürlich überfordert. Gerade aufgrund Benoîtes Selbstständigkeit. Gisbert war eigentümlich, eigenbrötlerisch, verschroben. Er war nicht unbedingt beliebt bei seinen Mitmenschen. Seine Marotten nervten irgendwann jeden. Aber er war kein schlechter Mensch. Man konnte ihn durchaus auf eine Art ins Herz schließen. Ich weiß nicht, wie Benoîtes Verhältnis zu ihm war. Ich denke, sie hat ihn akzeptiert. So wie er war. Kinder tun das. Ich habe mich also nicht eingemischt und Benoîte und ich sind uns, bis zu jenem Tag auf der Weinprobe, nie begegnet. Auch nicht zufällig.«
Wieder legt sie eine Pause ein. Lemarque folgt jeder ihrer Gesten.
Ihr Blick wirkt wacher als am Anfang. Ihre Stimme lebendiger. Es tut ihr gut, diese Dinge auszusprechen.
»Wie ging mein eigenes Leben damals weiter? Wenn Sie mich das fragen, muss ich Ihnen sagen, es ging gar nicht weiter. Es stand plötzlich still. Und ich hatte oft den Wunsch, neu geboren zu werden, damit sich etwas änderte. Papan war nicht mehr da und … ja, vielleicht habe ich ihn viel mehr geliebt, als ich dachte. Ich habe ein Bild von ihm geliebt. Mein

Wunschbild. Plötzlich drehte sich mein Denken und Handeln nur noch um mein kurzes Leben mit Papan. Ich trug immer Schwarz. Vielleicht, weil Schwarz die Schuld besser überdeckte. Abgesehen von dem Haus meiner Mutter hat auch Papan mir etwas vererbt. Er hatte, während der Jahre auf See, viel Geld beiseitegelegt. Ich kaufte einer alten Dame das Haus bei Annot ab. Gisbert sollte mein Appartement bekommen. Das Mehrfamilienhaus, in dem man seine Leiche fand, gehörte vorher meiner Mutter. Ich möchte auch Benoîte einen Teil davon überschreiben, denn ein Anteil steht ihr zu. Es ist ihr Erbe. Aber das sind die finanziellen Dinge. Das ist unwichtig. Die Sicherheiten konnten nicht das Loch füllen, in das ich gefallen bin. Ich fing an, mich selbst auszulöschen. Auf der Weinprobe ... Gisbert war mit diesem Bertrand befreundet. Der Unternehmer Gustave Bertrand. Regelmäßig bezog Bertrand Einladungen mit Gästelisten zu Weinproben. Darunter auch vom Weingut Huéspard. Die Einladung und Gästeliste zur Weinprobe kam von Fréderic Huéspard höchstpersönlich. Bertrand ist in der Region ein gern gesehener Gast. Wo er seine Visitenkarte hinterlässt, verspricht man sich Umsatz. Deshalb bekam er die Gästelisten immer vorab. Exklusiv, damit er entscheiden konnte, ob er sich im Kreise Prominenter bewegte oder eben *privat* verkehrten durfte. Bertrand war es dann auch, der Gisbert darüber informierte, dass Benoîte bei eben dieser Weinprobe anwesend sein würde. Er kannte sie ja. Von Marielles Verlobungsfeier. Vielleicht verband die beiden Männer eine Art Freundschaft und Gisbert hatte sich ihm anvertraut. Ich weiß es nicht. Aber nach dem Tod seiner Frau hat es Bertrand vermutlich an Bezugspersonen gemangelt. Erfolg macht einsam. Gisbert informierte mich dann über diese Weinprobe. Natürlich war ich interessiert daran, ihr persönlich zu begegnen. Nach all den Jahren. Ich kam mit einem damaligen Freund, Armand. Als ich sie dort sah ... Oh, es war ... Wie soll ich sagen ... Benoîte war nicht mehr das Kind, das ich damals habe wegrennen sehen. Sie war eine junge Frau. Eine hinreißende junge Frau. Sie und ihr Freund, ein glückliches Paar. Ich habe den Abend kaum ertragen. Die

Tochter meines verstorbenen Mannes. Wie ähnlich sie ihm war. Wenn sie lachte, wenn sie erzählte, wie sie sich bewegte – das war Papan als Frau! Und das Schlimmste dabei war, sie wusste es nicht. Sie wusste nicht, dass sie wie *er* war! Spontan entfernte ich mich von der Runde, ging zum Fluss. Eine Kurzschlussreaktion. Ich weiß nicht, wie es genau zustande kam. Ein kurzes Wortgefecht mit Gisbert. Vielleicht war es banal. Etwas in meinem Gehirn ist durchgebrannt. Armand kam wenig später hinter mir her. Er hatte viel Wein getrunken, viel zu viel. Er dachte, ich wolle mich in den Fluss stürzen. Einen Moment lang hatte ich das auch wirklich vorgehabt. Ich wollte mich umbringen. Ich …« Sie stockt. »Gut, ich habe es nicht getan. Stattdessen bin ich an einer schmalen, niedrigen Stelle durch den Fluss gewatet, bis rüber zur anderen Uferseite. Armand war mir in dem Moment völlig egal. Hätte ich gewusst, dass er mir hinterher ist und sich dabei schwer verletzt hatte …«

»Sie sind also untergetaucht. Ganz spontan, weil sie die Gegenwart Ihrer Stieftochter nicht ertragen haben?«

»Weil ich die gesamte Situation nicht ertragen habe, *mich* … Ich habe das öfter gemacht. Es gibt immer wieder diesen Moment, in dem ich Schluss machen möchte. Dann aber geht es nicht und ich tauche einfach unter. Es ist der Versuch einer Wiedergeburt. Aber es funktioniert nie. Es ändert sich nichts.«

Sie drückt den Zigarettenstummel in den Aschenbecher.

»Papan war ein unerträglich unbeständiger Mensch. Wie gesagt, er war sehr launisch. Wechselhaft, unberechenbar. Aber er hatte auch Vorzüge. Er konnte sehr warmherzig und großzügig sein und er besaß großes künstlerisches Talent. Er konnte sehr gut malen. Auf See hat er oft Skizzen angefertigt. Ich habe sie alle aufgehoben. Er wollte nie, dass man seine Kunstwerke veröffentlichte. Unter keinen Umständen wollte er seine Kunst ausstellen. Ein einziges Mal hat er auch mich gemalt. Das Gemälde steht derzeit in einem Künstleratelier in Annot. Ich habe es umbenannt und seine Werke unter Pseudonym veröffentlichen lassen. Ein einheimischer Künstler hat die Werke für mich aufbereitet und aufbewahrt. Ich bin Papans Wunsch also nicht ganz nachgekommen. Wissen Sie, warum ich mich anders entschied, warum ich plötzlich darauf gekommen bin, dass ich meine Vergangenheit loslassen muss?«

Ihr Oberkörper spannt sich, kerzengerade richtet sie sich vor ihm auf, sieht ihm direkt in die Augen.

»Die Begegnung mit Benoîte war es. Sie ließ mich nicht mehr los. Ich habe gesehen, dass sie lebt. Im wahrsten Sinne des Wortes *lebt*. Und das obwohl ... Ich kannte ja ihre Geschichte. Mein Leben dagegen ... Sie merken, ich erzähle nicht ganz in der Reihenfolge. Ich erzähle, wie es mir in den Sinn kommt. So viel Freiheit erlaube ich mir, Monsieur le commissaire. Gisbert kam eines Tages mit der Idee zu mir, Benoîte ein Tagebuch zu schreiben. Er wollte die Dinge für sie anstoßen. Ihr einen Weg zu ihrer Vergangenheit ebnen. Kurz gesagt, sie sollte auf die Wahrheit vorbereitet werden. Er war der Meinung, es stünde ihr zu. Denn die Wahrheit liege im Schatten ihrer Erinnerung. Womit er ja recht hatte. Und sie kennt nur einen Teil davon.«

»Er wusste von ...?«

»Ja, er wusste, dass ich Papan auf dem Gewissen hatte. Wie gesagt nicht gleich. Ich sagte ihm, dass es ein Unfall war. Bei der Anfertigung des Tagebuchs brauchte er meine Hilfe. Er hatte Dinge in seinem – er nannte es sein *Forschungsprojekt* – dokumentiert, die ich in Tagebuchaufzeichnungen umsetzen sollte. Er wollte also, dass ich ein Tagebuch in Benoîtes Namen verfasste. Er brauchte meine Frauenhandschrift und auch den weiblichen Stil beim Schreiben. So nannte er das. Dieses Tagebuch sollte dann aber leichte Unstimmigkeiten aufweisen, damit sie gezwungen war, in sich zugehen und sich Fragen zu stellen, sich an Dinge zu erinnern. Nach und nach. Psychologisch war das recht gut eingefädelt. Ich aber war damit überfordert. Gisbert argumentierte, ich könne auf diese Art eine gewisse Nähe zu ihr herstellen, denn ich müsse mich dabei in sie hineinversetzen. Gerade das aber war mir viel zu viel. Bis zu der Weinprobe. Am Tag vor der Weinprobe liefen wir uns bereits über den Weg ... und abends schrieb ich die erste Tagebuchszene anhand von Gisberts Aufzeichnungen. Ich spielte ihr das Tagebuch in Papans Koffer zu.

Einmal angefangen, war die zweite Aufzeichnung ein Kinderspiel. Ich selbst hatte darin ja eine aktive Rolle übernommen, weshalb diese Szene für sie sehr authentisch geklungen haben musste. Den Koffer habe ich danach wieder entfernt. Die Gelegenheit dafür war nicht immer gleich da. Glücklicherweise war Benoîtes Vermieterin ziemlich schwerhörig und bemerkte den jungen Mann nicht, der ihn aus ihrem Zimmer stahl. Gisbert wollte schließlich auch, dass ich die Szene mit Papan in das Tagebuch schrieb. An diesem Punkt war es vorbei. Ich weigerte mich. Ich riss die beschriebenen Seiten heraus. Das Tagebuch wurde zu einem Streitthema zwischen uns. Schließlich wollte er ihr die Identität des Buches und somit auch die meine offenbaren. Ich besuchte ihn in seinem Appartement und versuchte ihn davon zu überzeugen, dass das nicht gut und richtig sei. Für mich war es nicht der passende Moment, um in Benoîtes Leben zu treten. Noch nicht. Er beschimpfte mich, dass es immer nur um mich gehe. Wann es der geeignete Zeitpunkt für Benoîte wäre, das sei doch entscheidend. Vielleicht hatte er recht, aber ... Ich brauchte noch Zeit. Er ignorierte meine Meinung.

An dem Tag hatte er Benoîte zu sich bestellt. Er fertigte mich daher nur kurz ab. Sie würde gleich kommen, sagte er. Er war bereits auf halbem Weg unter die Dusche, trug nur ein Badetuch um den Körper gewickelt. Ich ging hinter ihm her, bettelte ihn an ... Aber er stellte sich komplett stur. So kannte ich ihn gar nicht. Ich war furchtbar aufgebracht ... und es kam zu einer Auseinandersetzung. Irgendwie ist er dabei ausgerutscht und mit dem Kopf aufgeschlagen. Er war sofort tot. Das war ein Schock. Ein Déjà-vu. Ich war außerstande, zu reagieren. Das wollte ich nicht. Warum – warum passieren einem diese Dinge gleich zweimal im Leben, fragte ich mich. Ich dachte nicht einen Moment daran, das Appartement zu verlassen. Dann hörte ich Schritte im Treppenhaus. Benoîte kam bereits die Treppe hoch. Ich versteckte mich im Kleiderschrank. Ich ... es ist unglaublich. Ich habe mich versteckt wie eine Diebin.«

Eleonore bebt vor Erregung. Zitternd steckt sie die Zigarettenschachtel und die Sonnenbrille in ihre Handtasche.

»… Eine Diebin. So war es, Monsieur. Jetzt ist es raus. Es ist alles gesagt. Alles. Wenn Sie mir nicht glauben oder noch mehr über das Tagebuch erfahren wollen, gehen Sie auf den Friedhof in Annot, an das Grab von Papan Loupgoncier. Benoîte hat die Seiten dort vergraben.«

Sie legt ihre Hände demütig auf den Tisch. So als erwarte sie, dass man ihr Handschellen anlegt. Dann jedoch zieht sie die Hände wieder weg. Etwas ist ihr noch eingefallen.

»Der Künstler sollte Benoîte mit Papans Werken in Berührung bringen. Sie sollte ihren Vater kennenlernen. In seiner Kunst. Dafür hatte ich ihn auf sie angesetzt. Über den Tod meines Halbbruders wusste er nichts. Es war ein Lockmittel. Sollten Sie ihm also eine Falschaussage vorwerfen, das geht auf mein Konto. Betrachten Sie die künstlerische Episode als eine Art Fortsetzungsgeschichte dessen, was mit dem Tagebuch begonnen hat. Die ursprüngliche Idee dazu stammte von Gisbert, wie Sie jetzt wissen. Papans Kunst war mein Beitrag dazu. Glücklicherweise findet sich immer irgendjemand. Die Tante des Künstlers ist Stammgast im Café La Cigale. Und so schließt sich der Kreis. Sie sehen, Monsieur le commissaire, selbst der Zufall ist oft nichts weiter als eine Farce. Nicht viel im Leben ist wirklich zufällig. Aber vielleicht sind Sie da anderer Meinung. Ich für meinen Teil glaube weder an Zufälle noch an Schicksal.«

Lemarque schaltet das Aufnahmegerät aus. Er fühlt sich völlig erschlagen von dem, was er gerade gehört hat. In Gedanken sortiert er, versucht Ordnung herzustellen, um nicht den Überblick zu verlieren.

Dann geht ein Ruck durch seinen Körper. Ihm wird plötzlich bewusst, dass er vollkommen die Zeit aus den Augen verloren hat.

»Ja, das ist einiges.« Sein Blick fällt auf die Wanduhr. »Zufall, sagen Sie, gibt es nicht. Dann wissen Sie vermutlich, dass Benoîte Loupgoncier auch hier ist?«

Eleonore bestätigt mit einem angedeuteten Kopfnicken.

Lemarque fährt sich durchs Haar. Er wünscht sich auf einmal die Gegenwart seiner Assistentin. Vermutlich hätte sie jetzt einen kühlen Kopf und die richtigen Worte. Worte, die ihm gerade fehlen.
»Gut«, sagt er schließlich. »Dann lassen wir doch Benoîte entscheiden, was sie über den Zufall denkt.«
»Ich habe noch eine Bitte, Monsieur Lemarque. Es ist mir sehr wichtig und Sie dürfen mich danach gerne verhaften. Ich werde mich dem garantiert nicht entziehen, sonst säße ich nicht freiwillig hier. Geben Sie mir noch etwas Zeit, um persönlich mit Benoîte zu sprechen. Ich bitte Sie nur um diesen einen Gefallen.«
Lemarque schließt seine Akte. Dann sieht er Eleonore an. »Was mit Ihnen passiert, wird der Haftrichter entscheiden. Die erste Tat liegt mehr als zwanzig Jahre zurück und die Strafe wurde bereits abgesessen. Elodie Loupgoncier hat zu Unrecht die Strafe für Sie abgesessen. Das kann man mit einer neuen Haftstrafe nicht wiedergutmachen.« Er starrt auf seine Hände. »Aber gut. Sie haben achtundvierzig Stunden, reicht das?«
Eleonore verzieht keine Miene. »Das reicht.«

Lemarque sitzt wieder an seinem Schreibtisch. Er ist noch immer aufgewühlt von der Begegnung mit Eleonore Loupgoncier. Angespannt beobachtet er durch das Fenster, wie sie das Gebäude verlässt, ein Taxi heranwinkt, einsteigt und dieses anschließend abfährt.
Hat er tatsächlich richtig gehandelt? Wie hätte Christine das gesehen, fragt er sich, und ärgert sich sogleich über diese Frage.
Sein Bauchgefühl sagt ihm, dass er keinen Fehler gemacht hat. Der Fall wurde ganz einfach gelöst, ohne sein Dazutun. Manchmal ergeben sich die Dinge von selbst.
Er bemerkt nicht, wie Christine den Raum betritt.
»Luc?«
Aufgeschreckt dreht er sich um.
»Was ist los? Benoîte Loupgoncier wartet in Raum drei auf dich. Hast du sie vergessen?«

»Kannst du das nicht übernehmen? Oder besser noch, schick sie nach Hause. Der Fall ist gelöst. Ich brauche ihre Aussage nicht mehr.«

»Gelöst«, fragt sie ungläubig, »du hast den Mörder?«

»Hmn, ja.« Überrascht und ohne ein weiteres Wort oder einen Einwand verlässt sie den Raum.

Nach wenigen Minuten kommt sie zurück. Stumm setzt sie sich ihm gegenüber und wartet.

»Wie hat sie reagiert?«, will er wissen.

»So wie ich. Sprachlos. Ich konnte ihr ja nicht mehr dazu sagen.«

Sie lehnt sich zurück und wartet noch immer auf seine Erklärung.

»Jetzt sag mir nicht, wir haben eine Mörder*in*.«

»Ich sage nur, ich verstehe die Frauen nicht. Ich werde sie nie verstehen.«

Sie lächelt. »Glaub mir, es ist besser so. Hast du alles dokumentiert?«

»Es ist alles auf Band. Du kannst es abhören, um das Abschlussprotokoll vorzubereiten.«

Christine mustert ihn kritisch. »Was ist los mit dir, Luc? Hast du deine Sprache verloren? So ein paar Vorabinformationen wären nicht das Schlechteste.«

»Hör dir bitte das Band an. Vielleicht kannst du das Schweigen zwischen den Zeilen noch interpretieren.«

Er steht auf, streift sich seine Lederjacke über und geht zur Tür. »Ich habe eine Verabredung mit meiner Frau. Ich weiß noch nicht ... Übrigens, wie hast du das gerade gemeint?«

»Was?«

»Das mit den Frauen.«

»Kleine Geheimnisse braucht es in jeder Beziehung.«

Sie nimmt das Aufnahmegerät an sich und huscht vor ihm durch die Tür. Unterwegs zieht sie sich einen Cappuccino aus dem Automaten.

Wieder an ihrem Arbeitsplatz angekommen, schaut sie eine Weile aus dem Fenster. Sie weiß nicht, was sie denken soll, –

weshalb sie irgendwann das Aufnahmegerät zu sich zieht und
die Abspieltaste drückt

2

Benoîte ist wieder mit Germaines klapprigem Fahrrad unterwegs.

Es ist bereits dunkel, als sie das kleine Bauernhaus erreicht. Der Mistral fegt über die Felder. Die Pinien und Obstbäume tanzen im Dunkeln. Laub und trockene Blütenblätter flattern über den Weg zu Philippes Haus. Es ist eine weitestgehend sternenklare Nacht.

Ihr Herz schlägt bis zum Hals. Ein völlig neues, aufregendes Gefühl. Sie ist voller Vorfreude auf den Menschen, den sie liebt. Sie kann es kaum erwarten, ihn in die Arme zu schließen, ihn ganz nah bei sich zu haben. Während der letzten Stunden, die sie wartend auf der Gendarmerie verbracht hat, sind ihr viele Gedanken durch den Kopf gegangen.

Sie schiebt das Fahrrad bis zum Gatter. Dort lehnt sie es an, nachdem sie es wieder sorgfältig von innen verschlossen hat. Leise passiert sie den Vorhof. Die Möbel stehen im Schatten. Die Kommode, die er für sie aufgehoben hat, steht noch immer an derselben Stelle. Amüsiert stellt sie fest, dass er die anderen Möbelstücke etwas beiseite gerückt hat. Offenbar hat er an der Kommode gearbeitet, sie für sie aufbereitet.

Die Haustür ist nicht verschlossen. Irgendwo in der Küche brennt eine Kerze. Er hat auf sie gewartet.

»Philippe …?«, fragt sie leise in den Flur. Als niemand antwortet, geht sie weiter zur Küche. Der Geruch nach Ofenkartoffeln in Rosmarin weht ihr entgegen. Er hat für sie gekocht. Alles steht noch bereit.

Benoîte verlässt die Küche, passiert den Wohnraum. Die Gardinen sind halb zugezogen, die Fensterläden noch einen Spalt aufgeklappt. Auf dem Couchtisch brennt ein Teelicht in einem Glas. Auf dem Sekretär steht Philippes aufgeklappter Laptop. Als sie auf eine beliebige Taste drückt, erscheint eine Aufnahme von ihr. Nichtsahnend lächelt sie in die Kamera. Das Foto wurde im La Cigale geschossen, stellt sie verwundert fest. Er hat sie heimlich fotografiert.

Sie klappt den Bildschirm wieder herunter. Neben dem Laptop liegen ein paar Notizen zu seinem neuen Roman-Skript.

Erstaunt liest sie ihren Namen. Philippe muss in seinen Gedanken abgeschweift sein und hat Herzchen in Kreisen und Dreiecken auf den Zettel gekritzelt. Gerührt betrachtet sie seine Kritzeleien.

Als sie ins Esszimmer kommt, findet sie dort den Tisch gedeckt. Zwei Teller, Besteck, Weingläser für Rot- und Weißwein auf einer schönen beige-weiß karierten Tischdecke. In der Mitte des Tisches hat er Rosenblätter verstreut, eine dicke bordeauxfarbene Kerze thront in einem silbernen Kerzenständer. Er hat nicht ohne sie gegessen.

Benoîte gelangt in den hinteren Teil des Hauses. Dorthin, wo sich sein Schlafzimmer befinden muss. Die Tür ist nur angelehnt. Ob er eingeschlafen ist? Vorsichtig öffnet sie die Tür. Philippe liegt auf dem Bett. Sein Gesicht ist von ihr abgewandt. Für den Bruchteil einer Sekunde überfällt sie die große Sorge, er könnte nicht mehr atmen. Dann aber bemerkt sie das leichten Auf- und Absinken seines Körpers, wie im Schlaf. Er träumt.

Philippe ist nur mit einer Jeans bekleidet. Es war noch einmal ein ungewöhnlich warmer Tag. Der Sommer liegt in seinen letzten Zügen. Philippe schläft noch nicht tief, stellt sie fest. Kurzentschlossen zieht sie das Laken, das er sich beinahe vollständig abgestreift hat, ganz beiseite und legt sich neben ihn.

Ihr Gesicht streift seine Wange. Eine Weile betrachtet sie fasziniert seine Züge. Die gleichmäßigen Linien, seine geschlossenen Augen, die dichten Wimpern. Seine Lippen. Sie könnte ihn wachküssen. Zaghaft tasten ihre Lippen über seine nackten Schultern.

Ein kurzes Zucken durchfährt seinen Körper. Er öffnet die Augen.

»Ah ... Benoîte. Du bists«, kommentiert er leise ihre Gegenwart.

»Oui. C'est moi.«

Zärtlich zieht er sie an sich, streicht ihr durchs Haar.

»Ich habe etwas zu essen ...«

»Ich weiß. Nicht reden«, wispert sie.

Er lächelt. Dann küsst er sie.

»Je t'aime.«
»Moi aussi.«

Heimkehr

1 Hinter den Dächern wirkt die raue felsige Landschaft der Hochprovence wie ein Postkartenmotiv. Wattetupferwölkchen zieren den lavendelblauen Himmel. Die engen kopfsteingepflasterten Gassen sind noch wie ausgestorben. Der Bäcker öffnet gerade erst. Eine Frau gießt Wasser in einen Steinkübel vor ihrem Geschäft am Marktplatz. Zwei Jungen in Schuluniform schlendern um eine Straßenecke.

Benoîte folgt der ansteigenden Straße Richtung Altstadt. Beim Bäcker kauft sie sich ein Croissant. Unterhalb des Dorfes fließt der Verdon träge ins Tal. Das Leben ist ein Fluss. Nichts anderes als das. Man kommt immer *irgendwo* an, und von dort geht es stetig weiter.

Am höchsten Punkt der Altstadt macht sie Halt und sieht zurück. Die Natur ist hier so reichhaltig, so großzügig, dass man sich kaum vorstellen kann, es könnte ein schöneres Fleckchen auf der Erde geben.

Langsam schlendert sie die Straße wieder abwärts, bis sie von weitem das Schild der Buchhandlung entdeckt.

Die Glöckchen an der Tür kündigen ihr Eintreten an. Anaïs, die sich gerade über eine Kiste beugt, dreht sich herum, als sie die Glöckchen hört.

»Benoîte!« Strahlend kommt sie auf den unerwarteten Besuch zu, umarmt sie fest und herzlich. »Wie schön, dass du wieder da bist.«

»Freut mich auch, dich zu sehen.«

»Es ist ruhiger geworden. Der Herbst kommt. Und ich finde mal Zeit zum Aussortieren.« Sie deutet auf die Bücherkisten am Boden. Dann richtet sie ihre Brille, streicht über ihren Rock. So wie sie es immer tut.

»Hinten habe ich ja jetzt mehr Platz.«

Sie geht zu ihren Verkaufstischen, kramt etwas aus der Schublade.

»Hier, lies das. Es ist über die Lesung. Ein Interview mit deinem Philippe. Jetzt haben sie es doch tatsächlich gedruckt.«

Benoîte nimmt die Zeitung. Interessiert überfliegt sie die Zeilen. An einer Passage bleibt sie hängen:

M. D.: *Monsieur Moreautruc, Sie schreiben bereits an einer neuen Story. Worum geht es diesmal?*
P. M.: *Es geht um eine junge Frau und ein Tagebuch. Das Tagebuch erzählt aus ihrem Leben, obwohl sie sich sicher ist, niemals ein Tagebuch geführt zu haben. Als sie es das erste Mal in Händen hält und liest, entdeckt sie darin Dinge, die sie zwar erlebt hat, aber eben völlig anders. Das Tagebuch macht aus ihrem Leben einen schönen Traum, der sich bald erfüllen soll.*
M. D.: *Interessant. Wie kommen Sie auf diese Geschichte? Pure Fiktion oder ist ein Fünkchen Wahrheit darin?*
P. M.: *Das Leben schreibt bekanntlich die besten Geschichten. Aber natürlich ist alles Fiktion.*

Benoîte kann sich ihr Schmunzeln nicht verkneifen. Sie erinnert sich an Philippes Kritzeleien, den gedeckten Tisch. Ein alter Romantiker ist er. – Gut, dass sie mit beiden Beinen auf dem Boden steht.
Lächelnd reicht sie Anaïs die Zeitung zurück.
»Ich werde es aufheben und hier aufhängen.«
»Mach das.«
Anaïs beobachtet Benoîte von der Seite, wie ihr Blick gedankenverloren über die Neuerscheinungen streift.
»Es wird Zeit, meine Liebe«, sagt sie dann. »Du solltest jetzt zu ihr gehen.«
»Oui. Das hatte ich vor. Es gibt nur noch diese eine Sache, die ich vorher erledigen muss. Danach werde ich zu ihr gehen. Versprochen.«

Als sie vor der Galerie *La Muette Des Cigales* steht, ist die Tür verschlossen. Sie späht durch die Scheibe des Schaufensters ins Innere. Als sie dort niemanden entdeckt, klopft sie vorsichtig an die Scheibe. Kurz darauf erkennt sie die Gestalt des Galeristen. Er kommt zur Tür.
»Madame?« Sein Lockenkopf schlüpft durch den geöffneten Türspalt.

»Julietta McDermott wollte hier auf mich warten. Es geht um dieses Gemälde.« Sie deutet auf die sterbende Josephine.
»Ach«, reagiert er überrascht. »Sie haben sich mit der Agentin verabredet.«
Benoîte nickt.
»Na, davon hat sie mir nichts erzählt. Aber bitte, entrez-vous, Madame.« Er hält ihr die Tür auf.
Benoîte betritt die Galerie.
»Trinken Sie ein Glas Cidre mit mir? Frisch aus der Presse.« Bevor sie etwas entgegnen kann, hat er die Flasche schon entkorkt und schenkt ihr und sich ein.
»Voilà, Madame, genießen wir es. Salut! Aux beaux-arts!«
Benoîte lächelt höflich und nippt an ihrem Cidre. Er ist ziemlich süß.
»C'est bon«, kommentiert sie. Ihr Blick wandert dabei unauffällig zur Wanduhr. Julietta McDermott hat sich offensichtlich verspätet.

Sie nippt noch einmal und stellt das Glas ab, um sich der Kunst zuzuwenden. In diesem Moment bemerkt sie aus dem Augenwinkel durch das Schaufenster zwei Frauengestalten. Kurz darauf geht die Tür. Julietta McDermott betritt die Galerie. Eine Frau folgt ihr. Als sie sich ihre Sonnenbrille herunterzieht, erkennt Benoîte sie. Es ist Eleonore Loupgoncier.

»Madame Loupgoncier«, die Agentin, kommt gleich auf sie zu und reicht ihr, diesmal etwas freundlicher als beim letzten Mal, die Hand.

»Ich habe Ihnen die Besitzerin der Kunstsammlung mitgebracht. Miss El...«

»Wir kennen uns«, kürzt Eleonore die Vorstellung ab und geht auf Benoîte zu.

Diese rührt sich nicht von der Stelle. Sie ist überrascht, wenn auch nicht ganz unvorbereitet. Wäre Eleonore nicht gekommen, hätte sie sie nochmal aufgesucht.

Auch die Tatsache, dass es sich bei ihr um die Besitzerin der Kunstwerke handelt, scheint ihr plötzlich einleuchtend. Ja, vollkommen logisch. Es musste diesen Zusammenhang geben.

Julietta McDermott will noch etwas sagen. Eleonore aber drängt sie mit einer Geste zur Zurückhaltung. Diskret zieht sie sich mit dem Galeristen in den Hintergrund zurück.

Erstaunt bemerkt Benoîte Eleonores unerwartet selbstbewusstes Auftreten. Auch trägt sie heute, ganz entgegen ihrer üblichen Gewohnheit, auffallend bunte Kleidung. Ein dunkelrotes Kleid mit einem grünen Schal. Was ist passiert, hat sie ihre Trauer über Nacht abgelegt?

»Es tut mir leid, dass ich mich bis jetzt nicht bei dir gemeldet habe, Benoîte«, fängt sie an. »Es ging nicht gleich.«

Juliette McDermott telefoniert im Hintergrund auf dem Mobiltelefon.

»Wie du weißt, gibt es etwas, das uns beide verbindet.«

»Papan«, findet Benoîte ihre Stimme plötzlich wieder.

Eleonore antwortet nicht, zieht sie stattdessen mit in den hinteren Teil der Galerie.

»Benoîte«, bringt sie hervor, als sie sich außer Sichtweite der anderen beiden befinden. »Ich bin damals auf die Weinprobe gekommen, weil ich dich persönlich kennenlernen wollte. Ich ...«

»Ja, ich erinnere mich an unsere Begegnung, wenn sie auch nur kurz ausfiel. Du hast nicht gesagt, dass du ... dass Sie ...«

»Du. Sag bitte *du* zu mir. Ja, das habe ich nicht gesagt. Ich wusste nicht, ob es richtig wäre. Papan hat immer von dir gesprochen. Du warst sein unerfüllter Wunsch. Oft warst du ihm näher als ich.« Sie kämpft. Dabei hat sie es bereits einmal geschafft. »Es war mir unerträglich, dort auf der Weinprobe. Du wirst das nicht verstehen. Es hatte nicht direkt was mit dir zu tun, aber dich dort zu sehen ... das war für mich so, als wäre er plötzlich auferstanden. In dir. Papan, jung, voller Lebenslust. So wie ich ihn damals kennengelernt habe. Ich konnte dir kaum in die Augen sehen. Ich ... Es war eine Kurzschlussreaktion.«

Sie wendet sich etwas ab, dreht sich aber gleich wieder zu Benoîte.

»Ich rede hier gerade nur von mir, dabei ...« Sie möchte gerne Benoîtes Hand ergreifen, wagt es jedoch nicht. »Du hast deinen Vater nie kennengelernt. Das muss sehr schmerzhaft

für dich gewesen sein. Aber wenn ich dich so sehe, ist Papan noch hier bei uns. Du bist ihm sehr ähnlich. Vermutlich brauchte deine Mutter ihn deshalb nicht mehr.« Ihre Stimme wird leise. »Sie hatte stattdessen dich.«
Eleonore versucht ihre Stimme fest klingen zu lassen. »Ich bin hierhergekommen, weil ich dir etwas sagen muss. Es ist dieser Moment ... Ich habe ihn lange in Gedanken geprobt, weil ich mich davor gefürchtet habe. Was ich dir gleich sagen werde, könnte dein Leben verändern. Gisbert war dieser Meinung, deshalb solltest du es wissen. Sicher ist aber, dass du mich hassen wirst.«
»Hassen? Warum?«, fragt sie verwundert.
»Deine Mutter hat deinen Vater nicht getötet.«
»Ich weiß. Es war ein Unfall. Das Regal ist auf ihn gestürzt. Ich habe es gesehen.«
»Das hast du gesehen. Mehr aber nicht. Du hast nicht alles gesehen. Du bist weggelaufen. Papan war nicht tot.«
»Woher willst du das wissen?« Arglos und zugleich ängstlich starrt Benoîte die Ältere an.
»Ich weiß es, weil ich auch dabei war. Ich habe im Auto auf ihn gewartet. Als er nicht zurückkam, bin ich zum Haus.«
»Du hast es auch ...«
»Nein. Als ich kam, lag Papan am Boden und Elodie war aus dem Haus gerannt. Es war niemand da, außer ihm und mir, als er die Augen wieder aufschlug.«
»Comment?«, flüstert sie. Ihr Körper beginnt auf einmal zu zittern. Sie ahnt etwas.
»Bevor er etwas sagen konnte, nahm ich ein Stück von dem Brennholz und schlug zu. Ich habe deinen Vater erschlagen.«
Fassungslos starrt Benoîte von Eleonore zum Gemälde der sterbenden Josephine. Hatte sie nicht einen Moment lang gedacht, sie sei eine Mörderin? Ihr Blick flüchtet in die Weite des Ausstellungsraums. Sie möchte Eleonore nicht ansehen. »Du hast *was* getan ...?«, stammelt sie fassungslos. »Nein, das ist nicht wahr ...« Sie weicht vor Eleonore zurück. »Nein, *das* nicht. Das ... warum?«, fragt sie heiser und hat dabei das Gefühl den Boden unter den Füßen zu verlieren. *Bitte red nicht weiter*, denkt sie. *Bitte ...*

»Weil ich nicht wollte, dass es ewig so weiterging. Dass er weiterhin um dich kämpfte und dabei immer wieder nur erfolglos war. Die ganze Geschichte überschattete unsere Ehe. Das wirst du nicht verstehen. Es war kein Leben mehr. Papan war nicht da. Er trauerte immer nur um den Verlust seiner Familie, um dich. Alles, was ich versuchte, ihm zu geben. Es war anscheinend nicht genug. Und ich wollte das nicht länger.«

Benoîte fühlt sich innerlich wie gelähmt. Als ob sich etwas wiederholen würde. Und sie kann nichts dagegen ausrichten, weil es bereits passiert ist.

»Ich erwarte nicht, dass du mich verstehst. Lemarque hat mein Geständnis bereits aufgezeichnet. Er hat mir 48 Stunden in Freiheit eingeräumt, um dir das persönlich zu sagen.«

»Du ... du hast meinen Vater getötet«, bricht es aus ihr heraus. »Du warst das! Und du hast zugelassen, dass meine Mutter unschuldig im Gefängnis saß! All die Jahre hast du nichts unternommen, damit das aufgeklärt wird! Warum?! Das ist ungeheuerlich. Das ist ein Verbrechen!« Ihre Stimme bebt vor Erregung. Es ist ein verstockter Schrei, der sich einfach nicht lösen will.

Eleonore steht da und wartet. »Ja, das ist es. Als Papan und ich uns kennenlernten, hatten sich Elodie und er gerade erst getrennt. Sie sagte ihm, sie wolle keinen Mann, der nie da sei, immer nur auf See und sich nicht um seine Familie kümmere. Er hatte damals gerade erst seine Vertragsverlängerung durchgesetzt und meinte, so für seine Familie sorgen zu können. Mit ihren eigenen Vorstellungen machte sie ihm dann einen Strich durch die Rechnung. Papan war am Boden zerstört. Er konnte seinen Job natürlich nicht aufgeben.

In dieser Situation sind wir zusammengekommen. Ich habe versucht ihn aufzubauen, ihm etwas zu geben, und eine Zeit lang waren wir auch sehr glücklich. So glaubte ich zumindest. Ich dachte, der Neuanfang wäre gelungen. Dann aber fing sie damit an, dich ihm zu entziehen. Sie meinte, es wäre besser für dich, nicht hin und her gerissen zu werden. Es würde dich nur verwirren, wenn dein Vater mal da wäre und dann wieder nicht. In Wirklichkeit passte es ihr natürlich nicht, dass er versuchte, sich eine neue Beziehung, ein neues Leben aufzubauen. Sie hatte Angst, dass er sie und ihr Kind vergessen würde. Aber das hat er nicht. Nie.«

Sie legt eine kurze Pause ein. Dann spricht sie weiter: »Als wir heirateten, war ich für ihn immer nur die zweite Wahl. Unsere Ehe war von Anfang an ein Glücksspiel. Für mich war sie das endlose Hoffen auf ein Ende des Wartens, auf das Glück. Elodie hat nicht nur einem Vater das Kind genommen, sondern auch mir den Ehemann und das Recht auf ein unbeschwertes Leben mit ihm. Wenn er von der See nach Hause kam, ging es nur noch um dich und Elodie. Es gab kein anderes Thema. Meine Bedürfnisse, meine Träume wurden hintangestellt. An erster Stelle wart ihr, eine Familie, die er nicht mehr hatte. Wie sich das anfühlt, kannst du dir nicht vorstellen. Das brauchst du auch nicht, denn es ist *meine* Geschichte. Mein Fehler war es ganz einfach, dass ich ihn geliebt habe. Dass ich gehofft habe. Und dass ich ihn nicht einfach habe gehen lassen. Ich dachte, er würde es mir irgendwann danken, dass ich auf ihn wartete. Es war eine Illusion, in der ich lebte. Er hat sich daran gewöhnt, dass sein Leben auch so funktionierte. Obwohl niemand glücklich war. Er genauso wenig wie ich.«

Benoîte dreht sich weg. Sie möchte nicht mehr hören. Eleonore spricht nur von sich. Das geht sie nichts an. Es hat nichts mit ihrem Leben zu tun und sie will keine Rechtfertigungen hören.

Andererseits fragt sie sich, ob es für Papan nicht doch einen Weg zu ihr gegeben hätte. Hat er wirklich genug gekämpft? Vielleicht hat er den letzten Schritt nur deshalb nicht unternommen, weil es sie gab, Eleonore. Letztlich hat niemand wirklich gekämpft und etwas erreicht. Aber auf der Spitze des Eisbergs passierte *sie* dann, die Tragödie.

»Du hättest ja etwas ändern können«, fährt sie Eleonore an. »Du hättest ihn verlassen können. Das stand dir frei. Warum musstest du ihn stattdessen umbringen?! Weil du ihn für dich allein haben wolltest. Du bist nicht besser und nicht weniger egoistisch als meine Mutter! Euch geht es doch nur darum, jemanden nur für euch ganz allein zu haben.«

Die Wut bäumt sich mit unerwarteter Heftigkeit in ihr auf. Sie möchte Eleonore noch viele andere Dinge an den Kopf werfen, ihr an den Hals gehen ...

Doch was würde es ändern. Nichts. Es macht Papan nicht wieder lebendig.

Mit etwas Abstand zu dem Gehörten würde sie eventuell Erleichterung empfinden. Darüber, dass ihre Mutter tatsächlich keine Mörderin ist. Eleonore hat Elodie von ihrer Schuld freigesprochen.

Benoîte ist jedoch auch wütend auf sich selbst. Warum ist sie weggerannt und nicht bei ihm geblieben? Und vor allem: Warum hat sie sich nie *früher* allen Fragen gestellt?! Es ist dieser Augenblick, in dem man sich eingesteht, dass ein einziger kurzer Moment über ein ganzes Leben entschieden hat.

»Das wolltest du mir also sagen. Du wolltest dich von deinen Schuldgefühlen befreien.«

»Ja. Ich weiß, dass zu viel Zeit vergangen ist. Die Zeit, die man braucht, kann man vorher nicht festlegen. Es tut mir aufrichtig leid, Benoîte, und ich verstehe dich, wenn du meine Worte der Entschuldigung nicht annehmen kannst. Einen Mord kann man weder entschuldigen noch rechtfertigen. Dessen bin ich mir bewusst. Wenn ich die Vergangenheit zurückdrehen könnte, glaube mir, ich würde es tun – und alles anders machen. Aber es geht nicht. Manchmal ist es nur ein Augenblick, in dem du die Kontrolle verlierst – und alles verpfuschst. Das ist mir passiert. Ich bekenne mich schuldig.«

Julietta McDermott erscheint plötzlich hinter Eleonore. »Madame, sollen wir das Gemälde jetzt abbauen?«, fragt sie. »Sie nehmen es doch mit?«

»Nein. Nein, ich nehme es nicht mit«, antwortet Eleonore. »Madame Loupgoncier nimmt es mit. Das Bild gehört ihr. Sowie auch der ganze Rest hier. Ihr Vater hat die Bilder gemalt.«

Irritiert sieht die Agentin von Eleonore zu Benoîte. Dann verschwindet sie ohne ein weiteres Wort.

»Papan ... hat die sterbende Josephine gemalt?«, fragt sie verwirrt.

»Es ist nicht die sterbende Josephine. Ich habe sie so getauft. Er nannte sie die leidende Eleonore. Ein einziges Mal

hat er sich tatsächlich in mich versetzt. Als er dieses Bild malte.«
»Besser behältst du das Bild«, bestimmt Benoîte.
»Damit ich noch weiter leide? Nein. Ich will es nicht. Bitte nimm du es. Du kannst das Bild nennen, wie du willst. Es sind Papans Farben und Linien. Er hat dabei ganz sicher auch an dich gedacht. Er wäre mehr als damit einverstanden gewesen, dass du es bekommst.«
Eleonore wirft ihre Zweifel für einen Augenblick über Bord und umarmt Benoîte. Diese versteift sich. Sie kann die Umarmung nicht erwidern.
»Au revoir, Benoîte.«
Es ist alles gesagt. Und auch das Tagebuch spielt keine Rolle mehr.

Eine Woche später würde man in der *Presse Sur et Haut Verdon* lesen, dass eine Frauenleiche am Ufer des Verdon gefunden wurde. Die Beschreibungen der Toten passten auf Eleonore.

2

Es ist ein heller, freundlicher Nachmittag. Sie steht auf dem Dorfplatz, dem Kern des Ortes, einem Fünfhundert-Seelen Dorf. Nur wenige Kilometer hinter Annot, in den steilen Höhen der Hochprovence. Sie blickt auf den vertrauten Brunnen am Platz. Noch immer ist er da, kaum gealtert. Das Drumherum aber hat sich verändert. Zum Teil. Gegenüber hat ein Café eröffnet. Runde Tische schmücken das Kopfsteinpflaster, Weintrauben ranken die Steinmauern hoch. Dazu Rot- und Gelbtöne, das Pastellblau der Fensterläden. In der Luft liegt ein Hauch von Frühling. Und das zu Beginn des Herbstes. Das ganze Jahr über ist hier Frühling. Auch im September.

Tief bewegt durch das Wiederentdecken der alten Heimat, schlendert sie über den Platz, erkennt Altes, bemerkt Neues. Der Ort schläft nur auf den ersten Blick. Hinter den Fassaden quillt überall das Leben hervor.

Neben dem Café, im Schatten der Bäume, spielen ein paar Männer *Pétanque*. Es ist noch immer dieselbe Stelle, an der sie spielen. Sie beleben, zusammen mit wenigen Café-Besuchern, die Dorfmitte.

Le paradis est très simple. Tatsächlich gibt es hier alles. Alles, was man für ein einfaches, glückliches Leben braucht. Und es braucht nicht wirklich viel für das Glück. Es reichen die Natur, der Geruch und die Farben. Warum sollte man hier wegwollen? Die Gründe dafür müssen gravierend sein.

Bilder steigen in ihrer Erinnerung hoch, kleine Szenen und Details, die sie schon fast vergessen hatte.

Sie lässt sich treiben. Nichts drängt sie. Sie ist nicht in Eile. Sie kann den Moment auskosten.

Vor der Kirche steht eine kleine Gruppe Menschen, die sich unterhalten. Sie unterbrechen ihr Gespräch, als Benoîte vorbeigeht. Jemand grüßt sie. Vielleicht hat man sie erkannt.

Sie schaut in von der Sonne faltig gegerbte Gesichter. Junge Gesichter. Dunkle Haut, helle Haut, Sommersprossen. Kinder werden zu Erwachsenen. Alte sterben. Eine ganze Generation erneuert sich, während Häuserfassaden bröckeln und oberflächlich restauriert werden, einen neuen Anstrich erhalten. Drinnen aber bleibt alles beim Alten. Was bleibt, ist außerdem das Gefühl der Heimat.

Benoîte biegt in eine Seitengasse. Hohe Eichen spenden Schatten. Felsen, Holundersträucher, Lavendel-Pflanzenkörbchen auf Sandsteinmauern – und von überall ergießt sich der einmalige Blick auf den Verdon. Weiter hinten wird die Straße zu einem Schlauch. Natur drängt von beiden Seiten in den Weg. Aus einem Fenster über ihr hängen Wäschestücke zum Trocknen. Dann geht es abwärts. Das Ende der Altstadt ist erreicht. Hier öffnet sich die Straße wieder, wird breiter. Die Natur erobert sich ihr Gebiet zurück. Felder, Olivenbäume. Das Gras ist ausgetrocknet, strohig. Der Boden hat in diesem Sommer wenig Regen gesehen.

Hinter dem vor ihr liegenden Hügel taucht endlich das ersehnte Backsteinhäuschen auf. Ihr Herz klopft wie wild, als ihre Augen es entdecken. Die Zeit geht in diesem Moment zurück ... *Sie sieht sich auf der Bank vor dem Haus sitzen. Mit ihren Puppen. Sie erzählen sich etwas, flüstern.*

Als Benoîte unmittelbar vor dem Haus steht, ist das Bild wieder weg. Pflanzenkübel stehen an der Stelle, an der sie gerade als Kind gesessen hat. Die Farben sind verblichen. Die Zeichen der Zeit. Das Haus ist gealtert. Aber immer noch ist es schön. Ganz sicher ist es eins der schönsten Häuser, eingewachsen in das Grün und Gelb der Blätter, die es schmücken, als läge es trotz seines Alters im ewigen Frühling. Dabei wirkt alles noch verwinkelter, noch malerischer.

Langsam geht sie weiter, bis sie das Gatter erreicht, an dem ein Blumentopf baumelt. Das Namensschild ist nur noch undeutlich zu lesen:

Loupgoncier.

Es wäre dringend nötig, die Farbe nachzubessern. Vielleicht in Hellblau, Elodies Lieblingsfarbe.

Sie schließt das Gatter hinter sich und geht den Weg weiter bis zur Haustür. Die letzten Meter. L'enfance ... Mit jedem Schritt kommen neue Erinnerungen hinzu. Kindheitsbilder.

Es sind nur glückliche Momente, die sie entdeckt. Ihre ehemaligen Spielecken am Haus fallen ihr in den Blick. Da steht ihr altes Gartentischchen. Eine Träne rollt über ihre Wange. Was für ein Gefühl, diesen Dingen nach so langer Zeit wieder zu begegnen.

Nur noch wenige Schritte trennen sie von der Haustür. Ein magischer und gleichzeitig befremdlicher Moment. Wie mag es ihrer Mutter gehen? Hat sie sich verändert? Würde sie sie überhaupt wiedererkennen?

Eine Flut von Fragen. Gleich wird sie Antworten erhalten. Und Benoîte fürchtet diese mindestens ebenso sehr, wie sie sie unter nervöser Anspannung ungeduldig erwartet.

Der Moment dehnt sich in die Unendlichkeit. Sie gibt sich der Atmosphäre und den Gefühlen hin, verweilt. Irgendwann betätigt sie den eisernen Türklopfer, ein altes Familienerbstück.

Drinnen hört sie Geräusche, leise Schritte – aus der Ferne. Jemand nähert sich der Tür. Elodies Trippelschritte.

Die Tür öffnet sich und jemand erscheint im Türrahmen.

»Oui?«

Ein Schatten. Elodie?

»Maman.«

Die Frau tritt aus dem Schatten. Sie trägt ein geblümtes Kleid, ist barfuß. Das Haar hat sie im Nacken zusammengebunden. Sie ist nur wenig kleiner als Benoîte.

Es ist Elodie. Tatsächlich.

Älter ist sie geworden, ihr Gesicht faltig. Das Haar fast komplett ergraut, kraus, mit ein paar schwarzen Strähnen. Ihre Augen aber sind noch immer wach, jugendlich. Ebenso unverändert ihre körperliche Erscheinung. Sie ist noch immer agil. Auch ihr Gesicht zeigt noch immer die Maske.

Benoîte aber erkennt die Anzeichen ihrer Erregung allzu deutlich. Die Linien in ihrem Gesicht sind nicht steif. Zaghaft hält sie ihrer Tochter die Hände hin, streckt die Arme nach ihr aus.

»Benita … Ist das wahr? Du bist das?« Sie bringt die Worte stammelnd heraus. Tränen kullern über ihre Wangen. Dabei ist Elodie kein Mensch, der Gefühle ohne Weiteres zulässt.

Ihre ganze Körperhaltung drückt es dennoch aus: Sie hat nichts anderes getan, als zu warten. Einfach nur zu warten. Ihre dunklen Augen leuchten feucht vor Tränen und unbändiger Freude. »Benita, ma fille, du bist es tatsächlich. Enfin.« Ihre Stimme erstickt beinahe. »So viel Zeit ist vergangen. So viel Zeit ...«

Benoîte überfällt eine Welle der Erleichterung. Es ist der Moment, alles loszulassen. Die Erinnerungen, die Versäumnisse. Alles geht auf einmal wie von selbst. Wehrlos ist sie gegen die Macht des Moments.

»Oui, maman, c'est moi«, weint sie – still in ihren Armen und ganz dicht an ihrem Ohr.

»Es ist viel Zeit vergangen, viel Zeit. Aber es ist nichts verloren ... nicht wirklich. Irgendwo kann man immer wieder neu anfangen. Glaub mir, maman.«